W9-AXV-742

木馬文學10

追風箏的孩子
The Kite Runner

卡勒德・胡賽尼◉著
Khaled Hosseini
李靜宜◉譯

木馬文學10

追風箏的孩子

The Kite Runner

作　　者　卡勒德・胡賽尼（Khaled Hosseini）
譯　　者　李靜宜
總 編 輯　汪若蘭
電腦排版　普林特斯資訊有限公司
封面構成　王志弘
社　　長　郭重興
發行人兼出版總監　曾大福
出　　版　木馬文化事業股份有限公司
發　　行　遠足文化事業股份有限公司
地址　231台北縣新店市民權路188號5樓
電話　02-22181417　傳真　02-22181142
email: service@sinobooks.com.tw
郵撥帳號　19588272　木馬文化事業有限公司
客服專線　0800221029
法律顧問　華洋國際專利商標事務所　蘇文生律師
印　　刷　成陽印刷股份有限公司
初　　版　2005年9月
定　　價　280元

ISBN 986-7475-65-8

國家圖書館出版品預行編目資料

追風箏的孩子 / 卡勒德・胡賽尼（Khaled Hosseini）著；李靜宜 譯，---初版---台北縣新店市；木馬文化出版：遠足文化發行，2005［民94］ 面： 公分，---(木馬文學：10)
譯自：The Kite Runner
ISBN 986-7475-65-8（平裝）
866. 259　　94013056

追風箏的孩子

The Kite Runner

第一章

二〇〇一年十二月

我成為今天的我，是在十二歲那年，一九七五年冬季一個嚴寒陰鬱的日子。我精確記得那一刻，我蹲伏在一堵崩塌的泥牆後面，偷偷望著結冰的小溪邊那條小巷。那已經是很久以前的事了，但是我已然明瞭，大家對於往事、對於一切皆可埋葬的說法，都是錯的。因為往事總會自己悄悄爬出來。此刻回首，我領悟到過去的二十六年，我依然偷偷望著那條荒無人跡的小巷。

去年夏天，有一天，我的朋友拉辛汗①從巴基斯坦打電話給我。他要我回去看他。站在廚房裡，聽筒貼著耳朵，我知道在電話線上的不只是拉辛汗。還有我罪孽未贖的過往。掛掉電話之後，我出門散步，沿著金門大橋北端的斯普瑞柯湖走。正午剛過的陽光在水面粼粼閃耀，數十艘模型船被爽朗的微風吹動著航行。我抬起頭，看見一對風箏，紅色的，拖著長長的藍尾巴，扶搖直上青天。風箏高高飛舞，越過公園西端的樹，越過風車，併肩翱翔，像一對眼睛俯視著舊金山，這個我現在稱之為家的城市。突然之間，哈山的聲音在我耳畔低語：為你，千千萬萬遍。哈山，兔唇的哈山，追風箏的孩子。

我在公園裡找了一張長椅坐下，就在一棵柳樹旁。我想起拉辛汗掛掉電話之前所說的話，再三思索。**事情總會好轉的。**我仰望那一對風箏。我想到哈山，想到爸爸、阿里、喀布爾。我想到我在一九七五年冬季來臨之前的生活，然後一切都改變了。讓我變成今天的我。

---

①汗（Khan），為中亞地區國家對族長或官員之稱號。

第二章

我們還是孩子的時候，哈山和我常爬上我父親家車道的白楊樹上，用鏡子碎片把陽光反射到鄰居家裡，惹得他們老大不高興。我們面對面坐在高高的枝椏上，光腳丫盪啊盪，褲袋裡塞滿桑椹乾和胡桃。我們輪流玩鏡子，一面吃桑椹，一面互丟，一下咯咯傻笑，一下放聲大笑。此時我還彷彿能看見他在樹上，陽光穿透枝葉，灑在他近乎圓形的臉上。那張像硬木鑿出的中國娃娃的臉上，有著扁平寬闊的鼻子，細長飛斜如竹葉的眼睛，隨著光線變幻，看起來忽而金色、忽而綠色，甚至像藍寶石般蔚藍的眼睛。我彷彿還能看見他那對位置過低的小耳朵，以及格外突出的下巴，像個肉乎乎的附加物，似乎是後來才想到加上的。而嘴唇中央左邊的裂隙，不知是雕刻中國娃娃的人刻刀滑脫了，或者只因為他太累而失手。

有時候，高坐在那些樹上，我會慫恿哈山，用他的小彈弓拿胡桃射鄰居那隻獨眼德國牧羊犬。哈山從來不想這麼做，但如果我求他，真的求他，他也不會拒絕我。不管是什麼事，哈山從來不會拒絕我。而且他彈弓射得可厲害呢。哈山的父親，阿里，常會來逮我們，氣得快瘋了，或許在別人看來是氣瘋了，但對阿里來說卻已經是儘量客氣了。他會用手指指著我們，把我們從樹上搖下來。他會拿走鏡子，用他母親告訴他的話來告誡我們，說魔鬼也反射鏡子，反射鏡子讓穆斯林在祈禱時分心。「而且他一面做一面大笑。」他總會對兒子皺起眉頭，加上這句話。

「是的，父親。」哈山會低下頭，盯著腳囁嚅說。但他從來沒告我的狀。從來沒說玩鏡子，還有用胡桃射鄰居的狗，一直都是我的主意。

白楊樹排列在紅磚車道旁，通向雙扉的鍛鐵大門。大門開啟，車道延伸直通我父親的宅邸。房子在磚道的左側，盡頭則是後院。

瓦吉・阿卡巴汗區①是新興繁榮的地帶，位於喀布爾北區。每個人都說我父親，我的爸爸，蓋了這個地區最美麗的一幢房子。有人甚至認為這幢房子是全喀布爾最美的房子。穿過玫瑰花叢掩映的寬闊入口，就進到延展甚廣、有大理石地板與大扇窗戶的房子。爸爸親手在伊斯法漢②挑選的馬賽克磁磚，花色繁複，鋪滿四間浴室的地板。牆上成排的綴金繡帷，是爸爸在加爾各答買的。圓拱形的天花板上，垂下一盞水晶吊燈。

樓上有我的臥房、爸爸的房間，和他的書房，也稱之為「吸煙室」，煙草和肉桂的味道終年不散。爸爸和他的朋友吃過阿里伺候的晚餐之後，就會躺在黑色的皮椅裡。他們將煙草填到煙斗裡——只不過爸爸總說是「塞胖煙斗」——討論他們最喜歡的三個話題：政治、生意和足球。有時候我會問爸爸，我可不可以進去和他們一起坐坐，但爸爸會站在門口，「走開吧，」他說：「這是大人的時間。怎麼不去看自己的書呢？」他關上門，留下我在門外納悶，為什麼能和他共處的時間總是大人的時間。我下巴抵著膝蓋坐在門邊。有時候我在那裡坐一小時、兩小時，聽著他們的笑聲、他們的談話。

樓下的客廳有一道弧形牆，擺設訂作的櫥櫃。櫃裡是裝框的家庭照片：一張顆粒粗大的陳舊照片，是我祖父和納狄爾國王③在一九三一年的合照，也就是在國王被暗殺的兩年前拍的；他們站在一頭被獵殺的鹿旁邊，穿著及膝長靴，肩上扛著來福槍。一張我父母親新婚之夜的照片，爸爸穿著時髦的黑西裝，而我媽媽是一身雪白、面帶微笑的小公主。還有一張是爸爸和他最好的朋友兼生意夥伴拉辛汗，站在我們的房子外面，兩人都沒笑——在這張照片裡，我還是個小嬰兒，爸爸抱著我，看起來疲倦而嚴厲。我在他懷裡，但我的手指抓住的，卻是拉辛汗的小指頭。

越過弧形牆就是餐廳，中央有一張桃花心木餐桌，可以坐得下三十個客人——正迎合爸爸舉行豪華宴會的喜好，宴會幾乎每週舉辦。餐廳另一端有座高大的壁爐，冬日裡總閃耀著橘紅的火光。

一道巨大的玻璃拉門開向半圓形的陽台，俯瞰兩英畝大的後院和一排排櫻桃樹。爸爸和阿里沿著東面的牆，闢了一小塊菜園：蕃茄、薄荷、胡椒，和一排從沒真正結穗的玉米。哈山和我管那面牆叫「病玉米之牆」。

花園的南端，在一棵枇杷樹蔭下，是僕人的房子，哈山和他父親就住在這間簡樸的小泥舍裡。哈山在這間小屋出生，一九六四年冬天，正好在我母親生我難產去世的一年之後。

住在家裡的十八年裡，我到哈山和阿里住處的次數屈指可數。每當太陽下山，我們玩了一整天之後，哈山和我便分道揚鑣。我穿過玫瑰花叢到爸爸的大宅邸，哈山則回到他出生的小泥屋，那個他度過一生的小屋。我記得那裡很簡陋，很乾淨，靠著兩盞昏暗的煤油燈照明。兩張墊褥各靠房間一邊，中間是一張綴有流蘇邊的赫拉特④舊地毯，角落裡還有一把三腳凳，以及一張哈山畫畫用的木桌。牆上空盪盪的，只有一幅繡畫，用珠子縫綴出「Allah-u-akbar」（真主偉大）幾個字。那是爸爸有一回到馬沙哈德⑤買回來給他的。

就在這個小屋子裡，哈山的母親，紗娜烏芭，在一九六四年一個寒冷的冬日生下他。我母親因生產時血崩過世，而哈山則在出生不到一個星期之後失去他的母親。失去她的原因，在大多數阿富汗人的想法裡，比死掉還糟糕：她跟著一群巡迴各地的歌舞藝人跑了。

哈山從沒談起他的母親，彷佛她從來不存在似的。我一直很好奇，他是否夢見過她，想過她的長相，她的下落。我很好奇，他是不是期盼見到她。他是不是惦念著她，就像我惦念著從未謀面的母親一樣？有一天，我們從我父親家走到薩依納戲院看一部新的伊朗電影。我們走捷徑，穿過依斯提克拉中學附近的軍營——爸爸禁止我們走這條捷徑，但那時他和拉辛汗在巴基斯坦。我們翻過圍繞軍營的籬笆，跳躍過一條小溪，闖進一片空地，廢棄的舊坦克車積滿塵土。幾個士兵聚在一部坦克車的陰影裡，邊抽煙邊玩牌。其中一個看見我們，用手肘碰碰旁邊的人，出聲叫哈山。

「喂，你！」他說：「我認識你。」

我們從來沒見過他。他是個矮胖的人，理平頭，臉上有黑色的鬍渣。他對著我們笑的樣子，不懷好意，讓我很害怕。「繼續走。」我低聲對哈山說。

「你！哈札拉小子！我跟你說話的時候看著我！」那個士兵大聲咆哮。他把香煙交給旁邊的人，一手的拇指與食指圍成圓圈。另一手的中指戳進圈裡。戳進戳出。進進出出。「我認識你媽，你知道嗎？我和她交情可深囉。我在那邊的小溪旁幹過她。」

士兵們大笑起來。其中一個發出尖叫聲。我告訴哈山，繼續走，繼續走。

「她的小穴又緊又甜。」那個士兵一面說，一面和其他人握手，咧嘴大笑。後來，電影開始以後，在一片漆黑裡，我聽見在我身邊的哈山低聲啜泣。淚水滑下他的臉頰。我靠過去，伸出手臂摟住他，拉近我。他把頭靠在我肩上。「他認錯人了。」我低聲說：「他認錯人了。」

我聽說，紗娜烏芭離家出走的時候，大家都不覺得意外。阿里這個熟背可蘭經的男人，娶了比他年輕十九歲的紗娜烏芭——這個美麗但寡廉鮮恥、聲名狼藉的女人時，每個人都難以置信地挑起眉毛。和阿里一樣，她是什葉派回教徒，也是哈札拉族。而且她還是他的親堂妹，自然也就是配偶的優先選擇。但除了這些之外，阿里和紗娜烏芭少有相似之處，尤其是外表。紗娜烏芭一雙明亮的綠眼睛和俏皮的臉蛋，據謠傳，引誘了難以數計的男人犯罪；而阿里臉部下半肌肉先天痲痺，讓他無法微笑，永遠都是一張冷酷的臉。看見石頭臉的阿里快樂或悲傷是很稀罕的，因為我們只能看見他細長飛斜的棕眼睛裡閃著微笑，或湧出哀愁。有人說眼睛是靈魂之窗，用在阿里身上再貼切不過了，因為他只能透過眼睛表露心跡。

聽說紗娜烏芭充滿暗示意味的步履和款款搖擺的臀部，會勾起男人暗度陳倉的遐想。但小兒痲痺卻讓阿里的右腿萎縮變形，泛黃的皮膚裏住骨頭，中間只有一層薄如紙的肌肉。我還記得有一天，我八歲的時候，阿里帶我到市場買南餅⑥。我跟在他後面，精力旺盛，想模仿他走路的樣子。我觀察他搖晃那隻骨瘦如柴的腿，劃出弧形；觀察他每次踏下右腿時，身體就不由自主地傾向右邊。他沒跨一步摔倒一次，可真是奇蹟。我學他的時候，幾乎跌到水溝裡去，惹得自己咯咯地笑。阿里轉身，逮到我在模仿他。他沒說什麼。當時沒說，後來也沒說。他只是繼續走。

阿里的臉和他走路的樣子讓附近有些年紀比較小的孩子很害怕。但真正麻煩的是較大的孩子。他們會在街上追他，在他一跛一跛走路時嘲笑他。有些還叫他「巴巴魯」，也就是吃小孩的惡魔。「喂，巴巴魯，你今天吃了誰啊？」他們會齊聲大笑說：「你吃了誰，塌鼻子巴巴魯？」

他們還叫他「塌鼻子」，因為阿里和哈山有哈札拉族典型的蒙古人種外貌。有好幾年的時間，我對哈札拉族的認識僅止於此，只知道他們是蒙古後裔，看起來很像中國人。學校的教科書很少提到他們，對他們的血緣也略過不提。直到有一天，我在爸爸的書房，瀏覽他的藏書，找到一本我母親的舊歷史書。那是個名叫寇米的伊朗人寫的。我吹掉書上的灰塵，那天晚上偷偷帶上床。看到書上有一整章哈札拉族的歷史，我簡直嚇呆了。一整章關於哈山族人的篇幅！在裡頭，我讀到我的族人，普什圖族，迫害鎮壓哈札拉族。書裡說，十九世紀的時候，哈札拉人曾經想要反抗普什圖人，但是普什圖人「用無法言喻的暴行弭平他們」。書上說，我的族人殺害哈札拉人，把他們趕離他們的土地，燒掉他們的房子，賣掉他們的女人。書裡說，普什圖人之所以迫害哈札拉人，部份原因是普什圖人屬於遜尼派回教徒，而哈札拉人是什葉派⑦。書裡說了很多我不知道的事，那些我們老師從來沒提過的事。爸爸也沒提過的事。書裡也說了一些我早就知道的事，例如有人叫哈札拉人是「吃老鼠的人」、「塌鼻子」、「載貨毛驢」。我聽過附近有些小孩對著哈山喊這些字眼。

隔一個星期，下課之後，我拿出那本書，指給老師看有關哈札拉族的那一章。他隨便翻了幾頁，輕蔑地笑著，把書還給我。「什葉派有件事很在行，」他收拾他的東西說：「就是讓自己殉道而死。」他提到什葉派時皺起鼻子，彷彿那是某種疾病。

紗娜烏芭雖然和阿里屬於同一種族，也有相同的家族血緣，卻常和附近的孩子一起嘲弄阿里。我聽說她毫不掩飾對他外表的輕蔑態度。

「這是個丈夫嗎？」她會冷笑說：「我看過比他還像個丈夫的老驢子呢。」

最後，大部份人都懷疑這樁婚姻是阿里和他叔叔，也就是紗娜烏芭的父親，兩人之間的某種安排。他們說阿里娶堂妹是為了幫叔叔洗刷被玷污的名聲，雖然阿里五歲就成了孤兒，也沒有任何可以稱之為財產或遺產的東西。

阿里從來沒對那些折磨他的人採取報復，我猜部份原因是他拖著那條瘸腿根本逮不住他們。但主要的原因是阿里對那些侮辱攻訐充耳不聞；他找到讓他快樂的東西，他的解藥，就在紗娜烏芭生下哈山的那一刻。那真是再簡單不過的事了。沒有產科醫生，沒有麻醉師，沒有新奇的監測設備。只有紗娜烏巴躺在污漬斑斑、什麼也沒墊著的墊褥上，靠著阿里和接生婆幫她。反正紗娜烏芭也不太需要幫忙。因為，就連在出生的當下，哈山也秉性純良。他無法傷害任何人。幾聲咕嚕，幾下推擠，哈山就誕生了。他帶著微笑誕生了。

愛嚼舌的接生婆先是對鄰居的僕人透露，接著就說給所有想聽的人聽，說紗娜烏芭瞄了一眼阿里懷裡的嬰兒，看見兔唇，就爆出一陣淒厲的笑聲。

「看吧，」她說：「你有了個白癡兒子替你笑了吧！」她甚至不願意抱一下哈山，僅僅過了五天，她就走了。

爸爸僱了餵養我的那個奶媽來帶哈山。阿里告訴我們，她是個藍眼睛的哈札拉人，從巴米揚⑧來的，就是那個有座巨大佛陀雕像的城市。「她有很甜美的歌聲。」他常這麼對我們說。

她唱什麼呢，哈山和我問，雖然我們早就知道了——阿里已經告訴我們無數次了。我們只是想聽阿里唱。

他清清喉嚨，開口唱：

我站在高山之上，
呼喊阿里之名，阿里，神之獅。

噢，阿里，神之獅，人之王，
為你我悲傷之心帶來喜樂。

然後他會提醒我們，同一個胸脯餵大的孩子就是兄弟，這種親情連時間也拆不散。

哈山和我是同一個胸脯餵大的。我們在同一個院子的同一片草地跨出我們的第一步。而且，在同一個屋簷下，講出我們的第一個字。

我說的是爸爸。

哈山說的是阿米爾。我的名字。

此時回顧過往，我想，一九七五年冬天發生的事——以及之後所有的事——早就在我們所說的第一個字裡埋下遠因。

---

①Wazir Akbar Khan，阿富汗十九世紀第一次抗英戰爭之英雄。

②Isfahan，伊朗城市，以磁磚繁複華麗的藍色清真寺著稱。

③Nadir Shah，1883-1933，原為阿富汗第三次抗英戰爭英雄，後於內戰中勝出，登基為國王，厲行改革，頗受人民愛戴，但遭激進派批評，於一九三三年遇刺身亡。

④Herati，阿富汗西北部城市。

⑤Mashad，伊朗城市。

⑥naan，一種奶油烤薄餅。

⑦回教主要分為兩大教派，即信仰穆罕默德言行錄的遜尼派（Sumni），與支持穆罕默德堂弟阿里世系為宗教領袖的什葉派（Shi'a）。遜尼派約佔全球回教徒之百分之八十五，通稱為正統派。

⑧Bamiyan，阿富汗西北山城，為中亞佛教中心，山谷中建有高達五十三公尺與三十八公尺的大佛像，並有許多石窟壁畫，極具宗教與藝術價值，為聯合國認定之世界遺產。二〇〇一年遭塔利班政權炸毀。

第三章

傳說我父親曾在俾路支①徒手與一隻黑熊搏鬥。如果這個故事的主角是其他人，一定會被屏斥為誇大，這也是阿富汗人性好誇張的毛病——說來令人難過，這幾乎是一個民族的不幸；如果有人誇說他兒子是個醫生，那麼很可能是那個孩子通過了高中的生物考試。但沒有人會質疑任何有關爸爸這個故事的真實性。就算有人質疑，好啊，爸爸也還有那三條彎彎曲曲劃過背部的傷疤。有無數次，我想像著爸爸與熊搏鬥的情景，甚至還夢到過。而在夢境裡，我分不清爸爸和熊的身影。

最先叫爸爸「颶風先生」的，是拉辛汗。這個綽號後來變成了爸爸的外號。這實在是個貼切的外號。我父親生來孔武有力，是個高大的普什圖人，有濃密的鬍子，一頭和他自己一樣桀驁不馴的棕色短捲髮，雙手像能把柳樹連根拔起似的，而黑色的眼睛一瞪，能「讓魔鬼跪地求饒」，拉辛汗常這麼說。在宴會上，只要六呎五吋高的他一駕臨，所有的注意力全轉到他身上，如同向日葵轉向太陽一樣。

沒有人能忽視爸爸的存在，就算他在睡覺也不例外。我常把棉花球埋進耳朵裡，拉起毯子蓋住頭，但爸爸的鼾聲——簡直像怒吼的貨車引擎——仍然穿牆而來。而我的房間和爸爸的房間之間還隔著一條走廊呢。以前我母親和他在同一個房間裡如何能睡得著，著實令我費解。如果能見到她，我有一長串的問題想問她，這件事也是其中之一。

在一九六〇年代末期，我約莫五六歲的時候，爸爸決定要蓋一間孤兒院。我從拉辛汗那裡聽到這個故事。他告訴我說，爸爸親手畫了藍圖，完全不顧自己根本沒有建築經驗。抱持懷疑態度的人要他別做傻事，快請一位建築師。當然，爸爸拒絕了，每個人都對爸爸的頑固驚慌地搖頭。但是，爸爸成功了，於是每個人又都搖著頭讚歎爸爸的勝利。這幢兩層樓的孤兒院位在喀布爾河南面的迦蝶梅灣大道外緣，完全是爸爸自己出錢蓋的。拉辛汗告訴我，爸爸自己籌錢負擔整個計畫，花錢請工程師、機電工、鉛管工和建築工，更別提還有付錢給城裡那些「鬍子得上油」的官員。

蓋孤兒院花了三年的時間。那時我已經八歲。我還記得孤兒院啟用的前一天，爸爸帶我到喀布爾北邊幾哩外的喀爾喀湖。他要我帶哈山一起去，但我騙他說哈山跑得不見人影。我要爸爸完全屬於我一個人。更何況，有一次我和哈山在葛赫哈湖打水漂兒，哈山的石頭跳了八下。而我最多只能打五下。爸爸在那裡看著我們。他拍拍哈山的背，甚至還用手臂攬住他的肩膀。

我們坐在湖堤的野餐桌旁，只有爸爸和我，只有吃著水煮蛋和寇夫塔三明治——南餅裹著肉丸和醃黃瓜。湖水湛藍，陽光在宛如鏡子般清澄的水面熠熠生輝。每逢星期五②，總有許多家庭趁天晴踏青，弄得湖邊喧鬧不已。但那天是工作日，湖邊只有爸爸和我，只有我們和幾個長髮蓄鬍的觀光客——也就是嬉皮。我聽過別人這麼叫他們。他們坐在碼頭上，腳在水裡晃盪，手握釣桿。我問爸爸，他們為什麼留長髮，但爸爸只哼了一聲，沒回答。他正在準備第二天的演講，飛快地翻閱一大疊手寫稿，用鉛筆到處做摘要。我咬了一口蛋問爸爸，學校裡的男生告訴我說如果吃下一口蛋殼，就得把它尿出來，是不是真的。爸爸又哼了一聲。

我咬了一口三明治。一個黃頭髮的觀光客笑起來，用力在另一個人背上拍了一下。遠處，隔著湖，一輛卡車搖搖晃晃轉過山丘一角。陽光在後照鏡上閃閃發亮。

「我想我得了癌症。」我說。爸爸抬起頭，手稿在微風中翻動。他告訴我可以自己去拿汽水，只要打開車子的行李廂就行了。

第二天，在孤兒院外面，他們椅子不夠用。許多人得站著觀看啟用典禮。那天風很大，在新建築主入口外面一個小小的觀禮台上，我坐在爸爸後面。爸爸穿著綠西裝，頭戴羔羊皮帽。演講到一半時，風吹掉了他的帽子，每個人都笑起來。他作勢要我幫他拿帽子，我很樂意，因為這樣每個人都會知道他是**我的**父親，**我的**爸爸。他轉身回麥克風前，說他希望這幢房子比他的帽子牢固，每個人又都笑起來。爸爸演講結束時，大家都站起來歡呼。他們鼓掌了很長一段時間。之後，大家都來和他握手。有些人還搔亂我的頭髮，也和我握手。我真的很以爸爸為榮，以我們為榮。

雖然爸爸很有成就，但還是一直有人不看好他。他們告訴爸爸說他不是做生意的料，應該像他父親一樣研習法律。所以爸爸用事實證明他們全錯了，他不只經營自己的事業，還成為全喀布爾最富有的人之一。爸爸和拉辛汗創建了一家成功非凡的地毯出口公司、兩家藥廠，以及一家餐廳。

而當大家譏諷爸爸不可能有椿好婚姻時——他畢竟沒有皇族血統——他娶了我的母親，蘇菲亞．阿卡拉米，她受過高等教育，公認為是喀布爾最值得敬重、最美麗、也最具美德的淑女之一。不僅僅因為她在大學教法爾西③文學，而且也因為她是皇家後裔。因此，我父親總喜歡故意在那些持懷疑態度的人面前叫她「我的公主」。

我父親依自己的喜好塑造他周圍的世界，只有我是個明顯的例外。當然，問題是爸爸眼中的世界只有黑與白。由他決定何者為黑，何者為白。面對這樣的一人，你若愛他，也一定會怕他。或許還可能會有點恨他。

我唸五年級的時候，有一位穆拉④教我們關於伊斯蘭的教義。他的名字是法提烏蘭汗，一個矮壯的人，滿臉粉刺疤痕，聲音粗嘎。他教我們天課⑤的美德與朝覲⑥的義務；他教我們一天五次禮拜⑦祈禱的複雜儀式，讓我們背誦可蘭經的經文——雖然他從沒翻譯給我們聽，但他強調，有時還借助柳條，我們一定要把阿拉伯字句唸得字正腔圓，讓真主聽得更清楚⑧。有一天他告訴我們，伊斯蘭教認為喝酒是可怕的罪行；那些喝酒的人在最後的審判日，要為罪行付出代價。當時，飲酒在喀布爾是很普遍的事。沒有人會公開撻伐，但那些有在喝酒的阿富汗人會偷偷喝，以示尊重。大家喝的蘇格蘭威士忌是裝在棕色紙袋裡從特定「藥房」買來的「藥」。他們會提著袋子，避免被看見，但有時碰到瞭解那些藥房有做此類勾當名聲的人，還是不免引來不以為然的眼光。

在樓上爸爸的書房，吸煙室，我告訴爸爸，法提烏蘭汗穆拉在課堂上教我們的東西。爸爸從房間角落裡特別訂做的吧台，給自己倒了一杯威士忌。他一面聽，點點頭，一面啜口酒。接著，他坐在黑色的皮椅上，放下酒，把我抱到膝上。我覺得自己彷彿坐在一對樹幹上。他深吸一口氣，從鼻孔吐出氣來，氣息不斷嘶嘶穿過他的小鬍子，似乎永無止盡。我無法下定決心，是該緊緊擁抱他，或是害怕得從他膝頭跳下。

「我看得出來，學校裡教的和實際生活裡學的，讓你覺得很困惑。」他用他低沉的嗓音說。

「但是，如果他說的是真的，那你不就變成罪人了，爸爸？」

「嗯。」爸爸咬碎含在牙齒間的冰塊。「你想知道你父親對罪行的看法嗎？」

「想。」

「那麼我就告訴你。」爸爸說：「但首先，你現在就必須瞭解，阿米爾，你不可能從那些大鬍子白癡身上學到任何有價值的東西。」

「你說的是法提烏蘭汗穆拉？」

爸爸舉起酒杯。冰塊叮噹作響。「我說的是他們全部。去那些自以為是的猴子，應該在他們的大鬍子上撒泡尿。」

我大笑起來。爸爸在猴子的鬍子上撒尿，不管是不是自以為是的猴子，那景象實在太勁爆了。

「他們什麼也不會，只會數念珠背經書，而且那本書還是用他們根本就不懂的語言寫的。」他啜了一口。「如果阿富汗落到他們手裡，我們只能求真主保佑了。」

「但是法提烏蘭汗穆拉看起來很和氣。」我忍住不笑出來。

「成吉思汗也是啊。」爸爸說：「但是，夠了。你剛才問我罪行的事，我現在就要告訴你。你在聽嗎？」

「是。」我說，同時緊緊捏住我的嘴唇。但笑聲從我的鼻孔竄出，發出一陣鼻息。讓我又忍不住咯咯笑。

爸爸固若磐石的目光盯住我的眼睛，就這樣，我不再笑了。「我想和你好好談一談，男人對男人。你想，你能做得到嗎？」

「可以。爸爸將⑨。」我囁嚅地說，這已經不是第一次，爸爸只用一句話就深深刺痛我，真的不可思議。我們曾有一段短暫的美好時光——爸爸並不常和我說話，更別提把我抱在膝上了——而我竟然笨到全浪費掉啦。

「很好。」爸爸說，但他眼中仍有懷疑。「聽著，不管穆拉教你什麼，世界上只有一種罪行，只有一種。那就是偷竊。其他的罪行都是從偷竊變化而來的。你瞭解嗎？」

「不，爸爸將。」我說，我渴望自己能瞭解。我不想再讓他失望。

爸爸不耐煩地嘆了一口氣。這也很傷人，因為他不是個沒耐心的人。我記得他老是天黑之後才回家，我老是獨自吃晚飯。我問過阿里，爸爸在哪裡，什麼時候才回來，雖然我很清楚，他人在建築工地，檢查這個，監督那個。這不需要耐心嗎？我已經痛恨那些收容在他孤兒院裡的孩子；有時候我真希望他們和他們的父母一起死掉。

「如果你殺了一個人，就是偷走一條生命。」爸爸說：「你偷走他妻子擁有丈夫的權利，從他兒女身邊奪走父親。如果你撒謊，就是偷走其他人知道真相的權利。如果你欺騙，就是偷走擁有公義的權利。你懂嗎？」

我懂。爸爸六歲時，有個賊半夜溜進我祖父家。我祖父，一位受人敬重的法官，奮力抵抗，但那個賊用刀刺進他的喉嚨，立刻要了他的命──奪走爸爸的父親。城裡的人在第二天中午之前就逮到凶手；他是從甘杜茲地區來的流浪漢。在下午禮拜儀式開始的兩個小時之前，他就被吊死在橡樹上。告訴我這個故事的，是拉辛汗，不是爸爸。我總是從其他人那裡知道爸爸的事。

「最邪惡的行為莫過於偷竊。」爸爸說：「一個人如果拿走不屬於他的東西，不論是一條命或一塊烤餅……我都會唾棄他。如果讓我在街上碰到他，他就得靠真主保佑了。你瞭解嗎？」

聽到爸爸這樣斥責小偷，我既覺得興奮，又非常害怕。「瞭解，爸爸。」

「如果真有真主，我希望祂關心更重要的事情，別只管我們喝威士忌、吃豬肉這些小事。好了，下來吧。談論罪行，讓我又口渴了。」

我看著他在吧台斟滿酒杯，心中揣想，還要過多久我們才能再像這樣談話。因為，說真的，我一直覺得爸爸有點恨我。為什麼不呢？畢竟，是我殺了他心愛的妻子，他美麗的公主，不是嗎？我該做的，至少是變得有點像他吧。但我沒變得像他。一點都不像。

在學校，我常玩一種叫沙將奇（Sherjangi）的遊戲，也就是詩文競賽。由法爾西文老師主持，玩法是：你背一段詩句，然後你的對手要在六秒之內，以你這句詩的最後一個字起始，背另一段詩句。我班上的每個人都希望和我一隊，因為當時十一歲的我，已經能背海亞姆⑩、哈菲茲⑪和魯米⑫著名的《瑪斯納維》⑬裡的數十首詩。有一回，我代表全班出賽，贏得勝利。那天晚上我告訴爸爸，但他只是點點頭，咕噥說：「很好。」

我逃避父親冷漠態度的方式就是躲進我已故母親的書裡。除此之外，當然還有哈山。我什麼都讀，魯米、哈菲茲、薩迪⑭、雨果、凡爾納⑮、馬克吐溫、伊恩·弗萊明⑯。讀完母親全部的書之後——不包括乏味的歷史書，我很少讀那些，只讀小說和史詩——我開始花零用錢買書。我每個星期在電影院附近的書店買書，等書架再也找不到空間之後，就把書放在硬紙板箱裡。

當然，娶個詩人是一回事，但養個寧可埋首詩集也不願打獵的兒子……嗯，可就不是爸爸所願，我猜。真正的男子漢不讀詩——而且真主還禁止他們寫呢。真正的男子漢——真正的男生——踢足球，就像爸爸年輕時一樣。這才是值得付出熱情的事。一九七〇年，爸爸暫時擱下孤兒院的建築工程，飛到德黑蘭去一個月，觀賞電視播出的世界盃比賽，因為當時阿富汗還沒有電視。他替我報名參加足球隊，希望在我身上激起相同的熱情。我霉運當頭，莽撞笨拙，是球隊莫大的負擔，不是壞了傳球，就是擋了通道。我骨瘦如柴的雙腿在球場上吃力奔走，再怎麼費勁嘶吼，球也不會傳到我這裡來。我越是努力，雙手在頭頂使勁揮舞大叫：「傳給我，傳給我！」大家就越是忽視我的存在。但爸爸不放棄。等事實證明我沒遺傳到他的任何一點運動天份之後，他開始想把我改造成熱情的觀眾。我當然做得到，不是嗎？我裝出有興趣的樣子，能裝多久算多久。喀布爾隊擊敗坎達哈隊時，我和他一起歡呼；裁判吹我們球隊的球員犯規時，我大聲咒罵。但爸爸察覺我缺乏真正的興趣，不得不面對苦澀的事實，承認他的兒子絕對不會踢也不愛看足球。

我記得有一次，爸爸帶我去看一年一度馬上比武競賽。在春季的第一天，也就是新年那天舉行的馬上比武競賽，直到今天都還是阿富汗舉國狂熱的活動。技藝超群的騎士，通常都有富有的贊助人。他們必須在囂戰中奪取一隻羊或牛的獸體，全速奔馳繞行觀眾席一周，然後把戰利品丟進得分圈裡，而另一隊的騎士則追逐他，使盡一切手段——踢、抓、鞭、推——把他的勝利品搶到手。那天，場上的騎士奮戰怒吼，在漫天煙塵中爭奪獸屍，觀眾也跟著興奮嘶喊。馬蹄奔騰，天驚地動。我們坐在露天看台上，看著騎士從我們面前奔馳而過，尖叫狂嘯，坐騎的嘴裡吐出泡沫。

一度，爸爸指著某人。「阿米爾，你看見坐在那邊的那個人嗎，很多人圍在旁邊的那個？」

我看見了。

「那是亨利．季辛吉。」

「噢。」我說。我不知道亨利．季辛吉是誰，我可能也問了。但就在那一剎那，我驚恐地看見一位騎士從馬鞍上跌下來，雜沓的馬蹄踐踏而過。在戰馬飛奔間，他的身體被丟來扯去，像個破布娃娃，最後終於靜止下來，但爭戰依舊繼續進行。他抽慉了一下，然後一動也不動的躺著，雙腿彎扭成不自然的角度，一大灘鮮血滲過沙土。

我開始哭。

我一路哭回家。我還記得爸爸的手緊緊握住方向盤。握緊，放鬆。爸爸開車時一語不發，極力掩飾臉上厭惡表情的情景，我永遠不會忘記。

那天晚上，我經過爸爸書房，聽到他和拉辛汗說話。我把耳朵貼在緊閉的門上。

「……還好他很健康。」拉辛汗說。

「我知道，我知道。但是他整天看書，不然就是在房子裡繞來繞去，好像迷失在夢裡一樣。」

「所以呢？」

「我不是這個樣子的。」爸爸聽起來很沮喪，幾乎要發怒。

拉辛汗笑起來。「孩子又不是著色畫。你不能用你喜歡的顏色塗在他身上。」

「我只是告訴你，」爸爸說：「我不像他這樣，和我一起長大的小孩也沒人這樣。」

「你知道嗎，有時候，你是我所認識的人裡面最自我中心的一個。」拉辛汗說。就我所知，他是唯一一個可以這樣對爸爸說話，卻又不會有事的人。

「和這個沒有關係。」

「沒有？」

「沒有。」

「那是怎麼回事？」

我聽見爸挪動身體，皮椅發出吱吱聲響。我閉上眼睛，耳朵在門上貼得更緊，想聽，又不想聽。「有時候，我看著窗外，看見他在街上和鄰居的男生玩耍。我看見他們是怎麼欺負他的，搶他的玩具，推他，打他。但是，你知道，他從來不反擊。他只是……低下頭……」

「所以他不暴力。」拉辛汗說。

「我不是這個意思，拉辛，你知道的。」爸爸反駁說：「那孩子身上少了一些東西。」

「少了卑鄙的天性。」

「自我防衛和卑鄙沒有關係。你知道那些鄰居小孩欺負他的時候，發生什麼事嗎？哈山會插手，打退他們。我親眼看見的。等他們回來，我問他說：『哈山臉上怎麼有傷？』他告訴我說：『他跌倒了。』我告訴你，拉辛，那孩子身上少了一些東西。」

「你只需要讓他找到他自己的路。」拉辛汗說。

「但是他要走到哪裡去？」爸爸說：「一個不能捍衛自己的男生，以後就會變成無法捍衛任何事的男人。」

「又來了，你太過簡化問題了。」

「我不覺得。」

「你很生氣，因為你怕他永遠無法接管你的事業。」

「現在又是誰過度簡化問題了？」爸爸說：「聽著，我知道你和他感情很好，我很高興。嫉妒，但是很高興。我說真的。他需要一個……瞭解他的人，因為天曉得，我不瞭解他。但是，阿米爾身上有些事讓我很困擾，我說不上來。就像……」我見他苦苦搜尋，搜尋合適的字句。他壓低聲音，但我還是聽得見。「如果我不是親眼看見醫生把他從我太太身上拖出來，我一定不會相信他是我的兒子。」

第二天早上，哈山幫我準備早餐時問我，是不是煩惱什麼事。我斥喝他，叫他不要多管閒事。關於卑鄙的天性，拉辛汗說錯了。

---

①Baluchistan，巴基斯坦西南與伊朗接壤之高原地區。

②伊斯蘭教的休息日是星期五。

③Farsi，即波斯語，為阿富汗官方語言。

④mullah，伊斯蘭教的教士。

⑤伊斯蘭教義有五個基本功課，稱之為「五功」，及念、禮、齋、課、朝。「課功」（zakat）亦稱「天課」，即奉主命而定的賦稅，收入超過一定定額的穆斯林，每年年終將收入扣除必要開支之後，須捐出百分之二點五濟助貧苦。

⑥伊斯蘭教徒每年於齋月期滿後第七十日於麥加朝覲「天房」，體會宗教真義，為伊斯蘭教義五功之「朝功」（hadj）。

⑦namaz，即伊斯蘭教義五功之「禮功」，每日須朝麥加方向禮拜五次，破曉一次稱為「晨禮」，中午一次稱為

「晌禮」，下午一次稱為「脯禮」，日落後一次稱為「昏禮」，夜間一次稱為「宵禮」。

⑧伊斯蘭教奉「可蘭經」為真主的語言，只承認阿拉伯文正本，其他文字版本只能稱為「譯本」而非經典。

⑨jan，為對親近之人的暱稱。

⑩Omar Khayyâm，1048-1122，古波斯詩人，著有《魯拜集》。

⑪Fale Hãfez，1324-1393，伊朗詩人。

⑫Jalaluddin Rumi，1207-1273，伊朗詩人。

⑬Masnawi，魯米著名的長篇詩作。

⑭Saadi，1210-1290，伊朗詩人。

⑮Jules Verne，1882-1905，法國歷險小說家，著有《環遊世界八十天》、《地心歷險記》等。

⑯Ian Fleming，1908-1964，英國間諜小說家，以「〇〇七」系列著稱。

第四章

一九三三年，爸爸出生的那一年，也是察希爾國王①開啟統治阿富汗長達四十年王朝的那一年，出身喀布爾高貴富裕家庭的兩個兄弟，駕著他們父親的福特敞篷車。抽了印度大麻，喝了法國葡萄酒，兩人醉意醺然，在往帕格曼②的路上撞死一對哈札拉夫妻。警察把這對略有悔意的兄弟和罹難夫妻遺下的五歲孤兒帶到我祖父面前。我祖父是地位崇高的法官，也是素有清譽的人。他聽過兩兄弟的說辭，以及他們父親的求情之後，判令兩兄弟立即到坎達哈③，入伍一年——雖然他們的家族已經想辦法讓他們不用當兵了。他們的父親抗辯，但沒太激烈，最後，每個人都同意，這個處罰或許嚴厲，但卻很公平。至於那個孤兒，我祖父自己收留了他，交給其他的僕人教導，但叮囑他們要善待他。那個孩子就是阿里。

阿里和爸爸一起長大，是童年的玩伴——至少在阿里得小兒痲痺跛腳之前——就像一個世代之後，哈山和我一起長大一樣。爸爸總是告訴我們，他和阿里的惡作劇，而阿里會搖搖頭說：「但是，老爺大人，告訴他們，是誰設計了那些惡作劇，而誰又是可憐的苦力？」爸爸會哈哈大笑，伸出手臂抱著阿里。

但在爸爸說的故事裡，從沒把阿里當成是他的朋友。

很有意思的是，我也從來沒認為哈山是我的朋友。不是一般意義裡的朋友，無論如何。儘管我們教彼此放開雙手騎腳踏車，或是用硬紙板箱做功能齊全的自製照相機。儘管我們整個冬天都在玩風箏，放風箏。儘管對我而言，阿富汗的面容就是那個細骨架、理平頭、低耳朵男生的面孔，一個有張中國娃娃臉孔、永遠亮著兔唇微笑的小男生。

儘管還有其他許多，但都無關緊要。因為歷史不易改變。信仰也一樣。到頭來，我是普什圖人，他是哈札拉人，我是遜尼派，他是什葉派，沒有任何事可以改變這一點。沒有。

但我們是兩個一起學爬學走的孩子，也沒有任何歷史、種族、社會或信仰可以改變這一點。在我生命的頭十二年裡，大部份的時間都和哈山玩在一起。有時候，我整個童年似乎就像與哈山一起度過的一個漫長慵懶的夏日，在我父親園子裡的錯綜林木間追逐，玩躲貓貓、官兵捉強盜、牛仔與印地安人，虐待昆蟲——為了滿足無法抗拒的光榮成就感，我們拔掉蜜蜂身上的刺，用線綁在那隻可憐的小東西身上，每回牠一起飛，就把牠拉回來。

我們還追趕那些途經喀布爾往北部山區前進的遊牧人。他們的旅隊一接近我們這個地區，我們就聽見了，有綿羊咪咪叫的聲音，山羊咩咩叫的聲音，還有駱駝脖子上鈴鐺叮叮噹噹的聲音。我們會跑到外面去看他們的旅隊緩緩經過我們的街道，男人渾身塵土，滿臉風霜，女人披著色彩繽紛的長披肩，戴珠串，手肘腳踝都掛著銀鐲子。我們用小石子丟他們的羊。用水噴他們的螺子。我要哈山坐在「病玉米之牆」上，用彈弓射駱駝屁股。

我們一起看我們的第一部西部電影，約翰韋恩的《赤膽屠龍》，就在我最喜歡的書店對街的那家電影院。我還記得，我求爸爸帶我們去伊朗，好讓我們可以見到約翰韋恩。爸爸迸出一陣低沉宏亮的狂笑——頗像貨車引擎加速的聲音——等他說得出話來的時候，才對我們解釋所謂的配音。哈山和我都目瞪口呆。迷惑不已。約翰韋恩並不是真的講法爾西語，他也不是伊朗人！他是美國人，就像我們常看到在喀布爾閒蕩的那些穿著鮮豔破短褲、留長髮、和善的男男女女一樣。我們看了三遍《赤膽屠龍》，但我們最喜歡的西部電影《豪勇七蛟龍》，看了十三遍。每次看到結尾，墨西哥小孩埋葬查理士布朗遜那一幕，我們就開始哭——結果，他也不是伊朗人。

我們在喀布爾的新城，也就是位在瓦吉・阿卡巴汗區西邊的新城區，逛霉味撲鼻的市集。我們談論剛看過的電影，走在逛市集的喧嚷人群中。我們擠過商人和乞丐前進，穿過成排小商攤緊緊挨在一起的巷子。爸爸每週各給我們兩人十元當零用錢，我們用來買溫熱的可口可樂，和灑滿開心果仁的玫瑰香露冰淇淋。

在學期中，日子一成不變。我慢吞吞起床，拖著沉重腳步走進浴室時，哈山已經梳洗完畢，和阿里作完早晨的禮拜，幫我準備好早餐了：熱紅茶加三塊方糖，一片烤好的南餅配上我最喜歡的酸櫻桃醬，整整齊齊擺在餐桌上。我吃早餐抱怨功課時，哈山鋪我的床，擦我的鞋，燙我那天要穿的衣服，裝好我的書和鉛筆。我聽見他在門廊邊燙衣服邊唱歌，用鼻音唱著古老的哈札拉歌曲。然後，爸爸和我開著他的黑色福特野馬出門——那輛車所到之處都引來嫉妒的眼光，因為史提夫・麥昆在《警網鐵金鋼》裡就開著一輛一模一樣的車，那部電影在戲院上映了六個月之久。哈山留在家裡，幫阿里作家事：手洗髒衣服，在後院裡晾乾，掃地，到市場買新鮮的南餅，醃晚餐要煮的肉，給草坪澆水。

放學之後，哈山和我又聚在一起，抓一本書，跑上一座碗狀的山丘，就在我父親位於瓦吉・阿卡巴汗區那片家產的北邊。山頂上有座廢棄的舊墓園，一排排沒有標誌的墓碑和纏結的玫瑰花叢擋住通道。雨季和雪季鏽蝕了鐵門，也讓墓園低矮的白石牆塌毀。墓園入口附近有一棵石榴樹。有個夏日，我用阿里的一把菜刀在樹上刻了我們的名字：「阿米爾和哈山，喀布爾之王」。這些字正式宣告：這棵樹是我們的。放學之後，哈山和我爬到樹上，扯下血紅的石榴吃。吃掉果實之後，在草上搓搓手，我就開始唸書給哈山聽。

哈山盤腿坐著，陽光與石榴枝葉的樹影在他臉上舞動，他心不在焉地摘著地上的草葉，一面聽我唸他自己無法讀的故事。哈山長大會成為文盲，就像阿里以及大部份的哈札拉人，在出生那一刻就已命定，甚至，或許早在紗娜烏芭不情願的子宮受孕那一刻就已註定——畢竟，僕人會寫字要幹嘛呢？但是，雖然不識字，也或許正因為如此，哈山被文字的魅力深深吸引，著迷於他被禁絕的神秘世界。我唸詩和故事給他聽，有時也唸謎語——雖然我後來不唸了，因為我發現他比我更能解謎。所以我唸一些不具挑戰性的東西給他聽，像是迷糊的納斯魯汀穆拉和他的驢子多災多難的故事。我們在樹下坐了好幾個小時，直坐到太陽西沉，但哈山還會堅持說，我們還有足夠的天光可以再唸一篇故事，再多讀一章。

唸書給哈山聽的時候，我最喜歡的部分就是碰到某個他不懂的難字。我會取笑他，揭穿他的無知。有一次，我唸納斯魯汀穆拉的故事給他聽，他打斷我說：「那個字是什麼意思？」

「哪一個？」

「『駑鈍』。」

「你不知道那是什麼意思？」我咧嘴笑說。

「不知道，阿米爾大人。」

「但那是一個很普通的字啊。」

「可是我不懂。」就算他聽出來我話中帶刺，他的微笑也沒表現出來。

「嗯，我學校裡的每一個人都知道這個字的意思。」我說：「好吧，『駑鈍』就是聰明、伶俐的意思。我會用在你身上。『談到文字，哈山很駑鈍。』」

「啊哈。」他點點頭說。

後來我一直覺得很有罪惡感。所以我給他舊襯衫或破玩具，想加以彌補。我告訴自己，這樣就足以彌補無害的玩笑。

迄至此時，哈山最喜歡的一本書是《雪納瑪》——第十世紀描寫波斯英雄的史詩。他所有的章節都喜歡，還有老國王、費里多恩、札爾和魯大貝。但他最喜歡的故事，也是我最喜歡的，是「羅斯坦與索拉博」，也就是偉大戰士羅斯坦和他的千里馬拉克綮的故事。羅斯坦在戰場上重創他的強敵索拉博，卻發現索拉博是他失散多年的兒子。傷痛至極的羅斯坦聽見兒子的臨終遺言說：

若汝果真為吾父，汝劍已染兒生命之血。汝之頑強所致。見母之信物，吾欲喚醒汝愛，呼喊汝名。但汝心難回，此刻相見之時……

「再唸一遍，拜託，阿米爾大人。」哈山會說。有時候，我唸這一段時，哈山的眼睛會盈滿淚水，我總是覺得很好奇，他為誰而哭，是淚濕衣襟悔恨交加的羅斯坦，或是渴求父愛垂死的索拉博？就我個人而言，我並不覺得羅斯坦的命運是悲劇。畢竟，所有的父親在隱密的心底不是都潛藏著殺死兒子的欲望嗎？

有一天，在一九七三年的七月，我又捉弄了哈山一回。我唸書給他聽，突然，我跳脫書上的文字。我假裝照著書唸，照常翻著書頁，但我完全不管書的內容，自己編故事。當然，哈山毫無察覺。對他而言，書上的文字是一堆密碼，無法辨識，神秘難解。文字是通往秘密的門，而鑰匙全握在我手中。之後，我忍住笑聲問他喜不喜歡這個故事，而哈山開始拍手。

「你在幹嘛？」我說。

「這麼久以來，這是你唸過最好聽的故事。」他說，還不停鼓掌。

我大笑：「真的？」

「真的。」

「太神奇了。」我咕噥說。我是說真的。真是太神奇了，完全出乎預期。「你確定嗎，哈山？」

他還一直鼓掌，「太棒了，阿米爾大人。你明天可以再多唸一些給我聽嗎？」

「太神奇了。」我又說了一遍，有點兒喘不過氣來，覺得自己就像是在後院發現寶藏的人一樣。走下山時，思緒在我腦海綻放，宛如察曼大道上施放的煙火。**這麼久以來，這是你唸過最好聽的故事**，他這麼說。我唸過很多故事給他聽。哈山正問我話。

「什麼？」我說。

「『神奇』是什麼意思？」

我大笑，給他一個擁抱，在他臉頰上深印一個吻。

「這是幹嘛？」他嚇壞了，臉都紅了。

我友善地推他一把。微笑說：「你是王子，哈山。你是王子，而且我愛你。」

那天晚上，我寫了我的第一個短篇故事。只花了我三十分鐘。那是個晦暗的小故事，說有個人找到一只魔法杯，知道如果落淚到杯裡，他的淚水就會變成珍珠。雖然他一直很窮，但一向很快樂，很少落淚。所以他想法子讓自己悲傷，才能落淚讓自己變得富有。隨著珍珠不斷累積，他的貪婪之心也越變越大。故事的結尾是那人坐在珍珠山頂，手握刀子，無助地落淚到杯裡，他心愛的妻子卻橫屍在他臂彎裡。

那天傍晚，我爬上樓梯，走進爸爸的吸煙室，手裡拿著寫有那篇故事草稿的兩張紙。我走進去的時候，爸爸和拉辛汗在抽煙斗，啜飲白蘭地。

「那是什麼，阿米爾？」爸爸說。他斜倚在沙發上，雙手放在頭後面。藍色的煙霧盤繞著他的臉。他的目光讓我覺得喉頭乾澀。我清清喉嚨，告訴他我寫了一個故事。

他點點頭，淺淺一笑，流露出來的興趣比假裝的所多無幾。他就只是透過香煙雲霧看著我。

「嗯，很好，對吧？」他說。

我站在那裡可能不到一分鐘，但是，直到今天，那仍是我生命中最長的一分鐘。時間一秒一秒慢慢走，一秒到下一秒之間似乎永恆無止盡。空氣變得沉重，潮濕，甚至凝固。我呼吸困難。爸爸還是盯得我渾身不自在，沒有要讀的意思。

一如往常，拯救我的是拉辛汗。他伸出手，給我一個毫無虛偽的微笑。「我可以看嗎，阿米爾將？我很想讀一讀。」爸爸叫我的時候，幾乎從來沒用過「將」這個親膩的稱呼。

爸爸聳聳肩，站起來。他看起來鬆了一口氣，彷彿是拉辛汗解救了他。「對，給拉辛卡卡④吧，我要上樓去準備了。」他說著就走出房間。我一向以宗教般的熱忱崇拜爸爸，但那一刻，我恨不得掰開我的血管，把他該死的血液從身體裡流乾。

一個小時之後，傍晚的天光已黯淡，他們兩人開著我父親的車一起去參加宴會。出門時，拉辛汗在我面前蹲下來，交給我那篇故事和一張折起來的紙。他亮出一個微笑，眨眨眼。「給你。等一下再看。」他停了一下，又說了一句話，一句比此後任何一位編輯所給我的恭維更能鼓舞我朝寫作目標邁進的話。那就是：「太棒了！」

他們離開之後，我坐在床上，希望拉辛汗是我的父親。接著我又想起爸爸寬厚的胸膛，他緊緊抱我在懷裡的時候感覺真好；想起他早上聞起來有香檳氣味；想起他的鬍渣搔得我臉好癢。我突然湧起一股罪惡感，衝進浴室，在水槽裡吐了。

那天晚上，我蜷縮在床上，一遍又一遍地讀拉辛汗的那張紙條。他寫的是：

阿米爾將：

我非常喜歡你的故事。真是神奇，真主給了你特殊的天份。你有責任磨練這個天份，因為浪費真主恩賜天份的人，簡直是一頭笨驢。你寫的故事文法正確，風格有趣。但你的故事讓我印象最深的是其中蘊含的諷刺意味。你可能還不知道「諷刺」這個字是什麼意思。但你有一天會瞭解。有些作家一生追求卻仍不可得，而你在第一篇故事裡就做到了。

你的朋友
拉辛

得到拉辛汗紙條的激勵，我抓起那篇故事，衝下樓梯到門廊。阿里和哈山鋪著墊褥睡在那裡。只有爸爸出門，阿里必須照顧我的時候，他們才會睡在宅邸裡。我搖醒哈山，問他願不願意聽一個故事。

他揉著睡意惺忪的眼睛，伸個懶腰。「現在？幾點了？」

「別管幾點。這個故事很特別。我自己寫的。」我低聲說，希望別吵醒阿里。哈山的臉亮了起來。

「那我一定要聽。」他已經扯掉身上的毯子，說道。

在起居室的大理石壁爐旁，我唸給他聽。這次不再開玩笑地隨口亂唸，這是我的故事！從很多方面來看，哈山都是完美的聽眾，他完全沉浸在故事裡，臉上表情隨著情節的變化而改變。我讀完最後一個句子，他用手無聲地鼓掌。

「天啊，阿米爾大人。太棒了！」他綻開笑顏。

「你喜歡？」我說，得到第二個肯定的評語——這滋味真是太美妙了。

「有一天，阿拉保佑，你一定會是偉大的作家。」哈山說。「全世界的人都會讀你寫的書。」

「你太誇張了，哈山。」我說，但我喜歡他這麼說。

「不。你會很偉大，很出名。」他堅持說。接著他停頓了一下，彷彿要說些什麼。他斟酌遣詞用句，清清喉嚨。「你能讓我問一個有關這個故事的問題嗎？」他羞澀地說。

「當然可以。」

「嗯……」他欲言又止。

「說啊，哈山。」我說。我面帶微笑，雖然在我內心這個沒有安全感的作家分身突然不確定自己想不想聽。

「好吧。」他說：「我要問的是，那個人幹嘛殺了他老婆？其實，他何必要覺得傷心才能落淚呢？他聞洋蔥不就得了嗎？」

我目瞪口呆。這個特殊的論點，顯然蠢得無以復加，卻從來沒在我腦海裡出現過。我掀動嘴唇，但說不出話來。就在這晚，我學到寫作的目的之一——諷刺——的這晚，我也學到了寫作的陷阱之一：情節漏洞，哈山教我的，在芸芸眾生當中，卻是哈山教我的。目不識丁、這輩子連一個字都不會寫的哈山。一個冰冷陰沉的聲音陡然在我耳邊響起：**他懂什麼，這個不識字的哈札拉人？他這輩子就只是當廚子的料。他竟然膽敢批評你？**

「嗯。」我開口，但這個字之後卻無下文。

因為突然之間，阿富汗天崩地裂，永遠改變了。

①Zahir Shah，納狄爾國王之子，於父王遇刺後繼位，至一九七三年遭政變推翻。

②Paghman，喀布爾南郊城市，以花園著稱。

③Kandahar，阿富汗第二大城，位於西南，為交通樞紐。

④Kaka，即叔伯之稱謂。

第五章

轟隆聲響，宛如雷聲。大地微微震動，我們聽見「砰——砰——」的槍聲。「父親！」哈山大叫。我們跳起來，跑出起居室。我們看到阿里跛著腳狂奔過走廊。

「父親！什麼聲音？」哈山大喊，向阿里伸出雙手。阿里的手臂環住我們倆。一道白光閃過，天空亮起銀輝。又一道光閃過，接著是斷斷續續急遽的槍聲。

「他們在獵鴨子。」阿里用粗嘎的聲音說：「他們在夜裡獵鴨子，你知道。別害怕！」

遠處響起警報聲。不知什麼地方有玻璃破碎的聲音，還有人在叫喊。我聽見街上有人，從睡夢中驚起，或許還穿著睡衣，披頭散髮，眼睛泡腫。哈山在哭。阿里把他拉近，溫柔地抱著。後來，我告訴自己，我沒嫉妒哈山。一點也沒有。

我們就這樣挨在一起，直到天明破曉時分。槍聲和爆炸聲只持續不到一個小時，但嚇壞了我們，因為我們從來沒在街上聽到過槍聲。當時對我們來說，那還是很陌生的聲音。耳朵裡只聽懂炸彈聲和槍響聲的那一代阿富汗孩童，當時還沒出生。我們在餐廳裡擠成一團，等待太陽升起，渾然不知某種生活方式已然結束。我們生活的方式，就算還沒結束，至少也是落幕的開始。落幕，正式的落幕先是在一九七八年四月共產黨發動政變時到來，接著是在一九七九年十二月，蘇聯坦克駛進我和哈山一起玩耍的街道，奪走我認識的那些阿富汗人的性命，揭開迄今仍持續不輟的血流成河的時代①。

天將破曉之前，爸爸的車衝進車道。車門砰然摔上，他腳步沉重地咚咚跑上台階。然後他出現在門廊，我看見他臉上有些什麼。到底是什麼，我一時分辨不出來，因為那是我從來未曾在他臉上看到過的：恐懼。「阿米爾！哈山！」他大叫奔向我們，雙臂張開。「他們封鎖所有的道路，電話也不通。我好擔心。」

我們讓他抱著，有那麼一會兒，我覺得很高興，無論那天晚上發生了什麼事。

他們根本不是在開槍射鴨子。結果，在一九七三年七月十七日的那個晚上，他們根本沒射什麼東西。第二天早晨，喀布爾的居民一醒來就發現君主政體已經成為過去式。察希爾國王當時在義大利。趁著國王不在國內，他的表親達烏德汗②便以不流血政變終結了他長達四十年的統治。

我記得第二天早上，哈山和我縮在父親的書房外面，爸爸和拉辛汗則啜著紅茶，聽喀布爾電台廣播的政變新聞。

「阿米爾大人？」哈山低聲說。

「怎麼？」

「什麼叫『共和』？」

我聳聳肩。「我不知道。」爸爸的收音機裡，他們一次又一次不斷提到這個字：「共和」。

「阿米爾大人？」

「怎樣？」

「『共和』的意思是說父親和我得離開這裡嗎？」

「我想不是。」我低聲回答。

哈山想了想。「阿米爾大人？」

「怎麼？」

「我不想讓他們把父親和我送走。」

我露出微笑。「好啦，你這隻小笨驢。沒有人要把你送走。」

「阿米爾大人？」

「什麼？」

「你想去爬我們的樹嗎？」

我笑得更開了。哈山就是這樣。他永遠知道什麼時候說該說的話——廣播上的新聞很無聊。哈山回小屋去準備，我跑上樓去拿一本書。然後我到廚房，在口袋裡塞了一把松子，跑到外面，哈山已經等著我了。我們衝出大門口，往山丘上去。

我們穿過住宅區，越過一片通往山丘的荒蕪空地，突然，一塊石頭打中哈山背部。我們轉過身，我的心一沉。阿塞夫和他的兩個朋友，瓦里與卡美爾，向我們走來。

阿塞夫的父親馬穆德是爸爸的朋友，一位飛機駕駛員。他家住在我家往南幾條街的地方，一個有棕櫚樹環繞、圍牆高築的漂亮社區。如果你是住在喀布爾瓦吉·阿卡巴汗區的小孩，一定會知道阿塞夫和他著名的不鏽鋼指節套，只希望你別是透過親身體驗才得知的。由德國母親與阿富汗父親生下的阿塞夫，金頭髮，藍眼睛，身材比其他小孩都高大。他兇暴成性的昭彰惡名，在大街小巷總是人未到聲先聞。有唯命是從的朋友伴隨兩側行過街坊，他彷佛可汗在急於討好的僕役簇擁下巡視領地。他的話就是法律，而你如果需要一點法學教育，那副指節套就是再適合不過的教具了。我看過他用那副指節套對付一個卡爾帖-察區的孩子。我永遠不會忘記阿塞夫那對藍眼睛裡閃現的光芒，那種神智似已迷亂的光芒，還有他咧嘴笑的樣子——他揮拳打得那可憐的孩子失去意識時，咧嘴笑的樣子。有些瓦吉·阿卡巴汗區的男生給他取了一個外號叫「吃耳朵的阿塞夫」。當然，沒人有膽敢當面這樣叫他，除非他們想和那個呆頭呆腦跟阿塞夫搶風箏的孩子一樣，最後落得在滿是泥巴的臭水溝裡撈右耳的結局，阿塞夫的這個綽號就是這麼來的。多年之後，我學到一個英文字，可以貼切用在阿塞夫這種傢伙身上，一個在法爾西語裡找不到相同語意的字彙：「反社會份子」。

在所有欺負阿里的街坊男生裡，阿塞夫是最不留情的一個。事實上，「巴巴魯」的嘲弄就是他最先開始的。**喂，巴巴魯，你今天吃了誰啊？哼？別這樣，巴巴魯，笑一個嘛！**而在他特別有靈感的日子，更會加油添醋：**嗨，你這個塌鼻子巴巴魯，今天吃了誰啊？告訴我，你這隻細眼笨驢！**

現在他朝我們走來，兩手插腰，運動鞋踢起一些塵土。

「早安，『跑腿的』！」阿塞夫揮手大叫。「跑腿的」是阿塞夫最喜歡的另一個辱罵詞。那三個男生走近時，哈山退到我背後。他們站在我們面前，三個穿著T恤牛仔褲的高大男生。身材最魁梧的阿塞夫，壯碩的手臂環抱胸前，嘴角咧開某種殘忍的笑意。這已經不是第一次，我覺得阿塞夫的精神狀態可能不健全。我也覺得我很幸運，有爸爸這位父親，我相信，這是阿塞夫不敢太過份騷擾我的唯一原因。

他對著哈山揚起下巴。「喂，塌鼻子，」他說：「巴巴魯好嗎？」

哈山沒說話，又朝我背後退了一步。

「你們聽到新聞了嗎，小子？」阿塞夫說，他的冷笑並未消退。「國王跑了。跑得好。總統萬歲！我父親認識達烏德汗，你知道嗎，阿米爾？」

「我父親也認識。」我說。其實我根本不知道他們認不認識。

「好吧，達烏德汗去年到我家吃飯。」阿塞夫繼續說：「怎麼樣啊，阿米爾？」

我懷疑，在這片荒蕪的空地，是不是有人會聽到我們的叫喊聲。爸爸的房子在一公里外。我真希望我們留在家裡。

「下次達烏德汗到我們家來吃飯的時候，你知道我會告訴他什麼嗎？」阿塞夫說：「我會告訴他我說給我母親聽的事。有關於希特勒。聽著，他是一位領袖，一位偉大的領袖，一個高瞻遠矚的人。我會告訴達烏德汗，要他記住，如果他們讓希特勒完成他已經著手的計畫，這個世界就會比現在更好。」

「爸爸說希特勒瘋了，他下令殺了很多無辜的人。」我還來不及用手摀住嘴巴，就聽見自己話已出口。

他輕蔑一笑。「他跟我母親說的一樣。她是德國人；其實她應該更清楚。不過他們要你這樣相信，對不對？他們不想讓你知道真相。」

我不知道「他們」是誰，或他們掩飾的真相是什麼，而且我也不想知道。我真希望我什麼都沒說。我真希望我一抬起頭，就看見爸爸走下山丘。

「但你一定要讀他們在學校裡不給你看的書。」阿塞夫說：「我讀過了。我的眼睛睜開了。現在我有願景了。我要和我們的新總統分享。你知道那是什麼嗎？」

我搖搖頭。反正他會告訴我。阿塞夫總是自問自答。

他的藍眼睛瞄向哈山。「阿富汗是普什圖人的領地。過去是，未來也是。我們是真正的阿富汗人，純種的阿富汗人，這種塌鼻子傢伙不是。他們族人污染了我們的土地，我們的國家。他們弄髒了我們的血脈。」他揮動雙手，作了個誇張的手勢。「普什圖人的阿富汗，這是我的願景。」

阿塞夫把他的目光轉回我身上。他看起來像是剛從美夢中醒來的人。「對希特勒來說已經來不及了。」他說：「但對我們還不遲！」

他在牛仔褲的後口袋掏東西。「我會請求總統做以前國王沒有派部隊做的事。把阿富汗所有這些骯髒的哈札拉人全部趕盡殺絕。」

「放我們走吧，阿塞夫。」我說，暗自怨恨我的聲音竟然顫抖。「我們沒礙著你。」

「噢，你們沒礙著我。」阿塞夫說。我看見他從口袋裡掏出來的東西，心開始下沉。當然，他的不鏽鋼指節套在太陽底下閃閃發光。「你們礙著我的可多囉。事實上，你比這個哈札拉傢伙更礙著我。你怎麼能和他說話，和他一起玩，讓他碰你？」他說，聲音裡滿是厭惡。瓦里和卡美爾點點頭，咕噥著贊同。阿塞夫瞇起眼睛。搖搖頭。他再度開口時，聲音和他的表情一樣迷惑：「你怎麼能當他是你的『朋友』？」

*但他不是我的朋友！*我幾乎要衝口而出。*他是我的僕人！*我真的這樣想嗎？我當然沒有。我沒有。我對哈山很好，像我的朋友一樣，甚至更好，更像兄弟。但如果是這樣，為什麼爸爸的朋友帶他們的小孩到家裡來的時候，我從來不會叫哈山和我們一起玩？為什麼我只有在沒有其他人在旁邊的時候，才和哈山一起玩？

阿塞夫套上指節套。丟給我冰冷的一瞥。「你就是問題的一部份，阿米爾。如果像你和你父親這樣的白癡不收留他們，我們早就擺脫他們了。他們會爛死在哈札拉賈特[3]，那才是他們該待著的地方。你是阿富汗人的敗類。」

我望著他狂亂的眼神，看見他真正的意圖。他是真的想傷害我。阿塞夫舉起拳頭，向我揮來。我背後一陣急遽的動作。從眼角，我看見哈山彎下腰，很快站起來。阿塞夫的目光轉向我背後，驚訝地睜大眼睛。我看見卡美爾和瓦里的臉上也出現同樣吃驚的表情，他們也看見我背後發生的事。

我轉過身，迎面看見哈山的彈弓。哈山把橡皮圈拉滿弓。弓上待發的是一顆大如核桃的石頭。哈山的彈弓瞄準阿塞夫的臉。他的手因用力拉弓而顫抖，一串串汗水滲出額頭。

「請放我們走吧，大人。」哈山語氣堅決地說。他叫阿塞夫「大人」，我剎時想，這種與生俱來的階級意識如影隨形，不知道是什麼滋味。

阿塞夫咬牙切齒。「放下來，你這個沒娘的哈札拉小子。」

「請放過我們吧，大人。」哈山說。

阿塞夫露出微笑。「你可能沒注意到，我們有三個人，你們只有兩個。」

哈山聳聳肩。看在外人眼裡，他一點都不畏懼。但哈山的臉是我此生最初的記憶，任何一點微小的變化我都清楚，臉上任何一絲輕顫與閃動，都逃不過我的眼睛。我看見他的驚恐。驚恐至極。

「你說的沒錯，大人。但你或許沒注意到，拿著彈弓的是我。如果你動一下，彈弓就會把你的綽號從『吃耳朵的阿塞夫』改成『一隻耳朵的阿塞夫』，因為我會用石頭射掉你的左耳。」他的語氣如此堅決，連我都要非常仔細才能聽出，躲藏在他平靜聲音底下的恐懼。

阿塞夫嘴唇抽動。瓦里和卡美爾看著這兩人的角色互換，幾乎無法置信。有人挑戰他們的上帝，侮辱他。而且，最糟的是，那個人是皮包骨的哈山。阿塞夫看看那塊石頭，再看看哈山。他急切地探尋哈山的臉。但不論他找到的是什麼，一定都讓他相信哈山是認真的，因為他放下了拳頭。

「你要知道，哈札拉人，」阿塞夫陰沉地說：「我是個很有耐心的人。今天的事還沒完，相信我。」他轉向我：「對你來說也還沒完，阿米爾。總有一天，我會讓你跟我一對一面對面單挑。」阿塞夫退後一步。他的門徒也跟進。

「你的這個哈札拉人今天犯了大錯，阿米爾。」他說。他們轉身，走開了。我看著他們走下山丘，消失在牆後。

哈山努力用他那雙顫抖的手把彈弓收到腰際。他的嘴角揚起，或許應該是鬆了口氣的微笑吧。他試了五次，才把彈弓掛在褲子的繫帶上。我們惶惶不安地走回家，一路上幾乎都沒有說話。每拐過一個街角，我們都相信阿塞夫和他的朋友會等在那裡伏擊我們。他們沒有，我們應該稍稍覺得寬心。但是沒有。一點都沒有。

接下來幾年，「經濟發展」和「改革」這些名詞不時掛在許多喀布爾人的嘴邊。君主立憲政體被廢除了，取而代之的是共和，由共和國的總統領導。一時之間，青春活力與遠大目標在國內風起雲湧。大家談論著女權與現代科技。

但大體而言，包括在喀布爾皇宮裡的新領導人在內，生活仍舊和過去一樣。大家從週六工作到週四，週五群集在公園、喀爾喀湖畔和帕格曼的花園野餐。五顏六色的巴士和貨車載滿乘客，穿過喀布爾狹小的街道，跨坐在後保險桿的駕駛助手用濃厚的喀布爾口音大聲叫喊，替駕駛指揮方向。在忠孝節④，也就是齋戒聖月⑤結束之後的三天慶祝期，喀布爾人會穿上最新最好的衣裳去拜訪親人。每個人都互相擁抱、親吻，祝忠孝節快樂。孩童打開禮物，玩染色的水煮蛋。

一九七四年的初冬，有一天哈山和我在院子裡玩，用雪堆堡壘，阿里叫哈山進去。「哈山，老爺大人叫你。」他站在門口，穿著白色衣服，手縮在腋下，嘴裡呼出白煙。

哈山和我交換了一個微笑。我們等他的叫喚等了一整天：這天是哈山的生日。「是什麼，父親，你知道嗎？你會告訴我們嗎？」哈山說。他的眼睛閃閃發亮。

阿里聳聳肩。「老爺大人沒告訴我。」

「別這樣嘛，阿里，告訴我們。」我催他：「是圖畫本？或許是一把新的手槍？」

阿里就跟哈山一樣，根本不擅說謊。每一年，他都假裝不知道爸爸送什麼東西給我和哈山當生日禮物。但每一年，他的眼睛都會背叛他，我們總能哄他說出來。然而，這一次，他說的似乎是實話。

爸爸從來不會錯過哈山的生日。有一陣子，他常問哈山想要什麼，但他後來不問了，因為哈山總是太客氣，不會真的開口要禮物。所以每年冬天，爸爸就自己挑禮物。有一年買給他一輛日本玩具卡車，另一年是一套電動火車和鐵軌組。前一年，哈山很驚喜，因為爸爸送他一頂真皮牛仔帽，和克林伊斯威特在《黃昏三鏢客》裡戴的一模一樣——這部電影已經擠下《豪勇七蛟龍》，成為我們最喜歡的西部電影。一整個冬天，我們輪流戴帽子，高聲唱著電影著名的主題曲，一面爬上雪堆，互相射殺。

我們取下手套，在門口脫掉積滿雪的靴子。我們走進門廊，看見爸爸坐在燒著木頭的鐵鑄暖爐旁，和一位穿棕色西裝打紅領帶、矮小禿頭的印度人在一起。

「哈山，」爸爸略有些不好意思地微笑說：「來見見你的生日禮物。」

哈山和我茫然地互望一眼。視線所及，沒有任何包裝好的禮物盒。沒有袋子。沒有玩具。只有阿里站在我們後面，還有爸爸和他那位看起來有點像數學老師的小個子印度佬。

那個穿著棕色西裝的印度人微微一笑，對哈山伸出手。「我是庫瑪醫師。」他說：「很高興見到你。」他的法爾西語有濃厚、捲舌的北印度口音。

「你好。」哈山不太確定地說。他禮貌地點一下頭，目光開始搜尋站在他背後的父親。阿里靠上前，把手放在哈山肩上。

爸爸迎上哈山警覺——與困惑——的眼神。「我把庫瑪醫師從新德里請來。庫瑪醫生是整型外科醫生。」

「你知道那是什麼嗎？」那個印度人——庫瑪醫師說。

哈山搖搖頭。他轉頭向我求助，但我聳聳肩。我只知道，如果得了盲腸炎，就要找外科醫生醫治。我之所以會知道，是因為我有個同學一年前因盲腸炎死掉，老師告訴我們說，他們太晚把他送到外科去。我們兩人都看著阿里，但是當然，在他身上，我們永遠看不出所以然。他的臉像平常一樣沒有表情，但眼睛裡多了一抹冷靜的神色。

「好吧。」庫瑪醫師說：「我的工作是修理人的身體。有時候也修理他們的臉。」

「噢。」哈山說。他的目光從庫瑪醫師轉到爸爸，再到阿里。他摸著上唇。「噢。」他又說。

「這是一份很不尋常的禮物，我知道。」爸爸說：「可能不是你心裡想要的，但這個禮物會陪你一輩子。」

「噢。」哈山說。他舔舔嘴唇。清清喉嚨：「老爺大人，這會……這會……」

「絕對不會痛。」庫瑪醫師親切地微笑，打斷他的話：「你一點都不會痛。事實上，我會給你藥，你什麼都不會記得。」

「噢。」哈山說。他鬆了一口氣地露出微笑。只稍微鬆了口氣。「我不害怕，老爺大人。我只是……」哈山可能被愚弄，但我可不會。我知道醫生說你不會痛的時候，你就該知道自己有大麻煩了。我驚恐地想起我前一年割包皮的遭遇。醫生對我說相同的臺詞，保證絕對不會痛。但那天晚上痲藥的藥效消退之後，就像有人拿著燒紅的煤燙我的下部一樣。為什麼爸爸等到我十歲才讓我割包皮，一直是我無法理解，也無法諒解他的事情之一。

我真希望我有些傷疤，能博得爸爸的憐憫。這不公平。哈山什麼都沒做就得到爸爸的關愛；他只不過生下來就有那個愚蠢的兔唇罷了。

手術進行得很順利。他們第一次拆掉繃帶時，我們都覺得有些震驚，但都遵照庫瑪醫師的指示，保持微笑。但那並不容易，因為哈山的上唇是一團沒有表皮的腫脹組織，又醜又怪。護士遞鏡子給哈山的時候，我希望他嚇得哭出來。哈山若有所思地凝視鏡子良久，阿里一直握著他的手。他喃喃說了些我聽不懂的話。我把耳朵貼近他的嘴巴。他又低聲說了一遍。

「謝謝你。」

接著，他的嘴唇扭曲，這一次，我知道他在做什麼。他在微笑。就像他在母親子宮裡就開始綻放的微笑一樣。

隨著時間過去，腫消了，傷口也癒合了。不久，就只留下一條粉紅色的鋸齒線，從嘴唇蜿蜒而上。到下一個冬天，只剩下淡淡的疤痕。說來諷刺，因為就從那個冬天起，哈山再也不笑了。

---

①阿富汗迭經戰亂，一九一九年脫離英國獨立，一九七三年王國遭推翻，成立共和國；一九七八年共產黨發動軍事政變上台；一九七九年蘇聯軍隊入侵，扶植親蘇政權；一九八九年蘇聯撤軍，全國陷入派系連年的內戰。

②Mohammad Daoud，1909-1978，原為阿富汗首相，一九六三年迫於國內經濟情勢惡化下台，一九七三年趁察希爾國王赴義大利治療眼疾時，在左傾勢力支持下發動政變，成立共和國，出任總統。一九七八年國內共產黨發動流血政變，達烏德遭擊斃。

③Hazarajat，阿富汗中部哈札拉人之原居地，山高谷狹，氣候嚴峻，生活條件貧乏。

④Eid，亦稱開齋節。

⑤Ramadan，為回曆九月，回教徒嚴守教規，白日不食，以紀念穆罕默德。

第六章

冬季。

每年下雪的第一天我都是這樣度過：一大早走出房子，身上還穿著睡衣，兩臂環抱抵抗寒意。我找到車道，我父親的車、圍牆、樹木、屋頂和山丘，全埋在一呎深的雪裡。我微笑。天空晴朗無痕，藍澄澄的，雪如此之白，白得都灼痛了我的眼睛。我剷起一些新雪放到嘴裡，聆聽萬物寂寥，只有牛隻的叫聲劃破靜默。我走下前門的臺階，光著腳，呼喚哈山出來看。

冬季是喀布爾每個小孩最愛的季節，至少對那些父親買得起不錯的鐵暖爐的孩子來說是如此。理由很簡單：在冰天凍地的季節，學校關閉。對我而言，冬季代表了告別長除法與背誦保加利亞首都的日子，開始足足三個月與哈山在暖爐邊玩牌、週二早上到電影院看俄國電影、上午堆完雪人後吃一頓甜蕪菁醬拌飯當午餐的日子。

還有風箏，當然。放風箏。追風箏。

對有些倒楣的孩子來說，冬季並不代表學期的結束。學校裡還有所謂自願參加的冬季課程。我所認識的孩子裡，沒有哪一個是自願去上課的；當然是父母親替他們自願的。我很幸運，爸爸不是那樣的父親。我記得有一個孩子，哈曼，住在我們對街。他父親是醫生什麼的，我想。哈曼有癲癇症，長年穿著羊毛背心，戴著厚厚的眼鏡——他是阿塞夫經常欺負的對象。每天早上，我從臥房的窗戶看見他們的哈札拉僕人在車道上鏟雪，替那輛黑色的歐寶車清出一條路來。我等著看哈曼和他父親上車，哈曼穿著他的羊毛背心和冬季外套，書包裡裝滿書本和鉛筆。我一直等到他們開走，轉過街角，才溜回床上，依舊穿著我的法蘭絨睡衣。我把毯子拉到下巴，透過窗戶，望著北邊白雪覆蓋的山丘。看著它們，直到我又回到睡夢中。

我喜歡喀布爾的冬日。我喜歡夜裡雪花輕敲我的窗戶，我喜歡新雪在我靴子底下嘎吱的聲音，我喜歡寒風尖聲刮過庭院街道時，鑄鐵火爐烘烘的暖意。但更重要的是，在林木凍結、道路冰封的季節，爸爸和我之間的寒意也會稍稍融解。之所以如此，是因為風箏。爸爸和我住在同一幢房子裡，但卻有著不同的生活領域。而風箏，這薄薄的一張紙，就是我們不同領域間的唯一交集。

每年冬天，喀布爾的各個區域都會舉辦鬥風箏比賽。如果你是住在喀布爾的孩子，比賽那天必定是你這寒冷季節裡的高潮。比賽前一晚我從來都睡不著。我會翻來覆去，在牆上比手影動物，甚至坐在黑漆漆的陽台上，身上裹著毯子。我覺得自己像個士兵，在重要戰役的前一夜努力想在壕溝裡入睡。其實也相去不遠。在喀布爾，鬥風箏很像是上戰場。

就像打任何仗一樣，你得讓自己作好戰鬥的準備。有一段時間，哈山和我常常自己做風箏。我們在秋天裡存下每週的零用錢，放進爸爸有回從赫拉特買來的磁馬裡。等冬風開始狂號，雪片開始飄飛，我們就打開磁馬腹部底下的門扣。我們到市集買竹子、黏膠、線和紙。每天花好幾個小時削竹子做中央及橫軸的骨架，裁剪薄紙，讓風箏易於俯升翱翔。然後，當然，我們還得做我們自己的線。如果風箏是槍，那麼線，裹著玻璃屑的割線，就是槍膛裡的子彈。我們到院子裡去，把五百呎長的線浸到磨碎的玻璃與黏膠的混合液裡，然後掛在樹與樹之間晾乾。第二天，我們把作好戰備的線纏繞在一根木軸上。到了雪已融化，春雨開始灑落的時節，每個喀布爾的小孩指頭上都有明顯的橫切傷口，是整個冬天鬥風箏的後果。我還記得我的同學和常一起玩的朋友，在上學的第一天相互比較戰傷。傷口刺痛，好幾個星期都不會癒合，但沒人在意。那是紀念品，紀念我們最喜愛、又總是消逝得太快的季節。班長會吹起哨子，我們排成一列進教室，心中已經開始渴望冬季，但迎面而來的卻是另一個漫長學年的幽靈。

沒過多久事實就很明顯，哈山和我鬥風箏比做風箏在行。我們的設計裡總有些瑕疵或差錯，讓風箏難逃厄運。所以爸爸開始帶我們到塞佛那裡去買風箏。塞佛是個幾乎全瞎的老人，正業是修鞋匠。但他又是城裡最有名的風箏製作好手，他在迦蝶梅灣大道，也就是喀布爾河岸南面的一條熱鬧大街上，有一家小舖子。我還記得必須彎腰才能走進牢房大小的舖子，然後拉開地板上的活門，爬下一段木頭階梯，到陰濕的地下室，塞佛令人垂涎的風箏就堆放在這裡。爸爸會給我們各買三個完全一樣的風箏和玻璃線。如果我改變心意，想買個更大、更新奇的風箏，爸爸會買給我——但他也會買一個給哈山。有時候我真希望他別那麼做。希望他把我當成他最偏愛的一個。

鬥風箏大賽是阿富汗冬季古老的傳統活動。比賽當天一大早就開始，一直要比到只剩下得勝的風箏在空中翱翔才算結束——我記得有一年，天光已盡，比賽卻遲遲未了。大家會聚在人行道和屋頂上，替他們的風箏加油。街道上擠滿風箏鬥手，用力拉扯著線，瞇起眼睛仰望天空，拼命想佔上風，割斷對手的線。每個風箏鬥手都有一個助手——以我來說，就是哈山——幫忙捲收、放線。

有一次，剛搬到附近的一個討人厭的印度小孩告訴我們，在他的家鄉，鬥風箏有嚴格的規章制度。「你必須在指定的區域裡放風箏，你必須站在正確的向風角度。」他很驕傲的說：「而且你不能用鋁來做玻璃線。」

哈山和我面面相覷。這個印度小孩很快就會學到英國人在這個世紀初所學到，以及俄國人在一九八〇年代終於學到的教訓：阿富汗人是獨立自主的民族。阿富汗人珍惜風俗，但痛恨規則。鬥風箏也一樣。規則很簡單：就是沒有規則。放你的風箏。割斷對手的線。祝你好運。

但還不止於此。風箏被割斷的時候，真正的樂趣才開始。這就是追風箏的人上場的時刻，那些孩子們追著隨風浮沉的風箏，跑過大街小巷，直到風箏盤旋跌落在田野上，掉落在某人的院子裡，在樹上，或在屋頂上。追逐是很瘋狂的；一大群追風箏的人蜂擁穿過街道，互相推擠，就像我有一回在書上讀到的，西班牙奔牛節被牛追趕的人群一樣。有一年，附近一個小孩爬上棕櫚樹拿風箏，樹幹撐不住他的重量而折斷，他就從三十呎高處跌下，摔傷了背，一輩子不能走路。但他跌下來的時候，手裡還抓著風箏。一旦追風箏的人抓住一只風箏，沒人能搶得走。這不是規則。這是風俗。

對追風箏的人來說，最想到手的獎賞莫過於冬季大賽裡最後墜落的風箏。那是榮耀的勝利品，是用來展示在壁爐架上供客人讚賞的東西。每當天空中的風箏一一墜落，只剩最後兩只風箏爭鋒時，所有追風箏的人都蓄勢待發，準備抓住贏得大賞的機會。他們會面向他們認為最能贏得先機的方向。緊繃的肌肉準備舒展。脖子昂起。眼睛微瞇。鬥志高揚。當最後一個風箏被割斷，立即萬頭鑽動，一片混亂。

那些年，我見過許多人追風箏。但哈山是我所見過追風箏最厲害的人。說來怪異，他總能在風箏還沒落地之前，就等在正確的地點，彷彿體內有指南針似的。

我記得有一個陰暗的冬日，哈山和我去追風箏。我追著他跑過街坊，跳過水溝，穿過小巷道。我大哈山一歲，但他跑得比我快，我落在他後面。

「哈山！等等！」我大聲喊道。我氣喘吁吁，怒氣沖沖。

他轉過身，用手一揮。「那邊！」他大叫一聲，飛快轉過街角。我抬頭望，看見我們跑的方向正好與風箏飄墜的方向相反。

「我們追不到了！我們跑錯邊了！」我吼道。

「相信我！」我聽見他在前面喊叫。我跑到街角，看見哈山勇往直前，他垂著頭，根本不看天空，汗水濕透他的衣背。我踢到石頭，跌了一跤——我不只跑得比哈山慢，也比他笨拙。我一向嫉妒他是個天生的運動好手。等我好不容易站起來，又瞥見哈山轉過另一個街角。我搖搖晃晃跟著他跑，膝蓋的擦傷陣陣刺痛。

我看見我們已經跑到泥土路的盡頭，就在依斯提克拉中學附近。那裡的田野，一邊在冬季裡長著萵苣，另一邊是成排的酸櫻桃樹。我看到哈山盤腿坐在一棵樹下，手裡握著一把桑椹乾在吃著。

「我們在這裡幹嘛？」我氣喘吁吁地說，胃開始翻攪想吐。

他微笑說：「和我一起坐吧，阿米爾大人。」

我在他身邊坐下，躺在一層薄薄的白雪上，大口喘氣。「你在浪費我們的時間。風箏飛到另一邊去了，你沒看見嗎？」

哈山丟了一顆桑椹乾到嘴裡。「風箏就來了。」他說。我快喘不過氣，他看來卻一點也不累。

「你怎麼知道？」我說。

「我知道。」

「你怎麼可能知道？」

他轉頭看我。幾滴汗珠從他頭上滾下。「我騙過你嗎，阿米爾大人？」

剎時，我決定戲弄他一下。「我不知道。你騙過我嗎？」

「我寧願吃泥巴也不會騙你。」他有些忿忿不平地說。

「真的嗎？你會這樣做？」

他用困惑的眼神看我一眼。「做什麼？」

「吃泥巴啊，如果我要你吃的話。」我說。我知道自己很殘忍，就像他不知道一些艱澀的字時我取笑他一樣。但是取笑哈山似乎有種迷人的魔力——儘管是很不正常的那種。就像我們常玩的那種虐待昆蟲的遊戲。只是此刻，他是螞蟻，而我是拿著放大鏡的人。

他的目光在我臉上停駐良久。我們坐在那裡，兩個男孩在酸櫻桃樹下，突然看著，真的看著彼此。再次發生了：哈山的臉變了。或許並沒有改變，沒真的改變，只是突然之間，我覺得自己看見兩張臉，一張是我熟悉的，是我此生最初記憶中所見到的那張臉；而另一張，第二張臉，偷偷躲在表層下面。以前我也曾看到過——每次都讓我嚇一跳。這一張臉，就只在一瞬間出現，但已足以讓我感覺到，自己或許以前曾在某處見過。接著，哈山眨眨眼，他又是他了。又是哈山了。

「如果你要求，我就做。」他最後說，盯著我看。我垂下眼睛。一直到今天，我都還很難直視像哈山這樣的人，句句由衷的人。

「但是我懷疑，」他又說：「你會要求我做這樣的事，阿米爾大人。」就這樣，他反過來測試我。我想戲弄他，挑戰他的忠誠度，他就會反過來捉弄我，測試我的正直。

我真希望自己沒挑起這個話題。我勉強擠出一個微笑。「別傻了，哈山。你知道我不會的。」

哈山也對我微笑。但他可一點都不勉強。「我知道。」他說。這就是句句由衷的人的特性。他們以為其他人也都和他們一樣。

「看，風箏來了。」哈山說，手指著天空。他站起來，向左邊走了幾步。我抬起頭，看見風箏筆直朝我們墜落。我聽見腳步聲，喊叫聲，一大群追風箏的人。但他們是白費時間。因為哈山站在那裡，雙臂張開，面帶微笑，等待風箏落下。除非真主——如果祂存在的話——瞎了我的眼，否則風箏一定會落進他張開的臂彎裡。

一九七五年冬季，我最後一次看見哈山追風箏。

通常，每個地區都舉辦自己的比賽。但那一年，大賽在我住的那個區，瓦吉•阿卡巴汗舉行，其他幾個地區——卡爾帖-察、卡爾帖-巴灣、梅克洛-拉揚、柯泰-山吉則被邀參加。你走到哪裡都可以聽到人們討論即將到來的大賽。傳言說這是二十五年來規模最大的一場比賽。

那年的一個冬夜，距大賽只有四天的時間，爸爸和我在他的書房，坐在軟軟的皮椅上。傍著壁爐的火光，我們喝茶聊天。阿里伺候我們吃過晚飯——馬鈴薯、咖哩花椰菜拌飯——回去陪哈山了。爸爸在煙斗裡塞煙草，我央求他說故事，說赫拉特山的狼群冬日下山，嚇得所有人足不出戶一整個禮拜的故事。他劃亮一根火柴，不經意地說：「我想你今年也許會贏得比賽。你想呢？」

我不知道該怎麼想，或者該怎麼說。他的意思是什麼？他只是塞給我一把鑰匙嗎？我是個鬥風箏好手。事實上，是非常優秀的好手。好幾次，我甚至差點兒贏得冬季大賽冠軍——有一次，我還擠進前三強。但是，差點兒並不等於勝利，不是嗎？爸爸從來沒*差點兒*。他贏得勝利，因為只有贏家才能取得勝利，其他人都空手而返。爸爸一向都能贏得勝利，他只要打定主意，就什麼都能贏。他難道沒有權利對他的兒子有相同的期許嗎？只要想像一下。如果我真的贏了……

爸爸抽他的煙斗，一面說話。我假裝聆聽。但我根本沒聽，沒真的在聽，因為爸爸那不經意的一句話，已經在我腦海埋下種子：我一定要贏得冬季大賽的決心。我一定要贏。別無選擇。我要贏，我要追最後的那只風箏。然後我要把它帶回家，拿給爸爸看。讓他看看，他的兒子終究還是出類拔萃。如此一來，我在家裡如孤魂野鬼般的生活或許就能結束。我讓自己幻想：我想像晚餐桌上充滿笑談聲，不再是一片靜默，只有銀器的碰撞聲與偶爾發出的咕嚕聲劃破沉寂。我看見我們在週五開著爸爸的車到帕格曼，途中在喀爾喀湖停歇，吃些炸鱒魚和馬鈴薯。我們會到動物園看「喀布爾之獅」馬爾揚，也許爸爸不會打哈欠，一直偷瞄他的腕錶。或許爸爸還會讀一篇我寫的故事。如果我覺得他會讀，那麼我願意為他寫一百篇。或許他會叫我阿米爾將，像拉辛汗一樣。而或許，只是或許，我的弒母之罪終能獲得寬恕。

爸爸正在告訴我，他以前一天幹掉十四個風箏。我微笑，點頭，在該大聲笑的時候大聲笑，雖然我並未聽進去半個字。我有了任務。我不會讓爸爸失望。這次不會。

大賽前一夜，大雪紛飛。哈山和我坐在暖爐桌邊玩牌，寒風颯颯吹動樹枝敲響窗戶。那天稍早的時候，我要他幫我們弄一個暖爐桌，也就是在矮桌子底下放電暖爐，桌上鋪上厚厚的毛毯。在桌旁，他放上床墊和坐墊，足供二十個人坐下來把腳伸到桌子下。在下雪的日子，哈山和我常一整天都窩在暖爐桌邊，下棋玩牌──最常玩的是撲克牌。

我宰了哈山的方塊十，打給他兩張傑克和一張六。隔壁，在爸爸的書房裡，爸爸和拉辛汗與其他幾個人在商討生意──我認得其中一個是阿塞夫的父親。透過牆，我可以聽見喀布爾新聞電台嘰嘰喳喳的聲音。

哈山宰了六，拿起兩張傑克。在電台裡，達烏德汗正宣佈關於外資的事。

「他說喀布爾有一天會有電視。」我說。

「誰？」

「達烏德汗，你這個笨蛋，總統啊。」

哈山咯咯笑。「我聽說伊朗早就有電視了。」他說。

我嘆了一口氣。「那些伊朗人……」對許多哈札拉人來說，伊朗象徵了某種庇護所——我猜是因為，就像哈札拉人一樣，大部份的伊朗人都是什葉派回教徒。但我記得那年夏天我的老師提過伊朗人，說他們都是笑咪咪口蜜腹劍的人，一手拍你的背，一手卻扒走你的錢。我告訴爸爸，爸爸卻說我的老師也是個嫉妒的阿富汗人，他們嫉妒，因為伊朗是亞洲正崛起的強國，而世界上大部份的人卻還沒辦法在地圖上找到阿富汗在哪裡。「這樣說很傷感情，」他聳聳肩說：「但寧可因事實而傷感情，也不要因謊言而獲得安慰。」

「我以後會買給你。」我說。

哈山的臉亮起來。「電視？真的？」

「當然是真的。而且不是黑白的那種。那時候我們可能都已經長大了，但我會買兩台。一台給你，一台給我。」

「我會放在我桌上，我畫畫的地方。」哈山說。

他這樣說，讓我有點難過。為哈山的身份和他住的地方而難過。為他這麼認命接受他到老都要住在後院小屋的事實，像他父親一樣，而難過。我抽出最後一張牌，打給他一對皇后和一張十。

哈山拿起皇后。「你知道，我想你明天會讓老爺大人非常驕傲。」

「你這麼想？」

「阿拉保佑，」他說。

「阿拉保佑，」我回應道，心想，「阿拉保佑」這句話從我嘴裡說出來似乎就不太由衷。那就是哈山的本事。他真是該死的純潔，你站在他身邊永遠都像個騙子。

我宰了他的一張國王，打出我最後的一張牌，黑桃Ａ。他必須吃下。我贏了，但我洗牌準備再玩一局的時候，我隱隱懷疑，哈山是故意讓我贏的。

「哈米爾大人？」

「什麼？」

「你知道……我喜歡我住的地方。」他每次都這樣，看穿我的心思。「那是我的家。」

「不管怎樣，」我說：「準備再輸一局吧。」

第七章

第二天早上，哈山泡早餐紅茶的時候告訴我說，他作了一個夢。「我們在喀爾喀湖，你、我、父親、老爺大人、拉辛汗，和其他成千上萬的人。」他說：「天氣很暖和，很晴朗，湖面像鏡子一樣清澈。但是沒有人在游泳，因為他們說湖裡有怪物。怪物在湖底游動，等待。」

他幫我倒了一杯，加糖，攪了幾下。把杯子放在我面前。「所以每個人都很怕靠近水。突然，你踢掉鞋子，阿米爾大人，脫掉你的襯衫。『裡面沒有怪物。』你說。『我會證明給大家看。』所有人都還來不及阻止，你就跳進水裡，開始游動。我跟著你跳進去。我們一起游。」

「可是你不會游泳。」

哈山笑了起來。「那是夢啊，阿米爾大人，在夢裡你什麼都會。反正，每個人都在尖叫。『出來！出來！』但我們還是在冷冰冰的水裡游。我們一直游到湖中央，然後停下來。我們轉頭向岸上，對大家揮手。他們看起來像螞蟻一樣小，但我們還是聽得到他們拍手的聲音。他們看見了。湖裡沒有怪物。只有水。後來他們把湖的名字改成『喀布爾之王阿米爾與哈山湖』，有人來游泳，我們就可以收錢。」

「這是什麼意思？」我說。

他幫我的烤南餅塗上果醬，放在盤子上。「我不知道。我還希望你能告訴我呢。」

「嗯，好蠢的夢。一點意義都沒有。」

「父親說夢總有一些含意。」

我啜了口茶。「那你幹嘛不去問他？他那麼聰明。」我原本沒打算這麼不耐煩的。我整夜沒睡。我的脖子和背像緊緊盤捲的彈簧，而且眼睛刺痛。但不管怎麼說，我還是對哈山太刻薄了。我幾乎要道歉了，但沒有。哈山知道我只是緊張。哈山總是能瞭解我。

樓上，我可以聽到爸爸浴室裡嘩嘩的水聲。

新雪在街道上熠熠生輝，天空一片澄藍。每一個屋頂都鋪滿白雪，我們這條街上成行排列的矮小桑椹樹，也被雪壓低了枝椏。一整夜，雪花飛旋，塞滿每一條裂隙，每一道溝渠。哈山和我穿過鍛鐵大門時，刺眼的雪白讓我瞇起眼睛。阿里在我們背後關上門。我聽到他低聲祈禱一句——每回他兒子出門，他就會祈禱一句。

我從來沒在我們這條街上看過這麼多人。小孩們在丟雪球，吵嘴，互相追逐，咯咯笑著。風箏鬥手在捲線軸，作最後的準備。從鄰近的街道傳來笑談聲。屋頂上已經擠滿了觀眾，舒服地躺在折疊椅上，保溫瓶裡紅茶冒著熱氣，錄音機裡傳來哈曼・查西爾喧鬧的音樂。廣受歡迎的哈曼・查西爾顛覆阿富汗音樂，在手鼓和手風琴裡加進電吉他、鼓和喇叭，讓那些極端保守的教徒非常惱火；在舞台和派對上，他摒棄那些老歌手呆板與近乎乖僻的站姿，一面唱一面微笑——有時甚至是衝著女人笑。我轉頭看我們家的屋頂，發現爸爸和拉辛汗坐在長椅上，兩人都穿著羊毛衫，啜著茶。爸爸揮手。我無法分辨他是對我還是哈山揮手。

「我們可以開始了。」哈山說。他穿著黑色的橡膠雪靴，褪色的燈芯絨長褲，厚毛衣上套了鮮綠色的罩袍。陽光照亮他的臉，我可以看見，他唇上粉紅色的傷疤癒合得如此之好。

突然之間，我想退出比賽。全部收拾好，回家去。我到底在想什麼？我既然已經知道結局，為什麼還要來忍受這一切？爸爸在屋頂上，看著我。我感覺到他的目光，像熾熱的陽光射在我身上。這必定是一場大挫敗，連我都無法倖免。

「我不確定我今天想放風箏。」我說。

「今天是個好日子。」哈山說。

我移動雙腳，想讓目光離開我家的屋頂。「我不知道。也許我們該回家。」

這時，他走近我，壓低聲音說了一句讓我心頭一驚的話：「記住，阿米爾大人。沒有怪物，只有晴朗的好日子。」多半時候我都對他腦海裡盤旋的想法一無所悉，但我在他面前怎麼會像是一本敞開的書？去上學的是我，能讀、能寫的是我。聰明的人是我。哈山連一年級的課本都不會唸，但他卻能看透我。這讓人很不安，但有人永遠知道你需要什麼，其實也很讓人寬慰。

「沒有怪物。」我說，竟覺得好一些，讓我自己很詫異。

他笑了。「沒有怪物。」

「你確定？」

他閉上眼睛。點點頭。

我看著小孩在街上蹦蹦跳跳，丟雪球。「天氣很好，對不對？」

「我們來放吧。」他說。

我忽然想到，哈山的那個夢或許是他編出來的。可能嗎？我認為不可能。哈山沒那麼聰明。我沒那麼聰明。但不管是不是編的，這個愚蠢的夢減輕了我的焦慮。或許我可以脫掉襯衫，在湖裡游一回。為什麼不？

「來放吧。」我說。

哈山的臉亮起來。「好。」他說。他舉起我們的風箏，紅色鑲黃邊，在中央軸幹交叉處下方，落著塞佛不容錯認的簽名。他舔舔手指，抓起風箏，測試風向，然後朝著風箏飛起的方向跑——在我們屈指可數的幾次夏天放風箏的時候，哈山會用腳踢泥土，看風把塵土吹往哪個方向。我手裡的線軸不斷滾轉，直到哈山停下來，大約在五十呎外。他把風箏高舉過頭，像個奧運比賽選手展示他的金牌獎章。我拉了拉線兩次，我們一貫的信號，哈山拋開風箏。

雖然有爸爸和學校教士的兩面夾攻，我卻還沒對真主的信仰下定決心。但是，我在教義課學到的一段可蘭經經文卻湧到唇邊。我喃喃唸出。我深吸一口氣，吐氣，拉著線。不到一分鐘，我的風箏就直上天際，發出的聲音，宛如一隻紙鳶拍動翅膀。哈山拍著手，吹口哨，跑回我身邊。我把線軸交給他，拉住線，他快速地把鬆脫的線捲回來。

天空上至少已有二十來只風箏，彷彿紙鯊巡游覓食。不到一個小時，數目就倍增，紅的、藍的、黃的風箏在天空閃閃發亮，迴旋舞動。一陣冰涼的微風拂動我的髮稍。這風最適合放風箏了，力道夠強，可以提供助力，讓征伐掃蕩更容易。在我身邊，哈山握著線軸，雙手已被線割得流血。

很快的，割殺就開始了，第一只敗北的風箏失去控制飛走了。風箏一一墜落，宛如拖著搖曳閃亮長尾巴的流星劃過天際，散落鄰近地區，給追風箏的人帶來獎賞。我可以聽見追風箏的人，呼嘯奔過街道。有人大喊說，隔兩條街的地方爆發衝突了。

我不斷偷瞄著和拉辛汗一起坐在屋頂的爸爸，很好奇他在想什麼。他在替我喝采嗎？或者有一部份的他很樂於看著我失敗？放風箏就是這樣：你的心會隨風箏飄搖遊蕩。

風箏墜落，到處都是，但我的風箏還在飛。我繼續飛。我的目光仍然在爸爸身上徘徊，緊緊貼著他的羊毛衫。我能撐得這麼久，他是不是很驚訝呢？**你的眼睛沒看著天空，你撐不了多久的。**我很快把目光轉回天空。一只紅色的風箏靠近我的風箏——我及時逮住它。我與它糾纏，等它不耐煩想從下面割斷我的風箏時，一舉了結它。

追風箏的人得意洋洋的在街道上來回奔走，高舉著他們追來的風箏。他們把戰利品展示給父母親、給朋友看。但他們都知道最好的還沒來。最大的獎賞還在天空飛翔。我幹掉一只拖著白尾巴的黃色風箏。代價是食指添了一道割傷，鮮血汩汩流下手掌。我讓哈山抓著線，吮乾傷口的血，在牛仔褲上擦擦手指。

又過了一個小時，倖存的風箏數目從五十左右陡降到十來只。我是其中之一。我擠進前十名。我知道大賽進行到這個階段，會持續一段時間，因為能撐到最後的傢伙都是頂尖好手——他們不會輕易掉進簡單的圈套，比如升起、潛下的老把戲，也就是哈山最愛耍的那一招。

但到了那天下午三點，雲層密佈，太陽躲在雲裡。陰影開始拉長。屋頂上的觀眾紛紛披上圍巾和厚外套。風箏只剩下六七只，而我的風箏也還在飛。我雙腳疼痛，脖子僵硬。但隨著每一只風箏墜落，我心底的希望就更濃一些，就像堆積在牆上的雪，一次一片。

我的眼睛來回盯著那只在過去一小時裡大開殺戒的藍風箏。

「他宰了幾個？」我問。

「我算到的有十一個。」哈山說。

「你知道那是誰的風箏嗎？」

哈山彈了一下舌頭，揚了揚下巴。那是哈山的招牌動作，表示他不知道。藍風箏幹掉一只紫色的大風箏，飛快地翻了兩個觔斗。十分鐘之後，他又幹掉兩個，讓一大堆追風箏的人疲於奔命。

又過了三十分鐘，只剩下四只風箏。我的風箏還在飛。我的動作完美無缺，彷彿風全照著我的意向吹動似的。我從來沒覺得自己這麼能掌控全局，這麼幸運。這讓人興奮得飄飄然。我不敢看屋頂。不敢讓我的眼睛離開天空。我必須專心，好好露一手。又過了十五分鐘，早上那個可笑的夢似乎成真了：只剩下我和另一個傢伙，那只藍風箏。

空氣裡的氣氛，和我淌血的手掌拉住的玻璃線一樣緊繃。大家用力頓足、鼓掌、吹口哨，眾口一聲地叫喊：「宰了他！宰了他！」我很好奇，爸爸的聲音是不是也在其中。音樂震耳欲聾。蒸饅頭和炸蔬菜餅的香氣從屋頂和敞開的門口飄散出來。

但我只聽見——我只允許自己聽見——我腦袋裡血液奔騰的聲音。我只看見藍風箏。我只聞到勝利的氣息。拯救。贖罪。如果爸爸是錯的，而真有他們在學校裡說的那位真主，那麼祂會讓我贏。我不知道其他人比賽是為了什麼，或許只是為了自誇吧。但這對我來說是一個機會，讓我成為會被注視，而非只是看到，會被聆聽，而非只是聽到的人。如果真有真主，祂會引導風，讓風為我而吹，只要一扯線，我就能割斷我的痛苦，我的渴望。我已經忍耐太久，走得太遠了。突然之間，就這樣，希望再也無庸置疑。我會贏。只是時間的問題。

結果是遲早的事。一陣風吹高我的風箏，我佔了優勢。放線，拉高，讓我的風箏翻飛到藍風箏上方。我按兵不動。藍風箏知道自己身陷危險，奮力設法逃脫困境，但我不讓它得逞。我按兵不動。觀眾察覺到結局就要揭曉。「宰了他！宰了他！」的呼聲更響亮了，宛如羅馬人鼓舞競技武士，殺啊，殺啊！

「你快得手了，阿米爾大人！快得手了！」哈山興奮喘息。

那一刻降臨了。我閉上眼睛，放鬆手裡的線。風一吹動，緊繃的線又割傷我的手指……我不必聽觀眾的歡呼聲就能知道。我也不必看。哈山高聲驚叫，雙手環抱我的脖子。

「太棒了，太棒了，阿米爾大人！」

我張開眼睛，看見藍風箏猛然飛旋墜落，就像從高速行駛的汽車上滾脫的輪胎。我眨眨眼，想開口說話。卻沒說出半句。我頓時飄然飛起，從上空俯視我自己。黑色皮外套，紅色圍巾，褪色牛仔褲。一個瘦伶伶的男孩，皮膚微黃，十二歲的身材略嫌矮小。他肩膀窄，淡棕色的眼睛有著黑眼圈。微風吹動他的棕髮。他仰頭看我，我們彼此微笑。

然後我開始尖叫，一切都變成彩色，也都有了聲音；一切都鮮活，也都美好。我用空出來的手抱住哈山，我們不停地跳，一起放聲大笑，一起掉下淚來。「你贏了，阿米爾大人！你贏了！」

「我們贏了！我們贏了！」我只說得出這句話。這不是真的。在一瞬間，我眨眨眼，從這個美夢中醒過來，跳下床，走到樓下廚房吃早餐，只有哈山可以交談。穿好衣服，等爸爸。放棄。回到我的舊生活。這時我看見爸爸在我們家的屋頂上。他站在邊緣，揮舞雙拳，喊叫，鼓掌。這是我十二年的生命中最最偉大的一刻，看見爸爸站在屋頂上，終於以我為傲。

但他又有別的動作，雙手快速揮動。我瞭解了。「哈山，我們——」

「我知道。」他說，脫離我的擁抱。「阿拉保佑，我們待會兒再慶祝。現在，我要去替你追那個藍風箏。」他說。他丟下線軸，開始跑，身上那件綠色罩袍的縫邊拖在他背後的雪地上。

「哈山！」我叫道：「帶著風箏回來！」

他已轉過街角，腳上的靴子踢起雪花。他停下來，轉過頭。他把手圈在嘴邊。「為你，千千萬萬遍！」他說。他露出哈山式的微笑，消失在街角。下一次，我再看見他這個毫不羞澀的微笑，已是二十六年後，在一張褪色的拍立得照片裡。

我開始拉回我的風箏，大家擠到身邊恭喜我。我和他們握手，謝謝他們。比較小的孩子看著我，眼中閃著敬畏的光芒。我是英雄。一隻隻手拍在我背上，搔亂我的頭髮。我拉著線，回報每一個微笑，但我的心還在藍風箏上。

最後，我的風箏已回到手裡。我把鬆脫堆在腳邊的線捲回線軸，又握了很多手，快步走回家。我走到鍛鐵大門的時候，阿里已等在門邊。他從鐵柵裡伸出手。「恭喜。」他說。

我把風箏和線軸交給他，握著他的手。「謝謝，阿里將。」

「我一直為你祈禱。」

「繼續祈禱吧。我們還沒結束呢。」

我急忙回到街上。我沒問阿里爸爸在哪裡。我還不想見他。在我腦海裡，我全計畫好了：我要光榮凱旋，像一個英雄般，在我淌血的手裡握著戰利品。每個人都會轉頭，都會目不轉睛。羅斯坦和索拉博彼此打量。如夢似幻的靜默時刻。接著，年老的戰士會走向年輕的戰士，擁抱他，知道他的價值。證明。拯救。贖罪。然後呢？嗯……永遠幸福快樂，當然。還能有什麼別的呢？

瓦吉•阿卡巴汗的街道不多，而且都直角交錯，像方格子一樣。當時這裡是新社區，還在發展中，每一條街上，在八呎圍牆高聳的社區之間，還有許多空地與半完工的房子。我跑過每一條街，尋找哈山的身影。每一個地方，在持續漫長一天的派對之後，人們忙著收起折疊椅，打包食物和炊具。有一些還坐在屋頂上的人，對我大聲叫喊恭喜。

在我們這條街往南四條街的地方，我看見歐瑪，爸爸一位工程師朋友的兒子。他在他們家門前的草地上，和他弟弟一起玩足球。歐瑪是個很好的傢伙。我們四年級的時候同班，那時他給我一支鋼筆，裝卡式墨水匣的那種。

「我聽說你贏了，阿米爾。」他說：「恭喜。」

「謝謝。你有沒看到哈山？」

「你的哈札拉人？」

我點點頭。

歐瑪把球頂給他弟弟。「聽說他追風箏很厲害。」他弟弟把球頂回給他。歐瑪接住，上下拋著。「雖然我常覺得很奇怪，他是怎麼辦到的。我是說，他眼睛那麼小，怎麼看得到東西？」

他弟弟笑起來，短促的一聲，然後要他把球傳回去。歐瑪不理他。

「你有沒有看到他？」

歐瑪豎起拇指越過肩膀，指向西南方。「我看見他跑向市場。已經好一會兒了。」

「謝謝。」我快步走。

等我走到市場的時候，太陽已幾乎隱沒在山丘後，餘暉為天空染上粉紅與紫色。離哈吉‧亞霍伯清真寺幾個街口的地方，穆拉呼喊「阿讚」，也就是呼喚虔誠的人鋪開毯子，朝西方跪拜祈禱。一天五次的禮拜，哈山從來不錯過。就連我們在外面玩的時候也一樣，他會告退，從後院的井裡打水，手臉洗乾淨，消失在小屋裡。幾分鐘之後他會再回來，微笑著，找到坐在牆邊或樹上的我。他今天晚上就要錯過禮拜了，雖然是因為我。

市場裡很快就空盪盪的了，商人們結束他們一天的討價還價。一排排小攤子緊挨在一起，平常你可以在這個攤子買隻剛宰好的雉雞，在緊鄰的攤子買個計算機。我在一行行攤位間的泥地奔跑。在零落的人群裡穿梭。瘦弱的乞丐披了一層又一層襤褸的破衫，攤販肩上裹著毯子，布商和屠夫打烊關門。我找不到哈山的蹤跡。

我在一個乾果攤子前停下來，對著一個老商人形容哈山的模樣。他裹著粉藍色的頭巾，正把裝滿松子與葡萄乾的簍子放在騾子身上。

他停下來盯著我看了良久，才回答說：「我可能看到過他。」

「他往哪邊去？」

他上下打量我。「像你這樣的男孩子，幹嘛在這個時間到處找一個哈札拉人？」他欣羡的目光盤旋在我的皮外套和牛仔褲——牛仔穿的褲子，我們是這樣說的。在阿富汗，擁有美國貨，特別是一手貨，是財富的象徵。

「我必須找到他。」

「他是你的什麼人？」他說。我不明白他話裡的意思，但我提醒自己，缺乏耐心並不會讓他更快告訴我答案。

「他是我家僕人的兒子。」我說。

老商人揚起胡椒灰的眉毛。「他是嗎？好命的哈札拉人，有這麼關心他的主人。他父親應該跪下來，用他的睫毛掃掉你鞋上的灰塵。」

「你到底要不要告訴我？」

他一手擱在騾子背上，指向南方。「我想，我看見你說的那個男孩往那裡跑去。他手裡拿著一只風箏。藍色的。」

「他拿著風箏？」我說。為你，千千萬萬遍，他答應過我的。好傢伙哈山。可靠的好傢伙哈山。他實現諾言，替我追到最後的那只風箏。

「當然，他們現在可能已經抓到他了。」老商人咕噥一聲，又放了另一個箱子在騾子背上。

「誰？」

「其他的男孩子啊。」他說：「那些追他的人。他們穿得和你一樣。」他凝望天空，嘆口氣。

「現在，快跑吧。你害我趕不上禮拜了。」

但我已經快步跑過巷子。

接下來的幾分鐘，我徒勞無功地在市集裡到處穿梭。也許老商人的眼睛不中用了。但是他看見了那只藍風箏。想到我的手裡拿著那只風箏……我探頭查看每一條巷子，每一家商舖。沒有哈山的蹤跡。

就在我開始擔心天黑之前找不到哈山的時候，我聽見前面有說話的聲音。我走到一條偏僻的泥巴路。這是與將市集縱分為二的那條主要大道盡頭垂直相交的一條路。我轉上人車跡痕踏出的小徑，跟著聲音走。每踏出一步，我的靴子就在泥地裡嘎吱一聲，呼出的氣息在面前凝成一團白霧。這條小徑的一側和積滿白雪的溪谷平行，春天會有溪水滾滾流淌。在我的另一側是一排排積滿雪花的柏樹，密佈於平頂泥屋間——那些房子多半比泥土茅舍好不了多少——只有窄窄的巷子相隔。

我又聽到說話的聲音，這次比較大聲，從一條巷子裡傳來。我悄悄走近巷子口。屏住呼吸。在轉角偷偷探頭。

哈山站在巷子陰暗的那頭，擺出反抗的姿勢：雙拳緊握，雙腿微微分開。在他後面，放在一堆破布瓦礫上的，是那只藍風箏。那是我開啟爸爸心房的鑰匙。

擋住哈山離開巷子通路的是三個男生，同樣的三個男生，和在山丘的那天，在達烏德汗政變的那天，在哈山用彈弓拯救我們的那天，相同的三個男生。瓦里站在一邊，卡美爾在另一邊，而中間，是阿塞夫。我發現自己全身緊繃，背脊竄起一股涼意。阿塞夫看起來很輕鬆，很有自信。他正套上他的指節套。另外兩個傢伙很緊張地動來動去，看看阿塞夫，又看看哈山，彷彿他們把一頭只有阿塞夫能馴服的野獸逼到了牆角。

「你的彈弓呢，哈札拉人？」阿塞夫說，一面轉著手上的指節套。「你是怎麼說的？『他們會叫你一隻耳朵的阿塞夫。』沒錯。一隻耳朵的阿塞夫。很聰明。真的很聰明。一點也沒錯，拿著有子彈的武器，想不聰明也難。」

我想到我一直沒吐氣。我呼了一口氣，慢慢的，靜靜的。我覺得全身癱軟。我看著他們走近和我一起長大的男孩，他的兔唇臉是我此生最初記憶的那個男孩。

「但今天是你的幸運日，哈札拉人。」阿塞夫說。他背對著我，但我敢說他此時一定露出猙獰的笑。「我今天想原諒你。你們怎麼說，小子？」

「很寬宏大量。」卡美爾突然開口：「特別是他上次對我們這麼無禮。」他想學阿塞夫的口氣，但聲音卻微微顫抖。我頓時瞭解。他不怕哈山，不是真的怕。他之所以害怕，是因為他不知道阿塞夫心裡打的是什麼主意。

阿塞夫草草揮一下手。「原諒。成了。」他的聲音略微壓低。「當然，在這個世界上，沒有什麼東西是免費的，我的饒恕只需要一點點代價。」

「很公平。」卡美爾說。

「沒有什麼東西是免費的。」瓦里加上一句。

「你是個走好運的哈札拉人。」阿塞夫說，又走近哈山一步。「因為今天，你只需要付出藍風箏當代價。很公平的買賣，小子們，對不對？」

「不只公平哩。」卡美爾說。

就算從我站的地方，也可以看得見恐懼的神色悄悄爬進哈山眼底，但他搖搖頭。「阿米爾大人贏了比賽，我替他追這個風箏。我憑本事拿到這個風箏。這是他的風箏。」

「忠心的哈札拉人。像狗一樣忠心。」阿塞夫說。

卡美爾的笑聲刺耳而緊張。

「但在你替他犧牲你自己之前，先想想吧。他會對你做同樣的事嗎？你難道從來不覺得奇怪，他有客人的時候不找你一起玩？為什麼他只有在旁邊沒人的時候才和你一起玩？我可以告訴你為什麼，哈札拉人。因為對他來說，你什麼都不是，只是一隻醜不啦嘰的小寵物。是他無聊的時候可以一起玩，生氣的時候可以一腳踢開的東西。別再騙自己啦，你以為你有多重要啊。」

「阿米爾大人和我是朋友。」哈山說。他看起來有點臉紅。

「朋友？」阿塞夫笑起來：「你這個可悲的笨蛋！總有一天你會從你這個小小的幻想裡清醒過來，知道他是什麼樣的好朋友。現在，好啦！夠了。把風箏給我。」

哈山彎腰，拾起一顆石頭。

阿塞夫略顯畏卻。他退後一步，停下來。「最後的機會，哈札拉人。」

哈山的回答是舉起抓著石頭的那隻手臂。

「不管你想幹嘛。」阿塞夫解開他的冬季外套，脫下來，仔細地慢慢疊好，靠牆放著。

我張開嘴，幾乎要出聲。幾乎。如果我真的出聲，我此後的一生可能全然改觀。但我沒有。我只是看著。無法動彈。

阿塞夫一揮手，另外兩個男生散開來，圍成半圓形，把哈山困在巷子裡。

「我改變心意了。」阿塞夫說：「我讓你留著那只風箏，哈札拉人。我讓你留著風箏，時時提醒你，我是怎麼對付你的。」

他展開攻擊。哈山丟出石頭。擊中阿塞夫的額頭。阿塞夫大吼一聲，衝向哈山，把他擊倒在地。瓦里和卡美爾也跟進。

我咬著自己的拳頭。緊閉雙眼。

一段回憶：

你知道哈山和你是同一個胸脯奶大的嗎？你知道嗎，阿米爾大人？莎其娜，她的名字。她是個漂亮的藍眼睛哈札拉女人，從巴米揚來的。她會唱古老的婚禮歌謠給你們聽。他們說，同一個胸脯奶大的人有兄弟情誼。你知道嗎？

一段回憶：

「一人一盧比，孩子們。一個人只要一盧比，我就會揭開真相的簾幕。」老人靠坐在泥牆邊。他看不見的眼睛，像兩個深邃的火山口，填充著熔化的白銀。算命師馱著背，拄著手杖，節瘤嶙峋的手撫過消陷的兩頰，在我們面前拱成杯狀。「問個真相，不算貴吧，一人一盧比？」哈山在他粗糙的手掌上放了一個銅板。我也放了一個。「以最仁慈悲憫的阿拉之名。」算命師低聲說。他先抓起哈山的手，一隻乾硬如獸角的手指劃過哈山手掌，一圈又一圈，一圈又一圈。手指忽焉舉起到哈山臉上，緩緩順著他臉頰的曲線、耳朵的輪廓繞行，發出乾澀磨擦的聲音。結繭的指尖拂過哈山的眼睛。手就停在那裡。遲疑不去。陰影籠罩老人的臉。哈山和我交換了一個眼神。老人抓起哈山的手，把盧比放回他手掌。老人轉向我。「你呢，年輕朋友？」他說。牆的另一邊，人聲鼎沸。老人抓起我的手，我抽了回來。

一個夢：

我在暴風雪裡迷了路。狂風驚吼，尖銳的雪片吹進我眼裡。我在層層飛動的白雪裡蹣跚而行。我大聲呼救，但風掩蓋了我的喊叫。我跌倒，喘息著躺在雪地上。風在我耳邊悲號。我望著雪花填平我的腳印。我此刻是個鬼魂，我想，沒有腳印的鬼魂。我再次呼喊，我護住眼睛，想辦法坐起來。透過飛舞的雪幕，我瞥見一個倏然移動的顏色。一個熟悉的形狀顯現了。一隻手向我伸來。我看見手掌上有一道道很深的傷痕，淌著鮮血，滴落雪地。我抓住那隻手，突然之間，雪不見了。我們站在綠草如茵的草地上，頭頂上輕柔的雲絮飄飛。我抬頭，看見清澈的天空飛滿風箏，綠的、黃的、紅的、橙的。在午後的陽光裡閃閃發亮。

巷子裡堆滿破銅爛鐵。破掉的腳踏車輪胎、撕掉標籤的瓶子、破爛的雜誌、泛黃的報紙，夾雜散落在一堆磚塊和水泥板裡。旁邊一個裂開大洞的鑄鐵火爐斜倚著牆。但在這一堆垃圾裡，有兩樣東西讓我無法移開視線：一個是停放在牆上的藍風箏，就在鑄鐵火爐旁；另一樣是哈山咖啡色的燈芯絨長褲，丟在那堆破碎的磚塊上。

「我不知道，」是瓦里在說話：「我父親說那是有罪的。」他聽起來很不確定，很激動，同時也很害怕。哈山胸口著地俯臥。卡美爾和瓦里各抓著他一條手臂，扭過手肘，把哈山的手壓在背後。阿塞夫站在他們上方，雪靴的後跟踩著哈山的頸背。

「你父親不會發現的，」阿塞夫說：「給這隻目中無人的笨驢一點教訓，哪裡有什麼罪。」

「我不知道。」瓦里囁嚅說。

「隨你便。」阿塞夫說。他轉向卡美爾。「你呢？」

「我……嗯……」

「只不過是個哈札拉人。」阿塞夫說。但卡美爾還是轉開視線。

「很好。」阿塞夫怒沖沖地說：「你們這兩個沒用的東西只要壓住他就好了。你們總該辦得到吧？」

瓦里和卡美爾點點頭。他們看起來鬆了一口氣的樣子。

阿塞夫自己在哈山背後跪下，把手放上哈山的屁股，抬起他赤裸的臀部。他一手放在哈山背上，空著的那手解開自己的腰帶。他拉下他牛仔褲的拉鍊。脫下他的內褲。他在哈山背後就定位。哈山沒有掙扎。甚至沒哼一聲。他只稍微轉了一下頭，我瞥見他的臉。看見逆來順受的神情。我曾看過這樣的神色。那是小羊的神色。

第二天是回曆最後一個月的第十天，也是為期三天的開齋忠孝節的第一天，紀念先知亞伯拉罕幾乎為真主犧牲他兒子的日子。爸爸今年再次親手挑選獻祭羊，一隻淺灰白色、有黑色歪斜耳朵的羊。

我們全站在後院，哈山、阿里、爸爸和我。穆拉唸誦禱辭，撫著鬍鬚。爸爸低聲抱怨，快了結吧，非常小聲。他似乎對這無休無止的祝禱非常厭煩，不過是分肉的儀式罷了。爸爸對忠孝節由來的故事不以為然，就像他對任何有關宗教的事都不以為然一樣。但他很尊重忠孝節的傳統。按習俗，肉要分成三等份，一份給家人，一份給朋友，一份給窮人。每一年，爸爸都把肉全給窮人。有錢人已經太胖了，他說。

穆拉唸完禱辭，阿門。他拿起長刃的菜刀。習俗是不能讓羊看見刀。阿里餵羊吃一塊方糖——另一個習俗，讓死亡變得甜美。羊踢呀踢，但沒太掙扎。穆拉抓住羊的下頷，把刀刃架上羊脖子。就在他以專業手法割斷喉嚨的前一秒鐘，我看見那隻羊的眼睛。那個眼神會在我夢裡迴盪不去，一連好幾個星期。我不知道我為什麼在我們家後院看這個一年一度的儀式；草地上的血跡褪去許久之後，我的夢魘猶在。但我還是一直看。我還是看，因為那隻小動物眼底接受事實的神色。很荒謬的，我竟想像牠能瞭解，我想像牠知道自己的犧牲是為了更崇高的目的。那種神色……

我看不下去，轉身離開巷子。某種溫熱的東西淌下我的手腕。我眨眨眼，看見自己仍然咬著拳頭，如此用力，指節間淌出鮮血。我意識到還有其他的。我在哭。轉過街角，我還是聽得見阿塞夫急促、帶節奏的吼叫聲。

我還有最後的機會可以作決定，決定我要當什麼樣的人的最後機會。我可以走進巷子，為哈山挺身而出——一如往常他屢屢為我挺身而出，接受可能的下場。或者，我可以跑開。

最後，我跑了。

我跑開，因為我是懦夫。我怕阿塞夫，也怕他可能會用來對付我的手段。我怕受到傷害。我就是這樣告訴自己的，在我轉身離開巷子，離開哈山的時候。我就是讓自己這樣相信的。我還真希望自己是出於懦弱，因為另一個答案，我之所以跑開的真正原因，是阿塞夫說的沒錯：在這個世界，沒有什麼東西是免費的。或許哈山就是我必須付出的代價，我必須宰殺的羊，用來贏回爸爸。這個代價公平嗎？在我還來不及阻止之前，答案就已飛進我的意識：他不過是個哈札拉人，不是嗎？

我跑回我來時的路。跑回已無人跡的市集。我在一家小舖子前身子一斜，撞上鎖著的推門。我站在那裡，大口喘氣，汗流浹背，希望事情能變得不一樣。

大約十五分鐘後，我聽見說話和跑步的聲音。我縮著身子躲在小舖子後面，看阿塞夫和其他兩個人跑過，笑著穿過空盪盪的市集小街。我強迫自己再等十分鐘。然後沿著堆滿積雪的溪谷，走回那條車轍足跡踏出的小徑。我在昏暗的暮光裡瞇起眼睛，看見哈山緩緩朝我走來。我和他在溪谷畔一棵光禿禿的樺樹下面對面。

他手裡拿著藍風箏；那是我第一眼看見的東西。時至今日，我不能騙說我沒查看風箏有沒有裂縫。他的罩袍前襟有大片泥漬，襯衫領子下方扯開一條裂縫。他停下來。雙腿搖晃，彷彿就要崩潰。然後他穩下來。把風箏交給我。

「你到哪裡去了？我在找你。」我說，說出這些話，彷彿張口咬石頭一般。

哈山拉起衣袖擦臉，擦掉鼻涕和眼淚。我等他開口說話，但我們就只是默默站著，在日光漸逝的暮色裡。我很慶幸這時夜幕已降，幽暗的陰影落在哈山臉上，也遮掩了我的臉。我很慶幸自己不必回應他的凝視。他知道我已經知道了嗎？如果他知道，我看著他眼睛的時候又會看見什麼？責備？憤怒？或者，願真主制止，我最害怕的：誠實無偽的奉獻？那是我最無法承受的。

他開始說話，但聲音彷彿已碎裂。他閉上嘴，張開，又閉上。退後一步。擦擦臉。哈山和我幾乎就要討論巷子裡發生的事。我想他或許會哭出來，但讓我鬆了一口氣的是他沒哭，我假裝沒聽見他聲音的碎裂。就像我假裝沒看見他褲子後面深色的污漬一樣。或者從他兩腿之間滴落、將雪地染黑的細小血滴。

「老爺大人會很擔心。」他就只說了這句話。他轉頭離開我，一跛一跛地走遠。

事情就像我想像的一樣。我推開煙霧瀰漫的書房門，走了進去。爸爸和拉辛汗在喝茶，聽收音機吱吱嘎嘎播報的新聞。他們轉過頭來。微笑浮上我父親唇邊。他張開手臂。我放下風箏，走進他毛茸茸的結實臂彎。我把頭埋進他溫暖的胸膛，掉下淚來。爸爸緊緊抱著我，把我前後搖晃。在他的臂彎裡，我忘了我所做的事。那真好。

第八章

一整個星期，我很少看見哈山。早上醒來，會發現烤好的吐司、泡好的紅茶和一顆水煮蛋已經擺在廚房桌上。我當天要穿的衣服已熨好，疊好，放在藤椅上，就在哈山通常燙衣服的門廊裡。他以前會等我坐到早餐桌上之後，才開始燙衣服——這樣，我們就可以講講話。他以前也會唱歌，在熨斗嘶嘶蒸汽中吹口哨，哼唱哈札拉歌謠，那些有關鬱金香花田的歌。現在，迎接我的卻只有疊好的衣服。以及，我幾乎再也吃不完的早餐。

一個陰暗的早晨，我正在應付盤子裡的水煮蛋，阿里捧著一綑劈好的柴進來。我問他哈山到哪兒去了。

「他回去睡覺了。」阿里說，在爐子前跪下來，把方形的小門拉開。

哈山今天能出來玩嗎？

手裡抓著一根柴薪的阿里愣了一下。臉上浮現憂心的神情。「最近，他好像只想睡覺。他做完份內的工作——我注意到了——然後就躲回被窩裡。我能問你一些事嗎？」

「請說。」

「在風箏大賽之後，他回家來的時候有一點流血，襯衫也破了。我問他發生什麼事，他說沒事，只是和幾個小孩搶風箏。」

我沒說什麼。只是繼續玩著盤子裡的蛋。

「他發生了什麼事嗎，阿米爾大人？發生了什麼他不肯告訴我的事？」

我聳聳肩。「我怎麼會知道？」

「你會告訴我，對吧？阿拉保佑，如果有事發生，你會告訴我吧？」

「就像我說的，我怎麼會知道他是怎麼回事？」我不高興地說：「或許他病了。大家都會生病的。阿里，好了，你是要把我凍死，還是要給爐子點火？」

那天晚上，我問爸爸，星期五我們可不可以到賈拉拉巴德①去。他正坐在書桌後面的旋轉皮椅讀報紙。他放下報紙，拿下我不太喜歡的閱讀眼鏡——爸爸又不老，一點都不，還有好多年可以活，為什麼非要戴那副蠢斃了的眼鏡不可？

「當然可以。」他說。最近，爸爸對我的要求有求必應。不只如此，兩天前，他還問我，要不要去阿雅納電影院看卻爾登希斯頓的《萬世英豪》。「你想找哈山一起去賈拉拉巴德嗎？」

爸爸為什麼要這麼煞風景？「他不太舒服。」我說。

「真的？」爸爸還在椅子裡搖啊搖。「他怎麼回事？」

我聳聳肩，埋進火爐旁的沙發。「著涼之類的吧。阿里說他一直睡覺。」

「這幾天我很少看見哈山。」爸爸說：「只是著涼嗎？」我不由自主地怨恨他皺起眉頭擔憂的樣子。

「只是著涼。所以我們星期五去，爸爸？」

「好，好。」爸爸說，離開書桌。「真可惜。如果你們能一起去，我想一定會更好玩。」

「嗯，你和我兩個人也會很好玩啊。」我說。

爸爸微笑，眨眨眼。「穿暖一點。」他說。

應該只有我們兩個人——那是我所想要的——但到了星期三晚上，爸爸已經邀請了另外的二十幾個人。他打電話給他的表弟侯瑪勇——他真的是爸爸的二表弟——說他星期五要到賈拉拉巴德。侯瑪勇以前留學法國研習工程，在賈拉拉巴德有幢房子，他說他歡迎大家去，也會帶他的小孩和兩個妻子一起去。他還說，雪菲嘉表姊和她的家人剛好從赫拉特來訪，她或許會想一道去。而她這次來喀布爾住納德表哥家，所以也該邀納德一家，雖然侯瑪勇和納德一向不對頭。而如果邀了納德，當然也就得邀他的哥哥法魯克，否則可能會傷了他的感情，甚至可能不邀請他們參加他女兒下個月舉行的婚禮……

我們足足坐滿了三輛廂型車。我和爸爸、拉辛汗、侯瑪勇卡卡搭同一部車——我還很小的時候，爸爸就教我要叫年長的男性為「卡卡」，也就是叔叔伯伯，叫年長的女性為「卡哈拉」，也就是姑姑阿姨。侯瑪勇的兩個太太也和我們一起——皺著一張臉、年紀較大的那個手上長了疣，年紀較輕的那個不時飄著香水味，老是閉著眼睛跳舞——還有侯瑪勇卡卡的兩個雙胞胎女兒。我坐在後排，暈車暈得頭昏眼花，像三明治似的夾在那兩個雙胞胎中間，她倆還不時越過我膝上，互相打來打去。到賈拉拉巴德要歷經兩個小時的顛簸，穿過陡峭的山路，每轉過一個U型急轉彎，我的胃就翻攪一陣。車裡的每個人都在講話，同時大聲講話，幾乎可以說是刺耳，這就是阿富汗人講話的方式。我問雙胞胎裡的一個——法吉拉或卡莉瑪，我根本弄不清誰是誰——說我暈車，能不能讓我換到靠窗的位置，呼吸一點新鮮空氣。她伸出舌頭，說不。我告訴她沒關係，但我可不敢保證不會吐在她的新衣服上。一分鐘之後，我探頭到窗外。我望見坑坑洞洞的馬路高低起伏，沿著山邊盤旋，還有五彩繽紛的卡車載滿喧鬧的乘客，蹣跚從我們車旁經過。我試著閉上眼睛，讓山風撲打臉頰，張開嘴，吞進清新的空氣。我還是覺得不舒服。一根手指頭戳戳我。是法吉拉或卡莉瑪。

「什麼？」我說。

「我在講風箏大賽的事，」坐在駕駛座的爸爸說。坐在中間那排座位的侯瑪勇卡卡和他的兩個太太對我微笑。

「那天一定有上百個風箏？」爸爸說：「對不對，阿米爾？」

「我想是吧。」我喃喃說。

「上百個風箏，侯瑪勇將。沒有誇張。最後還在天空飛的就是阿米爾的風箏。他把最後的風箏帶回家，一只漂亮的藍風箏。哈山和阿米爾一起追到的。」

「恭喜。」侯瑪勇卡卡說。他的第一個太太，有疣的那個，拍拍手。「哇啊，阿米爾將，我們真以你為榮。」她說。年輕的太太也附和。他們全都鼓掌，大聲讚美，告訴爸爸，他們覺得多麼光榮。只有拉辛汗，坐在爸爸身邊的拉辛汗沉默不語。他看我的眼光很奇怪。

「請停車，爸爸。」我說。

「怎麼了？」

「想吐。」我喃喃說，趴過座位，抵在侯瑪勇卡卡那兩個女兒身上。

法吉拉或卡莉瑪的臉扭曲成一團。「停車，卡卡！他的臉都黃了！我不要他吐在我的新衣服上！」她尖叫道。

爸爸開始煞車，但我沒撐過去。幾分鐘之後，我坐路邊的一塊石頭上，他們讓車裡的味道散掉。爸爸和侯瑪勇卡卡一起抽煙。侯瑪勇卡卡叫法吉拉或是卡莉瑪別再哭了，他會在賈拉拉巴德另買一套新衣服給她。小小的影跡在我眼瞼後面浮現，像有人在牆上玩手影。影跡扭曲，浮現，變成單一的影像：哈山那條咖啡色的燈芯絨長褲丟在巷裡那堆破磚塊上。

侯瑪勇卡卡在賈拉拉巴德那幢兩層樓的白色房子有個陽台，可以俯瞰蘋果樹與柿子樹圍繞的寬闊院落。樹籬在夏天會被園丁修剪成動物的形狀；還有一座鋪著翡翠綠磁磚的游泳池。我坐在游泳池旁邊，兩腳在池裡盪來盪去。池裡沒有水，只有一層半融泥濘的雪。侯瑪勇卡卡的小孩在院子另一頭玩躲貓貓。女人在煮飯，我已經聞到炒洋蔥的味道，聽見壓力鍋噗噗的聲音，還有音樂聲和笑聲。爸爸、拉辛汗、侯瑪勇卡卡和納德卡卡坐在陽台上抽煙。侯瑪勇卡卡告訴他們，他帶了投影機來，可以放法國的幻燈片給他們看。他從巴黎回來已經是十年前的事了，但他還是不斷放那些遜斃了的幻燈片。

不應該是這個樣子的。爸爸和我終於變成朋友了。幾天前，我們去了動物園，去看「喀布爾之獅」馬爾揚，沒人看見的時候，我還朝熊扔了一塊石頭。之後，我們去電影院對面的達克霍達烤肉屋，吃烤羊肉配剛烤好的南餅。爸爸告訴我他去印度和俄羅斯旅行的故事，和他遇見的人，像是他在孟買見到那對沒手沒腳的夫妻，結婚四十七年，養了七個小孩。應該會很有意思，和爸爸這樣過一整天，聽他說故事。我終於擁有這麼多年來所渴望的東西了。只是，在我已然擁有的此刻，我卻覺得空虛，和這個我晃盪著一雙腿的空泳池一樣。

日落時分，太太和女兒們張羅晚餐——米飯、南餅裹肉丸和雞肉咖哩。我們以傳統的方式用餐，坐在房裡的坐墊上，餐布鋪在地板上，四五個人坐在一起，從共同分享的餐盤裡用手抓食。我不餓，但還是和爸爸、法魯克卡卡，以及侯瑪勇卡卡的兩個兒子坐在一起吃飯。餐前喝過幾杯威士忌的爸爸，還在滔滔不絕地談風箏大賽，說我是怎們擊敗對手，怎麼帶著最後一只風箏回家。他洪亮的聲音主宰了整個房間。每個人都從盤子上抬起頭，大聲喝采恭喜。法魯克卡卡用他乾淨的那隻手拍拍我的背。我覺得像有一把刀子刺進我的眼睛。

後來，午夜已過，爸爸和他的表親們歷經幾個小時的牌局廝殺之後，男人們就在我們剛才用餐的房間裡，睡在平行排放的墊褥上。女人們上樓去。一小時之後，我還是睡不著。在我的親戚說夢話、嘆息、打呼的時候，我不斷翻身轉動。我坐起來。一束月光穿透窗戶。

「我看著哈山被強暴。」我說，沒說給誰聽。爸爸在睡夢中翻身。侯瑪勇卡卡在說夢話。一部份的我希望有人醒來，聽見，讓我不必再懷著這個謊言度日。但沒人醒來，在繼之而來的靜寂中，我意會到自己的新詛咒：我將終此一生背負著這個謊言。

我想起哈山的夢，那個在湖裡游泳的夢。湖裡沒有怪物，他說，只有水。但他錯了。湖裡是有怪物。怪物抓住哈山的腳踝，把他拉進黑暗的湖底。我就是那隻怪物。

一直到下一個星期，我才和哈山說到話。我午飯吃了一半，哈山正在洗碗。我上樓回房間，哈山問我要不要去山上。我說我累了。哈山看起來也很累——他瘦了，浮腫的眼睛下方有灰暗的黑眼圈。但他又問了一遍，我心不甘情不願地答應。

我們跋涉上山，靴子踩在泥濘的雪裡。我們兩人都沒說話。我們坐在我們的石榴樹下，我知道我錯了。我不該上山來的。我用阿里的菜刀在樹幹上刻的字：**阿米爾和哈山：喀布爾之王**……看見那些字，讓我受不了。

他央求我唸《雪納瑪》給他聽，我告訴他我改變主意，不想待在這裡了。他看著別處，聳聳肩。我們沿著上山的路下山：沉默無語。我有史以來第一次，迫不及待希望春天快來。

除此之外，我對一九七五年冬天的記憶就相當模糊。我記得，爸爸在家的時候，我很快樂。我們一起吃飯，看電影，拜訪侯瑪勇卡卡或法魯克卡卡。有時拉辛汗來的時候，爸爸會讓我和他們一起坐在他的書房裡喝茶。他甚至要我唸我寫的故事給他聽。一切都很美好，我甚至相信會持續到永遠。爸爸也這樣相信，我想。我們更加瞭解彼此。至少，在風箏大賽之後的幾個月，爸爸和我沉浸在甜蜜的幻覺裡，以我們從未用過的眼光看待彼此。我們真的騙自己相信，一個用薄紙、黏膠和竹子做的玩具可以彌合我們之間的鴻溝。

但爸爸不在家的時候——他常常不在家——我把自己關在房間裡。我幾天就讀完一本書，寫故事，學畫馬。早晨，我聽見哈山在廚房裡忙碌，銀器叮噹響，茶壺嘶嘶叫。我等到聽見門關上的聲音，才下樓吃早餐。在日曆上，我圈起開學的日子，開始倒數。

令我不知所措的是，哈山努力想讓我們之間一切如舊。我還記得最後的那一次。我在房間裡讀一本《劫後英雄傳》的法爾西語簡譯本，哈山敲我房門。

「什麼事？」

「我要去烘焙坊買南餅，」他在門外說：「我在想……你要不要和我一起去。」

「我才剛開始看書。」我揉著太陽穴說。最近，只要哈山一走近，我就頭痛。

「今天天氣很好。」他說。

「我知道。」

「出去走走應該很好玩。」

「你去吧。」

「我希望你能一起去。」他說。略停一會。有什麼東西撞上門，或許是他的前額。「我不知道我做了什麼，阿米爾大人。我希望你告訴我。我不知道你為什麼不再和我一起玩。」

「你什麼都沒做，哈山。去吧。」

「你可以告訴我，我不會再犯。」

我把頭埋在膝上，膝蓋像把鉗子用力抵住我的太陽穴。「我會告訴你我不要你做什麼。」我緊閉雙眼說。

「什麼？」

「我不要你再來煩我。我要你走開。」我不耐煩地說。我希望他會反擊，破門而入，痛罵我一頓——那會讓事情變得容易些，改善一些。但他沒這樣做，幾分鐘後我打開門，他已經不在了。我倒回床上，把頭埋在枕頭裡，哭了起來。

自此之後，哈山攪亂了我的生活。我盡量減少和他打照面的機會，每天預作計畫。因為只要他在附近，屋裡的氧氣就會一洩而空。我的胸部緊悶，無法吸進足夠的空氣；我站在那裡，緊緊抓住我自己那個沒有空氣的氣泡。但即使他不在附近，他也沒離開。他在藤椅上那些手洗過、熨好的衣服裡，在我門外溫暖的拖鞋裡，在我下樓吃早餐時已點燃的爐柴裡。我只要一轉身，就能看見他忠誠的印跡，他那揮之不去該殺千刀的忠誠。

初春，在開學前幾天，爸爸和我在花園裡種鬱金香。雪大半都融了，北邊的山丘開始染上點點新綠。那個涼爽灰濛的早晨，爸爸蹲在我身邊，挖土，種下我遞給他的球莖。他告訴我，大部份的人都以為最好在秋天種鬱金香，但那是錯誤的想法。這時，我突然脫口而出：「爸爸，你想過要請新的僕人嗎？」

他丟下鬱金香球莖，把鏟子插在土裡，脫下園藝手套。我吃驚地看著他。

「什麼？你說什麼？」

「我只是好奇，沒別的。」

「我幹嘛那樣做？」爸爸粗率地說。

「我猜你不會的。我只是問問。」我說，聲音已變成呢喃。我已經後悔說了那句話。

「是因為你和哈山嗎？我知道你們兩個有些不對勁，但不管是怎麼回事，該處理的人是你，不是我。我不會插手。」

「對不起，爸爸。」

他又戴上手套。「我和阿里一起長大。」他咬緊牙齒說：「我父親帶他回家，他愛阿里，像愛自己的兒子一樣。四十年來，阿里一直是我的家人。整整四十年。你以為我會把他趕走？」他轉頭看我，臉像鬱金香一樣紅。「我從來沒打過你，阿米爾，但你如果再說這樣的話……」他別過臉，搖搖頭。「你會讓我蒙羞。哈山……哈山哪裡也不去，你懂嗎？」

我低下頭，抓起一把冰涼的泥土，讓沙土從指縫間溜走。

「我說，你懂嗎？」爸爸咆哮道。

我畏縮地說：「我懂，爸爸。」

「哈山哪裡都不去。」爸爸忿然說。他又鏟了一個洞，鏟土的力道遠超過所需。「他會和我們一起留在這裡，他歸屬的地方。這裡是他的家，我們是他的家人。別再問我這個問題！」

「我不會的，爸爸。對不起。」

我們種完其餘的鬱金香，沒再說一句話。

下一個星期學校開學，讓我鬆了一口氣。學生手裡拿著新筆記本和削好的鉛筆，在中庭漫步，踢起塵土，三五成群的聊天，等班長吹哨子。爸爸的車開上通往校門的那條泥土路。學校是老舊的兩層樓建築，窗戶破破爛爛，鵝卵石砌成的門廊昏昏暗暗，在大片剝落的灰泥間，還可以看到原本黯淡的黃色油漆。大部份的男生都走路上學，爸爸的黑色野馬汽車引來嫉羨的眼光。我應該帶著驕傲的光芒下車——像原來的我一樣——但我能感覺到的只是有些不好意思。不好意思，以及空虛。爸爸開車走了，連再見都沒說。

我略過了互比放風箏傷痕的例行公事，站到隊伍裡去。鐘響了，我們行進到分派好的班級去，兩兩成行。我坐在後排。法爾西語老師分給我們新課本時，我祈禱會有很多功課。

學校讓我有藉口可以在房間裡一待數小時。有一陣子，這讓我的心思不再縈繞在冬季，那件我讓它發生的事情上。好幾星期，我滿腦子就只有重力與動力、原子與細胞、英阿戰爭，不再想哈山，以及發生在他身上的事。但是，一而再的，我的心回到那條巷子。回到哈山那條扔在磚堆上的咖啡色燈芯絨褲。回到血滴在雪地上留下的印記，暗紅色，近乎黑色。

初夏，一個慵懶昏沉的午後，我找哈山和我一起上山。我告訴他，要唸我新寫的故事給他聽。他正在院子裡晾衣服，我看得出來他加快速度，急著完成工作。

我們爬上山丘，東聊西扯。他問到學校，問我學了什麼，我談到我的老師，特別是那個嚴格的數學老師，他處罰上課講話的學生，用鐵棍插進他們手指中間，用力扭在一起。哈山很害怕，說他希望我沒被罰過。我說我到目前為止運氣都很不錯，但我知道這其實和運氣沒關係。我也是上課講話的學生之一，不過我爸爸很有錢，每個人都知道，所以我免受鐵棍伺候。

我們坐在石榴樹遮蔭的墓園矮牆邊。再過一兩個月，大片焦黃的野草會長滿山丘，但那一年，春雨持續得比往年久，直到初夏還綿綿不絕，所以草地還一片翠綠，遍地開滿野花。在我們下方，瓦吉・阿卡巴汗的白牆平頂房舍在陽光下閃閃生輝，院子裡晾晒的衣物，五顏六色，在微風中宛如蝴蝶翩翩起舞。

我們從樹上摘了十來顆石榴。我打開帶來的書，翻到第一頁，又放了下來。我站起來，揀起一顆過熟掉落在地上的石榴。

「如果我用這個丟你，你會怎麼做？」我說，上下拋著那個石榴。

哈山的微笑凋萎了。他看起來比我印象中更老。不，不是更老，是老。怎麼可能呢？皺紋深深刻在他飽經日曬的臉上，眼睛、嘴唇四周都是皺褶。而這些，可能是我自己拿著刀在他臉上刻出來的。

「你會怎麼做？」我又問了一遍。

他臉上毫無血色。在他旁邊，我答應唸給他聽的故事書，在微風中冊頁翻飛。我把石榴丟向他。我擊中他的胸口，紅色的果漿迸裂。哈山的叫聲夾雜著驚訝與痛楚。

「還手啊！」我怒吼。哈山的目光從胸膛移到我身上。

「站起來，打我啊！」我說。哈山是站起來了，但就只是站著，就像前一刻還愉快地在沙灘漫步的人，突然被巨浪捲進汪洋一樣迷惑無措。

我又對他丟了一顆石榴，這次砸在他肩膀，汁液濺上他的臉。「還手啊！」我輕蔑地說：「還手啊，你這個該死的傢伙！」我希望他還手。我希望他如我所願的用石榴丟我，那麼或許我在夜裡終能安眠。那麼或許我們之間的一切能回到以前。但哈山什麼都沒做，儘管我一次又一次地丟他。「你這個懦夫！」我說：「你這個沒用又該死的懦夫！」

我不知道我丟了他多少次。我知道的只是，等我終於住手，筋疲力竭，氣喘吁吁，哈山已經渾身血紅，彷彿被槍決隊開火射擊過一樣。我跪下來，疲倦，耗竭，沮喪。

此時，哈山拾起一顆石榴。他向我走來。他掰開石榴，往自己前額砸去。「看著。」他悽然說，紅色的汁液像鮮血淌下臉：「你滿意了嗎？你覺得好過一些了嗎？」他轉身跑下山。

我任淚水潰堤，跪在地上前後搖晃。「我到底要拿你怎麼辦，哈山？我該拿你怎麼辦？」但等淚水乾涸，我開始蹣跚下山時，我已經知道這個問題的答案了。

一九七六年夏季。我滿十三歲。這是阿富汗最後一個和平且默默無名的夏季。爸爸和我之間的關係已經再度冷卻。我想是從種鬱金香那天我問了那個蠢問題，換新僕人的那個問題之後開始的。我很後悔說了那句話——真的很後悔——但我想，即使我沒說，我們之間快樂的小插曲也終究會結束的。或許不會那麼快，但終究會的。到了夏末，湯匙和叉子的叮噹聲再度取代了晚餐的閒聊，爸爸一吃完飯就躲回書房去。而且關上門。我則回到哈菲茲和海亞姆的書裡，把指甲咬到見皮，寫故事。我把故事藏在床底下的架子上，好好地擺在箱子裡，雖然我很懷疑爸爸會要我讀給他聽。

爸爸舉辦宴會的最高準則是：邀請全世界的人來，否則就稱不上是宴會。我還記得，我在生日宴會前的一個星期查看邀請名單，卻發現四百位賓客裡至少有四分之三是我不認得的——包括許多來送禮物恭喜我活過十三歲的叔伯姑姨。我突然明白，他們並不是為我而來。過生日的是我，但我知道誰才是這場秀的真正明星。

好幾天的時間，房子裡擠滿爸爸請來的幫手。屠夫沙拉胡迪，拖著一頭小牛和兩隻羊來，還拒絕收錢。他在院子裡的白楊樹下親手宰殺。「鮮血對樹有益。」我還記得白楊樹周圍的草地染得鮮紅時他這麼說。我不認識的男人爬上樺樹，掛上成串的小燈泡和長長的延長線。其他的人在院子裡擺上數十張桌子，一一鋪好桌巾。在這場盛大宴會的前一晚，爸爸一位在新城區開烤肉店的朋友戴爾-穆罕默德帶來好幾袋香料。和屠夫一樣，戴爾-穆罕默德，爸爸叫他戴羅，不願意收錢。他說爸爸已經為他的家人做得夠多了。戴羅在醃肉時，拉辛汗對我咬耳朵說，爸爸曾經借錢給他開餐廳。爸爸不收他還的錢，直到有一天，戴羅開一輛賓士出現在我家的車道上，說爸爸不收錢他就不走。

我猜，從很多方面來看，至少從評斷宴會的標準來看，我的生日盛會大大成功。我從沒看到家裡塞進這麼多人。手裡拿著飲料的賓客在玄關聊天，在樓梯抽煙，倚著門廊。他們隨處找空間坐下，在廚房的流理台，在走廊，甚至在樓梯間。後院裡，賓客群集在閃爍著藍、紅、綠色燈光的樹下，四處點燃的煤油火炬照亮他們的臉。爸爸在俯瞰花園的陽台上設了一個舞台，麥克風則架設在院子各處。在眾多舞動的身軀上方，哈曼・查西爾在舞台上彈奏手風琴，演唱歌曲。

我必須一一和賓客打招呼——爸爸盯著我做；這樣明天才不會有閒言閒語，說他養了個不懂禮貌的兒子。我吻了數百個臉頰，擁抱全部的陌生人，謝謝他們送的禮物。僵硬的微笑讓我的臉都發痛了。

我和爸爸站在院子靠吧台的地方，有人說：「生日快樂，阿米爾。」是阿塞夫，和他的雙親。阿塞夫的父親，馬穆德，個子瘦小，黑膚，窄臉。他的母親，坦雅，嬌小且神經質，不停微笑眨眼睛。阿塞夫站在他倆中間，咧嘴笑，居高臨下，雙手環在他們肩上。他領他們走過來，彷彿是他帶他們來似的。彷彿他是父親，而他們是他的子女。我感到一陣暈眩。爸爸謝謝他們來。

「我親自挑選你的禮物，」阿塞夫說。坦雅的臉抽動，眼光從阿塞夫飄到我身上。她面露微笑，但顯得勉強，還眨眼睛。我懷疑爸爸是否也注意到。

「還踢足球嗎，阿塞夫將？」爸爸說。他一直希望我和阿塞夫做朋友。

阿塞夫露出微笑。他竟能馬上裝出甜蜜可人的樣子，真令人毛骨悚然。「當然啦，卡卡將。」

「右衛，我記得。」

「其實，我今年改打中鋒了。」阿塞夫說：「這樣可以多得一些分數。我們下星期和梅可洛拉揚隊打。一定會很精采。他們有幾個很不錯的球員。」

爸爸點點頭。「你知道嗎，我年輕的時候也打中鋒。」

「我敢說你現在也能打，如果你願意的話。」阿塞夫說。他俏皮地眨眨眼，討爸爸歡心。

爸爸也眨眨眼。「我看得出來，你父親已經把他那套舉世聞名的奉承方法傳授給你了。」他碰碰阿塞夫父親的手肘，幾乎把那個矮傢伙給撞倒了。馬穆德的笑聲和坦雅的微笑一樣勉強，我突然想到，在某種程度上，他們的兒子是否也令他們害怕。我想擠出微笑，但再怎麼努力也只能讓嘴角微微上揚——看見我父親和阿塞夫如此契合，讓我的胃開始翻攪。

阿塞夫把目光轉到我身上。「瓦里和卡美爾也來了。他們說什麼也不會錯過你的生日。」他皮笑肉不笑地說。我沉默地點點頭。

「我們打算明天在我家打排球。」阿塞夫說：「或許你可以來跟我們一起打。帶哈山一起來，如果你會來的話。」

「聽起來很好玩。」爸爸愉快地說：「你覺得呢，阿米爾？」

「我不太喜歡排球。」我喃喃說。我看見爸爸眼中的光芒消失，繼之而來的是讓人渾身不舒服的靜默。

「抱歉，阿塞夫將。」爸爸聳聳肩說。錐心刺骨，他竟然替我道歉。

「不，沒關係。」阿塞夫說：「我們還是歡迎你來，阿米爾將。不管怎麼樣，我聽說你喜歡看書，所以我帶書來送你。我最喜歡的一本書。」他把包好的生日禮物交給我：「生日快樂！」

他穿著棉襯衫，藍色寬褲，打紅色絲領帶，腳上的黑色便鞋閃閃發亮。他聞起來有古龍水的味道，一頭金髮整整齊齊地往後梳。表面上看起來，他是所有父母親夢寐以求的兒子，強壯、高大、衣冠楚楚、進退得宜，有才華，也長得好看，更別提他還風趣得可以和成人說說笑笑。但在我看來，他的眼睛卻洩了底。我看進他眼睛的時候，虛矯的門面搖搖欲墜，露出掩藏在背後的一抹瘋狂。

「你不收下嗎，阿米爾？」爸爸說。

「什麼？」

「你的禮物啊，」他有些暴躁地說：「阿塞夫送禮物給你。」

「噢。」我說。我接過阿塞夫的禮物，垂下眼睛。我希望此刻獨自在我的房間裡，看我的書，遠離人群。

「嗯？」爸爸說。

「什麼？」

爸爸壓低聲音，我當眾讓他難堪時，他就會這樣。「你不謝謝阿塞夫將嗎？他這麼周到。」

我希望爸爸別再這樣叫他。他叫過我幾次「阿米爾將」？「謝謝。」我說。阿塞夫的母親看看我，彷彿要開口說話，但她沒說，我突然意會到，阿塞夫的雙親一句話都沒說。為了不再讓爸爸和我自己難堪——更主要的是為了避開阿塞夫和他的獰笑——我走開了。「謝謝你來。」我說。

我擠過成群的賓客，偷偷溜出鍛鐵大門。從我們家往下再過去的兩幢房子旁邊，有一大片荒廢的空地。我聽爸爸告訴拉辛汗說，有位法官買下這塊地皮，建築設計還在規劃中。此時，空地還光禿禿的，只有泥土、石塊和野草。

我撕開阿塞夫禮物的包裝紙，在月光下端詳那本書的封面。是希特勒的傳記。我把書丟進草叢裡。

我靠在鄰居的牆邊，滑坐在地上。我坐在黑夜裡，膝抵著胸，仰頭望星星，等待這一夜結束。

「你不是該去歡迎你的客人嗎？」一個熟悉的聲音說。拉辛汗沿著牆邊向我走來。

「他們又不需要我。爸爸在那裡，記得嗎？」我說。拉辛汗在我身邊坐下，酒杯裡的冰塊叮噹響。「我不知道你喝酒。」

「我是喝酒，」他說。開玩笑地碰碰我手肘。「但只在重要的場合喝。」

我漾起微笑。「謝謝。」

他朝我舉杯，啜了一口。他點煙，是沒濾嘴的巴基斯坦香煙，他和爸爸常抽的那種。「我有沒有告訴過你，我有一次差點兒結婚了？」

「真的？」我說，想到拉辛汗結婚，我不禁微笑起來。我一直當他是爸爸寡言的至交，我寫作的導師，我的夥伴，每回到國外旅行回來都不忘帶紀念品給我的人。但成為丈夫？父親？

他點點頭。「是真的。她名叫荷麥拉。她是哈札拉人，我們鄰居僕人的女兒。她很漂亮，像仙女一樣，淺棕色的頭髮，榛果色的大眼睛……她的笑聲……我到現在還聽得見。」他轉著酒杯。「我們常偷偷在我父親的蘋果園裡見面，總是在半夜，所有的人都睡著之後。我們在樹下散步，我握著她的手……我讓你難為情嗎，阿米爾將？」

「有一點。」我說。

「對你無傷的。」他說，又吐出一口煙。「反正，我們憧憬著，我們會有一場盛大的夢幻婚禮，邀請家人和朋友從喀布爾到坎達哈來。我會蓋一間大房子，白色的，有鋪磁磚的露台和大窗戶。我們會在院子裡種果樹，和各式各樣的花，還要有一片草地讓我們的小孩玩。星期五，在清真寺作完禮拜之後，大家可以來我們家吃午飯，我們在院子裡吃飯，坐在櫻桃樹下，喝井裡剛打上來的水。然後喝茶，吃糖，看我們的小孩和表兄弟姊妹一起玩……」

他喝一大口威士忌。咳了一聲。「你應該看看你爸爸聽我告訴他這個故事時臉上的表情。我媽媽還真的昏過去了。我姊姊在她臉上灑水。大家替她搧風，盯著我看的表情，好像我砍了她的脖子似的。我哥哥賈拉真的衝去拿他打獵用的來福槍，我爸爸都來不及阻止他。」拉辛汗發出苦澀的笑聲。「荷麥拉和我是在對抗全世界。而且我告訴你，阿米爾將，到頭來，贏的永遠是這個世界。就是這麼回事。」

「後來呢？」

「同一天，我父親把荷麥拉和她的家人趕上卡車，送到哈札拉賈特去。我再也沒見過她。」

「真是遺憾。」我說。

「或許這樣最好。」拉辛汗聳聳肩說：「她會受苦的。我的家人絕對不會接納她，不會當她是一家人的。你不可能在前一天叫某人幫你擦鞋，後一天就叫那個人『姊妹』的。」他看著我。「你知道嗎？你可以告訴我任何你想要告訴我的事，阿米爾將。任何時候。」

「我知道。」我不太確定地說。他凝視我良久，彷彿等待著，那雙深不見底的黑眼睛暗示著我倆之間不可言傳的秘密。在那一刻，我幾乎告訴他。幾乎告訴他所有的事，但他會怎麼看我？他會恨我，合情合理。

「對了。」他交給我一樣東西。「我差點忘了。生日快樂。」是一本咖啡色的皮面筆記本。我的手指輕輕撫過金色鑲邊。我聞著皮面。「讓你寫故事用。」他說。我正要開口謝他，天空卻傳來陣陣爆裂的聲響。

「煙火！」

我們衝回家，發現客人全站在院子裡，抬頭仰望天空。隨著每一聲呼嘯與爆破，小孩們也驚聲尖叫。每一束火光嘶嘶開展成燦爛的花朵時，大家都鼓掌歡呼。每隔幾秒鐘，後院就亮起閃光，紅的、綠的、黃的。

在一陣瞬間即逝的閃光中，我看見了永難忘懷的景象：哈山端著銀盤伺候阿塞夫和瓦里喝飲料。光芒閃逝，嘶嘶爆裂，另一道橙色的亮光閃現：阿塞夫咧嘴笑，用指節抵著哈山胸口。

接著，上蒼垂憐，一切回歸於漆黑。

---

①Jalalabad，阿富汗東部城市，為著名的冬季渡假勝地。

第九章

第二天早上，我坐在房間中央，拆開一盒又一盒的禮物。我不知道我為什麼要這麼費事，因為我只索然無味地瞥了一眼，就把它們全丟到房間角落。禮物堆得越來越高：一台拍立得相機、一台短波收音機、一套精巧的火車組——還有好幾個裝著現金密封起來的信封。我知道我永遠不會花那些錢，或聽那台收音機，火車也永遠沒有機會在我房間裡繞著軌道奔跑。這些東西我一件也不想要——那全是血腥錢；如果我沒贏得風箏大賽，爸爸絕對不會替我辦這一場宴會。

爸爸送我兩樣禮物。一件是絕對會讓街坊小孩嫉妒的東西：一輛嶄新的青雲史汀瑞（Schwinn Stingray），腳踏車之王。在整個喀布爾，只有屈指可數的小孩擁有新的史汀瑞，現在我也是其中之一。這部腳踏車有高起的把手，黑色橡皮握柄，和著名的香蕉形座墊。輪軸是金色的，鐵骨車身是鮮紅的——像顆糖蘋果。任何小孩一定會立刻跳上車去，在附近街道好好繞上一圈。幾個月前的我或許也會這樣做。

「你喜歡嗎？」爸爸倚在我房間門口問。我露出溫馴的笑容，很快地說聲「謝謝」。我真希望我說得出更多話。

「我們可以一起去騎。」爸爸說。一個邀請，但並不真心誠意。

「以後吧。我有點累了。」我說。

「沒問題。」爸爸說。

「爸爸？」

「嗯？」

「謝謝您的煙火。」我說。一句謝謝，但並不真心誠意。

「休息一下吧。」爸爸說，走回他的房間。

爸爸送我的另一樣禮物——他甚至沒等我拆開——是一只手錶。藍色的錶面，配上閃電形狀的金色指針。我連戴都沒戴，就丟到角落的那堆玩具裡。我唯一沒丟到玩具山裡的是拉辛汗送的那本皮面筆記本。那是唯一不像血腥錢的禮物。

我坐在床邊，打開手裡的筆記本，想起拉辛汗提到荷麥拉的事，說到頭來他父親送走她還是最好的結果。**否則她會受苦**。就像侯瑪勇卡卡的幻燈片一放再放一樣，相同的影像一遍又一遍在我心頭閃現：哈山，低著頭，端飲料給阿塞夫和瓦里。或許那樣最好。減輕他的痛苦。還有我的。無論如何，事情非常清楚：我和他必得有一個人離開。

那天下午，我第一次也是最後一次騎那輛史汀瑞。我在這條街上繞了好幾圈，然後騎回家。我騎進後院的車道，哈山和阿里在那裡清理昨夜宴會留下的一片混亂。紙杯、揉成一團的紙巾、汽水的空瓶子，丟得院子裡到處都是。阿里在收折疊椅，擺在牆邊。他看見我，揮揮手。

「你好，阿里。」我對他揮手說。

他豎起指頭，要我等一下，然後走回他住的小屋。過了一會兒，他手裡拿著東西出現。「昨天晚上，哈山和我沒有機會把這個送給你。」他說，交給我一個盒子。「這東西不值錢，對你來說很沒價值，阿米爾大人。但是我們還是希望你會喜歡。生日快樂。」

我如鯁在喉。「謝謝你，阿里。」我說。我希望他們沒送我任何東西。我打開盒子，看見一本全新的《雪納瑪》，精裝本，在每一頁下方繪有彩色插圖。這張是法朗吉斯凝視剛剛出生的兒子，凱侯斯洛。那張是阿法拉西亞騎著他的馬，揮著劍，領軍前進，當然，還有羅斯坦給他兒子，戰士索拉博，致命的一擊。「好漂亮。」我說。

「哈山說你那本很舊，而且也破了，有幾頁不見了。」阿里說：「這本所有的圖都是用鋼筆和墨水手繪的。」他很驕傲地看著那本書，雖然他和兒子都不識字。

「真漂亮。」我說。的確是。而且，我猜，也一定不便宜。我想要告訴阿里，不值錢的不是這本書，而是我。我跳回腳踏車上。「替我謝謝哈山。」我說。

最後，我把那本書丟到我房間角落的那堆玩具上。但我的目光會不斷回到那書上，所以我把它埋到最底下。那天晚上睡覺之前，我問爸爸有沒有看見我的新手錶。

第二天早上，我一直待在房間裡，等阿里清理廚房的早餐桌。等他洗盤子，擦櫃子，我盯著臥房窗外，一直等到阿里和哈山推著空無一物的獨輪手推車出門，去市場採買。

我從禮物堆上抓起幾個裝著現金的信封和我的手錶，躡手躡腳走出去。我在爸爸書房門口停下來，側耳傾聽。他一整個早上都在裡面打電話。這時他在和某個人講話，談下個星期預定運達的一批地毯的事。我下樓，穿過院子，進到枇杷樹旁阿里和哈山住的那間小屋裡。我掀開哈山的墊褥，把我的新手錶和一把阿富汗鈔票塞到下面。

我又等了三十分鐘。然後我敲爸爸的房門，把我編好的謊言告訴他——我希望這是一長串可恥謊言的最後一個。

從臥房的窗子往外望，我看見阿里和哈山推著裝滿肉、南餅、水果和蔬菜的手推車走進車道，我看見爸爸走出屋子，和阿里說話。他們掀動嘴唇說著我聽不見的話。爸爸指指屋子，阿里點點頭。兩人分開。爸爸回屋裡來，阿里跟著哈山走回他們的小屋。

一會兒之後，爸爸敲我房門。「到我辦公室來。」他說：「我們要坐下來，把這件事弄清楚。」

我到爸爸的書房，坐在一張皮沙發上。過了三十分鐘，甚或更久，哈山和阿里才進來。

他倆都哭過了；我可以從他們紅腫的眼睛看出來。他們站在爸爸面前，手拉著手，我不禁懷疑，我到底是如何、又是何時有能力造成這麼大的痛苦。

爸爸走向前，問道：「你偷了錢嗎？你偷了阿米爾的手錶嗎，哈山？」

哈山的回答只有一個字，一個以微弱、刺耳的聲音說出的字：「是。」

我不禁瑟縮，像被打了一巴掌似的。我的心直直下沉，幾乎忍不住要吐露真相。但我立刻了解：這是哈山為我做的最後一次犧牲。如果他說不是，爸爸會相信他，因為我們都知道哈山從來不撒謊。而如果爸爸相信他，那我就會被質疑；我就必須解釋，必須揭露我的真面目。爸爸永遠永遠不會原諒我。這又讓我瞭解到：哈山知情。他知道我在巷子裡目睹一切，知道我站在那裡，袖手旁觀。他知道我背叛了他，但卻再一次解救我，也或許是最後一次。那一刻，我真的愛他，我愛他遠甚於其他任何人；我想告訴他們，我是草叢裡的蛇，是湖裡的怪獸。我不值得他作犧牲；我撒謊，我是個騙子，是個小偷。我就要說出口了，但另一個我卻很高興。為了這一切很快就要結束而高興。爸爸會把他們送走，會有些傷痛，但生命會繼續前進。我就是要這樣，要繼續前進，要遺忘，要清清白白從頭來過。我要能再度呼吸。

只是爸爸很出乎我意料之外地說：「我原諒你。」

原諒？但偷竊是不容原諒的罪，是一切罪惡共有的本質。你殺了一個人，就偷走一條生命。偷走他妻子擁有丈夫的權利，剝奪他兒女擁有父親的權利。你撒謊，就偷走其他人擁有真相的權利。你欺騙，就偷走公義的權利。沒有任何行為比偷竊更邪惡。這不是爸爸親口對我說的話嗎？那他怎麼會原諒哈山？如果爸爸能原諒哈山，又為什麼不能原諒我沒成為他一直希望的兒子？為什麼——

「我們要離開了，老爺大人。」阿里說。

「什麼？」爸爸說，他臉色慘白。

「我們不能再住在這裡了。」阿里說。

「但我原諒他了，阿里，你沒聽見嗎？」爸爸說。

「現在我們已經不可能在這裡生活了，老爺大人。我們要離開。」阿里一把拉過哈山，手臂環住他肩頭。這是保護的姿勢，我知道阿里想保護他不受別人傷害。從阿里看我的樣子，以及他冷淡不諒解的眼神，我知道哈山告訴他了。哈山一定全說了，說阿塞夫和他朋友對他做的事，說那只風箏，說我。很怪異的是，我竟然很高興有人知道我真正的面目。我已厭倦偽裝。

「我不在乎那些錢或手錶。」爸爸說，他張開手臂，手掌朝上。「我不瞭解你為什麼要這樣做……什麼叫做不可能？」

「對不起，老爺大人，可是我們的行李都打包好了。我們已經決定了。」

爸爸站起來，臉上飄過一抹憂傷的神色。「阿里，我給你的待遇不好嗎？我對你和哈山不好嗎？你就像我從來不曾擁有的親兄弟一樣，阿里，你知道的。請別這樣做。」

「要這樣做已經很困難了，請別讓它變得更困難，老爺大人。」阿里說。他的嘴抽動著，在那一瞬間，我覺得自己看見了他痛苦的表情。那時我才瞭解，我造成的傷害有多麼深，我給每個人都帶來愁雲慘霧，就連阿里那張痲痺的臉都無法掩藏傷悲。我強迫自己看哈山，但他低著頭，垂下肩膀，手指擰著襯衫邊緣一條鬆脫的線。

爸爸懇求：「至少告訴我為什麼。我需要知道！」

阿里沒告訴爸爸，如同哈山坦承偷竊時他未抗辯一樣。我永遠不會知道到底為什麼，但我可以想像得到，在那間寒傖的小屋裡，哈山哭著懇求他不要揭發我。但我無法想像，阿里要有多大的自制力才能實踐承諾。

「您能載我們到巴士站嗎？」

「我禁止你這麼做！」爸爸怒斥：「你聽到了嗎？我禁止！」

「我尊敬您，但是您不能禁止我，老爺大人。」阿里說：「我們不再替您工作了。」

「你們要到哪裡去？」爸爸問。他的聲音顫抖。

「哈札拉賈特。」

「投靠表親？」

「對。您能載我們到巴士站嗎，老爺大人？」

此時，我看見爸爸出現我以前從來沒見過的舉動：他哭了。這讓我有點害怕，看見一個成年人啜泣。身為父親不該哭的。「拜託，」爸爸說，但阿里已經轉頭走出門，哈山跟在他背後。我永遠不會忘記爸爸說那句話的神情，他那句懇求裡的痛苦、恐懼。

在喀布爾，夏季很少下雨。蔚藍的天空一望無際，太陽像烙鐵灼燙頸背。哈山和我打水漂兒的溪谷，泉水已都乾涸，人力車奔馳經過，總捲起陣陣塵土。大夥兒全到清真寺作午間禱拜十次的「晌禮」，然後在寺外找個陰涼的地方打個盹，等待傍晚的涼意。夏季意味著漫長的學校生活，汗流浹背擠在通風不良的教室裡，學習可蘭經文背誦，和那些詰屈聱牙的阿拉伯文奮戰。夏季意味著掌中拍打蒼蠅，聽著教士喃喃不休，熱騰騰的微風拂過校園，吹進戶外廁所的屎味，在孤伶伶歪歪扭扭的籃球架旁捲起煙塵。

但是，爸爸載阿里和哈山到巴士站的那天下午下雨了。雨雲盤捲，天空染成鐵灰色。不到幾分鐘，大雨傾洩而下，嘩嘩不止的落雨聲在我耳邊迴繞。

爸爸說要親自載他們到巴米揚，但阿里拒絕了。透過我臥房那面被雨澆打得模糊不清的窗戶，我看見阿里拎起那只裝著他們全部家當的提箱，放進爸爸停在大門外的車裡。哈山帶著他的墊褥，捲起來，用繩子綁好，扛在背上。他把他所有的玩具都留在空蕩蕩的小屋裡——我第二天發現的，堆在屋角，就像我房間裡的那堆生日禮物。

雨水潺潺淌下我的窗戶。我看見爸爸用力關上行李廂。他全身淋得濕漉漉，走到駕駛座旁。他探頭進去，對後座的阿里說了什麼，或許是做最後的努力，想讓阿里改變心意。他們就這樣交談了一會兒，爸爸濕淋淋的，彎著腰，一手搭在車頂上。但等他直起身子，望著他鬆垮的肩膀，我知道，我從出生以來所熟悉的生活結束了。爸爸坐進車裡。車燈亮起，兩道燈柱穿雨而出。如果這是一部哈山和我常去看的印度電影，劇情發展到這裡，我就該奪門而去，光裸的腳濺起雨花。我會追著車跑，叫喊停下來。我會把哈山拉出後座，告訴他我很抱歉，很抱歉，我的臉上交織著淚水與雨水。我們會在傾盆大雨裡互相擁抱。但這不是印度電影。我是很抱歉，但我沒哭，我沒追著車跑。我看著爸爸的車駛離路邊，帶著他離開，那個此生第一個學會的字就是我名字的人。我抓住最後模糊的一瞥，看見哈山癱在後座，然後爸爸的車左轉過街角，那個我們常一起玩彈珠的地方。

我後退，映入眼裡的只有玻璃窗，雨水滑落，像熔化了的白銀。

第十章

一九八一年三月

一個年輕的女子坐在我們對面。她穿著一件橄欖綠的衣服，一條黑色披肩緊裹著臉，抵擋夜晚的寒意。每回卡車猛然一顛簸或駛過一個坑洞，她就祈禱一句。她的「奉真主之名！」隨著卡車的一震一顛達到頂峰。她丈夫，一個粗壯的男人，穿著寬鬆的褲子，頭裹天藍頭巾，一手抱著嬰兒，一手捻著念珠。他的嘴唇蠕動著無聲的祈禱。車裡還有其他人，總共有十二個人，包括爸爸和我。我們坐著，行李箱夾在腿間，和陌生人一起擠在這輛覆蓋著防水布篷的老舊俄製卡車上。

我的內臟翻攪，從我們凌晨兩點離開喀布爾時就已開始。爸爸從沒這麼說，但我知道他認為暈車是我軟弱的又一明證——有好幾次，我的胃絞痛難忍，不禁呻吟時，從他難為情的臉上我就看得出來。那個戴念珠的粗壯男子——也就是那個不停禱告的女子的丈夫——問我是不是想吐，我說可能。爸爸撇開頭。那人掀開防水布篷一角，敲敲司機的窗子，要他停車。但卡林，這位黑皮膚、骨瘦如柴，一張老鷹似的瘦臉配一道細長小鬍子的司機，卻搖搖頭。

「我們離喀布爾太近了。」他大吼說：「告訴他，胃得強健一點。」

爸爸低聲咕噥幾句。我想告訴他，我很抱歉，但我喉頭突然湧出東西，滿是膽汁的苦味。我轉身，掀開防水布，在急馳的卡車旁吐了起來。我又吐了兩次，卡林才同意停車，讓我不致弄髒他的車，他罪。彷彿你已經十八歲了就不該暈車。爸爸在我背後，向其他乘客致歉。彷彿暈車是一種賴以維生的工具。卡林是個人蛇——他把人從蘇俄佬佔領的喀布爾偷渡載到比較安全的巴基斯坦，這在當時是頗有賺頭的生意。他要把我們載到喀布爾東南方一百七十公里處的賈拉拉巴德，他的兄弟圖爾會在那裡接應，負責第二段運載難民的車程，用一輛比較大的卡車載我們通過開伯爾山口，進入帕夏瓦①。

卡林在路邊停車時，我們約在馬希帕瀑布西方幾公里處。「馬希帕」——意即「飛魚」——位在陡峭懸崖的山頂，俯瞰德國人一九六七年替阿富汗人蓋的水力發電廠。數不清有多少次，爸爸和我開車途經這個山崖到賈拉拉巴德，那個遍地柏樹和甘蔗田的阿富汗冬季渡假勝地。

我跳下卡車，踉蹌走到路邊的土堤。我嘴裡滿是唾液，即將反胃的徵兆。我蹣跚靠近懸崖邊，下面的深谷籠罩在夜黑中。我彎下腰，雙手壓在膝蓋上，等著膽汁湧出。不知在什麼地方，有根樹枝斷裂，有隻貓頭鷹梟叫。而風，輕柔冰涼的風，颯颯吹過枝頭，騷動斜坡上蔓生的灌木。下方隱隱傳來流淌過谷底的水聲。

站在路肩，我想起我們離開那個我住了一輩子的家的情景，彷彿我們只是出門吃飯似的：沾有肉丸南餅油漬的碟子堆在廚房水槽裡；待洗的衣物放在走廊的柳條籃裡；床沒鋪，爸爸的西裝掛在衣櫥裡。掛毯仍然懸掛在客廳牆上，我母親的書也還塞在爸爸書房的架上。我們離家逃亡的跡象微乎其微：只有我爸媽的結婚照不見了，還有我祖父和納狄爾國王站在他們獵殺的鹿旁邊的那張照片。衣櫥裡有幾件衣服不見了。拉辛汗幾年前給我的那本皮面筆記本也不見了。

早晨，賈拉魯丁——我們五年來的第七個僕人——可能會以為我們出門散步或兜風。我們沒告訴他。在喀布爾，你不能再相信任何人——為了錢或被脅迫，大家互相告密，鄰居出賣鄰居，小孩出賣父母，兄弟出賣兄弟，僕人出賣主人，朋友出賣朋友。我想起哈曼．查西爾，在我十三歲生日宴會上演奏手風琴的那個歌手。他和幾個朋友一起開車兜風，後來有人在路邊發現他的屍體，後腦上挨了一槍。那些共產黨員隨處可見，他們把喀布爾一分為二：告密的和沒告密的。最棘手的是，沒有人知道誰屬於哪一邊。對量製西裝的裁縫不經意說幾句話，就可能把你送進坡雷-恰克希的黑牢去。對屠夫抱怨宵禁，你就等著被囚禁、瞪著俄製自動步槍的槍口吧。即使是在沒有外人的家裡，在晚餐桌上，大家還是要謹言慎行——學校教室裡也有共黨同志的身影；他們教孩童監視父母，注意聽哪些事，向誰告發。

三更半夜，我站在這路邊幹嘛？我應該躺在床上，蓋著毯子，身邊擺一本翻得破舊的書。這一定是一場夢。一定是。明天早晨，我一起床，望著窗外：沒有面目猙獰的俄國士兵在人行道巡邏，沒有坦克在我們城裡的街道繞來繞去，槍砲臺像控訴的手指般旋轉；沒有殘垣斷壁，沒有宵禁，沒有俄國陸軍的軍隊運輸車在市集穿梭。此時，在我背後，我聽見爸爸和卡林抽著煙討論到達賈拉拉巴德之後的安排。卡林向爸爸保證，他兄弟有輛「品質一流」超棒的大卡車，而且到帕夏瓦的車程稀鬆平常。「他閉著眼睛都能把你們載到那裡去，」卡林說。我聽到他對爸爸說，他和他兄弟是怎麼跟檢查哨的俄國與阿富汗士兵搞熟的，又是怎麼達成「彼此互利」的安排。這不是一場夢。宛如暗示一般，一架米格機突然在我們頭頂呼嘯。卡林丟下香煙，從腰間掏出一把手槍。他用槍指著天空，大聲叫囂咒罵米格機。

我很想知道哈山在哪裡。接著，無可避免的，我在雜草堆旁吐了，我的嘔吐和呻吟，淹沒在米格機震耳欲聾的怒吼聲中。

二十分鐘之後，我們在馬希帕的檢查哨停車。我們的司機沒熄火，跳下車和走近前來的聲音打招呼。腳步踏過碎石路。交談的聲音，簡短而靜微。一陣閃光。有人用俄文說「謝謝」。

又一陣閃光。有人在笑，一陣尖銳駭人的聲音讓我驚跳起來。爸爸的手壓住我的大腿。笑著的人開始唱起歌來，唱的是一首古老的阿富汗婚禮歌曲，荒腔走板，帶著濃厚的俄羅斯口音：

慢慢走，我心愛的月亮，慢慢走。

靴子在柏油路上踢踏響。有人掀起蓋在卡車後面的防水布，三張臉探進來。一個是卡林，另外兩個是阿兵哥——一個阿富汗人和一個咧嘴笑的俄國人，一張像牛頭犬的臉，嘴角叼著香煙。在他們背後，一輪骨白色的月亮掛在天空。卡林和那個阿富汗士兵用普什圖語交談。我聽懂一些——有關圖爾和他的衰運。那個俄國兵把臉探進卡車後面。他哼著婚禮歌謠，手指在車子後擋板邊上咚咚敲著。即使是在稀微的月光下，我還是看得見他查看一個又一個乘客的炯炯目光。雖然夜裡很涼，他的額頭還淌下汗水。他的目光停駐在那個裹著黑色披肩的女人身上。他用俄語對卡林說了幾句話，目光仍然盯著她。卡林簡短地用俄語回答，而那個俄國兵態度更傲慢地又說了句話。阿富汗士兵也開口說話，低聲解釋。但俄國兵大聲咆哮，讓那兩個人膽戰心驚。我感覺到爸爸緊緊挨近我。卡林清清喉嚨，低下頭，說那個阿兵哥要和卡車後面的女士獨處半個小時。

那個年輕女子用披肩蓋住臉，哭了起來。抱在她丈夫膝上的嬰兒也哭了。丈夫的臉變得像天上的月亮一樣蒼白。他要卡林求「士兵大人」發發慈悲，或許他也有姊妹或母親，也或許他有妻子。俄國佬聽完卡林的話，又叫囂了一串句子。

「這是他放我們通過的代價。」卡林說。他甚至無法正視那個丈夫。

「但我們已經付了很可觀的報酬。他已經拿到一大筆錢了。」那個丈夫說。

卡林和俄國佬交談。「他說……他說每筆錢還得繳稅。」

這時爸爸站起來。這次換我壓住他的大腿，但爸爸掙脫我的手，挪動他的腿。他一站起來，便掩住了月光。「我要你問這位俄國士兵一句話。『問他，他的羞恥心到哪裡去了。』」

他倆交談。「他說這是戰爭。戰爭裡沒有羞恥心。」

「告訴他，他錯了。戰爭不會折損高貴情操。反而比承平時期更需要。」

*你老是非得當英雄不可嗎？*我想，我的心狂跳不歇。*你就不能放手不管一次嗎？*但我知道他不能——那不是他的天性。問題是，他的天性會害我們全被殺。

俄國兵又對卡林說話，唇邊泛起笑意。「老爺大人，」卡林說：「俄國人和我們不一樣。他們不懂什麼尊敬啊榮譽的。」

「他說什麼？」

「他說在你身上打顆子彈一定很有樂子，就像……就像……」卡林沒說下去，但朝那個抓住衛兵眼光的年輕女子點了一下頭。俄國兵丟掉沒抽完的香煙，從槍套裡取出手槍。所以，*這裡就是爸爸的葬身之處*，我想。*事情就是這麼發生了*。在腦海裡，我不斷唸著從學校學來的禱告詞。

「告訴他，我就算吃上一千顆子彈，也要阻止這種敗德的事發生。」爸爸說。我的心飛回六年前的那個冬日。我站在巷子口的轉角，偷偷望著卡美爾和瓦里壓住哈山。阿塞夫的臀肌拉緊放鬆，他的屁股前後戳動。我算什麼英雄，只掛心風箏。有時候，我也懷疑自己是不是爸爸的兒子。

有張牛頭犬臉的俄國佬舉起槍。

「爸爸，坐下來，拜託。」我拉著他袖子說：「他真的會開槍殺你。」

爸爸拂開我的手。「我沒教過你嗎？」他生氣地說。他轉向那個獰笑的士兵。「告訴他，他最好一槍就射死我。因為如果我沒死，就會把他撕成碎片，去他老爸！」

俄國兵聽了翻譯之後，獰笑並未消退。他咔嗒一聲打開保險栓，槍身瞄準爸爸胸膛。心臟快從我嘴裡跳出來。我把臉埋進手裡。

槍聲響起。

完了。我十八歲，孤獨一人。在這世界上無依無靠。爸爸死了，現在我得埋了他。我該把他埋在哪裡呢？之後我該去哪裡呢？

但等我一睜開眼睛，這些在我腦中盤旋不休的念頭突然停止了，因為我看見爸爸仍然站著。我看見第二個俄國軍人與其他人在一起。他向上舉的槍口冒著煙。原本打算射殺爸爸的那個士兵已放下武器，拖著腳走開。我從來沒像此刻一樣，那麼想哭又想笑。

第二個俄國軍人身材魁梧，一頭灰髮，用一口破法爾西語對我們說話。他為他同志的行為道歉。「俄國派他們來戰鬥，」他說：「但他們都還只是孩子，他們一來到這裡，就從毒品裡找到樂趣。」他狠狠瞥了那個年輕士兵一眼，像父親忿恨行為不端的兒子一樣。「這一個也染上毒癮。我想阻止他……」他揮手要我們離開。

一會兒之後，我們又上路了。我聽見一陣笑聲和第一個士兵的聲音，唱著古老的婚禮歌謠，荒腔走板。

我們靜靜坐在車上，過了大約十五分鐘，那名年輕女子的丈夫站起來，做了一件我以前看過許多人在爸爸面前做過的事：他親吻爸爸的手。

「圖爾的衰運」，在馬希帕的時候，我不是從他們談話的片段裡聽到這句話嗎？

約莫在日出前一個小時，我們抵達賈拉拉巴德。卡林很快地把我們從卡車帶進位於兩條泥土路交叉口的平房。路邊是一整排單調的平房、洋槐樹，和沒開門的店舖。拖著行李快步進屋的時候，我豎起衣領擋住寒意。不知為何，我竟記得聞到蘿蔔的味道。

等把我們全帶進光線幽微、家徒四壁的客廳以後，卡林就鎖上前門，拉上用來代替窗簾的破布。然後他嘆了一口氣，告訴我們壞消息：他的兄弟圖爾不能載我們到帕夏瓦了。好像是卡車引擎上個星期壞了，圖爾還在等零件。

「上個星期？」有人大叫：「如果你早就知道，幹嘛還帶我們來這裡？」

我的眼角瞥見一陣騷動。接著有個模糊的東西衝過房間，我接著看見的是卡林摔到牆上，穿著涼鞋的腳離地兩呎擺盪著。掐住他脖子的是爸爸的雙手。

「我告訴你們為什麼。」爸爸忿然說：「因為他要賺這趟車程的錢。他只關心這個。」卡林發出喉嚨哽塞的聲音，嘴角流出唾沫。

「放他下來，大人。你會殺了他。」有個乘客說。

「我就是打算這麼做。」爸爸說。房裡的其他人不知道的是，爸爸並不是在開玩笑。卡林漲紅了臉，雙腿直踢。爸爸還是掐住他的脖子，直到那個引起俄國兵興趣的年輕母親求他放手。

爸爸終於鬆手，卡林癱在地上，翻滾喘息。房裡一片沉寂。不到兩個小時之前，爸爸為了捍衛一個他根本不認識的女人的榮譽，寧願挨子彈。而現在，他幾乎掐死一個男人，如果不是同一個女人開口請求，他很可能就欣然下手了。

隔壁有砰砰的聲音。不，不是隔壁，是底下。

「那是什麼聲音？」有人問。

「其他人。」卡林氣喘吁吁地說：「在地下室。」

「他們等多久了？」爸爸矗立在卡林面前問。

「兩個星期。」

「我以為你說卡車是上個星期壞掉的。」

卡林揉著脖子。「應該是再一個星期以前。」他沙啞地說。

「要多久？」

「什麼？」

「零件要等多久？」爸爸咆哮說。卡林很害怕，但沒答話。我很高興房裡一片漆黑。我不想看見爸爸臉上殺氣騰騰的神情。

某種潮濕的臭味——像霉菌——刺進我鼻孔，就在卡林打開門，露出通往地下室的老朽樓梯的那一刻。我們一個個下樓。爸爸的體重讓樓梯發出呻吟聲。站在冰冷的地下室，我感覺到黑暗中有一雙雙眼睛盯著我們。我看見房間裡擠滿人形，兩盞煤油燈把他們的剪影投映在牆上。地下室裡迴縈著喃喃低語，在低語聲下方，不知什麼地方有滴滴答答的水聲，除此之外，還有擦刮的聲音。

爸爸在我背後嘆了一口氣，丟下箱子。

卡林告訴我們，只要再過幾天，卡車就可以修好了。然後我們就可以上路直奔帕夏瓦。奔向自由。奔向安身立命之途。

接下來的一個星期，地下室是我們的家。到了第三晚，我發現擦刮聲是從哪裡來的：是老鼠。

等眼睛適應了黑暗，我數出來地下室約有三十個難民。我們肩挨著肩靠牆坐，吃餅乾、麵包，配椰棗和蘋果。第一天晚上，所有的人一起祈禱。一個難民問爸爸為什麼不和他們一起禱告。「真主會拯救我們的。為什麼你不祈求祂呢？」

爸爸吸了一撮他的鼻煙，伸長腿。「現在能救我們的是八汽缸和一個好的化油器。」這句話讓其他人從此不再提起真主的事。

也是在第一天晚上，後來，我發現卡美爾和他父親與我們躲在一起。真是夠嚇人的，看見卡美爾就在地下室裡，坐在離我只有幾呎之處。但等卡美爾和他父親走到我們這邊來的時候，我看見卡美爾的臉，真的看見……

他憔悴不堪——沒有別的字可以形容。他的眼睛空洞地朝我一瞥，完全沒有認出我的跡象。他聳著肩，兩頰塌陷，彷彿已厭倦黏附在骨頭上似的。他在喀布爾開電影院的父親告訴我爸爸，三個月前，他太太在寺裡被流彈擊中，死了。然後他對爸爸提到卡美爾。我只聽到片段：不應該讓他一個人去的，……那麼俊俏，你是知道的……他們有四個人……想抵抗……主啊……抓住他……那裡血流下來……他的褲子……不再說話……就只是瞪著……

不會有卡車了，我們在老鼠肆虐的地下室待了一個星期之後，卡林告訴我們。卡車已經沒辦法修好了。

「還有另一個選擇。」在眾人的怒吼中，卡林提高聲音說。他的表親有輛油罐車，載人偷渡好幾次。他現在在賈拉拉巴德，可能可以把我們全載走。

除了一對老夫婦之外，所有人都決定離開。

我們在夜裡離開，爸爸和我，卡美爾和他父親，還有其他人。卡林和他的表親，一個叫阿吉茲的方臉禿頭傢伙，協助我們進到油罐槽。我們一個接一個，攀上油罐槽後面的擋板，爬上後梯架，再滑進油罐槽裡。我還記得爸爸爬到一半時，突然跳下來，從口袋裡掏出他的鼻煙，清空盒子，在沒鋪柏油的路上抓起一把泥土。他親吻泥土，放進盒裡。他把盒子放進胸前口袋，貼近他的心。

驚惶。

你張開你的嘴巴。張得大大的，下巴喀啦喀啦響。你命令你的肺吸進空氣。**現在**，你需要空氣，**現在**就需要！但你肺裡的通氣道不理你。通氣道一個個崩塌，緊閉，壓縮，突然之間，你透過一根吸管呼吸。你的嘴閉著，唇皺縮著，只能發出窒息的嗆咳聲。你的手蠕動搖晃。某處，有座壩堤傾毀，冰冷的汗水如洪水湧出，浸濕你的身體。你想要尖叫。你想，如果你可以的話。但你得要能呼吸，才能尖叫。

驚惶。

地下室陰暗暗。油罐槽黑漆漆。我看看右邊，左邊，上面，下面，在眼前揮著我的手，完全看不到一點影跡。我眨眨眼，再眨眨眼。什麼都沒有。空氣不對勁，太濃厚，幾乎是固態的。空氣不該是固態的。我想要伸出手，把空氣捏碎，塞進我的氣管。還有汽油的臭味。油氣讓我的眼睛刺痛，彷彿有人撐開我的眼皮，滴進檸檬。每一呼吸，我的鼻子就如同著火一般。你不能死在像這樣的地方，我想。尖叫聲就要開始了。就要開始了，開始……

然後小小的奇蹟出現了。爸爸拉拉我的衣袖，在黑暗中有個東西閃著綠光。亮光！爸爸的手錶。我的眼睛緊盯著螢光綠的指針。我害怕失去它們的蹤影，我連眨眼都不敢。

慢慢地，我開始察覺到周遭的一切。我聽見呻吟和喃喃禱告聲。我聽見嬰兒在哭，媽媽正低聲安撫。有人乾嘔，有人詛咒俄國佬。卡車左搖右晃，顛上顛下。大家的頭在金屬板上撞來撞去。

「想些美好的事。」爸爸在我耳邊說：「快樂的事。」

美好的事。快樂的事。我任心思漫遊。迎向前來的是：

星期五的午後，在帕格曼。一片開闊的草地，上面點綴了幾顆繁花盛開的桑椹樹。哈山和我站在長及腳踝、沒修剪的草上。我用力拉著線，哈山長繭的手上捲動著線軸。我們抬頭仰望天空的風箏。我們一句話都沒說，不是因為沒話可說，而是我們不需要說——擁有彼此這一生最初記憶、由同一個胸脯奶大的人就是如此。微風拂動著草叢，哈山讓線軸轉動。風箏旋轉，急降，升起，昂揚。我們兩個影子在如波浪起伏的草地上飛舞。在草地的另一端，低矮的磚牆那邊，我們聽到談話聲、笑聲和噴泉的吱喳聲。還有音樂，古老而熟悉，我想是魯巴布琴演奏的《默拉》。牆邊有人叫我們的名字，說該是喝茶吃蛋糕的時間了。

我不記得那是哪一月，甚至不記得是哪一年。我只知道回憶與我同在，一段濃縮保存完好無缺的美好過往，像是一筆絢麗的色彩，刷在我們生活已變成單調灰沉的畫布上。

其餘的車程只有零零碎碎、忽隱忽現的片斷記憶，大部份都是聲音和氣味：米格機從頭頂呼嘯而過；斷斷續續的槍聲；驢子在附近嘶叫；鈴聲叮噹響和羊隻咩咩叫；卡車輪胎輾過碎石；嬰兒在漆黑中啼哭；臭味四溢：汽油、嘔吐、屎尿。

我記得的下一個情景，是我爬出油罐車時，清晨眩目的光線。我記得我仰望天空，瞇起眼睛，用力呼吸，宛如世界的空氣即將用罄。我躺在傾頹壕溝旁的泥土路邊，仰望灰濛的晨空，感謝空氣，感謝光明，感謝我還活著。

「我們在巴基斯坦了，阿米爾。」爸爸說。他站在我前面。「卡林說他會叫一輛巴士送我們到帕夏瓦。」

我轉身俯臥，仍然躺在冰涼的泥地上，看見我的提箱擺在爸爸腳邊，一邊一個。從他兩腳之間的倒V空隙，我看見卡車停在路邊，其他的難民正爬下梯子。更遠處，泥土路延展穿越在灰濛天空下宛如鉛板的田野中，消失在綿延的碗狀山丘後。沿著路邊，一座小村莊懸在陽光灼焦的山坡上。

我的目光轉回我的手提箱。這讓我替爸爸覺得難過。在他打造、計畫、奮鬥、苦惱、夢想一切之後，他的生命卻只剩下這些：一個令人失望的兒子和兩只手提箱。

有人放聲尖叫。不，不是尖叫。是哀嚎。我看見乘客圍在一起，聽見他們急切的聲音。有人提到「油氣」。另一個人也提到。哀嚎變成扯開喉嚨的尖叫。

爸爸和我急忙衝到圍觀的人群裡，擠到前面。正中央是卡美爾的父親，盤腿坐著，身子前後搖擺，親吻他兒子灰白的臉。

「他不能呼吸。我的兒子不呼吸了！」他慟哭。卡美爾了無生命跡象的身體躺在他父親膝上。右手軟軟垂著，因他父親的哭嚎而彈跳。「我的兒子啊！他不呼吸了！阿拉，幫助他呼吸啊！」

爸爸在他身邊跪下，一手攬住他的肩頭。但卡美爾的父親推開爸爸，衝向站在一旁的卡林和他表親。接下來的事發生得太快，也太短而不能稱之為扭打。卡林驚訝地大叫，向後倒退。我看見一揮拳，一踢腿。片刻之後，卡美爾的父親手裡握著卡林的手槍。

「別殺我！」卡林哭叫。

但我們還來不及說或做什麼，卡美爾的父親就把槍塞到自己嘴裡。我永遠忘不了那槍響的迴聲。和那一陣閃光，那一片血紅。

我又彎下腰，在路邊乾嘔。

---

①Peshawar，位於阿巴邊界的巴基斯坦城市，有花園城市之稱。

第十一章

加州佛利蒙，一九八〇年代

爸爸很愛美國的理想。

就是住在美國才讓他得潰瘍的。

我記得我們兩人散步穿過佛利蒙的伊莉莎白湖公園，那裡離我們住的公寓只有幾條街，我們看著男孩們練習揮棒，小女孩們在遊戲場的鞦韆上咯咯笑。就是在一次次的散步途中，爸爸用他的長篇大論啟蒙我的政治思想。「這個世界上只有三個真正的男子漢，阿米爾。」他說。他用手指數著：美國這個急性子的救主、英國以及以色列。「其他的——」他每回都揮著手，發出「噗」的聲音，「——都像是愛嚼舌的老女人。」

他對以色列的看法讓佛利蒙的阿富汗人很憤怒，他們罵他支持猶太人，實際上也就是反伊斯蘭。爸爸會和他們在公園碰面喝茶吃羅塔糕，用他的政治立場把他們氣瘋。「他們不了解的是，」他後來告訴我：「這和宗教無關。」在爸爸看來，以色列是廣大的阿拉伯世界中的「男子漢」聚居區，因為阿拉伯人只忙著挖石油賺錢，而不真正關心自己的事。「以色列這樣，以色列那樣。」爸爸會模仿阿拉伯人的口音說：「那就拿點辦法出來啊。採取行動！你們這些阿拉伯人，就幫巴勒斯坦人啊！」

爸爸很討厭吉米・卡特，管他叫「大牙笨蛋」。一九八〇年，我們還在喀布爾的時候，美國宣佈抵制莫斯科奧運會①。「哇！哇！」爸爸嫌厭地大叫說：「布里茲涅夫屠殺阿富汗人，那個嗑花生的傢伙竟然只說我不到你家游泳池游泳了！」爸爸相信卡特不知不覺中替共產黨做的，比布里茲涅夫做的還多。「他不夠格治理這個國家。簡直就像要一個連腳踏車都不會騎的小男生，去開一輛嶄新的凱迪拉克。」美國和世界需要的是硬漢。一個會被看得起的人，一個會採取行動而不是一籌莫展的人。那個人就是隆納德・雷根。雷根在電視上叫俄國是「邪惡帝國」時，爸爸就出門買了一張總統咧開嘴笑、豎起大拇指的照片。他把裱好的照片掛在玄關，用他細瘦如領帶的手，搖搖顫顫地釘在他和察希爾國王那張黑白老照片旁。在佛利蒙，我們大部份的鄰居都是公車司機、警察、加油站工人，以及沒收入領救濟金的母親，全都是在雷根經濟政策壓力下很快就掛掉的藍領階級。爸爸是我們這幢樓裡唯一的共和黨員。

但灣區②的煙霧刺痛他的眼，交通的噪音害他頭痛，花粉讓他咳嗽。水果永遠不夠甜，水永遠不夠乾淨，所有的樹和曠野都到哪裡去了呢？兩年的時間，我一直想要爸爸參加ＥＳＬ課程③，改進他的破英文。但他嗤之以鼻。「也許我學會拼『cat』這個字，老師就會給我一顆亮晶晶的小星星，然後我就可以跑回家，秀給你看。」他滿腹牢騷。

一九八三年春季的一個星期天，我走進一家賣二手平裝書的小書店，就在美國國鐵橫越佛利蒙大道處的那家印度電影院旁。我告訴爸爸，我五分鐘後就出來，他聳聳肩。他在加油站工作，那天是休假日。我看著他跨越佛利蒙大道，走進一對越南老夫婦經營的小雜貨店「快易」。阮先生和阮太太頭髮灰白，人很和善；太太患帕金森症，先生則換過髖骨。「他現在就像《無敵金剛》④一樣。」她每次都會對我這樣說，沒牙的嘴哈哈笑。「記得《無敵金剛》嗎，阿米爾？」然後阮先生就會學主角李梅傑斯慢慢移動，假裝是慢動作。

我正在翻一本破舊的麥克・漢默⑤的懸疑小說，聽到尖叫和玻璃碎裂的聲音。我丟下書，衝過街。我發現阮姓夫婦站在櫃檯後面，背抵著牆，臉色慘灰，阮先生雙手護住太太。在地板上，柳橙、翻倒的雜誌架、一罐摔破的牛肉乾和玻璃碎片，散落在爸爸腳邊。

原來是爸爸要買柳橙，身上沒帶現金。他開一張支票給阮先生，阮先生要求看身份證件。「他要看我的證件。」爸爸用法爾西語吼叫：「這兩年來，我在這裡買該死的水果，把錢放進他口袋，這個狗娘養的竟然要看我的證件！」

「爸爸，這不是針對你。」我說，一面對阮姓夫婦陪笑臉。「他們本來就該看證件的。」

「我不要你再到這裡來。」阮先生站到他太太前面說。他的手杖指著爸爸。他轉向我。「你是個好青年，但是你父親，他瘋了。不歡迎。」

「他以為我是賊嗎？」爸爸提高聲音說。人們群集在外面，瞪著眼看。「這是什麼國家？沒人相信別人。」

「我要叫警察。」阮太太探出頭說：「你出去，要不然我就叫警察。」

「拜託，阮太太，別叫警察。我會帶他回家。別叫警察，好不好?拜託？」

「好，你帶他回家。好主意。」阮先生說。他金邊眼鏡後面的那雙眼睛一刻也沒離開爸爸身上。我帶著爸爸走出門。他踢了一腳雜誌。我要他保證別再進去，然後我回到店裡向阮姓夫婦致歉。告訴他們，我父親這段日子很難熬。我把家裡的電話和地址給阮太太，要她估計損失。「妳算好以後，請打電話給我。阮太太，我會賠償。我真的很抱歉。」阮太太接過那張紙，點點頭。我看見她的手抖得比平常厲害，這讓我很氣爸爸，因為他讓一個老太太抖成這樣。

「我父親還在適應美國的生活。」我解釋說。

我想告訴他們，在喀布爾，我們折樹枝來當信用卡。哈山和我會帶著樹枝到麵包坊去。麵包師傅用他的刀在我們的樹枝上刻一條凹痕，一條凹痕代表他從烤爐熊熊的火燄裡取出給我們的一條南餅。到了月底，我父親就按樹枝上的刻痕付錢給他。就這樣。沒問題。沒證件。

但我沒告訴他們這些。我謝謝阮先生沒叫警察。帶爸爸回家。我煮燉雞脖子飯的時候，他坐在陽台抽煙，生悶氣。我們搭乘波音客機飛離帕夏瓦已經一年半了，爸爸還在適應中。

那天晚上，我們沉默地吃飯。爸爸只吃了兩口，就推開盤子。

我看著他，他的指甲斷裂，滿是機油污漬，他的指節傷痕累累，衣服上盡是加油站的氣味——塵土、汗水、汽油。爸爸像個再婚的鰥夫，依然無法忘懷亡妻。他懷念賈拉拉巴德的甘蔗田和帕格曼的花園。他懷念人們在他家川流不息進出，懷念走進市集喧鬧的巷弄，和那些認識他、認識他父親、認識他祖父的人打招呼，這些人和他有血緣關係，他們的過去和爸爸的過去交織在一起。

對我而言，美國是埋葬我記憶的地方。

對爸爸而言，卻是哀悼他記憶的地方。

「或許我們該回帕夏瓦。」我說，看著冰塊漂浮在我的水杯裡。我們在帕夏瓦待了六個月，等待移民局核發我們的簽證。我們那間髒亂的一房公寓聞起來像髒襪子和貓糞的氣味，但我們周遭都是我們認識的人——至少是爸爸認識的人。他邀請整條迴廊的左鄰右舍來吃晚飯，他們大多也都是等待簽證的阿富汗人。每回一定會有人帶手鼓，也有人帶手風琴。茶泡好了，嗓子還過得去的人就一路唱到太陽升起，唱到蚊子不再嗡嗡叫，唱到鼓掌的手都酸了。

「你在那裡會比較快樂，爸爸。那裡比較像我們的家鄉。」我說。

「帕夏瓦對我來說很好，但對你不好。」

「你在這裡工作得這麼辛苦。」

「現在沒那麼苦了。」他說，指的是他升任加油站的日班經理以後。但我看過他在潮濕的日子瑟縮揉腰的樣子。也看過他在飯後額頭冒汗去拿制酸劑藥瓶的樣子。「何況，我不是為了自己才到這裡來的，不是嗎？」

我繞過桌子，把手放在他手上。我這屬於學生的手，乾淨而柔軟，放在他那屬於勞工階級、骯髒長繭的手上。我想起他在喀布爾買給我的所有玩具卡車、火車組和腳踏車。此刻的美國，是給阿米爾的最後一個禮物。

我們抵達美國之後一個月，爸爸在華盛頓大道那家阿富汗熟人經營的加油站找到一份助理的工作——他從我們抵達的那個星期就開始找工作。一週六天，爸爸每天值班十二小時，加油、管收銀機、換機油、擦擋風玻璃。有時候我帶午餐去給他，發現他瞪著架上的香煙，顧客在油漬斑斑的櫃台另一頭等待，在亮晃晃的日光燈下，爸爸的臉蒼白而扭曲。我走進去的時候，門上的電鈴「叮咚」一聲，爸爸就會抬起頭，揮手，微笑，眼睛因勞累而流出淚水。

爸爸被僱用的那一天，他和我到聖荷西去見我們的移民審查官多賓斯太太。她是個胖乎乎的黑人，眼睛閃閃發亮，笑起來有酒渦。有一回她告訴我她在教會唱歌，我相信——她的聲音讓人想起溫暖的牛奶與蜜⑥。爸爸把一疊食物券丟在她桌上。「謝謝妳，但我不需要。」爸爸說：「我一直在工作。在阿富汗我工作，在美國我工作。很謝謝妳，多賓斯太太，但我不喜歡免費的東西。」

多賓斯太太眨眨眼，拿起食物券，看看我，再看看爸爸，好像我們在開她玩笑似的，或者是像哈山常說的「擺她一道」。「我做這個工作十五年了，從來沒有人這麼做。」她說。於是，爸爸在收銀台拿出食物券的屈辱時刻就這樣結束了。他也擺脫了他最大的恐懼之一：其他阿富汗人看見他用救濟金買食物。爸爸走出社會福利辦事處時，宛如治癒腫瘤的人。

一九八三年夏季，我從高中畢業，年已二十，是那天在足球場上丟方帽子的畢業生裡最老的一個。我還記得在一大群親友、鎂光燈和藍色畢業袍裡找不到父親蹤影的情景。我在二十碼線附近找到他，手插口袋，照相機掛在胸前。他消失，又出現，但我們中間擠著一大堆人：穿藍袍的女生尖叫擁抱、哭泣，男生和他們的父親相互擊掌。爸爸的鬍子灰白，太陽穴旁的頭髮稀疏，還有，他在喀布爾的時候，個子是不是比較高？他穿著咖啡色的西裝——他僅有的一套西裝，他穿去參加阿富汗婚禮，也穿去參加葬禮——打著我那年買來送給他當五十歲生日禮物的紅色領帶。然後他看見我，揮揮手，微笑著。他做手勢要我戴上方帽，替我拍了一張照片，以學校的鐘樓當背景。我對他微笑——就某方面來說，這天與其說是我的日子，不如說是他的日子。他走向我，展臂環繞住我的脖子，在我額頭親吻一下。「我很驕傲，阿米爾。」他說。他說這句話的時候眼睛閃閃發亮，我喜歡看到這個表情。

那天晚上，他帶我到海沃的阿富汗烤肉屋，叫了太多的菜。他告訴老闆說，他兒子秋天就要進大學了。在畢業之前我曾和他小小爭論過一番，我告訴他我想找份工作。打打工，存點錢，或許明年再進大學。但他用那種鬱鬱不歡的爸爸神情看著我，話語就在我舌尖蒸發無蹤。

晚餐後，爸爸帶我到餐廳對街的酒吧。那裡很暗，牆上散發我向來不喜歡的那種啤酒酸味。頭戴棒球帽、身穿無袖上衣的男人在打撞球，綠色撞球檯上香煙瀰漫，繚繞在日光燈下。我們很引人注目，因為爸爸穿著咖啡色西裝，而我穿著打褶褲和運動外套。我們在吧台找位子坐下，旁邊坐了一個老人，他蒼老粗糙的面孔，在頭頂上麥格啤酒標誌的藍光下顯得病懨懨。爸爸點一根煙，幫我們倆人叫了啤酒。「我今晚太高興了。」爸爸對在場的人宣佈：「我今晚和我兒子一起喝酒。這一杯，敬我的朋友！」他拍拍那位老人的背說。老傢伙抬抬帽子，露出微笑。他上排牙齒全沒。

爸爸三口就喝完他的啤酒，又叫了一杯。在我強迫自己喝掉四分之一杯以前，他就已經喝掉三杯了。在這之前，他請了那個老傢伙一杯威士忌，還請打撞球的那四個人喝百威啤酒。大家都和他握手，拍拍他的背，敬他酒。有人幫他點煙。爸爸鬆開領帶，給那個老傢伙一把兩毛五的零錢。他指著點唱機。「告訴他，選幾首他喜歡的歌。」他對我說。老傢伙點點頭，向爸爸敬禮。不久，鄉村歌曲就開始播唱，於是，爸爸開起派對了。

此時，爸爸站起來，高舉酒杯，酒潑濺到鋪滿鋸屑的地上，高喊：「去他媽的俄國佬！」酒吧響起笑聲，大家同聲應和。爸爸又請每個人喝啤酒。

我們離開的時候，每個人都很捨不得他走。喀布爾，帕夏瓦，海沃。一樣的老爸，我想，不禁微笑起來。

我開著爸爸那輛黃竭色的舊別克車回家。爸爸一路打瞌睡，打呼打得像氣鑽。我聞到他身上的香煙和酒精味，甜而辛辣。但我一停好車，他就坐正身子，用嘶啞的聲音說：「往前開到街角。」

「為什麼，爸爸？」

「開去就是了。」他要我停到這條街的南端。他從外套口袋拿出一串鑰匙交給我。「那裡。」他說，指著我們前面的那輛車。那是一輛舊型的福特車，又長又寬，是暗色的，但我在月光中無法辨識是什麼顏色。「這車需要烤漆，我會叫加油站的傢伙換新的避震器，但還能跑。」

我看著鑰匙，驚訝得說不出話來。我看看爸爸，又看看車。

「你上大學需要開車。」他說。

我拉起他的手緊緊握住。我的眼睛湧滿淚水，還好陰影遮住我們的臉。「謝謝您，爸爸。」

我們下車，坐進福特車裡。那是一輛福特「豪華杜林」。深藍色，爸爸說。我繞著街區開，測試煞車、收音機、方向燈。我把車停在我們那幢公寓的停車場，熄掉引擎。「謝謝，爸爸將。」我說。我想說的不止於此，我想告訴他，他的好意讓我多麼感動，他從過去到現在為我所做的一切，我是多麼感激。但我知道這會讓他不好意思。我只再說一句：「謝謝。」

他微笑著往後靠到頭枕上，前額幾乎碰到車頂。我們一句話都沒說。只是坐在夜色裡，傾聽引擎冷卻的答答聲，和遠處呼嘯而過的警笛聲。然後爸爸把頭轉向我。「我真希望今天哈山也和我們在一起。」他說。

哈山的名字像一對鋼爪扼住我的氣管。我搖下窗子。等待鋼爪放鬆抓力。

我會到專科學校註冊上秋季班，畢業的隔天我告訴爸爸。他正在喝紅茶，嚼荳蔻子，這是他治宿醉頭痛的私人秘方。

「我想我會主修英文。」我說。我有些畏縮，等待他的回答。

「英文？」

「創作。」

他想了想，啜一口茶。「你的意思是寫故事。你要編故事。」我低頭看我的腳。

「有人會付錢給人編故事嗎？」

「如果你寫得好，」我說：「而且被發掘的話。」

「可能性有多大啊，被發掘？」

「有可能的。」我說。

他點點頭。「那麼，把故事寫好等著被發掘的這段時間，你要幹嘛？你怎麼賺錢？如果你結婚了，要拿什麼養你的家？」

我無法抬起眼睛正視他。「我會……找份工作。」

「噢，」他說：「哇，哇！我懂了，你會花幾年的時間唸書拿學位，然後找份像我這樣的爛工作，一份你今天就可以輕鬆找到的工作，就為了一個渺茫的機會，希望你的學位有一天能幫你……被發掘。」他深吸一口氣，啜著茶，咕噥說著醫學院、法學院和「真正的工作」。

我臉頰灼熱，渾身充滿罪惡感，我有罪惡感，因為我的任性是以他的潰瘍、污黑指甲和腰酸背痛換來的。但我要堅持立場。我暗下決心，不要再為爸爸犧牲了。這是最後一次了，我詛咒自己。

爸爸嘆口氣，這一次，丟了一大把荳蔻子到嘴裡。

有時，我會開著我那輛福特車，搖下車窗，開上幾個小時，從東灣到南灣，開到半島再回來。我會開過佛利蒙附近白楊夾道、棋盤排列的街道，這裡的人沒和國王握過手，住在窗戶毫無遮攔的平房裡，這裡的車和我的一樣，滴著黑油，停在柏油車道上。鉛筆灰的鐵絲柵欄鎖住我們街坊鄰居的後院。玩具、廢輪胎、撕掉標籤的啤酒瓶丟在沒修整的屋前草地上。我開過聞起來有單寧酸樹皮味的綠蔭公園，開過大得足以容納五場馬上比武競賽同時舉行的購物中心。我開著車上洛斯拉圖斯的山丘，逛過有著大片觀景窗、銀獅護衛鍛鐵大門的宅邸，修葺整潔的人行道旁有天使雕像噴泉，車道上沒有福特車。這些房子讓爸爸在瓦吉•阿卡巴汗的家相形之下像僕人的小屋。

有時在星期六早晨，我會早早起床，上十七號公路往南，開車駛過蜿蜒的山路到聖塔克魯茲。我會在老燈塔旁停車，等待日出，坐在我的車裡，看著晨霧從海面升起。在阿富汗的時候，我只在電影裡看過海。每回和哈山一起坐在漆黑的電影院裡，我總是很好奇書上寫海水聞起來有鹽的味道是不是真的。我常告訴哈山，有一天我們要一起在海草遍布的海濱散步，讓腳陷進沙裡，看著海水從我們的腳趾退去。我第一次看見太平洋時，幾乎哭了。那麼廣袤湛藍，就像我童年在銀幕上看到的海洋一樣。

有時在薄暮時分，我會停好車，走上跨越公路的陸橋。我臉抵著圍欄，竭盡視力所及，數著一一緩緩閃過的紅色車尾燈。ＢＭＷ、紳寶、保時捷，都是我在喀布爾從沒看過的車。在喀布爾，大部份人開的都是俄製的伏加斯、舊的歐寶，和伊朗製的派坎斯。

我們來到美國已經快兩年了，我仍然對這個國家的廣大、浩瀚覺得驚訝不已。在每一條公路之外，總還有另一條公路；在每一個城市之外，總還有另一個城市；山丘連著山脈，山脈連著山丘，而在這一切之外，還有更多的城鎮，更多的人。

遠在蘇聯還沒進軍阿富汗之前，遠在村莊被焚、學校被毀之前，遠在地雷如死亡種子遍地密佈、孩童埋於亂葬崗之前，對我而言，喀布爾就已經是一座鬼城了。一個兔唇鬼魂縈繞的城市。

美國不同。美國像是一條河，狂嘯奔騰，不在乎過往。我可以涉水入河，讓我的罪孽沉入河底，任河水帶我到遙遠的他方：某個沒有鬼魂，沒有回憶，沒有罪孽的地方。

就算沒有其他原因，單為了這一點，我就會擁抱美國。

隔年夏季，一九八四年夏天——我滿二十一歲的那個夏天——爸爸賣掉他的別克汽車，花了五百五十塊錢，從一個以前在喀布爾當高中科學老師的阿富汗熟人那裡，買了一部破破爛爛的七一年福斯巴士。那天下午，巴士噗噗開上街，一路放屁般地穿過我們的停車場時，所有的鄰居都轉頭注目。爸爸熄掉引擎，讓巴士靜靜滑進我們預定的位置。我們躲在座位裡，笑到淚水淌下臉頰，更重要的是，等到確定鄰居都不再觀看之後才出來。那輛巴士根本是一堆腐鏽的破銅爛鐵，破裂的車窗用黑色垃圾袋補上，輪胎紋路磨得光禿禿，椅墊破得露出彈簧。但那個老教師向爸爸保證，引擎和傳動系統都是好的，而且就這一點來說，他倒也沒撒謊。

每到星期六，爸爸天剛破曉就叫我起床。在他換衣服的時候，我就搜尋本地報紙的分類欄，圈出車庫拍賣的廣告。我們規劃好路線——先到佛利蒙、聯合城、紐華克和海沃，如果時間允許再到聖荷西、米爾畢達、桑尼維爾和康貝爾。爸爸開著巴士，喝著保溫壺裡的熱茶，我負責找路。我們會停下來看車庫拍賣，買些人們不再需要的小東西。我們會討價還價買古老的縫紉機、只剩一隻眼睛的芭比娃娃、木製的網球拍、少了琴弦的吉他、老舊的伊萊克斯吸塵器⑦。到了下午，福斯巴士後面就塞滿了二手貨。星期天一早，我們就開車到聖荷西巴利雅沙的跳蚤市場，租個攤位，賣這些破銅爛鐵，賺蠅頭小利：我們前一天用二毛五買來的「芝加哥」合唱團唱片可能賣個一塊錢，或一組五張四塊錢；十塊錢買來的破舊勝家縫紉機，可能賣個二十五元。

到了那年夏天，阿富汗人已經在聖荷西跳蚤市場佔了一個完整區域。阿富汗音樂在二手貨區的走道迴旋。在跳蚤市場的阿富汗人之間，有一套不須言傳的行為準則：你會招呼走過通道的人，請他吃一塊洋芋波拉尼或一點卡布里⑧，然後聊聊天。有人父母過世就致哀；生了小孩就道賀，只要話題轉到阿富汗和俄國佬——絕對無可避免——就遺憾地搖搖頭。但你一定會避免提到星期六。因為很可能通道對面的人就是你昨天在交流道超他車，搶先抵達大有可為的車庫拍賣會的那傢伙。

在那些走道裡，唯一比茶更風行的是阿富汗人的八卦。在跳蚤市場裡，你一面喝綠茶配杏仁餅乾，一面聽說誰家的女兒毀婚和美國男友私奔，誰在喀布爾的時候是共產黨，誰還在領社會救濟金就偷偷買了房子。茶、政治、醜聞，組成了跳蚤市場的阿富汗週日。

偶爾我負責看攤子，讓爸爸沿著走道閒逛，將手放在胸口上致敬，和他在喀布爾認識的人打招呼：技師與裁縫賣舊的羊毛外套和有刮痕的腳踏車頭盔，旁邊還有以前的大使、找不到工作的外科醫生和大學教授。

一九八四年七月的一個星期天早晨，趁爸爸整理攤位的時候，我到販賣部買了兩杯咖啡回來，發現爸爸正和一位年齡較長、相貌出眾的人在交談。我把杯子放在巴士的後保險桿上，就在「支持雷根／布希競選」的貼紙旁。

「阿米爾，」爸爸叫我過去：「這位是將軍閣下，伊格伯．塔希利先生。他在喀布爾是得過勳章的將軍，在國防部工作。」

塔希利。這個名字為什麼這麼耳熟？

將軍的笑聲是常參加正式宴會的人會有的那種笑聲，也就是隨重要人物說的冷笑話而響起。他一頭稀疏的銀灰頭髮，從平滑、曬成褐色的額頭往後梳，濃密的眉毛有一撮撮白色。他渾身散發古龍水的香味，穿著一套鐵灰色的三件式西裝，因為燙太多次而泛亮光；懷錶的金鍊垂在背心上。

「這樣的介紹愧不敢當。」他說。他的聲音低沉，很有教養。「哈囉，我的孩子。」

「你好，將軍閣下。」我說，與他握手。他細瘦的手強勁有力，彷彿油潤的皮膚下藏著鋼條。

「阿米爾打算當一個偉大的作家。」爸爸說。我先是一愣，然後才驚覺他竟這麼說。「他剛唸完大學一年級，所有的科目都得Ａ。」

「是專科學校。」我糾正他。

「太好了。」塔希利將軍說：「你會寫我們的國家吧，或許是歷史？還是經濟？」

「我寫小說。」我說，想起我寫在拉辛汗送我的那本皮面筆記本裡的十幾個短篇故事，不懂自己為何在這個人面前突然覺得很難為情。

「噢，說故事的。」將軍說：「嗯，在現在這樣的艱苦時代，人們需要故事來消遣解悶。」他把手搭在爸爸肩上，轉頭向我。「提到故事，你父親和我有一年夏天在賈拉拉巴德一起獵雉雞。」他說：「那次真是令人驚歎。如果我記得沒錯，你父親打獵的眼光和做生意一樣精準。」

爸爸用靴子的鞋尖踢著擺在防水布上的一支木質網球拍。

塔希利將軍露出既哀傷又禮貌的微笑，嘆一口氣，輕輕拍著爸爸的肩膀。「日子總要過下去的。」他說。他把目光轉向我。「我們阿富汗人凡事總愛誇張，我的孩子，我聽過很多愚蠢的人被認為很偉大。但你的父親是極少數真正名實相符的人。」這段話在我聽起來就像他的西裝一樣：太常派上用場，亮得不自然。

「你過獎了。」爸爸說。

「一點都不。」將軍說，他頭向側邊稍稍傾斜，手放在胸前以示謙卑。「孩子們都應該知道他們父親的傳奇。」他轉向我。「你感激你父親嗎，我的孩子？你真的感謝他嗎？」

「是的，將軍閣下，我感謝。」我說，真希望他別再叫我「我的孩子」。

「那麼恭喜你，你已經邁向男子漢之路。」他話裡沒有一絲幽默，沒有諷刺，只有不經意流露的自滿。

「爸爸將，您忘了您的茶。」一個年輕女子的聲音。她站在我們旁邊，一個纖細的美女，一頭天鵝絨般烏亮的秀髮，手裡拿著一個打開的膳魔師不鏽鋼保溫壺和一個隔熱茶杯。我眨眨眼，心跳加速。她濃密的黑眉毛在眉間相會，宛如飛鳥圓弧的翅膀，優雅高聳的鼻子宛如古波斯公主的鼻子——或許就是塔敏妮，《雪納瑪》書中羅斯坦的妻子，亦即索拉博的母親。她那雙胡桃褐色的眼睛上，閃著如羽扇般的睫毛，迎上我的目光。停駐一晌，又飛走了。

「妳真好，親愛的。」塔希利將軍說，接過她手中的杯子。在她轉身離去之前，我看見她的光滑皮膚上有個咖啡色的鐮狀胎記，就在左邊下巴上。她走近隔兩個走道外一輛灰色的廂型車，把保溫壺放進車裡。她跪在裝著舊唱片和平裝書的箱子間，秀髮傾洩一旁。

「我的女兒，莎拉雅將。」塔希利將軍說。他像想改變話題的人一樣深吸一口氣，看看他的金懷錶。「好啦，該去整理了。」他和爸爸互親臉頰，用雙手握住我的手。「祝你寫作順利。」他說，深深看著我。但他那雙淺藍色的眼睛沒透露出他的任何想法。

那一整天，我一直努力克制自己不去看那輛灰色的廂型車。

我在回家的路上突然想起來了。塔希利。我以前聽過這個名字。

「是不是有傳言提到過塔希利女兒的事？」我說，盡量裝出隨口問問的樣子。

「你是了解我的，」爸爸說，巴士在跳蚤市場出口的車龍裡慢慢前進。「只要談到八卦，我就走開。」

「是有傳言，對不對？」我說。

「你幹嘛問？」他遲疑地看著我。

我聳聳肩，回報一個微笑。「只是好奇，爸爸。」

「真的？就只是這樣？」他說。他戲謔的目光盤旋在我身上。「她讓你留下深刻印象啦？」

我溜轉眼睛。「拜託，爸爸。」

他微笑，把巴士駛出跳蚤市場。我們開上六八〇公路。好一會兒，我們一句話也沒說。「我只聽說曾經有個男人，但是事情……不太順利。」他很嚴肅地說，彷彿告知我她得了乳癌似的。

「哦。」

「我聽說她是個很端莊的女孩，工作努力，親切和氣。但是在那之後沒有求婚者再敲將軍家的門。」爸爸嘆口氣：「或許很不公平，但短短幾天裡，甚至是一天裡發生的事，就會改變人的一生，阿米爾。」他說。

那天晚上，我躺在床上無法入睡，想起莎拉雅・塔希利鐮狀的胎記、柔美的高鼻樑、明亮的眼睛與我目光瞬間相接的情景。想到她就讓我心碎。莎拉雅・塔希利。我的交易會公主。

---

①蘇聯於一九七九年蘇聯進軍阿富汗，美國抵制一九八〇年莫斯科奧運會以示抗議。

②Bay Area，指舊金山灣區。

③English as Second Language，即為英語非母語人士開設的英語學習課程。

④Six Million Dollar Man，美國電視影集，一九七四至七八年播映。

⑤Mike Hammer，美國推理小說家Mickey Spillane 筆下的私家偵探。

⑥聖經裡描述上帝應許以色列人的迦南之地，即為流著牛奶與蜜的地方。

⑦Electrolux 為美國電器公司，於一九二一年發明真空吸塵器。

⑧波拉尼（bolani）和卡布里（qabuli）都是阿富汗菜餚。波拉尼是用麵糰加馬鈴薯或蔬菜做的，卡布里則是以米飯、肉、葡萄乾、紅蘿蔔等做的。

第十二章

在阿富汗，「夜達」（yelda）是嘉帝（Jadi）這個月的第一個夜晚，也是冬天的第一夜，是一年裡最長的一夜。遵循傳統，哈山和我可以熬到很晚，把腳伸到暖墊底下，等阿里把蘋果皮丟進火爐裡，告訴我們國王和小偷的古老故事，度過最長的一夜。我就是從阿里那裡聽到「夜達」的傳說，著魔的飛蛾撲進燭光火燄，狼群爬上山頂尋找太陽。阿里信誓旦旦的說，如果在「夜達」時吃西瓜，第二年夏天就不會口渴。

等我長大一些，從詩集裡讀到的「夜達」是指星辰黯淡的夜晚，飽受折磨的戀人徹夜難眠，忍耐無止無盡的黑暗，等待太陽再次升起，帶來摯愛的人。在我見到莎拉雅．塔希利之後，一整個星期的每一個夜晚，對我來說都是「夜達」。星期天早晨來臨，我一起床，莎拉雅．塔希利的棕眼臉龐就已在我腦海。在爸爸的巴士裡，我數著哩程，直到看見她赤腳坐在泛黃的百科全書的紙箱旁，腳跟在柏油路上襯得分外雪白，銀鐲在她纖細的手腕上叮噹作響。我想像她的秀髮披散背後，宛如天鵝絨窗簾垂下，在地上映出影子。莎拉雅，交易會公主，我「夜達」的朝陽。

我找藉口穿過走道——爸爸總是戲謔地一笑，似乎瞭然於胸——經過塔希利的攤位。我對永遠穿著那套燙得過度而發亮的灰西裝的將軍揮手，他也向我揮手。偶爾他會從他那張導演椅上站起來，聊聊我的寫作、戰爭和當天的生意。我必須壓抑自己的目光不要溜走，別去看坐著讀平裝書的莎拉雅。將軍和我互道再見，走開的時候，我得努力讓自己別垂頭喪氣。

偶爾她獨自坐著，將軍轉到別攤去交際，我會從她面前走過，假裝不認識她，儘管我心裡渴望得很。偶爾，有個皮膚蒼白、頭髮染成紅色的胖胖中年婦人和她一起。我暗下決心，在夏天結束以前一定要和她說話，但學校又開學了，樹葉轉紅、凋黃、落盡，冬雨飄飛喚醒爸爸的關節，新葉再次冒出芽來，我仍然沒有勇氣，連看她的眼睛都不敢。

春季學期在一九八五年五月底結束。我的普通教育課程全拿A，這實在是小小的奇蹟，因為我人坐在課堂裡，心裡想的全是莎拉雅鼻子柔和的弧線。

那年夏天一個揮汗如雨的星期天，爸爸和我在跳蚤市場，坐在我們的攤子上，用報紙往臉上搧風。不只太陽灼烈得像烙鐵，那天市場也格外擁擠，交易熱絡——那時才十二點半，我們已經賺進一百六十塊錢了。我站起來，伸個懶腰，問爸爸要不要來罐可樂。他說他要。

「但是小心點，阿米爾。」我準備走開的時候他說。

「小心什麼，爸爸？」

「我又不是笨蛋，別跟我裝傻。」

「我不知道您在說什麼。」

「記住，」爸爸手指著我說：「那人是個道地的帕什圖人。他有榮譽感和自尊心。」這是普什圖男人的信條。特別是和妻子或女兒貞節有關的事。

「我只是要去弄點喝的。」

「別讓我難堪，我的要求只有這樣。」

「我不會的。天哪，爸爸。」

爸爸點根煙，又開始搧他的臉。

我直接走到販賣部，然後左轉到賣T恤的攤子——在那裡，只要花五塊錢，你就可以擁有耶穌、貓王或吉姆·莫里森①的臉孔（或三張臉一起）印在白色T恤上。馬里亞奇②音樂在頭頂播放，我聞到醃黃瓜和烤肉的味道。

我看到塔希利的灰色廂型車停在離我們兩排的地方，就在賣芒果串的攤子旁。她獨自一人，在看書。今天穿的是長及腳踝的夏季白洋裝、露趾涼鞋。頭髮往後梳，紮成鬱金香形的髮髻。我打算若無其事的經過，也以為自己做到了，但是突然卻在塔希利家的白色桌巾前停下腳步，越過燙髮捲和老舊的領帶，凝望著莎拉雅。她抬起頭。

「妳好。」我說：「很抱歉打擾妳。我不是有意叨擾。」

「你好。」

「將軍閣下今天在嗎？」我說。我的眼睛燃燒起來。我無法正視著她。

「他走開了。」她說。指著右邊。手鐲滑下肘彎，銀白襯著橄欖色。

「能不能麻煩妳告訴他，我來向他致意？」我說。

「我會的。」

「謝謝妳。」我說：「哦，我的名字是阿米爾。倘若妳須要知道，才好告訴他。我來……向他致意。」

「好的。」

我挪動重心，清清喉嚨。「我走了。很抱歉打擾妳。」

「不，你沒有。」她說。

「嗯，好吧。」我微微頷首，勉強露出微笑。「我走了。」我不是已經說過了嗎？「再會。」

「再會。」

我舉步走。停下來轉身。還來不及害怕之前就脫口而出：「我能問妳在讀什麼嗎？」

她眨眨眼。

我屏住呼吸。突然之間，我覺得跳蚤市場裡所有阿富汗人的眼睛全轉到我們身上。我想像萬籟俱寂。話語嘎然而止。大家的頭全轉過來，興味十足地凝視著。

這是怎樣？

迄至此時，我們兩人的會面都還可以解釋成禮貌性的問候，就只是一個男人問另一個男人的行蹤。但我問了她一個問題，而她如果回答，我們……，嗯，我們就是在聊天了。我是個年輕的單身漢，她是未婚的年輕女子。這可就名垂青史了，絕對是。這已瀕臨八卦題材的危險邊緣，絕佳的八卦題材。毒舌會嚼個沒完。但承受毒言毒語的會是她，而不是我——我很瞭解阿富汗獨厚男性的雙重標準。不是你看見他找她搭訕嗎？而會是天哪！你看見她都不放他走嗎？真是厚臉皮哪！她會接受我的挑釁嗎？

按照阿富汗的標準，我的問題太過唐突。問這個問題，我就等於表明心跡，明白表露我對她的興趣。但我是個男人，我所冒的風險不過是自我受點瘀傷罷了。瘀傷是會痊癒的。名譽可就不會。

她把書轉過來，讓封面對著我。咆哮山莊。「你讀過嗎？」她說。

我點點頭。我可以從自己眼睛後面感覺到心跳的脈動。「很悲傷的故事。」

「悲傷的故事成就好看的書。」她說。

「的確是。」

「我聽說你寫作。」

她怎麼知道的？我想是不是她父親告訴她的，也或許是她問他的。我立刻否定這兩個荒謬的想法。父親和兒子可以自由地談論女人。但沒有一個阿富汗女孩——端莊與美德兼具的阿富汗女孩，至少——會向父親問年輕男子的事。也沒有父親，特別是有榮譽感和自尊心的普什圖父親，會和女兒討論年輕的單身男子，除非談論的是，光明正大派他父親前來敲門的求婚者。

不可思議的是，我竟聽到自己問她：「妳想讀我寫的故事嗎？」

「我很樂意。」她說。此時，我察覺到她有些不自在，因為她的目光開始左閃右避。或許是在探尋將軍的蹤影。我不禁想，如果他發現我和他女兒有違常規地談了這麼久，會說什麼。

「或許我改天帶來給妳看。」我說。我正要繼續說，卻看見那個偶爾和莎拉雅一起顧攤子的婦人從走道過來。她提了一袋裝滿水果的塑膠袋，一看見我們，目光就在莎拉雅和我身上來回游移。她露出微笑。

「阿米爾將，很高興看到你。」她說，把袋子放在桌布上。她的眉毛滲出點點汗光。她的紅髮像頭盔頂在頭上，在陽光裡閃閃發亮——我可以看見她頭皮的部份髮色已褪。她圓的像包心菜的臉上，有一對小小的綠眼睛，牙齒鑲金，手指短短像小香腸。一個金質的阿拉掛在她胸前，鍊子則掩藏在她脖子皮膚的贅肉和皺褶裡。「我是嘉蜜拉，莎拉雅將的母親。」

「妳好，卡哈拉將。」我說，有些難為情，我和阿富汗人在一起時常這樣，因為她知道我是誰，而我竟不認得她。

「你父親好吧？」她說。

「他很好，謝謝。」

「你知道嗎?你祖父，加齊閣下，那位法官，他的叔叔和我祖父是表親。」她說：「所以你知道，我們是親戚。」她露出鑲金的牙齒微笑，我注意到她的右嘴角有些下垂。她的目光再次游移在莎拉雅和我身上。

我有一次問過爸爸，為什麼塔希利將軍的女兒還沒結婚。沒有求婚者，爸爸說。沒有合適的求婚者，他修正說。但他不肯多說——爸爸很清楚，這種閒話對年輕女子未來的婚姻幸福具有多大的殺傷力。阿富汗男人，特別是出身世家的男人，都是善變的傢伙。幾句耳語，幾句暗諷，就會讓他們像驚弓之鳥逃逸無蹤。所以婚禮不斷在舉行，卻沒人為莎拉雅唱結婚頌歌，沒人在她手掌塗上指甲花，沒人在她的頭巾上方持一本可蘭經，在每一場婚禮上，只有塔希利將軍陪他的女兒跳舞。

而現在，這個婦人，這位母親，帶著近乎心碎的熱切渴望，歪嘴微笑，眼裡盡是掩藏不住的希望。我對自己所擁有的權力感到略微畏怯，因為我天生的優勢全因性別而來。

我永遠無法看穿將軍眼裡的思緒，但我對他的妻子可清楚多了：如果我在這件事上——無論是什麼樣的事——會遇到對手的話，絕對不會是她。

「坐下，阿米爾將。」她說：「莎拉雅，給他一張椅子，我的孩子。洗一個桃子。桃子很甜，很新鮮。」

「不，謝謝。」我說：「我該走了。我父親在等。」

「哦？」塔希利太太說，顯然對我的禮貌和婉拒印象深刻。「那麼，至少收下這個。」她丟了一把奇異果和幾個桃子到紙袋裡，堅持要我收下。「替我向你父親問好。再回來看我們！」

「我會的。謝謝，卡哈拉將。」我說。我的眼尾餘光瞥見莎拉雅看著別處。

「我以為你去買可樂。」爸爸說，接過那一袋桃子。他用既嚴肅又戲謔的眼光看著我。我開始編理由，但他咬一口桃子，揮揮手。「別費事了，阿米爾。只要記得我說的話就好了。」

那天夜裡躺在床上，我懷想跳躍的陽光在莎拉雅眼眸舞動的情景，懷想她鎖骨上方那纖巧的凹陷。我腦海中一次又一次重播我們的對話。她說的是我聽說你寫作，還是聽說你是作家？到底是怎麼說的？我躲在被單裡，瞪著天花板，度過六個漫長折磨的「夜達」之夜，直到我再次見到她。

好幾個星期都是如此。我等到將軍去閒逛，才走過塔希利家的攤子。如果塔希利太太在，她會請我喝茶吃餅乾，聊起在喀布爾的舊時光，聊起我們認識的人，和她的關節炎。毫無疑問的，她一定注意到我出現的時機總剛好是她丈夫不在的時候，但她從來沒揭穿。「噢，你剛好和你卡卡錯過了。」她這麼說。其實我還蠻喜歡塔希利太太在場的，不只是因為她親切的態度。而且也因為莎拉雅有母親在身邊，會比較放輕鬆，也更健談。何況她的在場也讓我們之間的相處互動有了正當性——儘管不能和將軍的在場相提並論。塔希利太太的監護讓我們的會面就算不能杜絕閒言閒語，但也肯定少了八卦的價值，雖然她對我近乎諂媚的態度著實讓莎拉雅難為情。

有一天，莎拉雅和我單獨在他們的攤位上交談。她告訴我學校的事，她也在佛利蒙歐隆專校唸普通教育課程。

「妳要主修什麼？」

「我想當老師。」她說。

「真的？為什麼？」

「我一直想當老師。我們住在維吉尼亞的時候，我就通過ESL的檢定，我現在每週有一晚在公共圖書館教課。我母親以前也是老師，她在喀布爾的薩格荷娜女子中學教法爾西文和歷史。」

一個頭戴獵帽挺著啤酒肚的人出價三塊錢買五塊錢一組的燭台，莎拉雅賣給他。她把錢丟進腳邊的小糖果盒裡。她羞澀地看著我。「我想說一個故事給你聽。」她說：「可是我有點不好意思。」

「告訴我。」

「有點蠢耶。」

「請告訴我。」

她笑起來。「好吧，我在喀布爾唸四年級的時候，我父親僱了一個叫吉芭的女人來幫忙打理家務。她有個姊姊在伊朗的馬夏德，因為吉芭不識字，所以就偶爾拜託我幫她寫信給她姊姊。等她姊姊回信的時候，我再唸給她聽。有一天，我問她想不想學讀書寫字。她開心大笑，眼睛都瞇起來了，說她很想。所以每天我作完學校功課之後，就和她一起坐在廚房的桌子旁，教她唸字母。我還記得有時我功課寫到一半抬起頭，會看見吉芭在廚房，攪一攪壓力鍋裡的肉，然後又坐下來用鉛筆寫我前一天晚上叫她寫的功課。

「反正，不到一年，吉芭就會唸兒童讀物了。我們坐在院子裡，她唸《達拉與莎拉》的故事給我聽——唸得很慢，但很正確。她開始叫我莎拉雅老師。」她又笑了。「我知道這聽起來很孩子氣，但是吉芭第一次自己寫信的時候，我就知道除了當老師以外，我什麼都不想做。我好以她為榮，我覺得自己做了有價值的事，你懂嗎？」

「懂。」我扯謊。我想起自己是怎麼利用識字的優勢來愚弄哈山的。我是怎麼利用他所不懂的難字來嘲笑他。

「我父親要我上法學院，我母親則不時暗示提到醫學院，可是我要當老師。賺不了多少錢，卻是我想要的。」

「我母親也是老師。」我說。

「我知道。」她說：「我母親告訴過我。」她的臉泛起羞澀的紅暈，因為她衝口而出的回答暗示了我不在場的時候，她倆的確有「談論阿米爾」。我得很努力才能克制自己不微笑起來。

「我帶了東西要給妳。」我從後口袋抽出一卷釘在一起的紙。「遵守承諾。」我給她一篇我寫的故事。

「啊，你記得！」她說，真的很愉悅。「謝謝你！」我幾乎還來不及咀嚼她第一次對我用「你」而不是比較正式的「您」的意涵，她臉上的微笑便倏地消失。她臉色蒼白，眼睛直盯著我背後看。我轉身。正好和塔希利將軍面對面。

「阿米爾將。我們志向遠大的說故事家。真是榮幸哪。」他說。他的微笑淡薄。

「你好，將軍閣下。」我很艱難地蠕動嘴唇說。

他從我身邊走過，進到攤位裡。「天氣真好，對不對？」他說，拇指勾著背心胸前的口袋，另一手伸向莎拉雅。莎拉雅把那幾張紙交給他。

「聽說這個星期會下雨。很難相信，對不對？」他把捲起來的那幾張紙丟進垃圾桶。他轉身面對我，一手輕輕搭在我肩上。我們一起走了幾步。

「你知道，我的孩子，我很喜歡你。你是個高尚的孩子，我真的相信，但是——」他歎口氣，揮揮手說：「——就算是高尚的孩子，偶爾也需要提醒。我認為我有義務提醒你，你是在跳蚤市場眾目睽睽之下。」他停下來。毫無表情的眼睛深深看著我。「你瞭解，這裡每個人都是愛說故事的人。」他微笑著，露出整齊無瑕的牙齒。「阿米爾將，替我向你父親致意。」

他垂下手。再次微笑。

「怎麼啦？」爸爸說。他剛把木馬賣給一個老婦人，正在收錢。

「沒事。」我說，在一台舊電視機上坐下來。然後我告訴他事情經過。

「唉，阿米爾。」他嘆氣說。

結果，這件事我根本不必多想。

因為那個星期，爸爸感冒了。

一開始只是乾咳鼻塞。後來鼻塞好了，但咳嗽一直沒停。他用手帕掩著咳，再把手帕塞回口袋裡。我一直催他去檢查，但他不理會。他痛恨醫生和醫院。就我所知，爸爸唯一一次去看醫生，是他在印度染上瘧疾的時候。

兩個星期之後，我撞見他正咳出一口帶血絲的痰到馬桶裡。

「你這樣多久了？」我說。

「晚餐吃什麼？」他說。

「我要帶你去看醫生。」

雖然爸爸是加油站的經理，但老闆卻沒提供他醫療保險，而爸爸也掉以輕心，沒有堅持。所以我帶他到聖荷西的郡立醫院。看診的那個皮膚枯黃、眼睛泡腫的醫生，自我介紹說他是第二年的住院醫師。「他看起來比你還年輕，比我病得還厲害。」爸爸嘟囔說。住院醫師要我們去照X光。等護士再叫我們進去時，醫師正在填表。

「拿這個到櫃台去。」他說，下筆很快。

「這是什麼？」我問。

「照會單。」龍飛鳳舞地寫啊寫。

「幹嘛的？」

「胸腔科。」

「那是什麼？」

他很快看我一眼。把眼鏡往上推。又開始動筆。「他的右肺有一個黑點。我希望他們進一步檢查。」

「黑點？」我說，那個房間頓時變得太小了。

「癌症？」爸爸不以為意的說。

「可能。反正很可疑。」醫師喃喃說。

「你能說清楚一點嗎？」我問。

「沒辦法。必須先作電腦斷層掃描，然後去看胸腔科醫生。」他把照會單交給我。「你說你父親抽煙，對吧？」

「對。」

他點點頭。看看我，看看爸爸，又把目光拉回來。「他們兩個星期之內會打電話給你。」

我想問他，我怎麼有辦法抱著「可疑」這兩個字再等整整兩個星期？我怎麼吃飯、工作、唸書？他怎麼能用這兩個字打發我們回家？

我拿了那張照會單，交給櫃台。那天晚上，我等到爸爸睡著之後，把一條毯子折疊起來當禱拜墊。我跪拜磕頭，背誦已遺忘泰半的可蘭經文——穆拉要我們保證永誌不忘的經文——懇求真主大發慈悲，雖然我並不確定祂到底是不是存在。我羨慕那個穆拉，羨慕他的信仰與堅信不疑。

兩個星期過去了，沒人打電話給我。等我打給他們，他們告訴我照會單搞丟了。我確定我已經交回照會單了嗎？他們說再過三個星期會打電話來。我火冒三丈，和他們一再交涉，把三個星期改為一個星期內做電腦斷層掃描，兩個星期內看醫生。

胸腔科醫師史耐德的看診原本很順利，但爸爸問他打哪裡來。史耐德醫師回答說俄國。爸爸就發飆了。

「對不起，醫師。」我說，把爸爸拉到一旁。醫師微微一笑，往後退開，聽診器還拿在手裡。

「爸爸，我在候診室看過史耐德醫師的簡歷。他在密西根出生，密西根！他是美國人，比你我更道地的美國人！」

「我不管他哪裡出生，他是俄國人。」爸爸說，咬牙切齒，好像那是個骯髒字眼。「他父母是俄國人，祖父母是俄國人。我可以當著你母親的面發誓，如果他敢碰我，我就扭斷他的胳臂。」

「史耐德醫師的父母親是從蘇聯逃出來的，你不懂嗎？他們是逃出來的。」

但爸爸一句也聽不進去。有時候我覺得，爸爸唯一像愛他已故妻子那般愛的是阿富汗，他的故國。我幾乎抓狂大叫。但並沒有，我嘆口氣，轉身面對史耐德醫師。「醫師很抱歉，沒辦法。」

下一位胸腔科醫師阿曼尼是伊朗人，輕聲細語，留著彎彎的小鬍子，一頭茂密的灰髮。爸爸接受他了。阿曼尼醫師告訴我們，他已經收到電腦斷層掃描的報告，所以要進行支氣管鏡檢查，汲取一小片肺腫塊來做病理檢驗。檢查安排在下個星期。我謝謝他，攙著爸爸走出診間，一面想著，這會兒我得和「腫塊」這兩個字再共度一個星期，而這兩個字甚至比「可疑」更不吉利。我真希望莎拉雅陪在我身邊。

結果，就像撒旦一樣，癌症有各種不同的名稱。爸爸得的是「肺癌」。惡化了，不能開刀。爸爸問阿曼尼醫師病況。阿曼尼醫師咬著嘴唇，用了「嚴重」這個字眼。「當然，可以做化療。」他說：「但只能緩和。」

「什麼意思？」爸爸問。

阿曼尼醫師嘆口氣。「意思是說，並不能改變結果，只是延緩而已。」

「這個答案很清楚，阿曼尼醫師，謝謝你。」爸爸說：「但我不要做化療。」他臉上堅決的神情，就像把一疊食物券丟在多賓斯太太桌上那天一樣。

「可是爸爸——」

「別公開和我唱反調，阿米爾。不准。你以為你是誰？」

塔希利將軍在跳蚤市場提到的雨，遲到了好幾個星期，我們走出阿曼尼醫師的辦公室，經過的車輛把污水濺到人行道上。爸爸點了煙。他一直抽到上車，抽到我們回家。

爸爸把鑰匙插進樓下大門時，我說：「我希望你試一試化療，爸爸。」

爸爸把鑰匙放進口袋，把我從雨裡拉進來，站在公寓破舊的雨篷下。他拿著煙的那隻手抵住我胸口。「不！我已經決定了。」

「那我呢，爸爸？我該怎麼辦？」我說，淚水湧出。

一抹厭惡的神情掠過他被雨水淋濕的臉。是我小時候跌倒、膝蓋擦傷、哭泣的時候，他看著我的那種神情。當時，他的神情是因我的哭泣而來；而此時，也是我這哭泣喚回了這個神情。「你已經二十一歲了，阿米爾！長大成人了！你……」他張開嘴，闔起來，又張開，再次思索。在我們頭頂，雨水嘩嘩落在帆布雨篷上。「你會怎麼樣，你說？這些年來，我努力教你的，就是要你知道如何永遠不要問這個問題。」

他打開門，轉身背對我。「還有一件事。沒有人知道我生病的事，你聽見了嗎？沒有人。我不要任何人同情。」然後他消失在昏暗的大廳裡。那一整天，他坐在電視機前一根接一根地抽煙。我不知道他在抗拒的是什麼，或哪一個人。我？阿曼尼醫師？或許是他從來就不相信的那個真主。

接下來一段時間，就連癌症也沒讓爸爸離開跳蚤市場。我們依舊在星期六巡行車庫拍賣，爸爸開車，我找路，然後在星期天擺攤子。銅燈、棒球手套、拉鍊壞了的滑雪外套。爸爸和來自故國的舊識打招呼，我和顧客為一兩塊錢討價還價。彷彿這些事都很重要。彷彿我成為孤兒的日子並未隨著每一次收攤而漸漸逼近。

有時候，塔希利將軍和他妻子會漫步經過。將軍秉持他一貫的外交官風範，面帶微笑、雙手握住我的手打招呼。但塔希利太太卻很沉默寡言。只有當將軍的注意力分散時，她對我偷偷露出的微笑和歉意目光，才會打破她的緘默。

我記得那段期間的許多個「第一次」：我第一次聽到爸爸在浴室裡呻吟。我第一次在他枕頭上發現血跡。管理加油站三年多以來，爸爸從來沒請過病假。又一個第一次。

到了那年的萬聖節，爸爸在星期六下午就體力不支，只好坐在駕駛座上，等我為收購舊貨討價還價。到了感恩節，他只能撐到中午。等到雪橇出現在屋前草地，假雪撒在道格拉斯樅樹上時，爸爸就只能留在家裡，讓我開著福斯巴士在灣區半島上上下下跑。

偶爾在跳蚤市場，阿富汗的舊識會談到爸爸的體重減輕。起初，每個人都很誇讚。他們甚至問他飲食有什麼秘方。然而詢問與誇讚都不再之後，體重卻繼續減輕。磅數不斷縮水，再縮水。他兩頰塌陷。太陽穴軟弱。眼睛凹陷到眼窩裡。

然後，新年過後不久一個涼颼颼的星期天，爸爸正在賣一個燈罩給一個矮胖的菲律賓人，我在福斯車裡翻找毯子讓爸爸可以蓋在腿上。

「喂，小子，這人需要幫忙！」菲律賓人驚慌地說。我轉身，發現爸爸躺在地上手腳抽慉。

「救命啊！」我大叫：「救命啊！」我跑向爸爸。他口吐白沫，濕透鬍子。眼睛向上翻，只見一片白。

大夥兒衝向前來。我聽見有人說發作了。也有人大叫：「打九一一！」我聽見奔跑的腳步聲。人群圍聚，天光暗沉。

爸爸吐出的白沫變紅了。他咬了自己的舌頭。我跪在他身邊，抓住他的手臂，說我在這裡，爸爸，我在這裡，你會沒事的，我在這裡。彷彿我能趕走他的抽慉，說服它們別再煩爸爸。我感覺到膝蓋一陣濕涼，看見爸爸失禁了。噓，爸爸將，我在這裡。您的兒子在這裡。

白鬚禿頂的醫生把我拉出房間。「我要你來看看你父親斷層掃描的結果。」他說。他把片子放到走廊的一個燈箱上，用鉛筆橡皮擦的那一端指著爸爸罹癌的照片，像是警察展示凶手的大頭照給被害人家屬看。照片裡爸爸的腦部像個大胡桃的橫切面，有著網球形狀的灰色東西。

「你看，癌症轉移了。」他說：「他必須服用類固醇，減輕他腦部的腫脹，還要吃抗中風的藥。我建議做緩和的放射線治療。你瞭解我的意思嗎？」

我說我瞭解。我已經熟悉癌症的術語。

「很好。」他說。他看看他的呼叫器。「我得走了，但是你如果有任何問題可以呼叫我。」

「謝謝你。」

那天晚上，我在爸爸病床邊的椅子上坐了一夜。

第二天早上，大廳那頭的候診室裡擠滿了阿富汗人。有紐華克來的屠夫，也有以前在爸爸孤兒院裡工作的工程師。他們一批批湧進來，靜默地向爸爸致意，希望他早日康復。爸爸當時醒著，虛弱疲倦，但清醒。

上午，塔希利將軍和他妻子來了。莎拉雅跟在後面。我們互望了一眼，又同時把視線移開。

「你還好嗎，我的朋友？」塔希利將軍抓著爸爸的手說。

爸爸指著手臂上的點滴，虛弱地微笑。將軍也回他一個微笑。

「你們不該這麼麻煩的，你們大家。」爸爸哽咽說。

「不麻煩。」塔希利太太說。

「一點都不麻煩。更重要的是，你需要什麼嗎？」塔希利將軍說：「任何東西都可以？把我當兄弟，儘管開口。」

我還記得有一回爸爸提到關於普什圖人的一段話。**我們或許頑固，我也知道我們太過驕傲，但是在需要的時刻，相信我，你會寧願在你身邊的是普什圖人。**

爸爸躺在枕頭上搖搖頭。「你們來已經讓我很高興了。」將軍微笑，捏捏爸爸的手。「你好嗎，阿米爾將？你需要什麼嗎？」

他看我的樣子，他眼裡的親切……「不，謝謝你，將軍閣下。我……」我喉頭一緊，淚水盈出眼眶。我衝出病房。

我衝到走廊，燈箱就在旁邊，那個我前一夜看見凶手面目的燈箱。

爸爸病房的門打開，莎拉雅走出來。站在我身邊。她穿著灰色的長袖衫，牛仔褲。頭髮垂下來。我想在她懷裡尋求安慰。

「我很遺憾，阿米爾。」她說：「我們都覺得不對勁，但又不知道怎麼回事。」

我用袖子擦著眼睛。「他不想讓別人知道。」

「你需要什麼嗎？」

「不。」我努力想擠出微笑。她把手放在我手上。我們的第一次接觸。我握住她的手。放到臉上，眼上。然後放手。「妳最好回病房裡去。否則妳父親會出來找我們。」

她微笑，點點頭。「我應該進去。」她轉身走。

「莎拉雅？」

「嗯？」

「我很高興妳來。這對我……對我意義非凡。」

兩天後，他們讓爸爸出院。他們帶來一位放射腫瘤專科醫師，勸爸爸接受放射線治療。爸爸拒絕。他們希望我說服爸爸。但我看見爸爸臉上的神情，我謝謝他們，簽了字，開車載爸爸回家。

那天晚上，爸爸躺在沙發上，蓋著羊毛毯。我端給他熱茶和烤杏仁。我用手臂抱住他的背，很輕易就把他扶起來。他的肩胛骨在我的手指下像鳥的翅膀。我把毯子拉到他胸口，薄薄蒼白皮膚下肋骨嶙峋的胸口。

「還需要我幫您做什麼嗎，爸爸？」

「不用，我的孩子。謝謝。」

我在他身邊坐下。「我在想，您能不能幫我做件事。如果您還不會太累的話。」

「什麼事？」

「我想請您去提親。我想請您替我向塔希利將軍的女兒提親。」

爸爸乾燥的嘴唇綻開微笑。枯葉上的一抹綠意。「你確定？」

「我從來沒這麼確定過。」

「你想清楚了？」

「當然，爸爸。」

「把電話給我。還有我的小記事本。」

我眨眨眼。「現在？」

「不然什麼時候？」

我微笑。「好啊。」我把電話拿給他，還有那本爸爸記著阿富汗朋友的電話號碼的小記事本。

他找到塔希利家的電話，撥號，把聽筒貼在耳朵上。我的心在胸口怦怦跳著。

「嘉蜜拉將？妳好。」他說。他報上名字。停頓一下。「好多了，謝謝。你們能來看我，真是感謝。」他聆聽一會。點點頭。「我記得，謝謝。塔希利將軍在嗎？」停頓。「謝謝妳。」

他的目光飄向我。我直想笑。或尖叫。我把拳頭放嘴邊，咬著。爸爸輕輕哼笑。

「塔希利將軍，你好……對，好多了……對……你太客氣了。塔希利將軍，我打來是想請教，明早去拜訪你和塔希利太太方便嗎？很榮譽的事……對……十一點，好。明天見。再會。」

他掛掉電話。我們看著彼此。我開始傻笑。爸爸也跟著一起笑。

爸爸沾濕頭髮，往後梳。我幫他穿上乾淨的白襯衫，打好領帶，留意到襯衫領口和脖子間足足有兩吋的空間。我不禁想到爸爸離去之後會留下來的所有虛空，我強迫自己想別的事。爸爸還沒離去。還沒。而且這天凡事都該往好處想。那套咖啡色西裝——他穿去參加我畢業典禮的那套——垮垮地掛在他身上。爸爸瘦得厲害，衣服已不再合身。我必須幫他折起袖子。我彎腰幫他綁鞋帶。

塔希利家在佛利蒙阿富汗人群集的住宅區，一幢不起眼的平房。有凸窗、斜屋頂，天竺葵盆栽圍繞前廊。將軍的灰色廂型車停在車道上。

我攙著爸爸走下福特車，然後溜回駕駛座。他傾身靠在乘客席的車窗上說：「回家吧。我一個小時後打電話給你。」

「好的，爸爸。」我說：「祝你好運。」

他微微一笑。

我開車離開。在後照鏡裡，爸爸蹣跚走上塔希利家的車道，盡他最後一份父親的責任。

我在公寓的客廳裡踱來踱去，等待爸爸的電話。客廳長十五步。寬十步半。如果將軍拒絕怎麼辦？如果他討厭我呢？我不停地走進廚房，查看烤箱上的時鐘。

將近正午，電話響了。是爸爸。

「嗯？」

「將軍接受了。」

我呼了一口氣。坐下來。雙手直顫抖。「真的？」

「是的，可是莎拉雅將在樓上房間裡。她想先和你談談。」

「好啊。」

爸爸對某個人說了幾句話，他放下聽筒時喀答一聲。

「阿米爾？」莎拉雅的聲音。

「妳好。」

「我父親說好。」

「我知道。」我說。我換個手接聽。忍不住微笑。「我太高興了。我不知道該說什麼。」

「我也很高興，阿米爾。我……真不敢相信。」

我笑了。「我知道。」

「聽著，」她說：「我有件事要告訴你。有件事你必須先知道……」
「我不在乎什麼事。」
「你必須知道。我不想我們一開始就有秘密。而且我寧願你是從我這裡知道的。」
「如果這樣妳覺得比較好的話，就告訴我吧。可是不會改變任何事的。」
電話另一端沉默良久。「我們住在維吉尼亞的時候，我曾和一個阿富汗人私奔。當時我十八歲……叛逆……愚蠢，而且……他吸毒……我們同居將近一個月。那裡所有的阿富汗人都議論紛紛。
「最後爸爸找到我們了。他出現在門口，要……要我回家。我歇斯底里，狂吼、尖叫，說我恨他……
「反正，我回家了，然後──」她哭起來。「抱歉。」我聽見她放下聽筒，擤鼻子。「對不起。」她又拿起電話，聲音有些嘶啞。「我回到家以後，才知道我母親中風了，她右半邊的臉痲痺……我覺得很有罪惡感。她不該遭受這種厄運的。」
「不久，爸爸就帶我們搬到加州來。」又一陣沉默。
「妳現在和妳父親還好吧？」我說。
「我們一直有些意見不合，到現在還是，但是我很高興他那天去找我。我真的相信是他拯救了我。」她停頓一晌。「那麼，我說的事讓你覺得困擾嗎？」
「有一點。」我說。我必須對她實話實說。我不能騙她說我的自尊毫髮無傷，畢竟她有過男人，而我從來沒和女人上過床。這的確困擾我，但是早在請爸爸去提親之前的幾個星期，我就已經反覆思量過了。每回思量到最後，我都不禁自問：我又有什麼資格譴責別人的過去呢？

「你會很困擾，想改變心意嗎？」

「不會。莎拉雅。一點都不會。」我說：「妳說的話不會改變任何事。我要娶妳。」

她又哭了起來。

我羨慕她。她的秘密揭開了。說出口了。解決了。我張開嘴，幾乎告訴她我曾經背叛哈山，撒謊，趕他走，一手摧毀了爸爸和阿里長達四十年的關係。但我沒有。我覺得，從許多方面來說，莎拉雅・塔希利都是比我更好的人。勇氣只是其中之一。

---

①Jim Morrison，知名搖滾樂團「門」主唱，一九七一年逝於巴黎，年僅二十七歲。

②Mariachi，墨西哥傳統樂團，演奏口耳相傳的傳統音樂，曲風熱情，在美國加州亦甚風行。

第十三章

第二天傍晚，我們到塔希利家——為了「問名」的儀式——我得把車停在對街。他們的車道已經擠滿車輛。我穿著深藍色西裝，是前一天爸爸去提親，我載他回家之後買的。我用後照鏡檢查我的領帶。

「你看起來英俊。」爸爸說。

「謝謝您，爸爸。您還好嗎？您還撐得住嗎？」

「撐得住？今天是我這輩子最開心的一天，阿米爾。」他說，疲累地微笑。

我聽得見門裡的談話聲、笑聲，和輕柔播放的阿富汗音樂——聽起來像是烏斯塔德・薩拉罕①的傳統情歌。我按門鈴。有張臉在門廳的窗簾後張望，然後消失。「他們到了。」一個女人的聲音說。談話靜止了。有人關掉音樂。

塔希利太太來開門。「你好。」她說，神情愉悅。我發現她燙了頭髮，穿一件長及腳踝的高雅黑色洋裝。我走進門廳時，她眼睛濕濕的。「你都還沒進屋子呢，我就已經哭了，阿米爾將。」她說。我在她手上印上一吻，如同爸爸前一晚教我的。

她領我們走過燈光燦明的走廊，進到客廳。在木頭鑲板的牆上，我看見即將成為我新家族的親人照片：年輕的塔希利太太頂著吹蓬的髮型與將軍合影——背景是尼加拉瀑布；塔希利太太穿著合身洋裝，將軍穿著窄領外套打細領帶，他的頭髮又黑又密；莎拉雅，正要坐上雲霄飛車，揮手微笑，陽光照得她牙齒上的矯正器銀絲閃閃發光。一張將軍的照片，穿著全套戎裝，與約旦的胡笙國王握手。一張察希爾國王的肖像。

客廳裡擠滿了二十幾個客人，坐在沿牆擺放的椅子上。爸爸一走進來，所有的人都站起來。我們環繞客廳，爸爸緩緩帶頭，我跟在後面，和每一位客人握手問好。將軍——依舊穿著他的灰西裝——和爸爸擁抱，輕輕拍著彼此的背。他倆用敬重的肅穆語調互道「你好」。

將軍擁抱我，心領神會地微笑，彷彿在說：「這才是正確的——阿富汗式的方法，我的孩子。」我們親吻臉頰三次。

我們在擁擠的房間裡坐下，爸爸和我緊挨著，坐在將軍和他太太對面。爸爸的呼吸變得急促，不斷用手帕擦拭前額和頭皮的汗滴。他發現我在看他，勉強露出微笑。「我沒事。」他以唇語說。

依循傳統，莎拉雅不在場。

略微寒喧和閒聊了一會兒之後，將軍清清喉嚨。房裡頓時沉寂，每個人都崇敬地低頭看自己的手。將軍向爸爸點點頭。

爸爸也清清喉嚨。他沒辦法一口氣說完一整個句子，得不時停下來喘氣。「將軍閣下，嘉蜜拉將……今天，小犬和我誠惶誠恐……到府上來。您……地位崇高……出身尊貴世家……家族歷史輝煌。我來到這裡，懷著無比的誠意……以及對您、您家族的敬意……還有……對您祖先的緬懷。」他停下來，喘息，擦擦額頭。「阿米爾將是我唯一的兒子……我的獨生子……他是我的好兒子。我希望他能……不負您的付託。我請求您賜阿米爾將與我榮幸……接納小犬成為您的家人。」

將軍禮貌地點點頭。

「我們很榮幸能有您的公子成為我們的家人。」他說：「您的聲望眾所周知。我是您謙卑的景仰者，在喀布爾如此，今日亦復如此。我們很榮幸能與您的家族結合。」

「阿米爾將，對你，我歡迎你成為我們的女婿，我女兒的丈夫。我女兒是我眼中的月亮。你們的痛苦會是我們的痛苦，你們的快樂會是我們的快樂。我希望你會把你的嘉蜜拉卡哈拉和我當成你的第二父母。我祈禱你和我們心愛的莎拉雅會幸福快樂。我們祝福你倆。」

所有的人都鼓掌，隨著這個信號的出現，大家把頭轉向走廊。我等待已久的一刻來臨了。

莎拉雅出現在走廊的盡頭。她穿著酒紅色的阿富汗傳統服裝，長袖，金色鑲飾，令人目眩神迷。爸爸抓著我的手，緊緊捏住。塔希利太太哭了起來。緩緩的，莎拉雅向我們走來，背後跟著一排年輕的女性親屬。

她親吻我父親的手。她終於在我身旁坐下，眉眼低垂。

掌聲持續不斷。

依據傳統，莎拉雅的家人要舉辦訂婚宴——也就是「品嘗甜蜜」儀式。接著就是延續幾個月之久的訂婚期。然後是婚禮，由爸爸負擔費用。

我們大家都同意莎拉雅和我略過訂婚宴。每個人都知道原因，所以沒有人說出口：因為爸爸的生命已剩不到幾個月了。

在籌備婚禮期間，莎拉雅和我從來沒單獨一起出門——因為我們還沒結婚，甚至也沒訂婚，一起出門是不符儀節的。所以我只得和爸爸一起到塔希利家晚餐，和莎拉雅隔著餐桌面對面。想像著她的頭靠在我胸膛、聞著她的髮香會是什麼滋味。想像著吻她，與她做愛。

為了結婚典禮，爸爸花了三萬五千美元，幾乎用罄他一生的積蓄。他租下佛利蒙最大的阿富汗宴會廳——老闆是爸爸在喀布爾的舊識，所以給了優惠的折扣。爸爸負擔我們的婚禮樂隊，還有我挑的鑽石戒指。他買給我一套西式禮服，以及誓約儀式穿的傳統綠色服裝。

婚禮之夜忙亂的準備工作——還好，大部份都是塔希利太太和她的朋友們一手包辦——我只記得幾個片段的時刻。

我記得我們的誓約儀式。我們圍坐在桌子旁，莎拉雅和我都穿綠色——伊斯蘭的顏色，也是春天與新生的顏色。我穿的是傳統服裝，莎拉雅（唯一坐在桌邊的女性）頭戴面紗，身穿長袖禮服。桌旁還有爸爸、塔希利將軍（這次穿著西式禮服）和莎拉雅的幾個叔舅。莎拉雅和我低著頭，肅穆崇敬，只能斜斜地瞥見彼此。穆拉質問證人，讀可蘭經文。我們說出我們的誓詞，簽下證書。莎拉雅從維吉尼亞來的一位舅舅，夏利夫將，塔希利太太的兄弟，站起來清清喉嚨。莎拉亞告訴過我，他住在美國已經二十幾年了。他在移民局工作，娶了美國太太。他也是一位詩人，小個子，宛如小鳥的臉，一頭鬆軟頭髮。他唸一首獻給莎拉雅的長詩，草草寫在飯店的信紙上。「哇，莎拉雅將！」他唸完的時候，每個人都大聲歡呼。

我記得我們走向舞台的情景，我穿著西式禮服，莎拉雅穿著白色帶頭紗的禮服，我們的手緊緊相扣。爸爸蹣跚走在我身邊，將軍和太太則在他們女兒旁邊。一群叔叔伯伯舅舅阿姨和表親跟在後面，穿過禮堂，把鼓掌喝采的賓客如紅海一分為二，不斷閃爍的鎂光燈讓我們幾乎張不開眼睛。莎拉雅的一個表哥，夏利夫的兒子，把可蘭經高舉在莎拉雅頭頂，伴我們緩緩前行。婚禮歌謠《慢慢走》透過麥克風播放，爸爸和我離開喀布爾那夜，馬希帕檢查哨的俄國兵唱的就是這首歌：

化晨光為鑰匙擲入井底，
慢慢走，我心愛的月亮，慢慢走。
讓朝陽忘記從東方升起，
慢慢走，我心愛的月亮，慢慢走。

我記得我們坐在沙發上，擺放在舞台宛如王位寶座，在三百多位賓客的注目下，莎拉雅的手握在我手中。我們進行另一個儀式：他們給我們一面鏡子，覆一片紗在我們頭上，讓我們可以獨自凝視彼此的鏡中影像。在這紗裡獨處的瞬間，看見莎拉雅微笑的臉龐映在鏡裡，我第一次低聲對她說我愛她。豔如指甲花的紅暈盛開在她臉頰。

我想起一盤盤五顏六色的佳餚，有烤肉、燉肉飯，和鮮桔飯。我看見爸爸坐在我們之間的沙發上，微笑著。我記得汗涔涔的男人們圍成圈圈跳著傳統的舞蹈，隨著手鼓狂烈的節奏跳躍旋轉，越來越快，越來越快，直到一個個筋疲力竭地退出。我記得我希望拉辛汗也在場。

我還記得，我在想哈山是不是也結婚了。如果是的話，在頭紗下的鏡子裡，他看見的是怎麼樣的一張面容？他握著的是誰染了指甲花的手？

約莫凌晨兩點，宴會從大廳堂轉到爸爸的公寓。茶香再度四溢，音樂播放到鄰居叫警察來。到了很晚，太陽過不到一個小時就會升起的時刻，賓客才終於散盡。莎拉雅和我第一次躺在一起。這一輩子，我只曾與男人為伍。那天晚上，我發現了女人的溫柔。

是莎拉雅自己提出要搬過來和爸爸與我同住。

「我以為妳會希望我們單獨住。」我說。

「在卡卡將病得這麼重的時候？」她回答說。她的眼睛告訴我，婚姻不該這麼開始的。我吻她。「謝謝妳。」

莎拉雅全心全意照顧我父親。她早晨替他烤吐司泡茶，扶他上下床。她伺候他吃止痛藥，幫他洗衣服，每天下午讀報紙的國際版給他聽。她煮他愛吃的菜，馬鈴薯雜燴，雖然他每次都只吃幾口，每天陪他在附近散步。等他臥病無法下床時，她每個小時幫他翻身，免得他得褥瘡。

一天，我從藥房買了爸爸的嗎啡碇回家。一關上門，我瞥見莎拉雅迅速把某個東西塞進爸爸毯子裡。「嗨，我看見了！你們兩個在幹嘛？」我說。

「沒事。」莎拉雅微笑說。

「騙人。」我掀開爸爸的毯子。「這是什麼？」我說，儘管我一抽出那本皮面筆記本時就已經明白了。我記得放煙火的那個晚上，拉辛汗給我這本筆記本，就在我十三歲生日的那一夜，燄火嘶嘶綻放火花，紅的、綠的，還有黃的。

「我不敢相信你會寫這樣的東西。」莎拉雅說。

爸爸吃力地從枕頭上抬起頭來。「是我叫她看的。希望你別介意。」

我把筆記本遞還給莎拉雅，走出房間。爸爸最討厭我哭。

婚禮過後一個月，塔希利夫婦、夏利夫、他的妻子蘇西，還有莎拉雅的幾位姨媽到我們的公寓來吃晚飯。莎拉雅煮了阿富汗菜——菠菜、羊肉配白米飯。晚餐之後，我們喝綠茶，四個四個一起玩牌。莎拉雅和我與夏利夫跟蘇西在咖啡桌玩，爸爸蓋著羊毛毯，躺在我們旁邊的長沙發上。他看著我和夏利夫開玩笑，看著莎拉雅和我手指交纏，看著我拂起她一綹滑落的頭髮。我可以看見他發自內心的微笑，遼闊得如同喀布爾的夜空，在白楊樹顫動、板球聲迴盪庭院的那些個夜晚。

將近午夜，爸爸要我們扶他上床。莎拉雅和我用肩膀架起他的手臂，扶著他的背。我們讓他躺下時，他要莎拉雅關掉床頭燈。他要我們彎下腰來，各給我們一個吻。

「我去拿嗎啡和水，卡卡將。」莎拉雅說。

「今晚不用。」他說：「我今晚不痛。」

「好吧。」她說。她幫他蓋好毯子。我們關上門。

爸爸再也沒醒來。

他們塞爆了海沃清真寺的停車場。建築物後面光禿禿的草坪上，轎車和越野車擠滿臨時停車區。大家只好從清真寺往北再開三四條街找停車位。

清真寺的男人區是一間方方正正的大房間，鋪有阿富汗地毯，一條條細長的墊蓆平行擺放。男人群集房內，把鞋脫在入口處，盤腿坐在墊蓆上。穆拉透過麥克風誦唸可蘭經的章節。我坐在門邊，習俗上留給喪家親屬的位子。塔希利將軍坐在我身邊。

透過敞開的門，我看見大排長龍的車子不斷湧入，陽光在擋風玻璃上閃閃發光。乘客下車，男人穿深色西裝，女人著黑色洋裝，頭上蓋著傳統的白色面紗。

可蘭經文在室內迴響，我想起爸爸在俾路支徒手搏熊的老故事。爸爸終其一生都在與熊搏鬥。痛失他年輕的妻子。獨力養育兒子。拋下他心愛的故鄉，他的國家。貧窮。羞辱。最後，是一隻他無法擊敗的熊。但即使最後失敗了，他依舊不妥協。

每一輪禱告結束之後，哀悼者一一向我致意，離開房間。我也行禮如儀地跟他們握手。大部份人我都不認識。我禮貌地微笑，謝謝他們的問候，傾聽他們談起爸爸的事。

「……幫我在泰曼尼蓋了房子……。」

「……保佑他……」

「……我走投無路，他借錢給我……」

「……幫我找到工作……他又不認識我……」

「……像我的兄弟一樣……」

傾聽他們訴說，我才瞭解到我身上有多少是承襲自爸爸，以及爸爸在其他人生命裡所烙下的印記。我這一輩子直到此時都是「爸爸的兒子」。而他走了。爸爸再也不能替我指引方向；我得靠自己摸索。

這個想法讓我恐懼不已。

稍早之前，在墓園的一小塊穆斯林專區裡，我看著他們把爸爸放進墓穴裡。穆拉和另一個人爭論在安葬時應該誦唸哪一段可蘭經文才對。如果塔希利將軍沒介入，情況一定不可收拾。穆拉選了一段經文唸誦，惡狠狠地瞄那個人。我看著他們鏟起第一堆土丟進墓穴。我走開了。走到墓園的另一端，坐在熾紅的楓樹蔭下。

最後一批悼客已致完意，清真寺空盪盪的，穆拉拔掉麥克風，用綠布裹起他的可蘭經。將軍和我走進午後的斜陽裡。我們步下階梯，經過一群群聚著抽煙的人身旁。我聽見他們談話的片段，下個週末在聯合城的足球賽，聖塔克拉拉新開的阿富汗餐館。生命繼續不斷往前，爸爸已遺留在後。

「你還好嗎，我的孩子？」塔希利將軍說。

我咬緊牙。嚥下這一整天快奪眶而出的淚水。「我去找莎拉雅。」我說。

「好。」

我走到清真寺的女人區。莎拉雅和她母親，以及幾位我依稀記得在婚禮上見過的女士，一起站在台階上。我向莎拉雅做個手勢。她對母親說了句話，向我走來。

「可以散一下步嗎？」我說。

「當然可以。」她挽著我的手。

我們默默走過彎曲的碎石小徑，兩旁是低矮的灌木叢。我們坐在長凳上，看著一對老夫婦跪在幾排之外的一座墓地，把一束雛菊放在墓碑前。「莎拉雅？」

「嗯？」

「我很想他。」

她把手放在我膝上。爸爸的戒指在她的無名指上閃耀。在她背後，我看見哀悼爸爸的人開車駛上密遜大道。很快的，我們也要離開，而這將是第一次，爸爸孤獨自處。

莎拉雅擁我入懷，淚水終於潰決。

因為莎拉雅和我沒經過訂婚期，我對塔希利家人的認識大半在結成親家之後才開始。例如，我知道，將軍每個月都會有一次嚴重的偏頭痛，幾乎要持續一個禮拜之久。頭痛一發作，將軍就會回到他的房間裡，脫掉衣服，關上燈，鎖上門，直到疼痛平息才出房門。沒有人可以進去，沒有人可以去敲門。最後，他會穿上那套灰西裝，渾身散發睡眠與床單的氣味，帶著滿是血絲腫脹的眼睛再次現身。我聽莎拉雅說自她有記憶以來，將軍和塔希利太太就分房睡。我也知道他有時很可惡，例如他會吃一口太太放在他面前的菜餚，嘆口氣就推開。「我弄點別的給你吧。」塔希利太太會說。但他不理會，發脾氣，光吃麵包和洋蔥。這讓莎拉雅很生氣，也讓她母親哭泣。莎拉雅告訴我說他吃抗憂鬱的藥。我知道他在美國從來沒工作，只靠社會福利養家活口，寧可兌現政府發放的救濟金支票，也不願意屈就有違身份的工作——他只把跳蚤市場當嗜好，是和阿富汗同胞交際的場合。將軍相信，阿富汗遲早會恢復自由，王權會復辟，他也會再次履行職權。所以，日復一日，他穿上他的灰西裝，佩上他的懷錶，等待著。

我知道塔希利太太——我現在稱她嘉蜜拉卡哈拉——以前在喀布爾以動人的歌聲聞名。雖然她從來沒以歌唱為業，但她確實有天份——我聽說她會唱民謠、情歌，甚至還會多半是男人唱的拉格（raga）。而將軍雖然愛聽音樂——事實上他收藏許多阿富汗和印度歌手演唱的古典情歌唱片——但他堅信歌唱表演是名聲不好的人做的事。不得公開演唱，是將軍娶她時的條件。莎拉雅告訴我，她母親想在我們的婚禮上演唱，只唱一首歌，但將軍瞥了她一眼，這件事就無疾而終。嘉蜜拉卡哈拉每週玩一次樂透，每天晚上看強尼・卡森②的節目。她白天都在花園裡，照顧她的玫瑰、天竺葵、馬鈴薯藤和蘭花。

我和莎拉雅結婚之後，花草和強尼・卡森的地位一落千丈。我是嘉蜜拉卡哈拉生活的新寵。不像將軍拒人千里的外交儀態——我繼續稱他「將軍閣下」，他從來沒糾正我——嘉蜜拉哈卡拉從不掩飾她有多喜歡我。至少，我肯聽她細數病痛，因為將軍一直充耳不聞。莎拉雅告訴我，自從她母親中風之後，胸口的每一次顫動都是心臟病發作，關節的每次發疼都是風濕性關節炎發作，眼睛的每一次抽慉都是中風。我記得嘉蜜拉卡哈拉第一次指給我看她脖子上的腫塊。「我明天會翹課，帶您去看醫生。」我說。將軍笑著說：「那你的書可能也永遠沒辦法寫啦，我的孩子。你卡哈拉的病歷像魯米的作品一樣：有好幾大冊哩。」

但不只是因為她找到了可以傾聽她病痛的聽眾。我堅信，就算我拎起來福槍，犯下謀殺罪，也依然能得到她毫不保留的愛。因為我除去了她心頭最大的病痛。我讓她免受每一位阿富汗母親最大恐懼的折磨：沒有正直的求婚者來向她女兒提親。她的女兒會年華老去，沒丈夫，沒子女。每個女人都需要丈夫。即使她自此無法再高歌。

此外，我也從莎拉雅那裡得知維吉尼亞那件事的細節。

我們去參加一個婚禮。莎拉雅的舅舅，夏利夫，在移民局工作的那位，他兒子娶了紐華克的一個阿富汗姑娘。婚禮在六個月前我和莎拉雅舉行婚禮的那個宴會廳舉行。我們站在賓客之中，看著新娘接受新郎家的戒指，卻不經意聽到兩個中年婦女交談。她們背對著我們。

「真是可愛的新娘。」其中一個說：「看看她。這麼漂亮，就像月亮似的。」

「對呀，」另一個說：「而且純潔。品德好。沒交過男朋友。」

「我知道。我告訴妳，這個小夥子還好沒娶他表妹。」

在回家的路上，莎拉雅崩潰了。我把車開到路邊，停在佛利蒙大道的街燈下。

「沒事了。」我說，輕撫著她的頭髮。「誰在乎啊？」

「真是他媽的不公平。」她大叫。

「忘了吧！」

「她們的兒子泡夜店釣馬子，把女朋友搞大肚子，沒結婚就生小孩，沒人說半句話！噢，只不過是男人找找樂子罷了！我犯了一次錯，突然每個人就開始談榮譽感和自尊心，我這一輩子都抬不起頭來！」

我用拇指拭去她兩頰的淚，就在胎記上方。

「我沒告訴你，」莎拉雅說，眼中淚光閃閃。「那天晚上我父親帶著槍去。他告訴……他……槍裡有兩發子彈，如果我不回家，就一顆給他，一顆給自己。我大聲尖叫，用所有惡毒的字眼罵我父親，說他不能把我永遠鎖起來，我希望他死掉。」她眼中又湧出新的淚水。「我真的這樣說，我希望他死掉。」

「他帶我回家以後，我母親抱著我，也哭了。她說的話我一句也聽不懂，因為她說得太含糊不清。所以我父親帶我回到我的房間，讓我坐在穿衣鏡前。他拿一把剪刀給我，很平靜地叫我剪掉頭髮。他看著我剪。

「我好幾個星期沒出門一步。等我出了家門，不管走到哪裡，我都聽見耳語，或者是想像我自己聽見。已經過了四年，相隔三千哩遠，我到現在還是聽得見。」

「去他媽的！」我說。

她發出半哭半笑的聲音。「那晚我在電話上告訴你這件事的時候，我相信你會改變心意。」

「絕對不會，莎拉雅。」

她綻放微笑，握住我的手。「我很幸運，能夠找到你。你和我認識的阿富汗人都不一樣。」

「別再提起這件事了，好嗎？」

「好。」

我親吻她的臉頰，開車上路。我一面開一面想，為什麼我與眾不同。或許因為我是男人養大的；我成長的環境裡沒有女人，因此也未曾直接感受到阿富汗社會對待女人的雙重標準。或許因為爸爸是如此與眾不同的阿富汗父親，一位依循自我規範行事的自由派人士，不墨守成規，先看社會習俗合適與否才決定要不要遵守。

但我想，我之所以不在乎莎拉雅的過去，主要的原因是我也有過去。我深深瞭解悔恨的滋味。

爸爸去世之後不久，莎拉雅和我搬到佛利蒙一個一房的公寓，離將軍和嘉蜜拉卡哈拉的房子只有幾條街。莎拉雅的雙親送我們一套棕色的皮沙發和Mikasa的瓷盤組當喬遷賀禮。將軍另外送我一件禮物：一台全新的ＩＢＭ打字機。在箱子裡，放了一張他用法爾西文寫的卡片：

阿米爾將，

希望你會在字鍵裡發現許多故事。

伊格伯・塔希利將軍

我賣掉爸爸的巴士，而且一直到那時，我都沒再到跳蚤市場去。每個星期五，我會開車到爸爸的墓園，偶爾，我會在墓碑前看見一束新鮮的小蒼蘭，就知道莎拉雅來過了。

莎拉雅和我開始過著慣常——也平淡無奇——的婚姻生活。我們共用牙刷和襪子，輪流看早報。她睡在床的右邊，我喜歡左邊。她喜歡蓬軟的枕頭，我喜歡硬的。她喜歡單吃早餐穀片，像吃零食一樣，然後拌牛奶吃。

那年夏天，我拿到聖荷西州立大學的入學許可，主修英文。我找到一份保全工作，負責巡邏桑尼維爾的一座傢俱倉庫。這個工作無聊至極，但也有可取之處：六點一到大家都下班之後，一排排高疊到天花板的塑膠沙發間，悄悄映上陰影，我就拿出書，開始讀。在這座傢俱工廠充滿松香清潔劑氣味的辦公室裡，我開始寫我的第一部小說。

第二年，莎拉雅也進了聖荷西州立大學。她選了教育學程，讓她父親很懊惱。

「我不懂妳幹嘛浪費妳的天份。」有天晚餐時將軍說：「你知道嗎，阿米爾將，她在高中的成績得全A？」他轉向她：「像妳這麼聰明的女生可以成為律師，或政治學家。而且，阿拉保佑，等阿富汗恢復自由，妳可以協助起草憲法。到時候會需要像妳這樣有才能的阿富汗年輕人。他們可能還會讓妳入閣，榮耀妳的家族。」

我看見莎拉雅往後一靠，繃緊臉。「我不是女生，爸爸。我是已婚的女人。而且，他們也需要老師。」

「什麼人都能教書。」

「還有飯嗎，媽媽？」莎拉雅說。

將軍先離席到海沃見幾個朋友之後，嘉蜜拉卡哈拉安慰莎拉雅。「他沒有惡意。」她說：「他只是希望妳成功。」

「然後他就能有個律師女兒，好向他的朋友吹噓。將軍的另一個勳章。」莎拉雅說。

「妳胡說！」

「成功？」莎拉雅不屑地說：「至少我不像他，其他人拼命和俄國佬奮戰，他卻只坐著等待塵埃落定，然後大搖大擺進去要回他高貴的政府職位。教書或許賺不了多少錢，但那是我想做的事，是我熱愛的！更何況，賺得再少，也比領救濟金好！」

嘉蜜拉卡哈拉咬咬唇。「如果他聽見妳這麼說，永遠都不會再和妳說話。」

「別擔心。」莎拉雅不耐煩地說，把餐巾丟到盤子上。「我不會刺傷他寶貴的自尊！」

一九八八年夏季，在蘇聯從阿富汗撤軍之前的六個月，我完成了第一部小說，以喀布爾為背景，描寫一對父子的故事。大半是用將軍送的打字機完成的。我寄詢問函給十多家經紀公司。八月的某一天，我打開信箱的時候，很驚訝地看見紐約一家經紀公司的來信，要求看完整的書稿。我隔天就寄給他們。莎拉雅親吻仔細包裹好的書稿，嘉蜜拉卡哈拉還堅持要我們把書稿從可蘭經底下穿過。她告訴我們，如果我的書被接受了，她就要替我宰隻羊，把肉分給窮人。

「拜託，別宰羊，卡哈拉將。」我說，親吻她的臉。「只要做『天課』，捐錢給需要的人，好嗎？別宰羊啦。」

六星期之後，一個叫馬丁．葛林華的人從紐約打電話來，說要擔任我的經紀人。我只告訴莎拉雅。「就算有了經紀人，也不代表書就一定可以出版。等馬丁賣出這部小說，我們再慶祝。」

一個月之後，馬丁打電話通知我說，我的小說即將出版。我告訴莎拉雅，她不禁尖叫起來。

那天晚上，我們和莎拉雅的父母一起吃晚餐慶祝。嘉蜜拉卡哈拉做了肉丸和白飯。將軍眼睛泛著淚光，說他以我為榮。塔希利將軍夫婦離去之後，莎拉雅和我開了一瓶昂貴的紅酒慶祝，那是我在回家途中買的。將軍不贊成女人飲酒，莎拉雅從來不在他面前喝。

「我真的很以你為榮。」她說，舉起酒杯敬我。「卡卡也一定會很驕傲。」

「我知道。」我說，想起爸爸，真希望他能看見此時的我。

那天夜裡，莎拉雅熟睡以後——酒總是能讓她熟睡——我站在陽台上，呼吸沁涼的夏夜空氣。我想起拉辛汗，以及他讀過我的第一篇故事之後，寫給我的鼓勵紙條。我也想起哈山。**總有一天，阿拉保佑，你會成為偉大的作家**，他有一次說，**全世界的人都會讀你寫的故事**。我生命中有如此多恩寵，如此幸福。我懷疑自己是不是值得擁有這一切。

小說在第二年，一九八九年的夏季出版，出版商安排我巡迴五個城市宣傳。我在阿富汗人的圈子裡變得小有名氣。那一年，蘇聯全面撤出阿富汗。那應當是阿富汗人榮耀的時刻。但卻不然，戰火延續，這次是阿富汗人，人民聖戰者組織，對抗納吉布拉[3]的蘇聯傀儡政權之間的內戰，阿富汗難民不斷湧向巴基斯坦。那一年，冷戰結束，柏林圍牆倒塌。那一年，天安門事件發生。在這一切之中，阿富汗被遺忘了。而塔希利將軍在蘇聯撤離燃起希望後，又回頭繼續上緊他懷錶的發條。

也是那一年，莎拉雅和我開始打算生小孩。

成為父親的念頭，讓我心中百味雜陳。我覺得既害怕又興奮，既畏縮又雀躍。我會成為什麼樣的父親，我不知道。我希望像爸爸一樣，但也想和他完全不一樣。

但一年過去了，什麼結果都沒有。隨著月經每個月報到，莎拉雅變得越來越喪氣，越來越沒耐性，也越來越暴躁。此時，嘉蜜卡哈拉起初含蓄的暗示，已變成直接了當地說：「那麼！我什麼時候可以唱搖籃曲給我的小孫子聽？」而將軍則秉持普什圖男人的風範，從來不過問——因為問了這樣的問題，等於提及他的女兒和男人之間的性關係，即使這個男人和他的女兒已經結婚四年之久也不例外。但每當嘉蜜拉卡哈拉追問寶寶的事時，他總會抬起眼睛。

「有時候，是要花點時間。」有天夜裡我告訴莎拉雅。

「一年的時間不算短了，阿米爾！」她說，冷冷的聲音頗不尋常。「一定有問題，我知道。」

「我們去看醫生。」

羅森醫師個子很小，圓鼓鼓的肚子，胖胖的臉頰，牙齒整齊，說話略帶東歐口音，隱約有斯拉夫人的味道。他熱愛火車——診間裡散放著鐵路歷史的書和火車頭模型，還有火車奔馳過翠綠山崗與橋樑的照片。辦公桌上方有張標語寫道：生命如火車。快上車。

他替我們擬訂計畫。我先接受檢查。「男人比較容易。」他說，手指敲著他的桃花心木辦公桌。「男人的水管和他們的心一樣：單純，少有驚喜。妳們女士，相反的……嗯，上帝在妳們身上花了很多心思。」我很好奇，他是不是對所有的夫婦都說「水管」這套話。

「我們可真幸運。」莎拉雅說。

羅森醫師笑起來。卻有些不由衷。他給我一張實驗室紙條和塑膠小罐，給莎拉雅一張血液常規檢查單。他和我們握手。「歡迎上車。」他說，一面送我們出去。

我成功過關。

接下來幾個月，莎拉雅不斷做檢查：基礎體溫、抽血驗每一種想像得到的荷爾蒙、尿液檢查、叫什麼「子宮頸黏液測試」的檢查、更多血液檢查，以及更多尿液檢查。莎拉雅接受一種叫「子宮鏡」的檢查：羅森醫師把顯微鏡放進莎拉雅的子宮檢視。他一無所獲。「水管很乾淨。」他脫下乳膠手套宣佈說。我希望他別再用這個詞兒——我們又不是浴室。檢查全部做完之後，他解釋說他無法解釋為什麼我們無法有小孩。而且，很顯然的，這並不罕見。這是「無因不孕」。

接下來是治療階段。我們試過排卵藥，莎拉雅自己定期打排卵針。這些都無效之後，羅森醫師建議做體外受孕。我們接到健康照護組織（HMO）一封措辭客氣的信，希望我們一切順利，很遺憾他們無法支付醫療費用。

我們用小說的預付款來付醫療費。體外受孕冗長、繁瑣、令人挫折，而且終究沒成功。月復一月在候診室讀「好主婦」和「讀者文摘」之類的雜誌，穿脫一件又一件的檢查紙袍，進過一間又一間日光燈照明、冰冷無菌的檢查室，一次又一次忍受和陌生人討論所有性生活細節的屈辱，還有無數次的注射、探針與精子採集之後，我們又回到羅森醫師與他的火車面前。

他坐在我們對面，用手指敲著桌子，第一次提到「領養」這兩個字。莎拉雅一路哭回家。

那個周末，莎拉雅把這個消息告訴她父母。我們坐在塔希利家後院的野餐椅上，烤鱒魚，啜飲優格。那是一九九一年三月的一個傍晚。嘉蜜拉卡哈拉已經給玫瑰和她新種的忍冬花澆水，烤魚的味道夾雜著花的香味。她兩度越過椅子，輕撫著莎拉雅的頭髮說：「真主全知全能，我的孩子。或許不見得是註定如此的。」

莎拉雅一直低頭看手。她倦了，我知道，厭倦這一切。「醫生說我們可以領養。」她喃喃說。

塔希利將軍猛然抬起頭。他闔上烤肉架的蓋子。「他這麼說？」

「他說這也是一種選擇。」莎拉雅說。

我們在家討論過領養的問題。莎拉雅舉棋不定。「我知道這很傻，或許聽起來很空洞。」往她父母家的路上她對我說：「但我沒有辦法。我一直夢想把孩子抱在懷裡，知道是用我的血液孕育他九個月，知道有一天我在他眼裡會看見你或我的影子，知道這孩子長大成人會有你或我的微笑。若不是那樣……難道這麼想錯了嗎？」

「沒錯。」我說。

「我自私嗎？」

「不，莎拉雅。」

「因為你如果真的想……」

「不。」我說：「如果我們要做，就不能有疑慮，我們兩個都必須同意。否則對孩子不公平。」

她把頭靠在車窗，一路上沒再說話。

此時將軍坐在她身邊。「我的孩子，領養……這事，我不確定對我們阿富汗人合不合適。」莎拉雅疲憊地看著我，嘆了一口氣。

「比方說，他們長大之後，就會想知道他們親生父母是誰。」他說：「你們不能怪他們。甚至，你們辛辛苦苦供養他們長大，他們卻離開家，去找賦予他們生命的人。血源是最重要的，我的孩子，絕對不要忘記。」

「我不想再討論了。」莎拉雅說。

「我再提一件事。」他說。我敢說他的勁頭又來了，我們又得聽他的長篇闊論。「聽著，阿米爾將。我們都認識你父親，我在喀布爾就知道他的祖父，和他的曾祖父。我可以在這裡細數你的祖先，如果你想知道的話。也就因為這樣，他父親——真主願他安息——來提親，我一點都沒遲疑。而且，相信我，如果他父親不知道妳的祖先是誰，也不會來向妳提出婚約。血源是最重要的，我的孩子，如果領養小孩，你們根本不知道你們把誰的血緣帶進家裡來。」

「如果你們是美國人，就無所謂。這裡的人為愛而結婚，從來不講門當戶對。他們領養小孩也一樣，只要小孩健康，每個人都快樂。但我們是阿富汗人啊，我的孩子。」

「魚好了吧？」莎拉雅說。塔希利將軍的目光逗留在她身上。他拍拍她的膝蓋。「妳很健康，又有個好丈夫，就值得高興啦。」

「你覺得怎麼樣，阿米爾將？」嘉蜜拉卡哈拉說。

我把杯子放在架子上，就在她那排濕漉漉滴著水的天竺葵盆栽旁。「我同意塔希利將軍的看法。」

將軍滿意地點點頭，回到烤架旁。

對於不領養小孩，我們各有理由。莎拉雅有她的理由，將軍有他的理由，我也有我的理由：或許，某個地方有某個人、某件事決定剝奪我成為父親的權利，就因為我所曾做過的事。或許這是我的懲罰，或許這樣才是對的。**不見得是註定如此**，嘉蜜拉卡哈拉說。或者，也許，是註定不該如此。

幾個月之後，我們支用我第二本小說的預付金當作頭期款，買下舊金山柏諾高地一幢漂亮的兩房維多利亞式房子，有尖聳的屋頂、硬木地板、一個小小的後院，盡頭是一個可供曬太陽的平台和燃火的凹坑。將軍幫我重新刨亮平台，油漆牆壁。嘉蜜拉卡哈拉哀嘆我們搬到幾乎一個小時車程遠的地方，特別是她認為莎拉雅需要全心全意的愛和支持——顯然，正是她出於善意卻難以承受的憐憫，才促使莎拉雅搬家的。

偶爾，莎拉雅在我身邊熟睡，我躺在床上，傾聽紗門在微風中吹開關起，傾聽後院裡的蟲鳴啁啾。我幾乎可以感覺到莎拉雅卵巢裡的虛空，彷彿那是活生生、會呼吸的東西。它潛入我們的婚姻，那虛空，潛入我們的笑聲，和我們的性愛裡。然後在深沉的夜裡，在陰暗的房間裡，我可以感覺到它從莎拉雅身上爬起，停留在我們之間，睡在我們之間，宛如猶未出生的嬰孩。

①Ustad Sarahang，1921-1981，著名的阿富汗作曲家與歌手。

②Johnny Carson，1921-1981，美國著名脫秀主持人，主持NBC深夜節目「今夜」達三十年之久。

③Mohammad Najibullah，阿富汗人民黨總書記，一九八七年在蘇聯扶植下出任阿富汗總統。

第十四章

二〇〇一年六月

我把話筒放回去，凝視良久。直到阿夫拉圖的吠聲驚醒我，我才發現房裡變得多麼安靜。莎拉雅把電視轉成靜音。

「你看起來很蒼白，阿米爾。」她在沙發上說，這張長沙發是我們婚後搬進第一間公寓時她父母送的喬遷禮。她躺在沙發上，阿夫拉圖的頭靠在她胸前，她的腿埋在溫暖的枕頭下。她一面看公共電視台介紹明尼蘇達州狼群困境的特別節目，一面批改她暑期班的報告——她在同一所學校已經任教六年了。她坐起來，讓阿夫拉圖溜到沙發上。我們這隻可卡獵犬的名字是將軍取的，在法爾西語裡是「柏拉圖」的意思，因為，他說，如果你認真看這隻狗朦朧的黑色眼睛，看得夠久也夠仔細，你一定會相信牠正在思索睿智的哲理。

莎拉雅的下巴胖了一些，只是稍微圓潤。十年的歲月，讓她的臀部曲線寬了點，也在她烏亮的頭髮添了幾縷灰白。但她依舊有張公主的臉龐，如鳥展翼的睫毛，線條優雅如阿拉伯古文的鼻子。

「你看起來很蒼白。」莎拉雅又說一遍，把一疊報告放到桌上。

「我要到巴基斯坦去一趟。」

她站起來。「巴基斯坦？」

「拉辛汗病得很重。」那些話如握緊的拳頭般敲打著我心。

「卡卡以前的生意夥伴？」她從沒見過拉辛汗，但我提到過他。我點點頭。

「噢。」她說：「我很難過，阿米爾。」

「我們以前很親。」我說：「小時候，他是我唯一的大人朋友。」我眼前浮現他和爸爸在書房裡喝茶，靠在窗邊抽煙的情景，帶著薔薇香味的微風從花園裡吹來，兩縷輕煙裊裊飛舞。

「我記得你告訴過我。」莎拉雅說。她頓了一會兒。「你要去多久？」

「我不知道。他想見我。」

「那裡……」

「那裡很安全。我不會有事的，莎拉雅。」我知道她想問的是這個問題——十五年的婚姻，讓我們心有靈犀。「我去散步。」

「要我陪你去嗎？」

「不用，我想自己去。」

我開車到金門公園，沿著公園北端的斯普瑞柯湖散步。這是一個美麗的星期天下午；陽光在湖面上閃閃發光，十多艘模型船被舊金山爽朗的微風吹動著航行。我坐在一張公園長椅上，看著一個男人丟足球給他兒子，告訴他不可以側身丟球，要把球高舉過肩丟。我抬頭，看見一對風箏，紅色的，拖著長長的藍尾巴。風箏越飛越高，飛過公園西端的樹頂，飛過風車。

我想著拉辛汗掛掉電話之前所說的話，像是順便提起，彷彿是後來才想到般。我閉上眼睛，彷彿看見他在嘈雜的長途電話線的另一端，看見他雙唇微微分開，頭偏一邊。再一次，他深不見底的黑眼睛裡藏著我們之間從未言明的秘密。只是此刻我明瞭他早知道了。我這些年來的懷疑是對的。他知道阿塞夫的事，知道風箏、錢，以及那個有閃電指針的錶。

回來吧。事情總會好轉的。拉辛汗掛電話前說。說得彷彿是順便一提，彷彿是後來才想到般。

事情總會好轉的。

我回到家的時候，莎拉雅正和她母親講電話。「不會太久的，媽媽。一個星期，或兩星期……對，您和爸爸可以來陪我……」

兩年前，將軍摔斷右臂。他犯偏頭疼，從房間出來，眼睛一陣模糊暈眩，被地毯鬆脫的邊緣絆倒。嘉蜜拉卡哈拉聽到他的尖叫聲從廚房跑出來。「聽起來就像掃帚斷成兩半一樣。」她總喜歡這麼說，雖然醫生說她不可能聽到那樣的聲音。將軍的臀傷——以及接踵而來的併發症：肺炎、敗血症、在看護中心的長期療養，讓嘉蜜拉卡哈拉不再對自己的健康自憐自艾。轉而開始細數將軍的病痛。她只要抓住聽眾，就說醫生告訴他們，將軍的腎臟功能衰退了。「可是他們又沒看過阿富汗人的腎臟，不是嗎？」她驕傲地說。我記得最清楚的是，將軍住院的那段期間，嘉蜜拉卡哈拉會等他睡著之後唱歌給他聽，唱的是那些我在喀布爾聽過的歌曲，那些從爸爸那台舊收音機裡沙沙傳來的歌曲。

將軍的病弱——以及時間——也緩和了他和莎拉雅之間的關係。他們一起散步，星期六一起去吃午餐，偶爾，將軍還到她的課堂上去。他坐在教室後排，穿著他那套舊得發亮的灰色西裝，手杖擺在膝上，面帶微笑。偶爾甚至還做筆記。

那天晚上，莎拉雅和我躺在床上，她的背靠著我的胸膛，我的臉埋在她的頭髮裡。我還記得我們以前常常額頭碰額頭躺著，分享餘韻猶濃的親吻和耳語，直到眼睛緩緩閉上，我們喃喃說著纖細彎曲的腳趾，第一次露出的微笑，第一次開口交談，第一次踏出腳步。我們偶爾也還是會這樣做，但低聲談的是學校、我的新書，或因某人在宴會上穿的奇裝異服而咯咯笑。我們的性生活依舊美好，有時甚至太棒了，但有些夜晚，我做完愛之後卻只有解脫的感覺，自由遠颺、遺忘——至少在那一瞬間——遺忘我們剛剛做的是傳宗接代的事。莎拉雅從沒這麼說，但我知道她偶爾也有相同的感覺。在那些夜裡，我們各自蜷縮在床的一角，等待我們自己的救主伸出援手。她的救主是睡眠。而我的，一如往常，是一本書。

拉辛汗打電話來的那天夜裡，我躺在黑暗裡，看著月光透過百葉窗在牆邊鑲上一條條銀線。不知什麼時候，或許是在天將破曉時，我睡著了。我夢見哈山在雪地裡奔跑，綠色罩袍的衣角飄在背後，黑色膠靴啪啪踩過積雪。他回過頭喊道：為你，千千萬萬遍！

一個星期之後，我坐上一架巴基斯坦國際班機的靠窗座位，看著兩個穿航空公司制服的工人解開輪架。飛機滑出航站，很快的，我們就飛上青天，破雲而出。我把頭靠在窗邊。徒然等待入睡。

第十五章

飛機降落帕夏瓦三小時之後，我坐在一輛煙霧迷漫的計程車後座，破破爛爛的椅子上。煙不離手的司機是個滿身是汗的小個子，他說他叫戈藍，開車橫衝直撞滿不在乎，每每只差毫釐就撞上其他車子，而他嘴裡吐出的話則是滔滔不絕一刻不停：

「……可怕啊，你們國家發生的事。阿富汗人和巴基斯坦人就像兄弟一樣，我告訴你。穆斯林就該幫穆斯林……」

我充耳不聞，只禮貌地不住點頭。一九八一年爸爸和我在帕夏瓦住了幾個月，我的印象還非常清晰。我們往西開上賈姆陸德路，穿過駐軍區和高牆圍聳的豪華房舍。擦身而過的城市喧囂，讓我想起更喧鬧、更擁擠的喀布爾市景，特別是雞市，我和哈山常去買浸了酸辣醬的馬鈴薯和櫻桃水。街道到處塞車，腳踏車、推擠的行人、迸出藍煙的人力車把迷宮似的狹窄巷弄擠得水洩不通。一排排狹小擁擠的攤位上，小販鋪條薄毯叫賣獸皮燈罩、地毯、刺繡披肩和銅器。城市裡萬聲喧鬧，攤販的叫賣聲在我耳邊盤旋，夾雜著刺耳的印度音樂、人力車夫的談笑和載貨馬車的叮噹鈴聲。百味雜陳，有怡人的香味，也有不太好的氣味，穿過車窗襲向我，炸蔬菜餅的辛辣香味和爸爸很愛的燉肉湯，摻雜了柴油刺鼻的氣味，以及腐敗物、垃圾、排泄物的臭味。

經過帕夏瓦大學的紅磚圍牆之後，轉進我這位聒噪的司機稱之為「阿富汗城」的區域。我看見糖果店、地毯小販和烤肉攤，雙手沾滿乾泥巴的孩子兜售香煙，還有小小的餐館——窗戶上畫著阿富汗地圖——混雜其中的是在小巷裡的救濟站。「你們許多兄弟都住在這裡，啊，他們做生意，可是大半都很窮。」他咋一下舌，嘆口氣。「反正，我們就快到了。」

我想起最後一次見到拉辛汗，是在一九八一年。爸爸和我準備逃離喀布爾的那天晚上，他來道別。我記得爸爸和他在門廳擁抱，輕聲啜泣。爸爸和我抵達美國之後，他和拉辛汗還保持聯絡。他們一年會打四五次電話，爸爸偶爾還會把聽筒遞給我。我最後一次和拉辛汗講電話，是爸爸去世不久之後。消息傳到喀布爾，所以他打電話來。我們只說了幾分鐘，就斷線了。

司機在一幢窄窄的房子前停車，就在兩條曲折街道交叉的熱鬧街口。我付了車錢，拎起行李箱，走向雕刻繁複的大門。這幢建築有木造的陽台和開敞的窗板——很多人家都從窗板晾著衣服曬太陽。我走上吱吱嘎嘎的樓梯到二樓，穿過幽暗的走廊，到右邊的最後一扇門。我查對手裡信紙上的地址。敲敲門。

然後，門開了，一個空有皮膚與骨架的東西偽裝成拉辛汗來開門。

聖荷西州立大學的創作老師提到「陳腔濫調」時常說：「得像提防瘟疫一樣躲著它們。」他覺得自己講的這個笑話很好笑。同學也跟著大笑，可是我總認為「陳腔濫調」其實是蒙受不白之冤。因為，它們往往正確無誤。但是這些辭彙的合宜貼切卻被「陳腔濫調」的俗諺本質所掩蓋。例如，「房裡的大象①」這句話，用來形容我與拉辛汗重逢那一刻的情景，真是再貼切不過了。

我們坐在牆邊一塊小小的墊蓆上，從對面的窗戶可以俯瞰下面嘈雜的街道。陽光斜斜射進來，在地板的阿富汗地毯上留下一個三角楔形的光影。兩張折疊椅靠在牆邊，一個小小的銅茶壺放在對面的角落裡。我從壺裡倒了兩杯茶。

「您怎麼找到我的？」我問。

「在美國找人又不難。我買了一張美國地圖，打電話問北加州城市的資料。」他說：「看到你已經成年，實在很不可思議。」

我微笑，放了三顆方糖到我的茶裡。他喜歡不加糖的苦味，我記得。「爸爸沒機會告訴您，我十五年前就結婚了。」事實是，當時爸爸腦裡的腫瘤讓他記不得，無法專心。

「你結婚了？跟誰？」

「她叫莎拉雅・塔希利。」我想起她回到家，替我擔心。我很慶幸她不是自己一個人。

「塔希利……她是誰的女兒？」

我告訴他。他眼睛一亮。「噢，對，我想起來了。塔希利將軍是不是娶了夏利夫將的妹妹？她的名字是……」

「嘉蜜拉將。」

「對啦！」他說，露出微笑。「我在喀布爾的時候就認識夏利夫，很久囉，在他搬到美國之前。」

「他在移民局工作了很多年，負責很多阿富汗的案子。」

「哎。」他嘆氣說：「你和莎拉雅將有小孩嗎？」

「沒有。」

「喔。」他啜了一口茶，沒再多問；拉辛汗是我所見過直覺最敏銳的人。

我告訴他許多爸爸的事，他的工作、跳蚤市場，以及他最後如何安詳離去。我談起我的學校和我的書──我已經出版了四本小說。他露出微笑，說他從來就不懷疑。我告訴他，我在他送我的那本皮面筆記本裡寫短篇故事，但他不記得那本筆記本。

話題無可避免地轉到塔利班②。

「真的像我聽說的那麼糟嗎？」我說。

「不，更糟。糟得多。」他說：「他們不把人當人看。」他給我看他右眼上方濃密眉毛裡的一道彎彎曲曲的疤痕。「一九九八年我去看在加齊體育場舉行的足球賽。喀布爾對抗馬札爾-伊-沙利夫，我記得，選手不准穿短褲。我猜是因為不當暴露。」他疲憊地笑一笑。「反正，喀布爾射門得分，坐我旁邊的人大聲歡呼。突然一個留鬍子、在走道巡邏的年輕人——他看起來頂多十八歲，走到我前面，用他的步槍的槍托敲我額頭，『再叫，我就割斷你的舌頭，你這隻老驢子！』他說。」拉辛汗用他結瘤隆起的手指揉著傷疤。「我老得可以當他祖父了，卻只能坐在那裡，血流滿面，還向那個狗兒子道歉。」

我替他再添一些茶。拉辛汗又談起更多事情。大部份我已經知道，有些則是第一次聽到。他告訴我，他和爸爸做好安排，他從一九八一年就搬進爸爸的房子裡——這我早就知道了。爸爸帶我逃離喀布爾之前不久，他把房子「賣」給拉辛汗。爸爸當時以為阿富汗的問題只會暫時打斷我們的生活——在瓦吉•阿卡巴汗家裡舉行宴會，到帕格曼踏青野餐的日子一定會再回來。所以他把房子交給拉辛汗看管，直到那一天來臨。

拉辛汗告訴我，一九九二到一九九六年北方聯盟③控制喀布爾的那段期間，喀布爾的各個區域由不同派系掌控。「如果你想從新城區到卡帖-帕灣去買地毯，你得冒著被狙擊手槍殺或被火箭彈炸得粉碎的風險——而且你還得通過所有的檢查哨。你從一區到另一區，還需要通行證。所以大家都留在家裡，祈禱下一顆火箭彈不會擊中自己家。」他告訴我，大家如何在家裡挖牆鑿洞，來避開危險的街道，從洞裡鑽過街區到另一個洞。在其他地區，還有人利用地下隧道四處走動。

「您為什麼不離開？」我說。

「喀布爾是我的家。一直都是。」他冷冷一笑。「記得從你家到吉煦拉，就是依斯提克拉中學旁邊那座軍營的路嗎？」

「記得。」那是到學校的捷徑。我記起那天哈山和我穿過軍營，士兵嘲笑哈山母親的事。後來哈山在電影院哭了，我伸手攬住他。

「塔利班掌權，把聯軍踢出喀布爾時，我真的在街上跳起舞來了。」拉辛汗說：「相信我，我絕不是唯一一個。大家在查曼、德馬贊慶祝，在街上歡迎塔利班，爬上他們的坦克，搶著和他們合照。大家厭倦持續不斷的戰鬥，厭倦火箭彈，厭倦槍砲、爆炸，厭倦古勒卜丁④黨羽一看到移動的目標就開槍。聯軍對喀布爾的摧殘比俄國佬還嚴重。他們也毀了你父親的孤兒院，你知道嗎？」

「為什麼？」我說：「為什麼他們要毀了孤兒院？」我還記得孤兒院落成啟用那天，我坐在爸爸後方的情景。風吹掉了他的羔羊皮帽，每個人都笑起來。爸爸致完辭，大家都站起來鼓掌。現在卻只成了一堆瓦礫。爸爸花掉的那些錢，他揮汗趕畫藍圖的那些夜晚，他一次次走訪工地確保每一磚、每一瓦、每一樑、每一區都沒差錯的那些心力……

「被波及的。」拉辛汗說：「你不會想知道的，阿米爾將，走過孤兒院的廢墟是什麼情景。有小孩的屍塊……」

傷和自憐之中。我們逆來順受，忍受損傷、苦痛，當成是生命的事實，甚至視為是必然的。我們說，**日子總要過下去**。但我一直不向命運屈服，我一直很務實。我在這裡看過幾個不錯的醫生，他們的答案都一樣。我信任他們，也相信他們。這種事是真主的旨意。」

「這只是你做或不做的問題。」我說。

拉辛汗笑起來。「你的口氣和你父親一模一樣。我很想念他。但這是真主的旨意，阿米爾將。真的。」他停頓一下。「我要你來還有另一個原因。我死前想要見你，沒錯，但還有別的事。」

「任何事都請說。」

「你知道，你們離開之後我一直住在你父親的房子裡？」

「知道。」

「我不想自己一個人住。哈山和我住在一起。」

「哈山？」我說。我最後一次說出他的名字是什麼時候？塵封多刺的罪惡倒鈎再次刺痛我，彷彿說出他的名字就破解魔咒，釋出鈎刺再度折磨我。突然之間，拉辛汗的房間顯得太狹窄，太熱，也充滿太濃的街坊氣味。

「我想過要寫信告訴你，但我不確定你想知道。我錯了嗎？」

說「不」是實話。說「是」才是謊言。我選擇模稜兩可。「我不知道。」

他又吐了一口血到手帕上。他低下頭吐痰時，我看見他頭皮上有黃褐色結痂的瘡傷。「我要你到這裡來，是因為我想問你一些事。我想請你替我做件事。但在我問你之前，我想告訴你哈山的事。你瞭解嗎？」

「瞭解。」我喃喃說。

「我想告訴你他的事。我想把一切都告訴你。你想聽嗎？」

我點點頭。

拉辛汗啜了一口茶。把頭靠在牆上，開始說。

---

①意指大家都看見，卻不願提及的事物。

②Taliban，為當時控制阿富汗的伊斯蘭極端主義政權。Taliban 為 Talib 之複數，原意為「研習伊斯蘭教法的學生」，亦譯為「神學士」。

③Northern Alliance，一九八九年蘇聯撤軍後，阿富汗陷入軍閥割據的混亂局面，在國際社會的斡旋下，由多個種族派系共組聯合政府，但仍衝突不斷，一九九六年遭塔利班政權推翻。但反塔利班勢力仍集結為聯盟，進行游擊戰。

④Gulbuddin Hilcnatyar 成立古勒卜丁伊斯蘭黨，即所謂的聖戰士團體，在阿富汗境內從事武裝奪權與恐怖行動。

第十六章

一九八六年我到哈札拉賈特去找哈山，有好幾個理由。最大的理由是——阿拉寬恕我——我很寂寞。當時，我大部份的朋友和親戚不是被殺，就是逃到巴基斯坦或伊朗去了。喀布爾，這個我住了一輩子的城市，我幾乎已經沒有認識的人。每個人都離開了。我會到卡帖-帕灣區散步——以前那裡常有賣香瓜的小販出沒，你記得那地方嗎？——半個人也不認識。沒人可以打招呼，沒人可以坐下來喝杯茶，沒人可以聊聊天，只有俄國大兵在街上巡邏。所以，後來我就不出門了。我整天在你父親的房子裡，到書房看你母親的書，聽新聞，看電視上的共產黨的宣導。然後就禮拜，煮東西，吃東西，再讀一些書，再禮拜，然後上床睡覺。早上起床，禮拜，全部再重複一遍。

因為關節炎，我打理房子越來越吃力。我的膝蓋和背部老是痛——早上起床以後，我至少得花上一小時才能讓關節不再僵硬，尤其是在冬天。我不想讓你父親的房子荒廢；在那個房子裡我們曾經度過美好的時光，擁有美好的回憶。阿米爾將，那不行的——你父親親自設計那棟房子；那對他意義重大，而且，你們啟程到巴基斯坦的時候，我答應要替他好好照顧的。現在就剩下我和那棟房子……我盡力了。我每隔幾天就替樹澆水，割草，照料花兒，修理壞掉的東西，但是，那個時候，我也已經不年輕了。

即使如此，我也許還能應付。至少還可以撐一段時間。但是我一聽到你父親去世的消息……第一次，我在那個房子裡覺得寂寞，難以忍受的空虛。

所以有一天，我在那輛別克車加滿油，開到哈札拉賈特去。我記得，阿里離開你家之後，你父親告訴我他和哈山搬到巴米揚附近的一個小村子。我記得阿里在那裡有個表親。我不知道哈山是不是還在那裡，也不知道有沒有人認得他或知道他的下落。畢竟，阿里和哈山離開你父親家也已經十年了。一九八六年，哈山已經長大成人，二十二、三歲了，如果他還活著的話——因為那些俄國佬在我們國家的所作所為，他們應該在地獄裡永遠不得超生，他們殺了我們那麼多的年輕人。我不必告訴你太多這些事。

但是，真主垂憐，我找到他了。沒花太多功夫——我只在巴米揚問了幾個問題，就有人指點我找到他住的村子。我甚至不記得那個村子叫什麼，也許根本就沒名字。但我記得那是夏天，熱得不得了，我開上一條坑坑洞洞的泥巴路，路的兩旁什麼都沒有，只有被太陽烤焦了的灌木、結瘤多刺的樹幹和像枯萎稻草的乾草。我還經過一頭丟在路邊腐爛的死驢。然後我轉了個彎，右轉進入一條光禿禿的小路，看見幾間泥舍，除此之外什麼都沒有，只有寬闊的天空和鋸齒狀的山脈。

巴米揚的人告訴我，很容易就找得到他——他住的那間房子，是村裡唯一有個圍牆環繞院子的房子。那堵泥牆不長，滿是坑坑疤疤的洞，圍住小小的房子——真的很小，稱之為茅舍都嫌勉強。

光腳丫的孩子在街上玩耍，用棍子敲打破掉的網球，我停車熄火，他們全瞪著我看。我敲敲木門，穿過一個荒寂的小院子，除了一小片乾枯的草莓和一棵光禿禿的檸檬樹。角落裡，洋槐樹蔭下有一個烤爐，我看見一個男人蹲在旁邊。他把一塊生麵糰放到一個大的木頭抹刀上，甩到烤爐壁上。他一看到我，就丟下麵糰。我得制止他別再一直親我的手。

「讓我看看你。」我說。他退後。他長得很高——我踮起腳尖也只到他下巴。巴米揚的太陽曬得他皮膚堅韌，讓他變得比我記憶中更黑。他缺了幾顆門牙，下巴有稀疏的鬍子。除此之外，細長的綠眼睛，上唇的疤痕，圓圓臉，溫柔親切的微笑，全都沒變。你一眼就認得出他，阿米爾將，我相信。

我們進屋裡去。有個膚色較白的年輕哈札拉女人坐在角落裡縫披肩。她顯然懷孕了。「這是我妻子，拉辛汗。」哈山自豪地說。「她叫法佳娜將。」她很害羞，很有禮貌，說話的聲音小得像耳語，不敢抬起那雙漂亮的淺棕色眼睛接觸我的目光。但她看著哈山的那種神情，簡直把他當成坐在皇宮寶座上的國王。

「什麼時候生？」我們在泥磚房裡坐下之後我問。房裡什麼都沒有，只有一條磨得破舊的地毯，幾個碟子，兩張墊蓆，和一盞燈。

「阿拉保佑，冬天。」哈山說：「我祈禱生個男孩，延續我父親的香火。」

「說到阿里，他人呢？」

哈山垂下眼。他告訴我說，阿里和他的表親——擁有這個房子的那位——兩年前被地雷炸死了，就在巴米揚郊外。地雷。阿富汗人的死法還真不少啊，阿米爾將？不知道是什麼蠢念頭，我相信是阿里的右腿——患小兒痲痺畸形的腿——最後背叛他，讓他踩上地雷。聽到阿里已死，讓我更加難過。你父親和我一起長大，你是知道的，在我的印象裡，阿里一直和你父親在一起。我記得我們都還小的時候，阿里得了小兒痲痺差點死掉那年，你父親整天在屋子裡走來走去，哭個不停。

法佳娜用豆子、蕪菁和馬鈴薯替我們做蔬菜雜燴。我們洗洗手，把烤爐現烤的南餅泡在雜燴湯裡——這是那幾個月來，我吃過最好吃的一餐飯。我要哈山搬到喀布爾陪我。我告訴他，我沒有辦法再獨力打理那幢房子。我告訴他之後，我會給他優渥的待遇，他和他的家人會過得很好。他們交換了眼神，但沒說話。我們洗手之後，法佳娜端葡萄給我們，哈山說這個村子已經是他的家了；他和法佳娜已經在這裡安頓好他們自己的生活。

「而且離巴米揚也很近。我們有熟人在那裡。原諒我，拉辛汗。我希望您能諒解。」

「當然。」我說：「你沒什麼好道歉的。我瞭解。」

吃過蔬菜雜燴，喝茶的時候，哈山問起你。我告訴他，你在美國，但詳情我不知道。哈山問了很多關於你的問題。你結婚了嗎？你有小孩嗎？你有多高？你還是喜歡放風箏、看電影嗎？你快樂嗎？他說他在巴米揚有位朋友是法爾西文老師，教他讀書寫字。如果他寫信給你，我會幫他轉交嗎？我想你會回信嗎？我把和你父親通過幾次電話所知道的事告訴他，但大部份的問題我都不知道如何回答。然後他問起你的父親。我告訴他之後，他把頭埋在手裡哭起來。那一整夜，他像孩子一樣不斷哭泣。

他們堅持留我過夜。法佳娜幫我弄了個簡單的床鋪，留給我一杯井水，以免我口渴。一整個晚上，我聽見她對哈山竊竊私語，也聽到哈山的啜泣聲。

早晨，哈山告訴我，他和法佳娜決定搬到喀布爾和我一起住。

「我不該到這裡來的。」我說：「你說的對，哈山將。你在這裡有自己的生活。我就這樣跑來，要你丟下一切，真是太放肆了。需要懇求原諒的人是我。」

「我們要丟下的東西並不太多，拉辛汗。」哈山說。他的眼睛還紅紅腫腫的。「我們和你一起走。我們幫你照料房子。」

「你真的確定嗎？」

他點點頭，然後低下頭。「老爺大人就像我的第二位父親……真主保佑他安息。」

他們把東西堆在幾塊破布中間，四角綁起來。我把包袱放進別克車上。哈山站在房子門檻，拿著可蘭經，讓我們親吻經書，從底下穿過。然後我們就啟程前往喀布爾。我還記得我開車上路時，哈山轉頭看了他們的房子最後一眼。

我們到了喀布爾之後，我發現哈山根本沒打算搬進屋子裡。「可是所有的房間都空著，哈山將。沒人住的。」我說。

但他不肯。他說這是尊敬的問題。他和法佳娜搬進後院那間小屋，他出生的地方。我求他搬進樓上的客房，但哈山聽不進去。「阿米爾大人會怎麼想？等戰爭結束，他回到喀布爾發現我佔據了他的房子，會怎麼想？」然後，為了哀悼你父親，哈山連穿了四十天的黑衣服。

我不想要他們這麼做，但他們包辦了所有煮飯、打掃的工作。哈山照料花園裡的花草，鬆土，修剪枯黃的枝葉，新種了玫瑰花叢。他油漆牆壁。在屋子裡，他打掃好幾年沒人住的房間，清洗沒人使用的浴室。像是打理好房子，準備迎接主人的歸來。你記得你父親種的那排玉米後面的牆嗎，阿米爾將？你和哈山是怎麼叫的，「病玉米之牆」？那年初秋，半夜裡，一顆火箭彈把整堵牆都炸毀了。哈山親手重砌，一磚一磚，把整片牆都砌好。如果沒有他在身邊，我真的不知道該怎麼辦。

秋天快結束的時候，法佳娜生下一個死產的女娃。哈山親吻女娃沒有生命跡象的臉，我們把她埋在後院裡，靠近薔薇花叢的地方。我們用白楊樹葉蓋住小塚。我替她禱告。法佳娜整天待在小屋裡哭號——令人心碎的聲音，阿米爾將，母親的哭號。我祈求阿拉讓你永遠不會聽到。

房子牆外，戰事如火如荼。但我們三個，在你父親的房子裡，建造了小小的天堂。一九八〇年代末期，我的視力逐漸衰退，所以哈山唸你母親的書給我聽。我們會坐在門廳裡，靠著火爐旁，哈山唸《瑪斯納維》或《魯拜集》給我聽，法佳娜在廚房燒菜。每天早晨，哈山都會在薔薇花叢旁的小土塚上放一朵鮮花。

一九九〇年初，法佳娜又懷孕了。就在那一年，盛夏的一個早晨，有個穿著天藍色布卡①的女人來敲大門。我走到大門口的時候，她已經雙腳發軟，好像虛弱得站不住了。我問她要做什麼，但她沒答話。

「妳是誰？」我說。但她就在門口倒了下來。我叫哈山過來，他幫我把她抬進屋裡到客廳。我們把她放在沙發上，脫下她的布卡。在我們眼前的是個沒有牙齒的婦人，頭髮灰白，手臂傷痕累累。她看起來像幾天沒吃東西。但最恐怖的是她的臉。有人拿刀……阿米爾將，在她臉上到處砍。有一道從顴骨到髮際的傷口，硬生生劃過她的左眼。真是非常醜怪。我用濕布輕拍她的額頭，她張開眼睛。「哈山在哪裡？」她低聲說。

「我在這裡。」哈山說。他握著她的手，緊緊捏住。

她那隻沒受傷的眼睛轉向他。「我走了很遠很久，來看你是不是像我在夢裡見到的那麼好看。你的確是。甚至更好看。」她握住他的手貼近滿是傷痕的臉。「笑一個給我看，拜託。」

哈山露出微笑，老婦人卻哭了。「你遺傳了我的笑容，有人告訴過你嗎？我甚至沒抱過你。阿拉寬恕我，我甚至沒抱過你。」

一九六四年紗娜烏芭生下哈山，跟著歌舞團跑掉之後，我們沒有人再見過她。你從來沒見過她，阿米爾，但在年輕的時候，她是大家的夢中情人。她有酒渦的微笑，款步搖擺讓男人瘋狂。走過她身邊的人，不論男人女人，都捨不得將目光移走。而現在……

哈山放開她的手，跑出屋子。我追出去，但他跑得太快了。我看到他跑上山丘，就是你們兩個以前常去玩的地方，腳下踢起陣陣塵土。我隨他去。我陪紗娜烏芭坐了一整天，從天空湛藍直到紫幕低垂。夜色深沉，月光映照雲端，哈山還是沒回來。紗娜烏芭哭著說，她不該回來的，回來比離開更不應該。但我留她住下來。哈山會回來的，我知道。

他第二天早晨回來了，看起來疲倦而憔悴，似乎整夜沒睡。他雙手握住紗娜烏芭的手，告訴她，如果她想哭就哭吧；但她不用哭，她已經到家了，他說，可以和家人團聚的家。他摸著她臉上的傷疤，輕撫著她的頭髮。

哈山和法佳娜照顧她恢復健康。他們餵她吃東西，幫她洗衣服。我讓她住樓上的一間客房。偶爾，我望著窗外，看見哈山和他母親在院子裡，跪在地上，一起採蕃茄或修剪玫瑰花叢，聊著天。他們努力彌補失去的歲月，我猜。就我所知，他從來沒問她去了哪裡，或者她為什麼離開，而她也沒說。我想有些故事是不需要再提的。

一九九〇年冬天，紗娜烏芭接生了哈山的兒子。那時還沒開始下雪，但寒風已經吹過庭院，吹得花壇七零八落，樹葉颯颯作響。我還記得紗娜烏芭衝出小屋，手裡抱著裹在羊毛毯裡的孫子。她歡天喜地站在陰沉灰暗的天空下，淚水滑下臉頰，刺骨寒風吹動她的頭髮，她緊緊摟抱著嬰兒彷彿永遠不讓他離開身邊。這次絕不。她把嬰孩交給哈山，他又抱給我，我在小男娃的耳邊唱起《寶座之詩》②的祝禱。

他們幫他取名叫索拉博，是哈山最喜歡的那個《雪納瑪》故事裡的英雄，你知道的，阿米爾將。他是個漂亮的小男生，像糖一樣甜，個性和他父親一模一樣。你應該看看莎娜烏芭和小娃兒在一起的樣子。他成為她生活的重心。她替他做衣服，用木頭、碎布和乾草替他做玩具。他發燒的時候，她整夜不睡，齋戒禁食三天。她為了他在鍋子裡燒回曆，趕走魔鬼之眼。索拉博兩歲的時候，開始叫她紗紗。兩個人簡直形影不離。

她陪他到四歲，然後有一天早上，她沒再醒來。她看起來很安詳，很平靜，宛如已不在乎就此辭世。我們把她葬在山丘上的墓園，在石榴樹旁，我也替她禱告。哈山很難受——擁有後又再失去，遠比一開始就沒有還更痛苦。但小索拉博更難受。他一直在房子裡轉來轉去找紗紗，可是你也知道小孩子是怎樣，他們忘得也很快。

那時——已經是一九九五年了——俄國佬被趕走很久了，喀布爾被馬蘇德③、拉巴尼④和聖戰組織控制。這些派系之間的內戰非常慘烈，沒有人知道自己能不能活過這一天。我們的耳朵開始習慣砲彈落下、槍砲轟隆的爆炸聲，我們的眼睛也習慣看見有人拖著受傷的身體走出廢墟。那段日子的喀布爾，阿米爾將，簡直是人間煉獄。雖然阿拉對我們很仁慈，瓦吉・阿卡巴汗區沒遭受太多攻擊，所以我們也沒像其他地區的人那麼慘。

火箭彈發射的頻率減低，砲火沒那麼猛烈的日子，哈山就帶索拉博去動物園看「喀布爾之獅」馬爾揚，或者去看電影。哈山教他射彈弓，到索拉博八歲的時候，他已經厲害的不得了：他可以站在花壇上，射中放在院子中央桶子上的松果。哈山教他讀書寫字——他的兒子絕對不能像他以前一樣目不識丁。我和這個小娃兒越來越親近——我看著他跨出第一步，聽他說出第一句話。我從電影院——電影院也已經毀了——旁邊的書店買童書給索拉博，索拉博總是一下子就讀完了。他讓我想起你，你還小的時候也這麼愛看書，阿米爾將。偶爾，我會在晚上唸書給他聽，和他一起玩猜謎語，教他玩撲克牌把戲。我真的很想他。

冬天，哈山會帶他兒子去放風箏。風箏比賽已經不像以前那麼多了——大家覺得待在外面太久很不安全——但還有些零星的比賽。哈山會把索拉博扛在肩膀上，在街道上穿梭，追風箏，爬到樹上拿墜落的風箏。你記得嗎，阿米爾將，哈山以前追風箏有多麼厲害？他依舊很厲害。冬天結束的時候，哈山和索拉博把他們一整個冬天追來的風箏全掛在玄關牆上。他們把風箏擺得像畫一樣。

我告訴過你一九九六年塔利班掌權，結束每天不斷的戰鬥時，我們是怎麼歡欣鼓舞的。我還記得那天晚上回家時，看見哈山在廚房聽收音機。他的眼神很嚴肅。我問他怎麼回事，他只是搖搖頭。「真主保佑哈札拉人，拉辛汗老爺。」他說。

「戰爭結束了，哈山。」我說：「和平來了，阿拉保佑，還有幸福與平靜。不再有火箭彈，不再有殺戮，不再有葬禮！」但他只是關掉收音機，問我在他上床之前還需要些什麼。

幾個星期之後，塔利班禁止風箏比賽。兩年之後，一九九八年，他們開始屠殺馬札爾-伊-沙利夫的哈札拉人。

---

①burqa，伊斯蘭婦女穿著的一種從頭包到腳踝的寬鬆長袍，只有口鼻開洞以利呼吸與觀看。

②Ayat-ul-kursi，可蘭經裡的著名章節，描述真主的寶座，文辭優美，頌讚真主的榮耀與奧秘。

③Ahmad Shah Massoud，1953-2001，為一九八〇年代阿富汗的抗蘇英雄，一九九〇年代北方聯盟的重要領導人，二〇〇一年九月九日，遭自殺式炸彈攻擊身亡。

④Burhanuddin Rabbani，1952-，一九九二年當選阿富汗總統，一九九六年為塔利班推翻。

第十七章

拉辛汗慢慢地伸展盤起的腿，遲緩小心地靠在空無一物的牆上，彷彿每個動作都會帶來劇痛。外面，一頭驢子嘶叫，有人用烏爾都語①咆哮。太陽開始西沉，在搖搖欲墜的房子間隙映上一道道金紅光影。

我在那年冬天和隔年夏天犯下的罪惡再次向我襲來。一個個名字在我腦海盤旋：哈山、索拉博，阿里，法佳娜，還有紗娜烏芭。聽到拉辛汗提到阿里的名字，就像找到塵封多年沒開啟的舊音樂盒；旋律隨即傾洩而出：你今天吃了誰啊，巴巴魯？吃了誰啊，你這塌鼻子巴巴魯？我努力追憶阿里毫無表情的面孔，想真正看著他平靜的眼睛，但時間貪得無饜——有時逕自吞噬所有的細節。

「哈山還住在那幢房子裡嗎？」我問。

拉辛汗端起茶杯靠近乾涸的唇邊，啜了一口。接著從背心胸前的口袋掏出一個信封，遞給我。

「給你。」

我撕開信封，裡面有一張拍立得照片和一封摺起來的信。我盯著那張照片，看了足足一分鐘。

一個高大的男子，裹白色頭巾，穿綠色條紋罩袍，和一個小男孩站在雙扉的鍛鐵大門前。陽光從左方斜斜照下，讓他的圓臉有半邊罩著陰影。他瞇著眼對鏡頭微笑，露出缺了兩顆門牙的嘴。即使在這張模糊的拍立得照片裡，這個穿罩袍的男子都傳達出自信與自在的感覺。這是因為他站的樣子：兩腿微張，雙手輕鬆地抱胸，頭略微側向陽光。更主要的是他微笑的樣子。看到這張照片的人一定會相信，這是一個對世界心懷感激的男子。拉辛汗說得沒錯：如果我在街上碰到他，一定會認出他來。那個小男孩光腳丫，一手抱著父親的大腿，頭靠在父親身上。他也咧開嘴笑，瞇著眼睛。

我打開信。是用法爾西文寫的。一點一撇都正確無誤，一字一句都工工整整──字跡整齊得近乎孩子氣。我開始讀：

以最仁慈、最悲憫的阿拉之名

阿米爾大人、獻上我最高的敬意

法佳娜將、索拉博和我希望您收信平安，蒙受阿拉恩寵。我要特別感謝拉辛汗老爺，替我帶這封信給您。我希望有一天能收到您的回信，知道您在美國的生活。或許還能蒙您惠賜一張照片。我常向法佳娜將和索拉博提起您，提到我們一起長大，在街上玩遊戲的往事。您和我以前的惡作劇，常惹得他們大笑。

阿米爾大人，

您年少時代的阿富汗早就不復存在了。恩慈已離開這片土地，你無法逃避的只有殺戮。不停的殺戮。在喀布爾，恐懼無所不在。在街道、在體育場、在市集，恐懼已經成為我們生活的一部份，阿米爾大人。統治我們國家的野蠻人不在乎人性尊嚴。有一天，我和法佳娜將到市場買馬鈴薯和南餅。她問小販馬鈴薯多少錢，但他沒聽見，我想他可能有隻耳朵聾了。所以她大聲問，突然一個年輕的神學士跑過來，用木棍打她的大腿。打得她倒在地上。他又吼又罵，說「揚善抑惡部」②禁止女人大聲說話。她腿上一大片烏紫瘀青，好多天才消退。但我除了眼睜睜看我妻子被打之外，又能做什麼呢？如果我反抗，那隻瘋狗肯定會餵我一顆子彈，還洋洋得意！那麼我的索拉博怎麼辦？街上已有太多挨餓的孤兒，每天我都感謝阿拉讓我還活著，不是因為我畏懼死亡，而是因為我的妻子還有丈夫，我的兒子不致成為孤兒。

我希望你能見到索拉博。他是個好孩子。拉辛汗老爺和我教他讀書寫字，他長大才不會像他父親這麼蠢。他也會射彈弓呢！偶爾我會帶索拉博逛喀布爾，買糖果給他。新城區還有耍猴戲的人，如果我們到那裡去，我就會給他錢，讓猴子跳舞給索拉博看。你該看看他笑的樣子！我們兩個也常到山上的墓園。你還記得我們以前坐在石榴樹下讀《雪納瑪》嗎？乾旱讓山丘一片枯寂，石榴樹已經好多年沒結果子了，但我和索拉博還是會坐在樹蔭下，我唸《雪納瑪》的故事給他聽。我不說您也一定知道，他最喜歡的部份是他名字的出處：羅斯坦與索拉博。他很快就能自己讀了。我是個驕傲又快樂的父親。

阿米爾大人，

拉辛汗老爺病得很重。他整天咳個不停，他擦嘴的時候，我看見他的衣袖沾上血跡。他瘦了許多，我希望他能多吃一點法佳娜將為他煮的蔬菜雜燴和飯。但他都只吃一兩口，我甚至覺得他只是不想對法佳娜將失禮。他是我敬愛的人，我很擔心他，每天為他禱告。他最近就要到巴基斯坦去看幾個醫生，阿拉保佑，一定會帶著好消息回來。但在內心，我還是擔心他。法佳娜將和我告訴索拉博說拉辛汗老爺會康復。我們還能怎麼說呢？他只有十歲，很愛拉辛汗老爺。他們非常親近。拉辛汗老爺雖然很虛弱，但還是常帶他到市集買汽球和餅乾。

阿米爾大人，我最近常作夢。有時候是惡夢，例如足球場的草地鮮血淋漓，一具具屍體懸掛示眾。我驚醒，喘不過氣，全身冒汗。但是，多半夢到的都是好事，感謝阿拉。我夢到拉辛汗老爺康復。我夢見我的兒子長大成人，變成一個好人，一個自由的人，一個重要的人。我夢見花朵再次開遍喀布爾的街道，雷巴布琴的音樂再次迴盪在茶屋，風箏再次翱翔在天空。我夢到有一天您會回到喀布爾，重遊我們的童年故鄉。如果您回來，您會發現忠實的老友在等待著您。

願阿拉永遠與您同在

哈山

我讀了兩遍。摺起信，我盯著那張照片，又看了一分鐘。我收起來。「他還好嗎？」我問。

「信是六個月前寫的，我啟程到帕夏瓦的幾天前。」拉辛汗說：「拍立得照片是我離開那天拍的。我抵達帕夏瓦一個月之後，喀布爾的一個鄰居打電話給我。他告訴我，我離開之後沒多久，就謠傳有一家哈札拉人獨自住在瓦吉・阿巴卡汗區的宅邸裡。兩個塔利班官員來搜查，審問哈山。哈山說他和我住在一起，但他們指控他說謊，雖然很多鄰居，包括打電話給我的這個，都支持哈山的說法。可是那兩個神學士說他和所有的哈札拉人一樣是騙子，是小偷，命令他們全家在日落之前搬離。哈山抗議。但我的鄰居說，神學士看著那幢房子，就像——他是怎麼說的？——對，就像『狼盯著羊群』。他們告訴哈山，他們要搬進來，才能在我回去之前保護房子的安全。哈山又抗議。所以他們把他拖到街上——」

「不。」我喘氣說。

「——命令他跪下——」

「不，真主，不要。」

「——在他後腦上開了一槍。」

「不。」

「——法佳娜跑出來，哭叫，打他們。」

「不。」

「——也殺了她。他們後來說是自衛。」

我不由自主地喃喃說：「不，不，不。」一遍又一遍。

我不斷回想一九七四年的那一天，在醫院病房裡，哈山動完兔唇手術之後，爸爸、拉辛汗、阿里和我聚在哈山床邊，看哈山拿著鏡子檢查他的新嘴唇。到了今天，那天在病房裡的人不是已死就是快死了，除了我。

接著我又看到其他景象：一個穿人字形呢背心的男人，用他的步槍槍口抵住哈山腦後。槍聲迴盪在我父親家的那條街道。哈山倒在柏油路上，他無怨無求忠貞不二的生命從他身上飄走，宛如他以前常常追逐的風箏。

「神學士搬進房子裡。」拉辛汗說：「藉口是他們趕走了侵佔的人。哈山和法佳娜被殺害，只當成自衛而結案了。沒有人有敢說半句話。主要是因為怕神學士，我想。可是也因為沒有人會願意為了兩個哈札拉僕人，冒著失去身家性命的危險。」

「索拉博呢？他們對他怎麼了？」我問。我覺得疲憊，筋疲力竭。拉辛汗又一陣咳嗽，咳了很久。等終於抬起頭來，他已滿臉通紅，眼睛充血。「我聽說他在卡帖-斯希附近的孤兒院。阿米爾將，阿米爾將——」他又咳起來。止住之後，他看起來比剛才還老，彷彿每咳一陣，就老一些。「阿米爾將，我要你來是因為我想在死前再見你一面，但不只這樣。」

我沒答話。我想我已經知道他要說什麼了。

「我要你到喀布爾去。我要你帶索拉博到這裡來。」他說。

我奮力想找出正確的措辭。我根本還沒有時間接受哈山已死的事實。

「請聽我說。我認識帕夏瓦的一對美國夫婦，湯瑪斯和貝蒂．卡德威。他們是基督徒，接受私人捐款設立一個小型慈善組織，主要安置和撫養失去父母的阿富汗兒童。我看過那個地方。很乾淨，也很安全，小孩都被照顧得很好，卡德威夫婦很親切。他們告訴我，歡迎索拉博到那裡……」

「阿辛汗，您不是認真的吧？」

「孩子很脆弱，阿米爾將。喀布爾到處都是被遺棄的孩子，我不希望索拉博也變成那樣。」

「拉辛汗，我不想到喀布爾去。我不能去！」我說。

「索拉博是個有天份的小男孩。我們可以讓他在這裡展開新生活，給他新希望，和愛他的人在一起。湯瑪斯是個好人，貝蒂人也很親切，你應該看看她是怎麼照顧那些孤兒的。」

「為什麼是我？為什麼你不在這裡僱個人去找他？如果是錢的問題，我願意負擔。」

「不是錢的問題，阿米爾！」拉辛汗怒吼。「我是個快死的人，別侮辱我！我從來就不在意錢的問題，你是知道的。為什麼是你？我想我們兩個人都很清楚為什麼是你，不是嗎？」

我不想瞭解他所說的，但我的確知道。我知道得一清二楚。「我在美國有太太，有房子，有我的事業和家庭。喀布爾是個危險的地方，你知道，你要我冒著失去一切的危險，就為了……」我沒往下說。

「你知道，」拉辛汗說：「有一次，你父親和我在聊，你不在場。你知道他以前有多麼擔心你嗎？我記得他告訴我：『拉辛，一個不能捍衛自己的男孩，會成為不能捍衛任何事物的男人。』我懷疑，你是不是變成這樣的人啦？」

我垂下眼睛。

「我要求你的是，替我這個老人完成死前的心願。」他沉重地說。

他孤注一擲，說出這句話，亮出手裡的王牌。我這樣想。他的話語未明，但至少他知道要說什麼。而我還找不出正確的措辭，虧我還是這個房間裡唯一的作家。最後，我決定說：「或許爸爸說的沒錯。」

「你這樣想，我覺得很遺憾，阿米爾。」

我無法直視他。「您不這樣認為嗎？」

「如果我這樣想，就不會要你回來了。」

我玩弄著手上的婚戒。「您一向太看得起我了，拉辛汗。」

「而你一向對自己太嚴苛了。」他略顯遲疑。「不過有另一件事你還不知道。」

「拜託，拉辛汗——」

「紗娜烏芭不是阿里的第一個妻子。」

我抬起頭。

「他先前結過一次婚，娶了一個加荷里來的哈札拉女人。那是你出生前很久以前的事。他們結婚三年。」

「這又有什麼關係？」

「她沒生小孩，三年之後就離開，改嫁到霍斯特。她替那個男人生了三個女兒。我想告訴你的就是這個。」

我開始了解他的用意。但我不想再聽下去了。我在加州有安穩的生活，有幢漂亮的尖屋頂維多利亞式房子，有美滿的婚姻，有前途似錦的寫作事業，有愛我的岳父母。我不需要這些狗皮倒灶的事。

「阿里不能生育。」拉辛汗說。

「不會的。他和紗娜烏芭生了哈山，不是嗎？他們生了哈山——」

「不是的。」拉辛汗說。

「明明就是。」

「不是的，阿米爾。」

「那是誰——」

「我想你知道是誰。」

我覺得自己好像滑下陡峭懸崖，抓住灌木和荊棘藤蔓赤手空拳爬上來。房間天旋地轉，左傾右斜。「哈山知道嗎？」我咬著嘴唇說，連嘴唇都沒有感覺了。拉辛汗閉起眼睛，搖搖頭。

「你這個老渾蛋！」我喃喃說。站起來。「你這個該死的老渾蛋。」我尖聲大叫：「你們全都是，你們這群騙子，該死的老渾蛋！」

「拜託你坐下來。」拉辛汗說。

「你們怎麼能瞞著我？瞞著他？」我咆哮地大吼。

「拜託，你想想，阿米爾將。那是很不名譽的事。大家會議論。男人仰賴的就是他的榮譽，他的名聲，如果大家議論紛紛……我們不能讓任何人知道，你難道不明白！」他想抓著我，但我甩開他的手。衝向門口。

「阿米爾將，拜託，別走！」

我打開門，轉身面對他。「為什麼？你還有什麼可說的？我三十八歲，才剛發現我的生命原來是一個見鬼的大謊言！你還有什麼可說？可以彌補這一切的？沒有！該死，沒有！」

我衝出公寓。

---

①Urdu，通行於巴基斯坦與印度的語言，現為巴基斯坦官方語言。

②Ministry of Vice and Virtue，塔利班所設立的機構，對婦女與社會文化有嚴格規定。

「所以塔利班來的時候……」

「他們是英雄。」拉辛汗說。

「終於和平了。」

「沒錯，希望是奇妙的東西。終於和平了。但是代價是什麼？」拉辛汗一陣猛烈的咳嗽，骨瘦如柴的身體前後搖晃。他吐了一口痰在手帕上，馬上就染紅了。我想起大象和我們揮汗如雨在小房間裡，真是再貼切不過了。

「您還好嗎？」我問：「我是說真的，您還好嗎？」

「快死了，老實說。」他咳得沙啞的聲音說。又一陣咳嗽。手帕上更多血跡。他擦擦嘴，用袖子抹著額頭的汗水，從瘦削的太陽穴到另一邊太陽穴，同時很快地看我一眼。他點點頭，我知道他已從我臉上讀到下一個問題。「不久了。」他喘著氣說。

「多久？」

他聳聳肩。又咳嗽。「我想我看不到今年夏天結束了。」他說。

「讓我帶您一起回去。我會替您請好的醫生。他們總會有新的治療方法。有新的藥和實驗性的療法，我們可以讓您申請……」我在信口開河，我心知肚明。但這總比掉眼淚好，我終究可能還是會哭的。

他發出嘶啞的笑聲，下排門牙已不見了。這是我聽過最疲累的笑聲。「美國因樂觀而偉大，看得出來你也受了影響。很好。我們是憂鬱的民族，我們阿富汗人，不是嗎？我們老是太常沉緬在悲

第十八章

太陽幾乎已落下山，天空籠罩著紫色與紅色的濃霧。我走進拉辛汗公寓外面狹小繁忙的街道。這條喧鬧的小街道交錯著迷宮似的巷弄，擠滿行人、腳踏車和人力車。街角掛著廣告看板，推銷可口可樂與香煙。羅麗塢①的電影海報上，風情萬種的女演員和古銅色皮膚的英俊男演員，在開滿金盞花的原野上翩翩起舞。

我走進一家煙霧瀰漫的小茶屋，叫了一杯茶。我靠在折疊椅的後背上，摩挲著臉。墜落懸崖的感覺逐漸消失。但代之而起的，我覺得自己像是在家裡醒過來，卻發現所有的傢俱都被重新擺設過了，每一個熟悉的角落和空隙都變得陌生，惶然不知所措，必須重新探索環境，重新定位自己。

我怎麼會一直如此盲目呢？跡象自始至終一直在我眼前；此刻又全撲向我而來：爸爸請庫瑪醫師治療哈山的兔唇。爸爸從來不錯過哈山的生日。我記起我們種鬱金香那天，我問爸爸有沒有想過要請新的僕人。**哈山哪裡也不去，**他咆哮道。**他會和我們留在這裡，他歸屬的地方。這裡是他的家，我們是他的家人。**他哭了，阿里說他要帶哈山離開我們的時候，他哭了。

服務生把茶杯放在我面前的桌上。桌腳交叉成X形的地方，有一圈銅球，每個都有胡桃大。其中一個銅球鬆脫了。我彎下身子拴緊。我真希望我也能這麼輕易地修整好我的生活。我喝了一口紅茶，好多年沒喝過這麼濃的茶了。我試著想莎拉雅，想將軍和嘉蜜拉卡哈拉，想我那本尚待完成的小說。我試著觀察街上的車水馬龍，觀察川流不息進出糖果店的人。試著傾聽鄰桌收音機播放的伊斯蘭宗教音樂。任何東西都好。但我還是一直看見我高中畢業的那天晚上，爸爸坐在他剛送我的那輛福特車裡，渾身是香煙和啤酒味兒，說：我真希望今天哈山能和我們在一起。

他怎麼能騙我、騙哈山這麼多年？我還小的時候，他抱我坐在膝上，目光直盯著我說：罪行只有一種。就是偷竊……你說謊，就是偷走了其他人知道真相的權利。他不是這樣對我說的嗎？而現在，在我安葬他的十五年後，我才知道爸爸一直是個小偷。最惡劣的那種小偷，因為他偷走的是最神聖的東西：偷走我知道有個弟弟的權利，偷走哈山的身份，偷走阿里的榮譽，他的自尊。

我的疑問不斷湧現：爸爸怎麼能面對阿里？阿里知道自己被主人以阿富汗男人最無法忍受的方式羞辱，又怎麼能日復一日在屋裡進出？我記得的爸爸是穿著咖啡色舊西裝，蹣跚走上塔希利家的車道去向莎拉雅提親。我如何將這個深植我心中多年的影像與他的新形象相融合？

我的創作老師還嘲笑過另一個陳腔濫調：有其父必有其子。但這是真的，不是嗎？結果，我和爸爸比我原來所了解的還相像。我們都背叛了為我們奉獻生命的人。此時我才明瞭：拉辛汗召喚我來償贖的，不只是我自己的罪孽，還有爸爸的。

拉辛汗說我一向對自己太過嚴苛。但我不太敢相信。是的，阿里踩到地雷不是我的錯，神學士到家裡射殺哈山也不是我的錯。但是我把阿里和哈山趕出家門。如果我沒那麼做，事情是不是會完全改觀呢？這麼想不牽強吧？也許爸爸會帶他們一起到美國。也許哈山今天會在這個沒人在意他是哈札拉人，甚至沒人知道哈札拉人是什麼人的國度裡，擁有他自己的家，自己的工作，自己的生活。也許不會。但也許會。

我不能去喀布爾，我對拉辛汗說，**我在美國有太太，有房子，有我的事業和家庭**。但是，也許是我的行為斷送了哈山擁有相同生活的機會，我真的能抽身回家去嗎？

我真希望拉辛汗沒打電話給我。我真希望他能讓我懵懂度日。但他打電話給我。拉辛汗揭露的事實改變了一切。讓我看清楚我的一生，遠在一九七五年冬天之前，追溯到唱著歌的哈札拉女人還在餵養我們時候，謊言、背叛與秘密，已開始循環。

事情總會好轉的，他這麼說。

總有辦法終止那個循環。

靠著一個小男孩，一個孤兒，哈山的兒子，在喀布爾。

坐人力車回拉辛汗公寓的時候，我記起爸爸說過，我的問題就是永遠有人幫我打架。我已經三十八歲了。我的頭髮漸漸稀疏，縷縷灰白，近日眼角還出現細小的魚尾紋。我已經老了，但還沒老得不能自己動手打架。儘管爸爸在許多事情上沒坦誠以告，但這句話倒是實情。

我再次看著拍立得照片上那張圓臉，陽光照在他臉上的樣子。我弟弟的臉。哈山曾經深愛我，以前沒有人這樣愛過我，以後也不會有。他已經走了，但他有一部份還活著。就在喀布爾。等待。

我看到拉辛汗在房子的角落裡做禮拜。在血紅的天空下，他只是一個對著東方跪拜的黑色剪影。我等他做完。

然後我告訴他，我要到喀布爾去。我告訴他，早上請打電話給卡德威夫婦。

「我會為你禱告，阿米爾將。」他說。

①Lollywood，即巴基斯坦電影業，以Lahore為主要基地，此名稱即結合Lahore與Hollywood而成。

第十九章

再次暈車。我們駛過寫著「歡迎蒞臨開伯爾山口」的標誌，我就開始想吐。胃裡有東西攪拌翻騰。法里，我的司機，冷冷瞥我一眼。眼裡毫無同情。

「我們可不可以搖下窗子？」我問。

他點了一根煙，夾在他左手僅剩的兩根手指裡，靠在方向盤上。他的黑眼睛依舊盯著眼前的路，但身子前傾，拿起放在腳邊的螺絲起子，遞給我。我把起子塞進車門上的小洞，也就是原來車窗搖桿的位置，旋轉搖下車窗。

法里又投給我不屑的一瞥，毫不掩飾他的憎惡，然後回頭抽他的煙。從我們離開賈姆陸德堡壘之後，他說過的話不超過十來個字。

「謝謝。」我喃喃說。我頭靠在窗邊，讓午後的涼風吹上我的臉。司機駛過開伯爾山口的部落領地，在頁岩與石灰岩的懸崖間迂迴前進，和我記憶中一模一樣——爸爸和我在一九七四年坐車經過這個崎嶇起伏的地區。壯闊枯瘠的山脈峽谷萬丈，巔峰高聳。峭壁上有已崩塌的泥磚舊堡壘。我努力想把視線凝注在北方白雪覆頂的興都庫什山，但每一次我的胃稍稍靜定，車子就來個急轉彎，讓我又一陣噁心。

「試試檸檬。」

「什麼？」

「檸檬。對暈車很有用。」法里說：「我開這段路時總是帶一個。」

「不用，謝謝你。」我說。光想到更多酸味滴進胃裡，我的噁心就越發厲害。法里不以為然地笑笑。「這不像美國的萬靈丹神奇，我知道，這只是我母親教我的老法子。」

我很後悔搞砸了和他混熟的機會。「這樣看來，你也許應該給我一些。」

他從後座抓起一個紙袋，拿出半個檸檬。我咬了一口，等幾分鐘。「你說的沒錯，我覺得好多了。」我騙他。身為阿富汗人，我知道寧可忍受痛苦，也不能無禮。我擠出一個虛弱的微笑。

「古老的家鄉秘方，不需要新奇的藥。」他說，語氣不再粗暴。他彈掉煙灰，在後照鏡裡給自己一個自足的微笑。他是塔吉克人，黝黑瘦長，有張飽經風霜的臉，窄窄的肩膀，一把鬍子正好掩住細長脖子上的喉結，只有轉頭時才得以瞥見。他穿的和我一樣多，但我猜想這裡的人應該不是這樣穿著：灰色的棉袍和背心上裹著粗紋羊毛毯。頭上一頂咖啡色的傳統氈帽，斜斜戴著，神似塔吉克的英雄馬蘇德——塔吉克人稱之為「潘吉夏雄獅」①。

法里是拉辛汗在帕夏瓦介紹給我的。他告訴我法里二十九歲，但法里那張戒慎、滿是皺紋的臉看起來還要老上二十歲。他在馬札爾-伊-沙利夫出生，十歲的時後，父親帶他們舉家搬到賈拉拉巴德。十四歲時，他和父親加入聖戰，反抗俄國佬。他們在潘吉夏谷地奮戰兩年，直到直升機來轟炸，把他老頭炸得粉碎。法里有兩個老婆，五個孩子。「他本來有七個。」拉辛汗很悲傷地說。幾年前，他的兩個小女兒在賈拉拉巴德城外被地雷炸死，他也因此炸斷腳趾，還失去左手的三根指頭。在那之後，他就帶老婆小孩搬到帕夏瓦。

「檢查哨。」法里咕噥說。我縮在椅子上，兩手抱胸，暫時忘了我的反胃。但我根本不必擔心。那兩個巴基斯坦民兵走近我們這輛破舊的越野車，只匆匆探了一眼，就揮手放我們走。

法里是拉辛汗和我的準備清單上的第一項，清單上還包括把美金兌換成卡爾達和阿富汗錢幣、我的衣服和傳統氈帽（說來諷刺，我真正住在阿富汗的期間從來也沒穿戴過）、哈山和索拉博的拍立得照片，最後，或許也是最重要的一項：一把假鬍子，黑色、長度及胸，表示對伊斯蘭教法的親善——至少是塔利班版本的伊斯蘭教法②。拉辛汗認識帕夏瓦一個專精做假鬍子的傢伙，他偶爾也替西方的戰地記者做。

拉辛汗要我和他多住幾天，籌劃得更完備。但我知道我得儘快啟程。我怕自己會改變心意。我怕自己會瞻前顧後，考慮再三，痛苦掙扎，合理推敲，然後告訴自己說別去了。我怕來自美國生活的呼喊會讓我退卻，讓我涉水走回那條遼闊的大河，讓我自己遺忘，讓我這幾天來所得知的一切沉入河底。我怕我自己會逐浪而去，拋下我該做的事。拋下哈山。拋下已前來召喚的過往雲煙。拋下這最後僅有的贖罪機會。所以，我即刻動身，不讓那些情況有一絲一毫發生的機會。至於莎拉雅，告訴她我要到阿富汗去絕非上策。如果她知道了，一定會跳上第一班飛往巴基斯坦的班機。

我們越過邊界，一眼望去盡是貧困的跡象。路的兩邊，我看見許多零落四散的小村落，像散落在岩塊間的玩具，破破爛爛的泥屋和茅屋幾乎只有四根木柱支撐，用塊破布當屋頂。我看見穿著襤褸的小孩在茅屋前玩足球。走過幾哩之後，我瞥見一群男人弓著身子坐在被焚毀的蘇聯坦克遺骸上，像一群烏鴉，身旁散落的毛毯被風吹得翻起邊角。在他們後面，一個穿著咖啡色布卡的女人肩扛大陶鍋，在轍跡遍佈的小徑上，朝一排泥屋走去。

「好奇怪，」我說。

「什麼？」

「在我自己的國家裡，我竟然像個觀光客。」我說。有個牧羊人領著五六隻瘦巴巴的山羊走在路邊。

法里冷笑一聲，丟掉手上的煙蒂。「你還認為這個地方是你的國家啊？」

「我想有一部份的我一直這樣認為。」我說，防衛心比我原來想的還重。

「在美國住了二十年之後？」他說，車子一轉，避開一個大得像海灘球的坑洞。

我點點頭。「我在阿富汗長大的。」

他又冷笑一聲。

「你幹嘛這樣？」

「別在意。」他喃喃說。

「不，我想知道。你幹嘛這樣？」

從後照鏡，我看見他眼裡閃過一絲光芒。「你想知道？」他帶著嘲弄的笑容說：「讓我猜猜，老爺大人。你八成住在一間兩層或三層樓的大房子裡，有漂亮的後院，園丁幫你們種滿花草和果樹。門禁森嚴，一定的。你父親開美國車。你們有僕人，大概是哈札拉人。你父母親會請工人來替他們辦的宴會佈置房子，好讓他們的朋友可以來喝酒，誇耀到歐洲或美國的旅行。我敢用我大兒子的眼睛打賭，這是你第一次戴氈帽！」他對我咧嘴一笑，露出早衰朽壞的牙齒。「我猜得沒錯吧？」

「你幹嘛說這些？」我說。

「因為你想知道。」他回嘴。他指著泥巴路上一個衣衫襤褸的老人，背上揹著裝滿灌木枝葉的大麻布袋。「那才是真正的阿富汗人，老爺大人。那才是我認識的阿富汗人。你？你一直都只是觀光客，只是你自己不知道罷了。」

拉辛汗警告過我，休想希望那些留下來和戰火搏鬥的人熱烈歡迎我。「我對你父親的事很遺憾。」我說：「對你女兒的事很遺憾，對你的手也很遺憾。」

「那對我沒意義。」他說，搖搖頭。「你幹嘛回來？賣掉父親的地？裝滿錢回美國找媽媽？」

「我母親生我的時候難產死了。」我說。

他嘆口氣，又點根煙。沒答腔。

「停車。」

「什麼？」

「停車，該死！」我說：「我要吐了。」車子還沒在路邊的石礫地上停穩，我就跌跌撞撞下車。

那天下午，我們經過的地形從烈日焦灼的山峰與寸草不生的峭壁變成更翠綠、更具田園氣息的景色。主要的隘口從藍地寇塔直下，穿過辛瓦利的部落領地到藍地哈納。我們從托克罕進入阿富汗。路旁的松樹比我記得的少多了，很多都是光禿禿的，但是經過穿越開伯爾山口的艱苦車程之後，再看到樹木真好。我們已經接近賈拉拉巴德，法里在那裡有個兄弟可以讓我們過夜。

我們開進賈拉拉巴德時，太陽還沒完全下山。賈拉拉巴德，南嘎爾赫州的首府，過去是以水果與溫和氣候聞名的城市。法里駛過市中心的樓房和石砌房屋。棕櫚樹沒我記憶中那麼多，有些房子只剩沒屋頂的牆壁，甚至變成一堆歪七扭八的灰泥。

法里轉進一條沒鋪路面的小路，把越野車停在乾涸的水溝旁。我滑下車，伸展身體，深吸一口氣。過去，賈拉拉巴德四周灌溉平原種的都是甘蔗，風吹過平原，讓城裡的空氣充滿甜味。我閉上眼睛，尋找甜味。但找不到。

「走吧。」法里不耐煩地說。我們走上一條泥土路，一堵傾毀的圍牆旁有一些沒葉子的白楊樹。法里帶我走進一間破爛的平房，敲敲木板門。

一個年輕女子探出頭來。她有雙碧綠海洋般的眼睛，白色的披肩裹著臉。她先看到我，露出畏怯的神情，接著看到法里，眼睛一亮。「你好，法里卡卡！」

「妳好，瑪莉安將。」法里答道，露出他一路上都拒絕給我的：一個溫暖的微笑。他在她額頭吻了一下。年輕女子退後一步讓出路來，有點擔心地看著我跟在法里後面走進這個小屋。

泥磚砌成的屋頂低矮，泥牆上空無一物，只靠屋角的一對油燈照明。我們脫下鞋子，踏上鋪在地板上的草蓆。一面牆邊，有三個年輕男孩盤腿坐在墊褥上，毛毯的邊緣都已破損。一個留鬍子的高大男子站起來迎接我們。法里和他擁抱，互相親吻臉頰。法里介紹說這是他哥哥，瓦希德。「他從美國來。」他用拇指比比我，對瓦希德說。他丟下我，去和那三個男孩打招呼。

男孩們和法里打鬧，爬到法里背上。瓦希德和我在對面的那面牆邊坐下。不顧我的抗議，瓦希德叫其中一個男孩拿另一條毯子來，讓我在地板上坐得舒服些，然後要瑪莉安端茶給我。他問起從帕夏瓦來的車程，還有經過開伯爾山口的情形。

「希望你沒碰到任何強盜。」他說。開伯爾山口最惡名昭彰的就是，強盜利用地形之利洗劫旅客。「當然，沒有強盜會浪費時間在我弟弟這部爛車子上。」

法里把最小的那個男孩撂倒在地上，用他完好的那隻手搔他癢。那孩子咯咯笑，拳打腳踢。「我好歹有輛車啊。」法里回嘴說：「你的驢子最近怎麼樣啊？」

「我的驢子騎起來比坐你的車舒服。」

「騎驢才知驢難騎。」法里反駁說。他們全笑起來，我也跟著笑。我聽見相鄰的房間傳來女人的聲音。從我坐的地方可以看見一半的房間。瑪莉安和一個戴咖啡色面紗、年紀較長的女人——應該是她母親——低聲交談，把茶從大水壺裡倒進茶壺。

「你在美國做哪一行，阿米爾大人？」瓦希德問。

「我是作家。」我說。我覺得自己聽到瓦希德輕笑一聲。

「作家？」瓦希德說，顯然印象深刻。「你寫阿富汗人的故事嗎？」

「嗯，我寫過。但最近沒有。」我說。我最近的一本小說《梣木之季》，描寫一位大學教授發現妻子與他學生上床後，加入吉普賽人族群的故事。那本書還不差。有書評者說是一本「好」書，甚至還有一位用了「緊湊有趣」這個詞。但我突然覺得有些赧然。我希望瓦希德別問書的內容。

「或許你可以再寫關於阿富汗人的故事。」瓦希德說：「告訴世界上的其他人，塔利班是怎麼對待我們國家的。」

「嗯，我不……我不算是那種作家。」

「噢，」瓦希德說，點點頭，有些臉紅。「當然你最清楚。我不是要建議……」

這時，瑪莉安和另一個婦人走進來，手上的小托盤放了兩個茶杯和一只茶壺。我站起來致意，把手放在胸前，低頭鞠躬。「妳好。」我說。

那個婦人的面紗遮住下半張臉，也對我鞠躬。「你好。」她以幾乎聽不見的聲音回答說。我們眼神沒有交會。我站著，等她倒茶。

婦人把冒著煙的茶放在我面前，退出房間，沒穿鞋的腳完全沒發出任何聲音。我坐下，啜了一口濃濃的紅茶。瓦希德終於打破令人不自在的沉默。

「什麼事讓你回到阿富汗的？」

「什麼事讓他們全回到阿富汗來，親愛的哥哥？」法里說。他是對著瓦希德說，但輕蔑的目光卻一直盯著我。

「去！」瓦希德厲聲地說。

「永遠都是一樣的事！」法里說：「賣地，賣房子，拿了錢，像老鼠一樣逃之夭夭。回美國，帶一家老小到墨西哥去渡假！」

「法里！」瓦希德怒斥。他的孩子，甚至法里，都有些畏縮。「你一點禮貌都沒有嗎？這是我家！今天晚上阿米爾大人是我的客人，我不容許你這樣侮辱我！」

法里張開嘴，似乎要說什麼，但又放棄，一句話都沒說。他頹然靠在牆邊，低聲喃喃自語，把殘廢的腳盤疊在完好的那隻腳上。

「原諒我們，阿米爾大人。」瓦希德說：「從小，我弟弟的嘴就比他的腦袋快兩步。」

「是我的錯，真的。」我說，努力想在法里的注目下擠出微笑。「他沒冒犯我。我應該向他解釋我為什麼要到阿富汗來。我不是來賣財產的。我要到喀布爾去找一個小男孩。」

「小男孩。」瓦希德重複我的話。

「對。」我從襯衫口袋掏出那張拍立得照片。看見照片裡的哈山，又再次撕裂了哈山之死造成的、剛結痂的傷口。我只能轉開視線。我把照片遞給瓦希德。他仔細看著。抬頭看看我，又看看照片，再抬起頭問：「這個男孩？」

我點點頭。

「這個哈札拉男孩。」

「對。」

「他對你很重要嗎？」

「他父親對我很重要。就是照片裡的那個男人。他已經死了。」

瓦希德眨眨眼。「他是你的朋友？」

我直覺想說「是」，彷彿心靈深處想要保藏爸爸的秘密。但是，謊言已經夠多了。「他是我同父異母的弟弟。」我勉強承認。又加上一句：「同父異母的私生弟弟。」我旋轉茶杯，玩著把手。

「我沒有刺探的意思。」

「你並沒刺探。」我說。

「你要怎麼安頓他？」

「帶他回帕夏瓦。那裡有人會照顧他。」

瓦希德把照片交還給我，細瘦的手搭在我肩上。「你是個可敬的男人，阿米爾大人。真正的阿富汗人。」

我內心汗顏。

「今晚能請你到家裡來真是太榮幸了。」瓦希德說。我謝謝他，趁機瞥一眼法里。他低著頭，玩弄著草蓆破爛綻開的邊緣。

一會兒之後，瑪莉安和她母親端來兩碗熱騰騰的蔬菜雜燴和兩條麵包。「很抱歉，不能請你吃肉。」瓦希德說：「現在只有神學士才有肉吃。」

「這看起來很棒。」我說。的確很棒。我讓他和孩子吃一些，但瓦希德說我們抵達之前他們已經吃過了。法里和我捲起袖子，把麵包浸到雜燴裡，用手抓著吃。

我吃的時候，注意到瓦希德的那三個男孩，全都瘦巴巴，滿臉髒兮兮，一頭棕髮剪得短短的貼在頭上。他們偷偷瞥著我的電子錶。最小的那個在他哥哥耳邊竊竊私語。哥哥點點頭，目光仍然沒從我的手錶上移開。最大的那個男孩──我猜他大約十二歲──前搖後晃，緊緊盯住我的錶。晚餐之後，我在瑪莉安端來的陶碗裡洗洗手，然後問瓦希德，可不可以送他的兒子一個禮物。他說不可以，但在我的堅持之下，他很不情願地答應了。我取下手錶，給最小的那個男孩。他羞怯地說：「謝謝。」

「這會告訴你世界各地城市的時間。」我對他說。男孩們禮貌地點點頭，相互傳遞，輪流試戴。但他們終究失去興趣，不久，手錶就被留棄在草蓆上。

「你應該告訴我的。」後來法里說。瓦希德的妻子幫我們鋪好草蓆，我們併肩躺下。

「告訴你什麼？」

「你為什麼會到阿富汗來啊。」從我見到他那一刻開始，就一直在他聲音裡聽見的那種粗魯語調，此時已不復存在了。

「你又沒問。」我說。

「你應該告訴我的。」

「你沒問。」

他轉身面向我。手臂環在頭上。「或許我可以幫你找那個男孩。」

「謝謝你，法里。」我說。

「我錯看你了。」

我嘆口氣。「別惱了。你看得沒錯，只是你不知道而已。」

他的雙手被綁在身後，粗繩緊緊勒進手腕的肉裡。黑布矇住他的眼睛。他跪在街上，在一條死水溝旁邊，頭垂在雙肩之間。他搖晃禱告，雙膝在粗糙的地上磨擦，長褲滲出血來。這時已近黃昏，他頎長的影子在石礫地上前後晃動。他低聲喃喃自語。我走近一些。千千萬萬遍，他說。為你，千千萬萬遍。他來回晃動。他抬起臉。我看見他上唇有道淺淺的傷痕。

並不是只有我們。

我先看見槍管。然後是站在他背後的那個男人。他很高，穿著人字形紋呢背心和黑色的頭巾。他低頭看著身前被矇眼的男子，眼裡只有無垠的空洞。他退後一步，舉起槍。抵住跪著那人的後腦勺。一剎那間，消退中的陽光正好照在槍管上，閃耀著。

來福槍發出震耳欲聾的爆炸聲。

我順著槍管的上弧形，看見嘶嘶冒煙的槍口後面的那張臉。穿著人字形紋呢背心的人是我。

我驚醒，尖叫聲卡在喉嚨。

我走到外面。站在半圓月的晦暗銀輝裡，抬頭望著佈滿星星的夜空。蟋蟀在夜幕籠罩的黑暗裡唧唧叫，一陣風掠過樹稍。我光著腳，腳底的土地涼涼的，突然之間，跨過邊界之後，我第一次感覺到，我回來了。在這麼多年之後，我又回家了，站在我祖先的土地上。就在這片土地上，我曾祖父在去世前一年娶了第三個妻子。他死於一九一五年襲擊喀布爾的霍亂傳染病。這個妻子幫他生下前兩位妻子都沒能生出來的兒子。就在這片土地上，我祖父和納狄爾國王一起打獵，射殺了一頭鹿。我母親死在這片土地上。也是在這片土地上，我奮力爭取父親的愛。

我倚在一面泥牆旁坐著。我突然對這片古老的土地湧起親情……讓我自己很詫異。我去國已久，久得足以遺忘與被遺忘。我在異地有個家，對睡在我倚著的這面牆裡的人來說，那兒或許是遠如另一個銀河系的地方。我以為自己已經遺忘這片土地。但並沒有。而且，在半圓月淡薄的光芒裡，我感覺到阿富汗在我腳下哼唱著。或許阿富汗也還沒遺忘我。

我往西望，覺得很不可思議，就在山脈的那一邊，喀布爾猶然存在。真實的存在，而不只是邈遠的回憶，不只是《舊金山紀事報》第十五版美聯社報導的標題。在西方的山脈那邊，有座沉睡的城市，是我那兔唇弟弟與我追風箏的地方。就在那裡，我夢裡那個矇眼男子莫名冤枉地命喪黃泉。曾經，就在山的那邊，我作了抉擇。而現在，四分之一世紀之後，那個抉擇把我帶回這片土地上。

我正準備回屋裡，卻聽見裡面傳來說話的聲音。我認出其中一個是瓦希德。

「──孩子們都沒得吃了。」

「我們是挨餓，但我們不是野蠻人！他是客人哪！不然我該怎麼做？」他的聲音顯得很勉強。

「──明天找些東西來吧。」她聽起來快哭了。「我該怎麼養──」

我踮腳走開。我現在才明瞭，為什麼那些孩子對手錶沒興趣。他們看的不是我的錶。他們看的是我的食物。

第二天清晨，我們道別。我登上那輛越野車之前，謝謝瓦希德的招待。他指著他背後的小房子。「這是你的家。」他說。他的三個兒子站在門口望著我們。最小的一個戴著手錶——在他纖瘦的手腕上盪來盪去。

車子開動之後，我看著側照鏡。在車子捲起的塵土中，孩子們簇擁著瓦希德。我突然想，如果是在另一個世界，這些孩子不會餓得連跟在車子後面跑的力氣都沒有。

那天稍早，確定沒有人看見的時候，我做了一件二十六年前做過的事：我將一把皺巴巴的鈔票塞進墊蓆底下。

---

①潘吉夏位於喀布爾北方，為馬蘇德故鄉，亦為其反抗運動之根據地。

②依據塔利班政權「揚善抑惡部」頒佈的法律規定，男人不得修剪鬍鬚，若被發現修剪過鬍鬚，將監禁至重新長出茂密鬍鬚為止。

第二十章

法里警告過我。他是警告過我，但是，結果，他只是白費唇舌。

我們開上佈滿彈坑、彎彎曲曲的道路，從賈拉拉巴德到喀布爾。我上一回走這條路時，是搭著那輛覆蓋著防水布頂篷的卡車，往相反的方向去。爸爸差點就被那個哼著歌、嗑藥亢奮的俄國大兵給槍殺了——那天晚上爸爸讓我快瘋了，我好害怕，可是最後又好驕傲。賈拉拉巴德到喀布爾的旅程，是一趟蛇行岩石間震得骨頭都要碎了的顛簸車程，現在一路上已變得殘破荒涼，到處是兩次戰爭的遺跡。二十多年前，我親眼看到第一次戰爭留下的部份殘跡。路旁盡是殘酷的戰爭遺物：被焚毀的老舊蘇聯坦克遺骸、翻覆腐鏽的軍用卡車、陷在山腰已撞毀的蘇聯吉普車。第二次戰爭我在電視上看到過。現在，我正透過法里的眼睛目睹。

車子輕鬆自如地轉來繞去，避開道路上大大小小的坑洞，法里顯然很內行。自從在瓦希德家過夜之後，他變得比較多話。他讓我坐在前座，說話時看著我。他甚至還笑過一兩次。他用傷殘的那手控制方向盤，沿路指給我看一些泥舍小村，說他多年前還有認識的人。可是大部份的人，他說，不是死了，就是在巴基斯坦的難民營。「有時候，死掉還算比較幸運。」他說。

他指著一座焚毀傾廢的小村遺跡。現在只剩下一堆焦黑沒屋頂的牆壁。我看見一條狗睡在牆邊。「我以前有個朋友住這裡。」法里說：「他是個很棒的腳踏車修理師傅。他的手鼓也打得很好。神學士殺了他和他的家人，還燒了這個村子。」

我們駛過焚毀的村子，那條狗一動也不動。

往昔，賈拉拉巴德到喀布爾的車程約兩小時，或者更長一些。但法里和我花了四小時才到喀布爾。等我們抵達……我們剛經過馬希帕水壩的時候，法里就警告我。

「喀布爾和你記憶裡不一樣了。」他說。

「我也聽說。」

法里看了我一眼，眼神彷彿在說，聽說和看見是兩回事。他說的沒錯。因為當喀布爾在我們面前出現的時候，我確信，絕對確信，他一定走錯路了。法里一定看到我目瞪口呆的表情；他來回載人進出喀布爾多次，一定已習於在久未見到喀布爾的人臉上看到這樣的表情。

他拍拍我的肩膀。「歡迎歸來。」他陰沉地說。

瓦礫與乞丐，目光所至，盡皆如此。我記得往昔也有乞丐——爸爸口袋裡總會多帶一把鈔票，就是給乞丐的；我從來沒看過他拒絕任何小販。而現在，他們四散在街頭巷尾，披著襤褸的麻布破衣，伸出黏著乾泥塊的手掌討銅板。現今，乞丐大多是兒童，瘦弱且表情冷峻，有些甚至不到五六歲。他們坐在穿著布卡的母親膝上，在大街口的水溝邊，一遍一遍唸著：「幫幫忙，幫幫忙！」而且，還有一件我沒立刻注意到的事：和他們坐在一起的幾乎沒有成年男子——戰爭讓父親成為阿富汗的稀有物。

我們往西開向卡帖-斯希區，腳下的這條路我記得在七○年代是主要通衢：亦即迦蝶梅灣大道。我們北面是乾涸的喀布爾河。南面的山丘上矗立著毀損的舊城牆。城牆東面是巴拉西撒堡——一九九二年軍閥杜斯塔姆①曾佔領這座古代要塞——聳立在希爾達瓦札山脈，一九九二到一九九六年間，聖戰組織也就是從這個山脈密集發射火箭彈襲擊喀布爾，造成我今日目睹的滿目瘡痍。希爾達瓦札山脈一直往西延展。我也記得「午砲」是從這個山脈上發射的。午砲每天發射宣告正午時分，也是回曆九月齋戒月日間禁食結束的訊號。那時候，整個城裡都聽得到砲聲。

「我小時候常到迦蝶梅灣來。」我喃喃說：「那時這裡有商家和飯店，霓虹燈和餐廳。我常跟一個叫賽佛的老人買風箏。他在舊的警察總局旁邊開一家小店。」

「警察總局還在。」法里說：「這個城市不缺警察。但是你在迦蝶梅灣或喀布爾的任何角落，都找不到風箏或風箏舖子②。那段時光已經結束了。」

迦蝶梅灣變成一座巨大的沙堡。建築雖沒完全傾毀也幾乎半倒，屋頂崩塌，牆壁嵌著砲彈殼。整個街區都化為瓦礫。我看見一個滿是彈孔的標誌斜斜埋在瓦石堆裡。上面寫著「暢飲可口可樂——」。我看見孩子們在缺了窗戶的建築廢墟裡玩耍，地上滿是尖銳的磚石碎塊。騎腳踏車的人和騾子拉的拖車在孩童、流浪狗與瓦礫堆裡穿梭。薄薄的塵霧籠罩城市，越過河，一柱輕煙裊裊升空。

「樹都到哪裡去了？」我說。

「冬天砍去當柴燒了。」法里說：「俄國佬也砍了不少。」

「為什麼？」

「狙擊手常躲在樹上。」

哀傷襲上心頭。回到喀布爾，就像與早已遺忘的老朋友偶然相逢，卻發現他時運不濟，無家可歸，貧寒交迫。

「我父親在南邊的舊城，蓋了一間孤兒院。」

「我記得那家孤兒院。」法里說：「幾年前被毀了。」

「你能停車嗎？」我說：「我想下車走一段。」

法里在一條小巷的路邊停車，旁邊是一幢沒有門的傾頹廢棄建築。「這裡以前是家藥房。」我們下車的時候法里嘟嚷說。我們走回迦蝶梅灣，向右轉，朝西走。「什麼味道？」我說。燻得我眼睛流淚。

「柴油。」法里回答說：「城裡的發電機老是故障，電力供應很不穩定，所以大家都用柴油燃料。」

「柴油。你記得以前這條街是什麼味道嗎？」

法里微笑說：「烤肉。」

「烤羊肉。」我說。

「羊肉。」法里說，字句在嘴裡反覆品嘗。「現在喀布爾只有神學士才吃得到羊肉。」他拉拉我衣袖。「說到……」

一輛車駛近我們。「大鬍子巡邏兵。」法里喃喃說。

這是我第一次見到神學士。我在電視、在網際網路、在雜誌封面、在報紙上看過他們。但我此刻站在這裡，離他們不到五十呎，告訴我自己說，我嘴裡嘗到的不是純粹赤裸的恐懼。告訴我自己說，我的血肉沒有突然緊縮貼住骨頭，我的心臟也沒有如鼓擂動。他們來了。志得意滿。

紅色的豐田卡車緩緩經過我們身邊。幾個表情嚴肅的年輕人蹲坐在車上，自動步槍扛在肩上。他們全都留大鬍子，戴黑色頭巾。其中一個約二十出頭，黑皮膚、皺著濃密眉毛的年輕人，手裡揮著一條鞭子，有節奏地抽打卡車側邊。他溜轉的眼睛看見我，凝視著我。我這一輩子從來沒覺得這麼無遮無掩。然後那個神學士吐了一口沾有煙草的口水，移開視線。我發現自己又可以呼吸了。卡車沿著迦蝶梅灣大道開去，留下一團煙塵。

「你怎麼搞的？」法里氣急敗壞地說。

「什麼？」

「絕對不要看著他們！聽懂了嗎？絕對不要！」

「我不是有意的。」我說。

「你的朋友說的沒錯，大人。你還倒不如去拿棍子戳瘋狗。」有人說。說話的是個老乞丐，他光著腳，坐在彈痕累累的建築物台階上。身上的舊衣已磨得破破爛爛，頭上的頭巾有一層厚厚的污垢。他的左眼皮垂蓋著一個空空的凹洞。患關節炎的手指著紅色卡車駛去的方向。「他們開車繞來繞去，不停看呀看，希望有人會惹惱他們。遲早總是有人會來挑釁，然後那些走狗就有樂子啦，一整天的無聊終於打破了，每個人都說『真主偉大！』沒有人反抗的日子，他們就隨便施暴，不是嗎？」

「神學士在附近時，你的眼睛要看著地上。」法里說。

「你朋友建議得沒錯。」老乞丐插嘴說。他乾咳一陣，在髒兮兮的手帕上吐了口痰。「原諒我，可以施捨幾文錢嗎？」他低聲說。

「去。走吧。」法里說，拉著我的手臂。

我給那個老人十萬阿富汗幣，相當於三塊美金。他向前接過錢的時候，一股臭味——像酸牛奶和幾個星期沒洗的臭腳——衝進我鼻孔，讓我有些作嘔。他迅速把錢塞進腰間，那隻獨眼左瞥右瞥。「謝謝你的大恩大德，老爺。」

「你知道卡帖-斯希的孤兒院在哪兒嗎？」我說。

「不難找，就在達魯拉曼大道西邊。」他說：「火箭彈炸掉這間孤兒院之後，那些孩子就被送到卡帖-斯希去了。簡直就像把人從獅籠丟到虎籠裡一樣。」

「謝謝你，老伯。」我說。轉身離開。

「你是第一次吧？」

「對不起你的意思是？」

「你第一次看到神學士？」

我沒答話。老乞丐點點頭微笑。露出幾顆僅剩的牙齒，全都歪斜泛黃。「我記得第一次看見他們進入喀布爾的情景。那天真是歡欣鼓舞啊！」他說：「殺戮結束了！哇哈！但和詩人寫的一樣：愛情看似無瑕，但麻煩接踵而至。」

我臉上漾起笑意。「我知道這句詩。是哈菲茲的詩！」

「沒錯，的確是。」老人回答說：「我知道。我以前在大學教書。」

「真的？」

老人咳嗽。「從一九五八到一九九六年。我教哈菲茲、海亞姆、魯米、貝德爾、賈米和薩迪。還曾經到德黑蘭擔任客座，一九七一年的時候，我教神秘主義者貝德爾的作品。我記得他們還全起立鼓掌。哈！」他搖搖頭：「你看到卡車上那些年輕人了。你想他們怎麼看蘇菲主義③的價值？」

「我母親以前也在大學教書。」我說。

「她的芳名是？」

「蘇菲亞・阿克拉米。」

他眼翳裡閃出一道光芒。「荒漠之草生生不絕，但春天之花盛放凋零。如此恩典，如此尊榮，如此悲劇。」

「你認識我母親？」我問，在老人面前曲膝跪下。

「是的。」老乞丐說：「我們常在一起討論課程。我最後一次見到她是在期末考前，一個下雨天。我們一起吃杏仁蛋糕，好吃的不得了。杏仁蛋糕配熱茶和蜂蜜。那時候她已經懷孕了，也變得更美麗。我永遠不會忘記她那天對我說的話。」

「她說什麼？請告訴我。」爸爸對我描述母親的時候總是很籠統，像是「你母親是個偉大的女人」。但我渴望知道細節：例如她的秀髮在陽光下閃閃發亮的模樣，她最喜歡的冰淇淋口味，她喜歡哼唱的歌曲，她咬指甲嗎？爸爸帶著對她的回憶入土了。或許提到她的名字，會讓他有罪惡感，因為她過世不久之後他所犯的罪行。也或許他的喪妻之傷如此之鉅，他的痛苦如此之深，所以他無法忍受再提起她。或許兩者皆是。

「她說：『我好害怕。』我說：『為什麼？』她說：『因為我極度快樂，拉蘇爾博士。這麼快樂真令人害怕。』我問她為什麼，她說：『他們準備要從你身邊奪走某個東西，才會讓你擁有這樣的快樂。』我說：『夠了。別再說傻話了。』」

法里拉著我的手臂。「我們該走了，阿米爾大人。」他輕聲說。我甩開他的手。「還有呢？她還說了什麼？」

老人的表情變得柔和。「我希望能為你多記得一些。但我不記得。你母親過世很久了，我的記憶和這些建築一樣七零八落。很抱歉。」

「小事情也好，任何事情。」

老人微笑。「我會努力回憶，這是個約定。回來找我吧。」

「謝謝你。」我說：「非常謝謝你。」我是真心的。現在我知道我母親喜歡杏仁蛋糕、蜂蜜和熱茶，她曾用過「極度」這個詞，以及她曾為她的快樂而煩惱。從街頭這個老人的身上，我得知更多關於母親的事，比從爸爸身上知道的更多。

街頭的一個老乞丐恰巧認識我母親，這在絕大部份非阿富汗人眼裡簡直是不可能的巧合，我們走回越野車的途中卻沒說什麼。因為我們都知道，在阿富汗，特別是在喀布爾，這種悖逆常理的事是家常便飯。爸爸常說：「把兩個互不相識的阿富汗人放到同一個房間裡，十分鐘之後他們就會找出彼此的關係。」

我們離開坐在台階上的老人，我打算要他履行承諾，再回去看他是不是能挖出更多有關我母親的回憶。但我再也沒見到他。

我們在卡帖-斯希的北邊，乾涸的喀布爾河河堤旁，找到新的孤兒院。一棟單調、軍營似的建築，夾板牆，窗上釘著木板。在路上，法里告訴我，卡帖-斯希區是喀布爾遭戰火蹂躪最嚴重的地區，等我們一下車，眼前所見不證自明。彈坑遍佈的街道兩旁只有破敗房舍與荒棄家園的廢墟。我們經過一輛翻覆的卡車殘骸，一台沒螢幕的電視半埋在瓦礫堆裡，有面牆上有人用黑色噴漆寫著「塔利班萬歲！」。

一個頭頂漸禿、留一把灰色大鬍子的瘦小男人來應門。他穿著破舊的斜紋呢外套，頭戴無邊便帽，一副鏡片刮損的眼鏡架在鼻樑上。眼鏡後面那雙細小如黑豆的眼睛在我和法里身上來回掃射。

「你好。」他說。

「你好。」我說。我給他看那張拍立得照片。「我們在找這個小男孩。」

他草草瞥一眼。「很抱歉。我從來沒見過他。」

「你根本沒看照片，我的朋友。」法里說：「為什麼不看仔細一點呢？」

「拜託。」我說。

門後的那個男子接過照片。仔細看。交還給我。「沒見過，抱歉。這裡的每個孩子我都認識，這個看起來很陌生。如果你們容許，我還有別的事要做。」他關上門。鎖上門閂。

我用指節敲著門。「先生！先生！請開門。我們沒有惡意。」

「我告訴你。他不在這裡。」他的聲音從門的另一端傳來。「請離開吧。」

法里走近門，把額頭貼在門上。「朋友，我們不是塔利班的人。」他謹慎地壓低聲音說：「和我在一起的這個人，要把這個孩子帶到安全的地方。」

「我從帕夏瓦來的。」我說：「我的好朋友認識那裡的一對美國夫婦，他們開設一間照顧兒童的慈善之家。」我感覺到那人在門的另一端。感覺到他站在那裡，傾聽，遲疑，在懷疑與希望之間游移。「聽著，我認識索拉博的父親。」我說：「他名叫哈山。他母親叫法佳娜。他叫他祖母紗紗。他會讀書寫字，彈弓也打得不錯。那孩子還有希望，先生，有出路。拜託開門吧。」

門的另一端，只有沉默。

「我是他的伯父。」我說。

過了一晌。鑰匙在鎖孔裡轉動。那人窄小的臉又出現了。他看看我，看看法里，又看著我。

「你有件事說錯了。」

「什麼？」

「他彈弓打得很棒。」

我不禁微笑。

「他的彈弓片刻不離身。不管走到那裡，都把彈弓塞在褲腰上。」

讓我們進門的人自我介紹說他是薩曼，孤兒院的院長。「我們到辦公室去。」他說。

我們跟著他穿過昏暗陰森的走廊，身穿破舊毛衣、光著腳丫的小孩緩緩走著。我們經過沒有地板只鋪地毯的房間，窗戶釘著塑膠板。房裡擠滿一張張鐵架床，大部份都沒有墊褥。

「這裡住了多少孤兒？」法里問。

「比我們能收容的還多。大約有兩百五十個。」薩曼回過頭說。「但他們不全都是孤兒。許多小孩在戰爭裡失去父親，而母親又養不起他們，因為塔利班不准她們工作。所以她們就把小孩送到這裡來。」他的手用力一揮，粗莽地加上一句：「這裡比街上好，但也好不了多少。這棟房子不是蓋來住人的——這是一家地毯工廠的倉庫。所以沒熱水器，而且井也乾枯了。」他壓低聲音。「我向塔利班要錢來挖新井，次數多得我都記不清了，他們每次都大吼小叫，說沒有錢。沒有錢。」他冷笑一聲。

他指著牆邊的一排床。「我們沒有足夠的床，即使有床也沒有足夠的墊褥可用。更糟的是，我們沒有足夠的毯子。」他讓我們看正在與其他兩個孩子跳繩的一個小女孩。「你們看到那個女孩了嗎?上一個冬天，孩子們必須合蓋毯子。她哥哥就凍死了。」他往前走。「我上回檢查的時候，倉庫裡的米已經不到一個月的存量了，等米用完了，孩子就只能吃麵包配茶當早餐和晚餐。」我注意到他沒提到午餐。

他停下腳步，轉身面對我。「這只是一個小小的庇護所，幾乎沒有食物，沒有衣服，沒有乾淨的水。我這裡不虞匱乏的，只有失去童年的孩子。但悲哀的是，他們還算是幸運的。我們已經超過能夠負荷的收容量，而且我每天都還要拒絕帶著小孩來的母親。」他向我走近一步。「你說索拉博還有希望?我祈求你沒騙我，先生。但是……你可能來遲了。」

「什麼意思?」

薩曼轉開眼睛。「跟我來。」

院長的辦公室只有四面空蕩蕩龜裂的牆、鋪在地板上的一張蓆子、一張桌子和兩張折疊椅。我和薩曼一坐下，就看見一隻灰色的老鼠從牆上的小洞探出頭，跑過房間。老鼠嗅嗅我的鞋子，我害怕地一縮，接著牠又嗅嗅薩曼的鞋，才衝出敞開的門。

「你說可能太遲了是什麼意思?」我說。

「你要喝茶嗎？我可以泡。」

「不，謝謝。我們先談。」

薩曼向後靠在椅子上，雙手抱胸。「我要告訴你的不是好消息，更別提還可能很危險。」

「對誰危險？」

「你、我，當然還有索拉博，如果還不算太遲的話。」

「我必須知道。」我說。

他點點頭。「你說過了。但我要先問你一個問題：你有多渴望找到你姪子？」

我想到小時候的街頭打架，每次哈山總是替我出頭，以一敵二，偶爾還以一敵三。而我退縮觀望，雖然想加入，卻總是立刻止步，總是臨陣退卻。

我望著走廊，看見一群小孩圍成圈圈跳舞。一個小女孩，左腿膝蓋以下全不見了，坐在破破爛爛的蓆子上，微笑觀賞，和其他孩子一同鼓掌。我看見法里也望著孩子們，他自己那隻傷殘的手垂在身邊。我記起瓦希德的兒子和……我終於了解：沒找到索拉博，我就不離開阿富汗。「告訴我他在哪裡。」我說。

薩曼盯著我看。然後他點點頭，拿起一枝鉛筆，在手指間旋轉。「別說是我講的。」

「我保證。」

他用鉛筆敲著桌子。「雖然有你的保證，我想我還是會終生悔恨，但或許沒什麼不好。反正我也該死。如果能幫上索拉博……我告訴你，因為我相信你。你看起來像奮不顧身的人。」他沉默良久。「有一個塔利班官員，」他低聲說：「他一兩個月來一趟。他會帶現金來，不多，但聊勝於無。」他猜疑的眼睛看著我，又看著別的地方。「他通常要女孩。但也不一定。」

「你容許這種事？」法里在我背後說。他走近桌子，靠近薩曼。

「我有什麼選擇？」薩曼吼回去。他從桌子旁退後。

「你是院長耶，」法里說：「你的工作是照顧這些孩子。」

「我沒有辦法制止。」

「你出賣孩子！」法里吼道。

「法里，坐下！別動手。」但我太遲了。因為法里突然跳過桌子。法里揍了薩曼，把他摔倒在地，薩曼的椅子被踹得轉個不停。薩曼被法里打得滾來滾去，發出壓抑的悶叫聲，雙腿踢得桌子抽屜掉下來，紙張散落一地。

我跑到桌子邊，才知道薩曼的叫聲為什麼悶住：法里掐住他。我雙手抓住法里的肩膀，用力拉。他甩開我。「夠了！」我大叫。但法里的臉脹得通紅，張嘴大罵。「我要殺了他！你不要拉我！我要殺了他！」他忿然說。

「放開他！」

「我要殺了他！」他的音調讓我明白，如果我不趕快採取行動，就會親眼目睹我此生的第一樁謀殺案。

「孩子們在看，法里。他們在看。」我說。他被我抓著的肩膀肌肉緊繃，有那麼一會兒，我以為他無論如何都會繼續掐住薩曼的脖子。此時他突然轉頭，望著孩子。他們靜靜站在門邊，手拉著手，有幾個還哭了。我感覺到法里的肌肉放鬆。他放開手，抬起腳。他看著地上的薩曼，吐了一口口水在他臉上。然後他走到門邊，關上門。

薩曼掙扎著站起來，用袖子抹抹淌血的嘴唇，擦掉臉頰的唾液。他咳嗽喘息，戴好無邊便帽和眼鏡，發現兩個鏡片都破損了，就又摘下來。他把臉埋在手掌裡。很長一段時間，誰也沒出聲。

「他一個月前帶走索拉博。」最後薩曼用沙啞的聲音說，仍用手擋住臉。

「你還配叫院長？」法里說。

薩曼放下手。「我已經六個月沒領薪水了。我破產了，因為我把一輩子的積蓄都用在這間孤兒院。我賣掉我所擁有、所繼承的全部東西，來維持這個被神遺棄的地方。你以為我在巴基斯坦和伊朗沒有親人嗎？我可以像其他人那樣一走了之。但我沒有。我留下來。我留下來，為了他們。」他指著門。「如果我拒絕給他一個孩子，他就會帶走十個。所以我讓他帶走一個，讓阿拉去裁決。我嚥下我的自尊，拿他污穢該死的……髒錢。然後我到市集去，買食物給孩子們。」

法里垂下眼睛。

「他帶走的孩子會有什麼下場？」我問。

薩曼用拇指和食指揉著眼睛。「有時候會回來。」

「他是誰？怎麼找到他？」我說。

「明天到加齊體育場去。你會在中場時看到他。他戴著墨鏡。」他拿起破碎的眼鏡，在手裡轉著。「現在請你們離開。孩子們很害怕。」

他送我們出去。

車子開動的時候，我從側照鏡看見薩曼站在門口。一群孩子繞著他，拉著他寬鬆襯衫的衣角。我看見他戴上那副破眼鏡。

---

①Abdul Rashid Dostum，為北方聯盟中烏茲別克族之領導人，為前共黨領袖，性極殘暴，曾被控於喀布爾施暴並屠殺戰俘。

②塔利班的「揚善抑惡部」規定不得放風箏，亦禁止販售風箏。

③Sufism，即伊斯蘭神秘主義，強調個人應該基於愛而與真主建立關係。

第二十一章

我們過河向北駛過擁擠的普什圖廣場。以前爸爸常帶我到這裡的開伯爾餐廳吃烤肉。那棟建築還在，但門全上了扣鎖，窗戶碎裂，招牌上的K和R的字母都不見了。

我在餐廳附近看見一具屍體，顯示那裡舉行過絞刑。一個年輕人被吊在繫在橫樑的繩子上，臉腫脹青紫，他此生最後一日穿的衣服破破爛爛，血跡斑斑。幾乎沒有人注意他。

我們靜默地駛過廣場，開往瓦吉・阿卡巴汗區。舉目四望，塵霧瀰漫，籠罩著整個城市與它的磚石建築。在普什圖廣場往北幾條街的地方，法里指著兩個在繁忙街口熱烈交談的男人。其中一個瘸了一條腿，而另一條腿膝蓋以下全沒有了。他臂彎裡抱著一條假腿。「你知道他們在幹嘛嗎？在為那條腿討價還價。」

「他要賣掉他的假腿？」

法里點點頭。「在黑市可以賣到比較好的價錢。夠養活孩子幾個星期囉。」

讓我詫異的是，瓦吉・阿卡巴汗區的房子大多還保有完好的屋頂和牆壁。事實上，外觀都很良好。樹叢依舊從牆邊探出頭來，街道也不像卡帖-斯希區那樣瓦礫遍地。褪色的街道標示，雖然有些佈滿彈孔，扭曲變形，但仍然指引方向。

「這裡還不算糟。」我說。

「不意外。現在重要人士大多住在這裡。」

「塔利班？」

「他們也算。」法里說。

「還有什麼人？」

我們駛過一條寬闊的街道，兩旁是非常乾淨的人行道與圍牆環繞的房舍。「塔利班背後的人。政府真正的首腦，你也可以叫他們是：阿拉伯人、車臣人、巴基斯坦人。」法里說。他指指西北方。「第十五街，那條街現在叫賓客街。他們現在是這麼叫的。某天，這些貴客說不定會在地毯上到處撒尿。」

「我想也是。」我說：「那邊！」我指著地標，那是我小時候常用來指引方向的。如果你迷路了，爸爸常說，記得我們這條街的盡頭有一棟粉紅色的房子。這棟有斜面尖聳屋頂的粉紅色房子，是當時這附近唯一一棟這種顏色的房子。現在仍然是。

法里開進這條街道，爸爸的房子立刻出現在眼前。

我們在後院的薔薇花叢後面找到這隻小烏龜。我們不知道牠是怎麼來的，但我們興奮得顧不了別的。我們把牠的殼塗成鮮紅色，是哈山的主意，真是好主意：這麼一來，我們就不會在樹叢裡找不到牠。我們假裝是兩個大膽的探險家，在叢林裡找到一隻巨大的史前怪獸，把牠帶回來展示給世人看。我們把牠放在阿里去年冬天做好當哈山生日禮物的木頭貨車上，假裝是一個巨大的鐵籠。看哪，這隻噴火怪獸！我們走過草地，拖著木頭貨車，繞過蘋果與櫻桃樹，那是高聳入雲的摩天大樓，成千上萬的人從窗戶裡探出頭來，目睹底下的奇景。我們經過無花果樹叢旁爸爸搭建的那座半月形的橋，那是連結城市的大吊橋，而橋下的池塘，就是波濤洶湧的海洋。煙火在宏偉的橋塔上施放，兩旁的士兵向我們敬禮，巨大的鐵纜矗立騰空。小烏龜在籠裡爬動，我們拉著車在鍛鐵大門外的紅磚車道上巡行，回來接受全球領袖的起立鼓掌致敬。我們是哈山與阿米爾，著名的冒險家，偉大的探險者，就要因我們的豐功偉業而獲頒榮譽獎章……

我小心翼翼地走上車道，被太陽曬得褪色的磚塊縫隙裡，冒出一叢叢野草。我站在爸爸宅邸的大門外，感覺像個陌生人。我把手放在鏽蝕的鐵柵上，想起小時候我曾經無數次跑過這道大門，為了現在想起來無關緊要，但在當時卻是天大地大的事。我朝裡面看。

車道從大門延展到院子，那年夏天，我和哈山就是在這裡學騎腳踏車，相繼摔倒在地。這裡看起來不像我記憶中那麼寬闊。柏油地上有閃電似的裂紋，裂縫裡長出更多野草。大部份的白楊樹都被砍掉了——我和哈山常爬到樹上用鏡子反射到鄰居家。僅剩的一棵也幾乎全沒葉子。「病玉米之牆」還在，但此刻我在牆邊沒看見任何玉米株，或許是病死或怎麼了。油漆斑駁，有些部份甚至整片剝落。草皮變得枯黃，和籠罩城市的塵煙一樣顏色，夾雜著一塊塊泥土地，什麼都長不出來。

車道上停了一輛吉普車，看起來很不對勁：停在那裡的應該是爸爸的黑色野馬轎車。好多年來，野馬的八個汽缸每天早晨隆隆啟動，把我從睡夢中喚醒。我看見吉普車下滴出油漬，在車道上留下像羅夏克心理測驗①的大墨跡。吉普車旁邊，有一輛空的手推車。我找不到爸爸和阿里種在車道左側的玫瑰花叢，柏油路旁只有泥土。還有野草。

法里在我背後按了兩下喇叭。「我們該走了，大人。我們會引起注意。」他叫道。

「再給我一分鐘。」我說。

房子本身與我童年記憶裡那幢寬闊的白色宅邸大不相同。看起來比較小。屋頂塌陷，灰泥剝落。客廳、門廳和樓上客房的窗戶都破了，隨便用透明的塑膠片或木板釘在窗框上。以前白得發亮的油漆已經變成陰森的灰色，有些部份還蝕損，露出底下的磚牆。前門的台階也崩塌了。和喀布爾的其他地方一樣，我父親的宅邸也是繁華已逝的景象。

我找到我臥房的窗戶，在二樓，從房子的主樓梯往南數的第三扇窗。我踮起腳尖，看不見窗裡的樣貌，只看到陰影。二十五年前，我站在那一扇窗戶後面，粗大的雨滴打在窗上，我的呼吸讓玻璃蒙上白霧。我望著哈山和阿里把行囊放進爸爸車子的行李廂。

「阿米爾大人。」法里又叫。

「我來了。」我回道。

很瘋狂的，我竟然想要進去。想要走上阿里讓我和哈山脫掉雪靴的台階。想要踏進門廳，聞一聞阿里常丟進火爐與鋸屑一起燒的橘子皮香味。想坐在廚房的桌子旁，吃一片烤南餅配茶，聽哈山唱古老的哈札拉歌謠。

又一聲喇叭。我走回停在人行道旁的越野車。法里坐在駕駛座上抽煙。

「我一定要再看一樣東西。」我告訴他。

「你能快點嗎？」

「給我十分鐘。」

「走吧。」但當我要走開的時候：「全忘了吧。這樣會容易一些。」

「讓什麼容易些？」

「繼續活下去。」法里說，在窗外彈彈煙灰。「你還有多少東西要看？讓我來替你省省麻煩吧：你記得的東西都不在了。最好全忘了吧。」

「我不想再遺忘。」我說：「給我十分鐘。」

哈山和我爬上爸爸房子北邊的山丘時，幾乎一滴汗都沒流。我們在小丘頂上追逐跑跳，或坐在山脊斜坡上，一覽無遺遠處的機場。我們看著飛機起飛降落。又開始追跑。

而今，我走到崎嶇山丘的頂端時，上氣不接下氣，每口氣都像要噴出火來。汗水淌濕臉。我停下來喘息，身側一陣刺痛。然後我繼續走，找尋荒廢的墓園。我沒花太多時間就找到了。墓園還在，那棵石榴樹也是。

我靠著墓園的灰色石門，哈山就是在這裡安葬他的母親。鉸鍊鬆脫的陳舊鐵門已經不見了；在爬滿墓地的叢叢茂密野草裡，墓碑幾乎已經完全湮沒。環繞墓園的矮牆上，棲著兩隻烏鴉。

哈山的信裡說，這棵石榴已經好多年沒結果子了。看著這棵孱弱不見葉蔭的樹，我懷疑它是否還結得出果子。我站在樹下，想起我們老是爬到上面，跨坐在樹枝上，腿晃啊晃啊，陽光穿透枝葉斑斑點點灑在我們臉上，宛如光影拼貼出的馬賽克畫。石榴濃烈的滋味悄悄滲進我嘴裡。

我曲膝蹲著，雙手摩挲著樹幹。我發現我要找的東西了。刻痕已經模糊，幾乎快看不見，但仍然還在。「阿米爾和哈山，喀布爾之王」。我用手指描摹每一個字母的刻痕。從細小的裂縫裡刮下小塊樹皮。

我盤腿坐在樹下，往南望著我童年的城市。往昔，家家戶戶都有樹頂探出牆邊。天空湛藍廣闊，曬衣繩上晾著的衣服在陽光下搖曳。如果你靜心聆聽，甚至會聽到水果販子拉著驢子走過瓦吉•阿卡巴汗區的叫賣聲：**櫻桃！杏子！葡萄！**傍晚時分，你還會聽到晚禱，新城清真寺的穆拉召喚眾人禮拜的聲音。

我聽見一聲喇叭，看見法里對我招手。是該走了。

我們再次往南開向普什圖廣場。我們碰見好幾輛紅色的卡車，後座載滿持槍的大鬍子年輕人。每回碰見，法里就低聲咒罵。

我在普什圖廣場附近的一家小旅館付錢訂了一個房間。三個穿著一模一樣的黑衣服和白披巾的小女孩，簇擁著櫃台後面那個戴眼鏡的瘦弱男子。他開價七十五美元，以這樣破敗的地方來看，簡直是不可思議的天價。但我不在意。在夏威夷被海灘渡假屋敲竹槓是一回事，但如果是為了餵飽小孩又是另一回事。

房間裡沒有熱水，毀損的廁所不能沖水。只有一張鐵架床，鋪著破舊的床墊，一條破破爛爛的毯子，角落裡有張木頭椅子。俯瞰廣場的窗子破了也沒修。我放下行李箱的時候，發現床下的牆邊有灘血跡。

我給法里一些錢，讓他去弄些吃的回來。他帶回來四串熱得嘶嘶響的烤肉、剛出爐的南餅，和一碗白米飯。我們坐在床上，只顧狼吞虎嚥。在喀布爾有一件事完全沒變：烤肉和我記憶中一樣美味多汁。

那天晚上，我睡床，法里睡地上，旅館老闆額外收費多給我們一條毯子。房裡沒有一絲光線，只有月光透過破窗戶流瀉進來。法里說老闆告訴他，喀布爾已經停電兩天了，而他的發電機也還沒修好。我們談了一會兒。他告訴我，他在馬札爾-伊-沙利夫與賈拉拉巴德的成長歷程。他告訴我，他和他父親在潘吉夏山谷參加聖戰對抗蘇聯紅軍之後的事。他們受困斷糧，只能吃蝗蟲果腹。他說起直升機轟炸炸死了他父親，以及地雷炸死兩個小女兒的往事。他問我美國的事。我告訴他，在美國，你走進任何一家雜貨店，都有十五到二十種不同的早餐穀片可以選擇。羊肉都很新鮮，牛奶都是冰的，水果很多，水很乾淨。家家戶戶都有電視，每台電視都可以遙控，如果你想要，也可以架設衛星接收碟。可以接收到五百多個頻道。

「五百？」法里大叫。

「五百。」

我們靜默了一晌。我以為法里已經睡著了，卻聽到他壓低聲音說：「大人，你知不知道，納斯魯汀穆拉的女兒回娘家抱怨她丈夫打她，穆拉怎麼辦呢？」在黑暗中，我可以感覺到他在微笑，而笑容也浮上我的臉。世界上所有的阿富汗人都至少知道一兩個關於秀逗穆拉的笑話。

「怎麼辦？」

「他也打她，然後把她送回去，告訴她丈夫說穆拉不是笨蛋：如果這個混蛋膽敢打他的女兒，穆拉就會打他老婆報復。」

我笑起來。部份是因為這個笑話，部份是慶幸阿富汗人的幽默感沒有改變。戰火肆虐，網際網路出現了，機器人在火星表面活動，而在阿富汗，我們依舊說著納斯魯汀穆拉的笑話。「你聽過有一次穆拉肩上扛個重袋子騎驢子的故事嗎？」我說。

「沒有。」

「街上有個人說，你幹嘛不把你的袋子放在驢子身上？他說：『那太殘忍了，對這個可憐小東西來說，我已經夠重了。』」

我們輪流講納斯魯汀穆拉的笑話。把故事都講完之後，我們又再度陷入沉默。

「阿米爾大人？」法里說，幾乎睡著的我驚醒過來。

「嗯？」

「你為什麼會在這裡？我是說，你到底為什麼？」

「我告訴過你了。」

「為了那個男孩？」

「為了那個男孩。」

法里在地上翻個身。「很難相信。」

「有時候連我自己都不敢相信，我現在人在這裡。」

「不……我的意思是，為什麼是那個男孩？你大老遠從美國來，就為了……一個什葉徒？」

這句話扼殺了我原有的笑意。還有睡意。「我累了。」我說：「我們睡一會兒吧。」

不久，法里的鼾聲就在空盪盪的房間裡迴響。我一直醒著，雙手抱胸，從破窗戶望著星光點點的夜空，思索著大家對阿富汗的評語或許是對的。或許這是一個沒有希望的地方。

我們走進入口的隧道，喧鬧的群眾已擠滿加齊體育場。幾千人亂擠在十分堅實的水泥看台上。孩童在走道嬉戲，在階梯上下追逐。空氣裡滿是辣醬鷹嘴豆的味道，混雜著糞便與汗水的氣味。法里和我經過賣香煙、松子和小麵包的攤販。

一個穿斜紋呢外套的細瘦男孩抓住我的手肘，在我耳邊說話。他問我要不要買「性感照片」。

「很辣喔，大人。」他說，警覺的眼睛左瞥右睇——讓我想起幾年前有個女孩在舊金山田得隆區②向我兜售毒品的情景。小夥子拉開外套口袋，讓我飛快瞧一眼他的性感照片：印度電影明信片上，天真無邪明豔動人的女明星，盛裝打扮，依偎在男主角懷裡。「很辣喔。」他又說了一遍。

「不，謝謝。」我推開他說。

「如果他被逮到，他們會鞭得他老爸從墳墓裡爬出來。」法里喃喃說。

這裡沒有劃座位，當然。沒有人會禮貌周到地指點我們坐在哪一區，哪一行，哪一排，哪一個位子。這裡一向沒有，即使在君權時代也沒有。我們找到一個還可以的位子坐下，就在中場左邊，這還是花了法里不少推拉的力氣才佔到的。

我還記得一九七〇年代，場上的草地有多麼綠，那時爸爸常帶我來這裡看足球賽。而今一片凌亂。到處是坑洞彈痕，南面球門柱後面地上的兩個大洞特別引人注目。而且那裡完全沒有草，只有泥土。等兩隊終於進場——全穿著長褲，儘管很熱——比賽開始，在球員踢起的漫天塵土中，很難看到球的蹤影。手抓鞭子的年輕神學士在走道來回漫步，只要歡呼太大聲就會吃上一鞭。

中場的哨聲吹起之後，他們就出場了。兩輛佈滿灰塵的卡車，和我抵達之後在城裡看到的那些一樣的卡車，從大門開進體育場。群眾站起來。一個穿綠色布卡的女人坐在一輛卡車上，另一輛車上是個矇住眼的男人。卡車沿著跑道繞行一週，緩緩的，彷彿要讓群眾看個夠。這有挑起欲望的效果：大家伸長脖子，指指點點，踮起腳尖。在我旁邊，法里低聲禱告，他的喉結上下滑動。

紅色卡車駛進賽場，捲起兩道煙塵，輪軸蓋上陽光反射。第三輛卡車在球場的邊線和那兩輛車會合。這輛卡車的後面放了一些東西，我頓時了解球門柱後面那兩個坑洞的用途。他們搬下第三輛卡車載的東西。群眾早有預期地竊竊低語。

「你想留在這裡嗎？」法里凝重地說。

「不想。」我說。我這一輩子從來沒像此刻這麼渴望離開一個地方。「但我們必須留下來。」

兩個肩扛自動步槍的神學士拉著矇眼男人下第一輛卡車，另兩個人拉下那個穿布卡的女人。那女人的膝蓋一彎，跌倒在地。士兵拉她起來，她又倒下。他們想再拉她起來，但她又踢又叫。只要我還有一口氣在，就永遠、永遠不會忘記她的尖叫聲。那是誤闖陷阱的野獸，想奮力拉出被撕裂的腿時的哭號。又有兩個神學士過來幫忙，把她拖進其中一個深及胸口的洞裡。而那個矇眼男人則任由他們把他丟進替他挖好的坑裡。此時，這兩個被控有罪的人只剩上半身露出地面。

一個蓄白鬍子、身穿灰色長袍、圓胖的教士站在球門柱附近，手握麥克風，清清喉嚨。在他背後，那個在洞裡的女人仍在尖叫。他唸誦一長段可蘭經的經文，體育場內的群眾突然噤聲，只有他帶鼻音的聲音高低起伏。我還記得爸爸很久以前對我說的話：*在那些自以為是的猴子鬍子上撒尿。他們什麼不會，只會數念珠背經書，而且那本書還是用他們根本就不懂的語言寫的。如果阿富汗落到他們手裡，我們只能求真主保佑了。*

祈禱結束之後，教士又清清喉嚨。「兄弟姊妹們！」他用法爾西語說。他的聲音在體育場裡迴盪。「我們今天在這裡執行伊斯蘭教法。我們今天在這裡實踐我們的正義。我們今天在這裡，因為阿拉的旨意與先知穆罕默德的箴言，願祂安息，在阿富汗，我們心愛的故鄉，永遠存在、發揚光大。我們聆聽並奉行真主的訓示，因為在真主的大能面前，我們只是謙卑無能的生物。**真主怎麼說**？我問你們！真主怎麼說？真主說，每一個罪人都必須遭受懲罰，必須以其人之道還治其人之身。這不是我說的，不是我兄弟說的。這是**真主**的訓示！」他空著的那隻手指向天空。我的頭很痛，太陽照射得太過毒辣。

「每個罪人都必須被懲罰，必須以其人之道還治其人之身！」教士對著麥克風複誦一遍，壓低聲音，一字一字慢慢說，充滿戲劇張力。「兄弟姊妹們，什麼樣的懲罰該用在姦夫身上？我們該如何懲罰這兩個玷辱神聖婚姻的罪人？我們該如何懲罰這兩個在真主臉上吐唾沫的罪人？我們該如何懲罰這兩個對著真主的窗戶丟石頭的罪人？**我們應該把石頭丟回去！**」他關掉麥克風。觀眾群裡響起一陣嗡嗡的低語聲。

在我身邊，法里搖著頭。「他們還自稱為穆斯林呢。」他耳語說。

這時，一個高大闊肩的男人走下卡車。他的出現讓一些觀眾響起歡呼聲。這次，沒有人因為大聲歡呼而吃鞭子。這個高大男子的潔白外衣在午後的陽光裡閃閃發亮。他寬鬆襯衫的衣角隨微風輕揚，他張開手臂，宛如十字架上的耶穌。他緩緩轉了一圈，向四周的觀眾致意。等他面對我這一區時，我看到他戴著墨鏡，和約翰．藍儂戴的一樣。

「那就是我們要找的人。」法里說。

戴墨鏡這個高大的神學士走近從第三輛卡車搬下來的那堆石頭。他揀起一塊石頭，展示給群眾看。嘈噪聲靜止，只剩下嗡嗡聲在體育場裡迴盪。我環顧四周，看到每個人都發出嘖嘖聲。那個神學士站在球場上，就像棒球捕手站在投手板上一樣突兀。他把石頭丟向坑裡的矇眼男子。擊中他的頭部側邊。女人又開始尖叫。群眾發出驚呼：「啊！」我閉上眼睛，雙手掩住臉。每擲一塊石頭，觀眾就發出一聲「啊」，持續不斷。等他們不叫了，我問法里結束沒。他說還沒。我猜是大家的喉嚨乾了。我不知道我掩著臉坐了多久。我只知道我聽到鄰近的人在問：「死了嗎？」，才再張開眼睛。

坑裡的那個男人只剩一團模糊的血肉與破爛的衣衫。他的頭向前垂，下巴抵著胸。戴約翰．藍儂眼鏡的神學士低頭看著蹲在坑邊的另一個男子，手裡上下拋著一塊石頭。蹲著的男子戴著聽診器，一頭壓在坑裡那個男人的胸口，一頭聽著。他從耳邊取下聽診器，對戴墨鏡的神學士搖搖頭。

群眾哀嘆。

約翰．藍儂走回投手板。

等一切都結束，等那兩個血肉模糊的屍體被隨便地拖回紅色卡車——各自分開——幾個人用鏟子很快地把土填回坑裡。其中一個踢起一些土，草草遮住一大灘血跡。幾分鐘之後，球隊回到球場。下半場開始。

我們的約訂在下午三點。約見能這麼快敲定，著實令我意外。我原本以為會拖一段時間，至少會有一番盤問，也許還要查驗我的證件。但我得知的是，阿富汗的官方事務依舊是不太正式的：法里唯一要做的只是告訴揮鞭子的神學士，說我們與那位穿白衣的神學士有私人事務要討論。法里和他交談幾句。那個拿鞭子的傢伙點點頭，用普什圖語對場上的一個男人喊了幾聲，那人便跑到南面的球門柱，戴墨鏡的神學士正和主持儀式的胖教士聊天。三人交談。我看見戴墨鏡的傢伙往上看。他點點頭，在傳話的人耳邊說了些話。小夥子再接著把訊息傳回來給我們。

安排好了。三點鐘。

---

①Rorschach inkblot，為瑞士心理學家羅夏克（Hermann Rorschach，1884-1922）發展出來的心理分析測驗，以墨跡引發聯想，評估受測者的人格。

②Tenderloin，舊金山市治安極差的地區。

第二十二章

法里緩緩地把越野車開上瓦吉・阿卡巴汗區那幢大宅邸的車道。他把車停在圍牆邊的柳樹蔭下。這幢房子座落於第十五街，即賓客街。法里熄火，我們等了幾分鐘，聆聽引擎滴答滴答的冷卻聲，誰也沒說話。法里在座位上動來動去，玩弄著還插在引擎鎖孔裡的鑰匙。我可以感覺出來，他有話要對我說。

「我想，我會在車裡等你。」他終於開口，帶著些許抱歉的語氣。他沒看著我。「現在這是你的事。我——」

我拍拍他的手臂。「你做得夠多了，比我付錢請你做得還多。我不期望你和我一起進去。」但我不希望獨自進去。除了我從爸爸身上學到的之外，我還希望現在他站在我身邊。爸爸一定會闊步衝進大門，要求見負責的人，誰敢擋他的路就有顏色可瞧。但爸爸早就過世了，葬在海沃一座小墓園的阿富汗區。上個月，莎拉雅和我還在他墓前放了一束雛菊與小蒼蘭。我必須靠自己。

我下車，走向這幢房子高聳的木質大門。我按了門鈴，但沒聽到鈴響——還在停電——所以我用力敲門。一會兒，我聽見門裡有簡短的應聲，兩個揹著步槍的人來應門。

我瞥一眼坐在車裡的法里，大聲地說：「我會回來。」但心裡卻全然不確定。

持槍男子把我從頭到腳搜了一遍，拍拍我的腿，探探我的胯部。其中一個人用普什圖語說了什麼，兩人低聲輕笑起來。我們走進大門。這兩個持槍男子帶我穿過精心修剪的草坪，經過一排沿牆栽植的天竺葵和茂密灌木。院子盡頭有一座古老的水井。我還記得侯瑪勇卡卡在賈拉拉巴德的房子也有一個像這樣的水井——那對雙胞胎，法吉拉和卡莉瑪，常和我往井裡丟石頭，聽著「砰」的聲音。

我們走上幾個台階，進入一幢寬闊卻沒什麼裝潢的房子。我們穿過門廳——一面牆上掛著一面大型的阿富汗國旗——兩人帶我到樓上的一個房間，房裡有兩張薄荷綠沙發，遠遠角落裡有一台大螢幕電視，一條繡有略呈長方形麥加地圖的祈禱地毯釘在牆上。兩人裡較年長的那個用槍指指沙發。我坐下。他們離開房間。

我翹起腿，又放下。把汗淋淋的手擺在膝蓋上。這會讓我看起來很緊張嗎？我合起手掌，卻覺得這樣更糟，於是就用手抱著胸。血液在我的太陽穴裡砰砰作響。我覺得全然孤獨。腦海裡思緒紛飛，但我完全不想去思索，因為清醒的那個我知道，是我瘋了，才會讓自己陷進這一切。我離妻子千萬哩，坐在這間感覺像地牢的房間裡，等候著我才剛目睹謀害兩個人的凶手。這真是瘋狂。更糟的是，這很不負責任。事實上很有可能，我會讓莎拉雅變成寡婦，三十六歲的寡婦。**這不是你，阿米爾，其中一個我說。你沒膽。你天生如此。這倒也不是壞事，因為你的可取之處就是你從來沒騙**

自己。在這方面沒有。三思而後行的懦弱並沒有錯。但如果懦弱得不記得自己是誰……真主保佑他。

沙發旁有張咖啡桌。底座是X形，金屬桌腳交叉處拴著一圈胡桃大小的銅球。我以前看過這樣的桌子。在哪裡?我突然想起來：帕夏瓦那間擁擠的茶屋，我那天晚上閒逛去的那間。桌上有一碗紅葡萄。我拿了一個，丟進嘴裡。我得找件事來分散自己的注意力，任何事都好，讓我腦海裡的聲音消失。葡萄很甜。我又丟了一顆到嘴裡，渾然不知這將是未來很長一段時間裡，我吃的最後一口固體食物。

門打開，那兩個持槍男子又進來了。走在他們中間的是那個穿白衣的高大神學士，仍然戴著約翰・藍儂的墨鏡，宛如某個肩膀寬闊的新世紀神秘上師。

他在我對面坐下，兩手擺在扶手上。良久，他一句話也沒說。只是坐在那裡，望著我，一手拍著椅套，一手捻著土耳其藍的念珠。他在白色襯衫外罩著黑色的背心，戴著金錶，我看到他的左袖上有一塊乾掉的血跡。他沒換掉稍早行刑時穿的衣服，這竟病態地吸引了我的注意。

每隔一段時間，他會揚起沒戴念珠的那隻手，粗短的手指在空中輕敲。那是輕拍的慢動作，上下，左右，宛如撫摸著隱形的寵物。他的一隻袖管往下滑，我看見前臂上的印記——我在舊金山陰暗小街的流浪漢身上看過相同的記號。

他的皮膚比其他兩個人蒼白，幾乎帶著病黃，就在他的黑色頭巾下緣，有幾顆小小汗珠在前額上閃閃發亮。他的鬍子和其他人一樣長及前胸，顏色也比其他人淺。

「你好。」他說。

「你好。」

「你現在可以弄掉那個了。」他說。

「對不起？」

他對一個荷槍男子招手示意。突然，我的臉頰刺痛，那個衛兵用手上下拉扯著我的鬍子，咯咯笑。那個神學士咧開嘴笑。「我這一陣子以來見過最好的假鬍子。但我想這樣比較好，你不覺得嗎？」他扭轉著手指，彈響，拳頭張開闔起。「好啦，阿拉保佑，你喜歡今天的表演嗎？」

「那是表演嗎？」我說，摸著臉頰，希望我的聲音沒曝露出我內在的恐懼。

「公開審判是最精彩的表演，我的兄弟。戲劇性、懸疑性。而且最重要的是，集體教育。」他彈響手指。較年輕的那個衛兵幫他點香煙。神學士笑起來。喃喃自語。他的手抖動著，香煙幾乎掉下來。「但你若想看真正的表演，就應該和我一起到馬札爾①。一九九八年八月，那才算是真正的表演。」

「你的意思是？」

「我們把他們留給狗。」

我明白了他在說什麼。

他站起來，繞著沙發踱步，一圈，兩圈。又坐下來。他說得很快：「我們挨家挨戶叫出男人和男孩。射殺他們，就當著他們親人的面。讓他們看。讓他們記得他們是什麼人，他們屬於哪裡。」

他幾乎在喘著氣。「偶爾，我們會撞開門，闖進他們家裡。我……我拿著機關槍掃射……對著整個房子，不停開火，直到煙霧迷漫什麼都看不見。」他傾身靠近我，像要分享什麼大秘密。「只有這樣做過，你才會懂『解放』這個詞的意義。站在一屋子的標靶裡面，讓子彈到處掃射，免除罪惡與悔恨，知道你自己有美德、善良、高貴，知道你自己履行的是真主的志業。這讓人驚心動魄。」他親吻念珠，偏著頭。「你還記得嗎，賈維？」

「記得，老爺大人。」較年輕的那個衛兵回答說：「我怎麼忘得了？」

我在報上讀過在馬札爾-伊-沙利夫所發生的屠殺哈札拉人的報導。就發生在塔利班奪取馬札爾之後不久。馬札爾是最後落入塔利班手中的城市之一。我還記得莎拉雅吃早餐的時候拿給我看那篇報導，她面無血色。

「挨家挨戶。我們只停下來吃飯禮拜。」神學士說。他溫柔地說著，彷彿談論的是他參加的一場盛大派對。「我們把屍體留在街上，如果他們的家人想偷偷出來把屍體拖回家裡，我們就把他們也給殺了。然後把他們的屍體留在街上好幾天，留給狗吃。狗肉給狗吃。」他吸著香煙。顫抖的手揉著眼睛。「你從美國回來？」

「對。」

「那婊子近來如何？」

我突然尿急。我祈禱尿意會消失。「我在找一個男孩。」

「誰不是呢？」他說。扛著步槍的男子大笑。他們的牙齒被鼻煙染得綠綠的。

「我知道他在這裡，和你一起。」我說：「他叫索拉博。」

「我問你，你和那婊子攪和在一起幹嘛？為什麼你沒留在這裡，和你的穆斯林弟兄一起為國服務？」

「我離開很久了。」這是我唯一想到的話。我的頭好燙。我併攏膝蓋，忍住尿意。

那個神學士轉頭對門邊的兩人說：「這算是答案嗎？」他問。

「不算，老爺大人。」他們齊聲微笑說。

他的目光轉到我身上。聳聳肩。「他們說，不算答案。」他吸一口煙。「我們這裡有些人相信，在國家最需要你的時候拋棄它，和叛國賊沒兩樣。我可以用這個理由逮捕你，甚至讓你被槍斃。這讓你害怕嗎？」

「我只是來找那個男孩。」

「你覺得害怕嗎？」

「是的。」

「應該的。」他說。他背靠在沙發上。捻一下香煙。

我想起莎拉雅。這讓我平靜。我想到她那個鐮狀的胎記，頸部優雅的曲線，明亮的雙眸。我想起我們的新婚之夜，在綠色面紗下凝視彼此在鏡中的影像，我在她耳邊說我愛她時，她的臉頰泛起紅暈。我記得我們兩人隨著古老的阿富汗歌謠起舞，轉啊轉啊，大家欣賞、鼓掌，那個鮮花、洋裝、晚禮服與微笑的臉龐交融模糊的世界。

那個神學士不知說了什麼。

「對不起？」

「我說，你想見他嗎？你想見我的男孩嗎？」他說出最後幾個字的時候，撇嘴冷笑。

「是的。」

衛兵離開房間。我聽見有扇門咿呀打開，聽見衛兵用普什圖語說了些什麼，語氣強硬。接著，腳步聲，每一步都伴隨著叮噹的鈴聲。讓我回想起哈山和我常在新城區追著的那個耍猴戲的人。我們常花一盧比的零用錢，請他讓猴子跳舞給我們看。猴子脖子上繫的鈴鐺發出相同的叮噹聲。

接著，門打開，衛兵走進來。他肩上扛著手提音響。在他背後，跟了一個穿著寬鬆、天藍色棉袍的男孩。

相似得令人驚異。令人迷惑。拉辛汗的拍立得照片並未忠實傳達。

這孩子有張他父親的滿月圓臉，他格外突出的下巴，他歪扭的貝殼形耳朵，以及相同的纖細骨架。這是我童年見到的那張中國娃娃臉，是冬日裡凝視扇形展開的撲克牌上的那張臉，是夏夜裡我們睡在父親房子屋頂上蚊帳後面的那張臉。他的頭髮剃掉了，他的眼睛被睫毛膏弄得黑黑的，而他的臉頰閃著不自然的紅暈。他在房間中央停下腳步，綁在他足踝上的鈴鐺也不再叮噹響。

他的目光注視著我，流連不去，然後轉開，看著自己沒穿鞋的腳。

一個衛兵壓下按鈕，普什圖音樂流洩一室。手鼓、手風琴、弦琴的低吟。我猜，音樂只要是聽在塔利班的耳朵裡就不算罪行②。他們三個人開始拍手。

「哇哈！哇哈！太美妙了！」他們歡呼。

索拉博揚起手臂，緩緩轉圈。他踮起腳尖，優雅地旋轉，彎腰觸膝，直起身子，再度旋轉。他扭動纖細的手腕，彈響手指，頭左右晃動像個鐘擺。他的腳踏著地板，鈴鐺跟著手鼓的節拍和諧地響起。他一直閉著眼睛。

「美妙啊。」他們歡呼。「太棒了！」兩個衛兵又笑又吹口哨。穿白衣的神學士跟著音樂搖頭晃腦，色瞇瞇地半張著嘴。

索拉博轉圈舞蹈，眼睛閉著，直跳到音樂停止。他隨著音樂的最後一個音符重重頓腳，鈴鐺響起最後一陣叮噹聲。維持舞姿不動。

「好啊，好啊。我的孩子。」那個神學士說，叫索拉博過來。索拉博走近他，低著頭，站在他的大腿間。那個神學士雙手摟住索拉博。「他多有天份啊，我的哈札拉男孩！」他說。他的手滑下男孩背部，又爬上，停在腋窩。一個衛兵碰碰另一個人的手肘，竊笑著。神學士叫他們出去。

「是的，老爺大人。」他們退下說。

神學士讓男孩轉過身面對我。他的手臂緊緊環繞著索拉博的肚子，下巴抵在索拉博肩上。索拉博低頭看腳，但還是不住偷偷用羞澀的眼光瞄我。神學士的手在索拉博腹部上下撫摸。上，下，緩緩地，輕輕地。

「我一直很想知道，」那個神學士說，充滿血絲的眼睛從索拉博肩頭盯著我看。「那個老巴巴魯後來怎麼了？」

這個問題像個鐵鎚敲在我眉心。我感覺到自己的臉上血色褪盡。雙腳發冷。麻木。

他大笑。「你是怎麼想的？你戴上假鬍子我就不認得你啦？我敢說，你根本不瞭解我：我從來不會忘記任何人的面孔。從來不會。」他的嘴唇拂過索拉博的耳朵，但卻監看著我。「我聽說你父親死了。嘖，嘖。我一直想要給他一點顏色瞧瞧的。看來我只能將就他這個沒用的兒子囉。」他取下墨鏡，那雙佈滿血絲的藍眼睛盯住我。

我想呼吸，但沒有辦法。我想眨眨眼，但沒有辦法。這一刻實在太不真實了——不，不是不真實，是荒謬——讓我驚訝地無法呼吸，周圍的世界全靜止不動。我的臉如火燃燒。那句關於陰魂不散的老諺語是怎麼說的：我的過往亦復如此，永遠陰魂不散。他的名字從深處升起，但我不願說出，深怕一出口，就會召喚出他。但他已經在這裡了，活生生的，坐在離我不到十呎處，在這許多年之後。他的名字從我唇間溜出：「阿塞夫。」

「阿米爾將。」

「你在這裡幹嘛？」我說，知道我自己問的這句話有多愚蠢，卻又想不出其他話可說。

「我？」阿塞夫揚起眉毛。「我在這裡適得其所。問題是，你在這裡幹嘛？」

「我告訴你了。」我說。我的聲音顫抖。我真希望我的聲音如常，希望我的肌肉不會縮緊在骨頭上。

「這個男孩？」

「對。」

「為什麼？」

「我可以付你錢。」我說：「我可以匯錢來。」

「錢？」阿塞夫說。他強忍住笑。「你聽說過洛肯罕嗎？西澳大利亞，天堂樂土。你應該去看看的，幾哩長的海灘。碧綠的海水，湛藍的天空。我父母親住在那裡，一幢面海的別墅。別墅後面有高爾夫球場和一個小湖。父親每天打高爾夫球。母親，她比較喜歡網球——父親說她的反手拍很難招架。他們開了一家阿富汗餐廳和兩家珠寶店。全都生意興隆。」他拿起一顆紅葡萄，寵溺地，放進索拉博嘴裡。「所以，如果我需要錢，我會要他們匯給我。」他親吻索拉博的脖子。那孩子略微退縮，又閉上眼睛。「況且，我又不是為了錢才和俄國佬打仗。也不是為了錢才加入塔利班。你想知道我為什麼加入他們嗎？」

我的嘴唇乾涸。我舔舔唇，發現舌頭也乾了。

「你口渴嗎？」阿塞夫說，嘻嘻地笑。

「不會。」

「我想你口渴了。」

「我很好。」我說。事實是，這個房間突然變得太熱——汗水從我的毛細孔湧出，刺痛我的皮膚。這是真的嗎？我真的坐在阿塞夫對面？

「隨便你吧。」他說：「反正，我講到哪兒啦？喔，對，我怎麼加入塔利班的。嗯，你或許記得，我以前不是很虔誠信教的那種人。但有一天我看到真主顯靈。在牢裡的時候。你想聽嗎？」

我什麼也沒說。

「很好，我告訴你。」他說：「我在牢裡蹲了一段時間，在坡雷-查克希，就在一九八〇年巴拉克・卡馬爾③掌權之後不久。我有一天晚上被抓，一群共產黨士兵衝進我們家，用槍抵著我父親和我，要我們跟著他們出去。那些王八蛋連理由也不說，也不回答我母親的問題。那也不是秘密，每人都知道共產黨是無產階級。他們出身沒沒無聞的貧窮家庭。這些在俄國佬來之前連舔我鞋子都不配的走狗，竟然槍口抵著我下命令。他們領口別著共產黨旗幟，強調要打破資產階級，表現得像他們真的擁有階級一樣。到處都發生一樣的情形：抓走有錢人，丟進監獄，做同志的表率。

「反正，我們六個一間，擠在小得像冰箱的牢房裡。每天晚上，那個指揮官，半哈札拉、半烏茲別克的鬼東西，聞起來就像死得發臭的驢子。他會從牢裡拉一個犯人出來，痛打一頓，直到他那張肥臉汗如雨下。然後他會點一根煙，把關節弄得喀喀響，離開。第二天晚上，他會再挑一個。有天晚上，他挑到我。我那時情況已經很糟了。我尿血尿了三天，腎結石。如果你沒得過，相信我，那真是無法想像的痛。我母親也得過，我記得她有一次告訴我，她寧可生小孩也不要得腎結石。反正，我還能怎麼辦？他們把我拖出去，他開始踹我。他的及膝皮靴鞋尖釘有鐵片，他每天晚上穿來玩他的踹人遊戲，這回他用在我身上。我叫了又叫，他還是一直踹，突然，他踢到我的左腎，石子排了出來。就這樣。哇，解脫了！」阿塞夫大笑：「我大叫『阿拉保佑！』，他更用力踹，我卻開始笑。他氣瘋了，他踢得越用力，打得越用力，我就笑得越大聲。他們把我拖回牢房的時候我還在笑。我一直笑一直笑，因為我突然得知真主的旨意：祂站在我這邊。祂要我活下來是有理由的。

「你知道嗎，幾年之後，我在戰場上遇到那個指揮官——真主的行事真奇妙。我在梅馬納城外的壕溝看到他，胸口被砲彈碎片炸傷，淌著血。他還是穿著那雙靴子。我問他還記不記得我。他說不記得。我把我剛才告訴你的話告訴他，我永遠不會忘記任何人的面孔。我開槍射他的睪丸。從此以後，我就肩負使命。」

「什麼使命？」我聽到自己說：「對偷情的人丟石頭？強暴小孩？鞭打穿高跟鞋的女人？屠殺哈札拉人？全都奉伊斯蘭之名？」這些話出乎預料地脫口而出，在我還來不及拉緊韁繩之前就已溜出。我真希望我能抓它們回來，吞下肚。但它們已經出口了。我已經越線了，我生還的任何一小絲微弱希望，已經因為這幾句話而滅絕了。

阿塞夫臉上掠過驚訝的神色，轉瞬即逝。「我覺得這是一種享受。」他冷笑說：「但是，有些事是你們這種賣國賊不會懂的。」

「比如？」

阿塞夫的眉頭皺起。「比如對你的民族、你的習俗、你的語言感到驕傲。阿富汗就像一幢塞滿垃圾的美麗莊園，總要有人清除垃圾④。」

「你在馬札爾挨家挨戶做的就是這種事啊？清除垃圾？」

「一點也沒錯。」

「在西方，他們有個專有名詞。」我說：「他們說這叫種族淨化。」

「他們這樣說？」阿塞夫的臉喜形於色：「種族淨化？我喜歡。聽起來很順耳。」

「我要的只是這個男孩。」

「種族淨化。」阿塞夫喃喃自語，反覆品味這幾個字。

「我要這個男孩。」我再說一遍。索拉博的目光飄向我。一雙待宰羔羊的眼睛。甚至還塗著睫毛膏——我還記得在忠孝節那天，在我們的後院裡，穆拉給羊眼睛塗上睫毛膏，餵牠吃方糖，然後才割斷牠的脖子。我覺得，我在索拉博的眼裡看到哀求。

「告訴我為什麼。」阿塞夫說。他輕咬著索拉博的耳垂。放開他。汗珠淌下他的額頭。

「那是我的事。」

「你要他做什麼？」他說，露出故作嬌羞的微笑。「或者，要對他做什麼？」

「真是令人噁心。」我說。

「你怎麼知道？你嘗過囉？」

「我想帶他到一個比較好的地方。」

「告訴我為什麼。」

「那是我的事。」我說。我不明白自己怎麼會這麼勇猛，或許是體認到自己將死的事實。

「我覺得很奇怪。」阿塞夫說：「我覺得很奇怪。你這麼大老遠來，阿米爾，大老遠來就為了一個哈札拉人？你為什麼到這裡？到底為什麼？」

「我自有理由。」我說。

「很好。」阿塞夫說，冷冷笑著。他推著索拉博的背，把他推向桌子。索拉博的屁股撞翻了桌子，葡萄灑得滿地。他跌在葡萄上，臉著地，襯衫被葡萄汁液染得紫紅。銅球環繞交叉的桌腳，指向天花板。

「好，帶他走。」阿塞夫說。我扶索拉博站起來，拍掉沾在他褲子上像攀附在碼頭的藤壺貝似的碎葡萄。

「走吧，帶他走。」阿塞夫說，指著門。

我拉著索拉博的手。他的手好小，皮膚乾燥，粗糙。他挪動手指，緊緊纏住我的手。我又看見拍立得照片上的那個索拉博，他手抱住哈山的腿，頭靠著他父親的臀部。他倆都在微笑。我們走過房間的時候，鈴鐺叮叮噹噹響。

我們走近門邊。

「當然，」阿塞夫在我們背後說：「我沒說你不用付出代價。」

我轉身。「你要什麼？」

「你要把他贏到手。」

「你要什麼？」

「我們還有事未了，你和我。」阿塞夫說。「你記得的，不是嗎？」

他不必擔心。我從沒忘記達烏德汗推翻國王那天的事。長大之後，只要一聽到達烏德汗的名字，我就覺得看見哈山拿彈弓對準阿塞夫的臉，哈山說大家會開始叫他「一隻耳朵的阿塞夫」，而不是「吃耳朵的阿塞夫」。我還記得我有多嫉妒哈山的勇氣。阿塞夫打退堂鼓，揚言總有一天要收拾我們兩個。他已經在哈山身上踐履誓言。現在輪到我了。

「好吧。」我說，不知道還能說什麼。我不想求饒；那只會更加增添他的樂趣。

阿塞夫叫那兩個衛兵進來。「你們聽著。」他對他們說：「等一下，你們把門關上。他和我要算一算以前的舊帳。不管你們聽見什麼聲音，都不要進來！聽到了嗎？別進來！」

衛兵點點頭。看看阿塞夫，又看看我。「是的，老爺大人。」

「結束之後，我們之間只有一個能活著走出這個房間。」阿塞夫說：「如果是他，他就贏得他的自由，你們要讓他走，聽懂了嗎？」

年紀較大的那個衛兵動了一下。「可是老爺大人……」

「如果是他，就讓他走！」阿塞夫吼道。兩人有些畏卻，但又點點頭。他們轉身走開。其中一個走向索拉博。

「讓他留下。」阿塞夫說。他咧嘴笑。「讓他看。男孩子該學點教訓。」

衛兵離去。阿塞夫脫下念珠。搜著黑色背心胸前的口袋。他掏出來的東西讓我一點都不意外：不鏽鋼的指節套。

他的頭髮，以及薄唇上方克拉克蓋博式的小鬍子都抹了凝膠。凝膠滲入了綠色手術紙帽裡，透出一個宛如非洲形狀的暗色印記。我記得他。記得這個情景，以及他深色脖子上的阿拉金鍊。他俯視著我，用我聽不懂的語言飛快講話，烏爾都語，我想。我的目光忍不住被他上下滑動的喉結吸引，我想問他到底幾歲，他看起來實在太年輕，像是某部外國肥皂劇裡的演員——但我能說出口的只是：我想我要狠狠揍他一頓，我想我要狠狠揍他一頓。

我不知道我是不是狠狠揍了阿塞夫。我想不是。我能怎麼辦？這是我第一次和人打架。我這一輩子從來沒揮過一拳。

和阿塞夫決鬥的記憶異常鮮明：我記得阿塞夫戴上指節套前先打開音樂。後來，繡著長方形麥加圖案的祈禱毯從牆上掉下來，打在我頭上；灰塵四起，讓我忍不住打噴嚏。我還記得阿塞夫把葡萄丟到我臉上，我記得他那口唾沫發亮、狂野怒吼的牙齒，還有佈滿血絲溜轉的眼睛。不知什麼時候，他的頭巾掉落，露出一頭及肩的蓬捲金髮。

尾聲了，當然。嗯，我還是看得一清二楚。我一定會的。

我記得的大多是：他的指節套在午後陽光裡閃閃發亮；最初的幾拳因指節套而覺得十分冰冷，但很快就因我的鮮血而溫暖起來。我被甩到牆邊，一根原本可能掛畫的釘子刺進我背上。索拉博尖叫。手鼓、手風琴、弦琴全被摔到牆上。指節套打碎我的下巴。我自己的牙齒哽在喉嚨，吞下肚。我想起以前我花了無數小時清牙縫、刷牙。又被摔到牆上。躺在地板上，上唇傷口滲出的鮮血沾染在淺紫色的地毯上，腹部如撕裂般劇痛，我不知道自己何時能再呼吸。肋骨啪嗟響，像折斷樹枝的聲音，哈山和我以前常折樹枝當劍，學電影裡的辛巴達決鬥。索拉博尖叫起來。我的臉撞上電視架的一角。又是啪一聲斷裂的聲音，這次是我左眼下方。音樂。索拉博在尖叫。有手指抓住我的頭髮，把我的頭往後扯，不鏽鋼閃閃發亮。又來了。斷裂聲又響了。這次是我的鼻子。咬牙忍痛，卻發現我的牙齒不像以往排列得那麼整齊。又被踢。索拉博尖叫。

我不知道我什麼時候開始笑，但我的確放聲大笑。痛得大笑，我下巴痛，肋骨痛，喉嚨痛。但我一直笑，一直笑。我笑得越厲害，他就踢我踢得更厲害，打得更厲害，抓得更厲害。

「**什麼事這麼好笑？**」阿塞夫每一出手，就咆哮一次。他的口水噴到我眼睛。索拉博尖叫。

「**什麼事這麼好笑？**」阿塞夫怒吼。另一根肋骨斷裂，這次是左下方。這麼好笑的是，自從一九七五年冬季以來，我第一次覺得如此心安理得。我大笑，因為我瞭解，在我心底某個隱密角落，我一直期待如此。我記得在山丘上那天，我用石榴丟哈山，想激怒他。他就只是站在那裡，什麼也沒做，紅色的汁液染滿襯衫，宛如鮮血。然後他從我手上接過石榴，砸向自己的額頭。**你現在滿意了嗎？**他咬牙說。**你覺得好過一些了嗎？**我並不快樂，也沒覺得好過一些，完全沒有。我體無完膚——我一直到後來才發現情況有多糟——但我覺得痊癒了。終於痊癒了。我大笑。

尾聲了。那麼，我就要踏進墳墓了……

我躺在地上大笑，阿塞夫跨坐在我胸前，他的臉，像戴著瘋狂面具、圈著一綹綹亂髮的那張臉，離我的臉不到幾吋，搖晃著。他的一隻手掐住我的脖子。另一手，戴著指節套的那隻手，舉起過肩。他將拳頭舉得更高，準備再出手。

此時，一個微弱的嗓音說：「住手。」

我們都看著。

「拜託，別打了。」

我記起孤兒院的院長幫我和法里開門時說過的話。他叫什麼名字來著？薩曼？他那東西片刻不離身，他說。他走到哪裡都塞在褲腰間。

「別再打了。」

黑色的睫毛膏拖著兩道長痕，混著淚，滑下他的臉頰，暈糊了胭脂。他的下唇顫抖。鼻涕流出來。「住手。」他悽聲說。

他的手高舉過肩，抓著彈弓的橡皮圈，緊緊拉個滿弓。弓裡有個東西，某個閃亮黃色的東西。我眨掉眼睛上的血，看見那是桌子底座的銅球。索拉博把彈弓瞄準阿塞夫的臉。

「別再打了，大人，拜託。」他說，他的聲音嘶啞顫抖。「別再打他。」

阿塞夫的嘴唇掀動沒出聲。他開始說話，又停住。「你以為你在幹嘛？」他終於說。

「住手，拜託。」索拉博說，綠色的眼睛又湧出淚來，混著睫毛膏。

「放下，哈札拉人。」阿塞夫叱責地說。「放下，否則我現在對他做的，和我要對付你的手段比起來，只能算是捏捏耳朵而已。」

淚水潰決。索拉博搖搖頭。「拜託，大人。」他說：「住手。」

「放下。」

「別再打他。」

「放下。」

「拜託。」

「**放下。**」

「住手。」

「**放下。**」阿塞夫放開我的喉嚨。衝向索拉博。

索拉博放開弓弦，彈弓發出「登——」的聲音。阿塞夫慘叫。他用手摀住上一刻還是他左眼的部位。鮮血從他的指間滲出。鮮血和別的東西，某種白色黏稠的東西。*那叫玻璃液*，我思緒清楚地想到。*我在什麼地方讀到過。玻璃液。*

阿塞夫在地毯上打滾。滾來滾去，哀號慘叫，手仍摀住血淋淋的窟窿。

「我們走吧。」索拉博說。他拉我的手，扶我站起來。我被毆打的身體每一吋都疼痛難耐。在我們背後，阿塞夫還在慘叫。

「**出去！滾出去！**」他嘶喊。

我踉蹌著開門。衛兵看到我時，睜大眼睛，讓我很納悶自己變成什麼樣子。每吸一口氣，我的胃就一陣疼痛。一個衛兵用普什圖語說了幾句話，兩人便撇下我們，飛也似地衝進阿塞夫仍在嘶喊「**出去！**」的房間。

「走。」索拉博說，扯著我的手。「我們走吧！」

我蹣跚走出玄關，索拉博的小手握在我手裡。我回頭看了最後一眼。那兩個衛兵擠在阿塞夫前面，手忙腳亂地弄他的臉。我猛然瞭解：那顆銅球還陷在他空空的眼窩裡。

整個世界天旋地轉，左右搖晃。我跌跌撞撞走下樓梯，靠在索拉博身上。從樓上，仍傳來阿塞夫的尖叫，一聲又一聲，像受傷野獸的哀號。我們走出房子，走進陽光下，我的手臂環繞在索拉博肩上，我看見法里向我們跑來。

「奉真主之名！奉真主之名！」他說，見到我時眼睛大張。他讓我的手臂搭在他肩上，把我撐起來，跑著帶我回車上。我看見他的涼鞋砰砰地踏在人行道上，拍打在他黝黑粗糙的後腳跟。我一呼吸就很痛。然後，我仰望著越野車的車頂，在後座，米色的內裝已破損，傾聽著警示門未關好的叮、叮、叮聲。車旁有跑步的聲音。法里和索拉博很快地交談幾句。越野車的門用力摔上，引擎轟隆啟動。車子猛然前進，我感覺額頭上有隻小手。我聽見街道上的說話聲，有人吼叫，也看見車窗上模糊映過的樹影。索拉博在啜泣。法里還是不斷說：「奉真主之名！奉真主之名！」

大約就在那時，我昏過去了。

---

①Mazar-i-sharif，阿富汗北方城市，塔利班曾與北方聯盟在此激戰。

②塔利班的「揚善抑惡部」頒令禁絕音樂。

③Babrak Karmal，1929-1996，為阿富汗人民民主黨創始人，一九七八年共黨革命後擔任副總理，一九七九年蘇聯入侵後被扶植為總統，一九八六年遭撤換，死於莫斯科。

④依據阿富汗傳說，真主阿拉造完了世界的其它部份之後，看到遺留了一些垃圾，破土碎屑，擺在哪裡都不合

適，於是把這些垃圾全收集堆放一處，即是阿富汗。

第二十三章

一張張臉孔從朦朧中冒出來，停駐良久，又逐漸消失。他們俯首探望，問我問題。他們全都在問問題。我知道我是誰嗎？我哪裡痛嗎？我知道我是誰，而且我全身都痛。我想告訴他們，但是張口說話會痛。我之所以知道，因為不久以前，或許是一年前，或許兩年，或許十年，我想和一個臉頰抹胭脂、眼睛暈黑的孩子說話。那個孩子。對，我現在看見他。我們在一輛車子還是什麼裡面，那孩子和我一起，我想不是莎拉雅開車，因為她從來不會開這麼快。我有話要對那孩子說——似乎很重要。但我不記得我要說什麼，或為什麼很重要。或許我想告訴他別哭了，不會有事的。或許不是。為了某些我想不起來的理由，我想謝謝那孩子。

臉孔。他們全都戴著綠色的帽子。他們在我的視線裡潛進潛出。他們快速交談，用我所不懂的語言。我聽到其他人說話的聲音，其他噪音，嗶嗶聲和警示聲。一直有更多臉孔，俯首探望。我不記得任何一張臉孔，除了那個頭髮抹凝膠、留克拉克蓋博式小鬍子的那個，那個帽子上有非洲形狀印記的臉。肥皂劇明星老兄。很滑稽。我現在想笑。但笑也會痛。

我昏過去。

她說她名叫阿伊莎，「和先知的妻子同名。」她漸漸灰白的頭髮中分，綁成馬尾，她的鼻子有個太陽形裝飾環。她戴著雙焦眼鏡，讓她的眼睛顯得凸出。她也穿綠色，手很柔軟。她發現我看著她，綻出微笑，用英文說了些什麼。某樣東西忽然刺在我的胸側。

我昏過去。

一個男人站在我床邊。我認識他。他黑黑瘦瘦的，留著一把長鬍子。他戴了一頂帽子——這種帽子叫什麼呢？帕寇嗎？他斜斜戴著，就像某個我現在想不起名字的名人那樣。我認識這個人。他幾年前開車載我到一個地方去。我認識他。我的嘴巴怪怪的。我聽到起泡的聲音。

我昏過去。

我的右臂灼熱。那個戴著雙焦眼鏡、有太陽形鼻環的女人彎腰在我手臂上，插進一根透明的塑膠管。她說那是「鉀」。「像蜜蜂叮，哦？」她說。的確是。她叫什麼名字？好像和先知有關。我也是幾年前就認識她了。她以前把頭髮綁成馬尾。現在頭髮往後梳，紮成髮髻。莎拉雅也梳這樣的髮型，在我們第一次交談的時候。那是什麼時候？上個星期。

阿伊莎！對了。

我的嘴有些不對勁。就是那樣忽然刺進我胸側的東西。

我昏過去。

我們在俾路支的蘇萊曼山，爸爸與黑熊搏鬥。他是我童年的那個爸爸，「颶風先生」，高大魁梧的普什圖硬漢，而不是裹在毯子裡病弱的那個人，那個臉頰凹陷、眼睛無神的人。他們在一片綠草地上翻滾，人與熊，爸爸的棕色捲髮飛揚。黑熊吼叫，也或許是爸爸吼叫。唾沫與鮮血齊飛，熊掌與人手格鬥。他們跌到地上，重重一摔，爸爸坐在黑熊胸口，手指插進熊鼻。他抬頭看我，我看見了。他就是我。是我與熊搏鬥。

我昏過去。

我一直昏過去又醒來。

有克拉克蓋博式小鬍子的男子其實是法魯奇醫師。他不是肥皂劇明星，而是耳鼻喉外科醫生。雖然我一直以為，他是某部背景在熱帶小島的肥皂劇裡，名叫阿曼德的演員。

我在哪裡？我想要問。但我的嘴張不開。我皺起眉頭，發出咕嚕咕嚕的聲音。阿曼德微笑起來；他的牙齒潔白眩目。

「還不行，阿米爾。」他說：「快了。等線拆了。」他的英文有濃厚、捲舌的烏爾都腔調。

線？

阿曼德雙手抱胸；他的手臂毛茸茸的。戴著黃金婚戒。「你一定很想知道你在哪裡，發生了什麼事。這很正常，手術後本來就會覺得很迷惑。所以我會把我所知道的告訴你。」

我想問他線的事。手術後？阿伊莎在哪裡？我要她對著我微笑，要她柔軟的手握著我的手。

阿曼德皺起眉頭，稍微有點自誇地挑起一邊眉毛。「你現人在帕夏瓦的醫院。你在這裡兩天了。阿米爾，你受了很嚴重的傷，我應該這麼說。我要說，我的朋友，你能活下來真的很幸運。」他說這話的時候，食指前後搖動，像個鐘擺。「你的脾臟破裂，很可能──對你來說很幸運──是遲發破裂，因為你的腹腔有初期出血的症狀。一般外科的醫生已經做緊急的脾臟切除術。如果比較早破裂，你很可能出血致死。」他拍拍我手臂，打點滴的那條手臂，微笑。「你還斷了七根肋骨。其中一根引起氣胸。」

我皺起眉頭。想張開嘴，又想起有線。

「也就是刺穿肺了。」阿曼德解釋說。他拉起我左側的一根透明塑膠管。我胸口又一陣刺痛。「我們用肺管封住裂口。」我看到胸部上從繃帶中露出來的管子，連到一個水柱注滿半罐的容器。噗噗的聲音從那裡發出來。

「你也有很嚴重的外傷。也就是『傷口』。」

我想告訴他，我知道那個字的意思；我是個作家耶。我想張開嘴，又忘了有線。

「最嚴重的外傷在上唇。」阿曼德說。「結果把你的上唇一分為二，從正中央直直裂開。但別擔心，整型外科的人幫你縫好了，他們覺得你會復原得很好，雖然會有疤痕，但這沒法避免。

「你左眼的眼窩也破裂了，就是眼窩骨，我們也修補好了。下巴的線大約要六個星期才能拆。」阿曼德說：「在那之前只能喝流質的東西和奶昔。你會瘦一些，而且你有一段時間講話會像《教父》第一集裡的艾爾帕西諾。」他笑起來：「但你今天有工作要做。你知道是什麼嗎？」

我搖搖頭。

「你今天的工作是排氣。你排氣，然後我們就可以開始餵你流質的食物。不放屁，就沒得吃。」他又笑起來。

後來，在阿伊莎幫我換點滴管和應我要求升高床頭之後，我想著自己的遭遇。脾臟破裂。牙齒斷落。肺部刺穿。眼窩變形。我望著停在窗台上吃麵包屑的鴿子，不斷思索那個叫阿曼德還是法魯奇醫師說的另一段話：**結果把你的上唇一分為二，他說，從正中央直直裂開**。從正中央直直裂開。就像兔唇。

第二天，法里和索拉博來看我。「你今天認得我們是誰了嗎？你記得嗎？」法里說，半開著玩笑。我點點頭。

「**讚美阿拉！**」他說，高興地微笑起來。「不會再說有的沒的。」

「謝謝你，法里。」我透過被線縫合的下巴說。阿曼德說得沒錯——我的聲音真的像《教父》裡的艾爾帕西諾。而且每回舌頭一伸進牙齒已被吞下肚的缺牙空洞裡，總讓我覺得很詫異。「我說真的，謝謝你替我所做的一切。」

他一隻手揮著，略微臉紅。「不。不值得謝。」他說。我轉向索拉博。他穿著一件新外衣，看起來稍大的淡咖啡色棉袍，戴一頂黑色的無邊便帽。他低頭看著腳，玩著繞在床邊的點滴管。

「我們還沒有好好互相介紹呢。」我伸出手。「我是阿米爾。」

他看看我的手，又看著我。「你是父親告訴過我的阿米爾大人嗎？」他說。

「是的。」我記起哈山信裡寫的：**我常向法佳娜將和索拉博提起您，提到我們一起長大，在街上玩遊戲的往事。您和我以前的惡作劇，常惹得他們大笑。**「我也欠你一句謝謝，索拉博將。」我說：「你救了我一命。」

他沒說話。我垂下手，因為他沒握。「我喜歡你的新衣服。」我喃喃說。

「是我兒子的。」法里說：「他穿不下了。我覺得索拉博穿剛好。」索拉博可以跟著他，他說，直到我們找到地方安頓他。「我們地方不大，但我能怎麼辦？我不能把他留在街頭。況且，我的孩子們也很喜歡他。嗯，索拉博？」但那孩子只是低著頭，手指纏著點滴管玩。

「我很冒昧地問，」法里有些遲疑地說：「在那幢房子裡發生了什麼事？你和那個神學士之間是怎麼回事？」

「這樣說吧，我們兩個都是自作自受。」我說。

法里點點頭，沒再追問。我突然領悟，從我們離開帕夏瓦啟程前往阿富汗，到現在的這段期間，我們已成為朋友。「我也想冒昧問一件事。」

「什麼事？」

我不想問。因為我怕那個答案。「拉辛汗。」我說。

「他走了。」

我的心猛然一跳。「他……」

「不，只是……離開了。」他交給我一張折起來的紙和一把小鑰匙。「我去找他的時候，房東給我這個。他說我們啟程隔天拉辛汗就走了。」

「他去哪兒了？」

法里聳聳肩。「房東也不知道。他說拉辛汗留下這封信和鑰匙給你，然後就走了。」他看看手錶。「我得走了。好啦，索拉博。」

「你能讓他留下來一會兒嗎？」我說：「晚點再來接他？」我轉向索拉博：「你想在我這裡待一會兒嗎？」

他聳聳肩，沒答腔。

「沒問題。」法里說：「我會在傍晚來接他。」

我房裡還有另外三個病人。兩個較年長的男人，一個腿上打了石膏，一個有哮喘病氣喘吁吁；還有一個十五六歲的小夥子，動盲腸炎手術。打石膏的那位老人家，目不轉睛的盯著我們看，目光從我身上轉到坐在凳子上的哈札拉男孩。我病友的家人——穿著鮮豔長罩衫傳統服裝的老婦人、孩童以及戴無邊便帽的男人——在病房裡喧嘩進出。他們帶來炸蔬菜餅、南餅、馬鈴薯餅和印度焗飯。偶爾，有人只是進病房來晃一圈，就像在法里和索拉博抵達之前走進來的那個高大蓄鬍的男人一樣。他裹著棕色的毯子。阿伊莎用烏爾都語問他話。他根本沒理她，只用眼睛掃視病房。我覺得他瞪著我看了很久，久得超過必要。護士又問他話的時候，他轉頭離去。

「你好嗎？」我問索拉博。他聳聳肩，看著手。

「你餓嗎？那邊的女士給我一盤印度焗飯，可是我不能吃。」我說。我不知道還可以跟他說什麼。「你要嗎？」

他搖搖頭。

「你想談談嗎？」

他又搖搖頭。

我們就這樣坐了一會兒，一句話也沒說，我臥坐在床上，背後墊了兩個枕頭，索拉博坐在床邊的一張三腳凳上。我不知怎麼睡著了，等我醒來，天光已昏暗，影子拉長，索拉博仍坐在我旁邊。他依舊看著自己的手。

那天晚上，法里來接索拉博之後，我打開拉辛汗的信。我一直盡可能放著不去讀。信裡寫道：

阿米爾將

阿拉保佑，收信平安。我祈禱我沒讓你受到傷害，阿富汗人也沒對你太過份。自你啟程之後，我時時為你祈禱。

你這些年來始終懷疑我知情，沒錯，我的確知情。事情發生之後不久，哈山就告訴我了。你做的不對，阿米爾將，但別忘了當年你也只是個小男孩。一個困惑不安的小男孩。你當時對自己太嚴苛，直到今天仍然如此——在帕夏瓦，我從你的眼裡看出來了。但我希望你會留意到：沒有良知、沒有善念的人是不會痛苦的。我希望你的痛苦能因為這趟阿富汗之行而結束。

阿米爾將，這麼多年來我們對你說的謊言，讓我很羞愧。在帕夏瓦，你有權利生氣。你有權利知道。哈山也是。我知道這樣說也於事無補，但當年我們生活的喀布爾是個奇怪的世界，那裡有些事情比真相更關係重大。

阿米爾將，我知道在你成長的過程，你父親對你有多嚴格。我看到你痛苦，渴求他的關愛，我的心為你淌血。但阿米爾將，你父親是在兩半之間被拉扯的人：你和哈山。他愛你們兩個，但他不能以他渴望的方式，公開以父親的身份愛哈山。所以他把怨氣都發洩在你身上——阿米爾，你是社會上認定合法的那一半，代表他所繼承的財富與隨之而來享有免除罪罰特權的另一半。當他看著你，他看到的是他自己。以及他的罪行。你到現在還很忿怒，我瞭解，現在期望你能理解也還為時太早。但或許有一天你會瞭解，你父親對你嚴厲，其實也是對自己嚴厲。阿米爾將，你父親就像你一樣，是個靈魂飽受折磨的人。

我無法向你形容，我聽到他過世的消息時，籠罩著我的那種深沉黑暗的悲傷。我愛他，因為他是我的朋友，但也因為他是個好人，甚至是個偉大的人。這就是我希望你瞭解的，良善，真正的良善，來自你父親良心的懺悔。有時，我覺得他做的一切，像是餵街上的窮人、蓋孤兒院、給需要幫忙的朋友錢，全都是他替自己贖罪的方法。而我相信，只有把罪行化為善行，阿爾米將，才是真正的贖罪。

我知道，真主終將寬恕。祂會寬恕你父親和我，還有你。我希望你也能這麼做，如果可以的話，原諒你父親。原諒我，如果你願意的話。但是，最重要的是，原諒你自己。

我留給你一些錢，事實上我所有的大部份錢都留給你。我想你回到這裡的時候會有些開銷，這筆錢應該足夠支應。帕夏瓦有家銀行，法里知道在哪裡。錢在保險箱裡。我也把鑰匙交給你。

至於我，是該離開的時候了。我來日無多，我希望獨自度過。請別找我。這是我最後的請求。

我將你交在真主手裡。

你永遠的朋友

拉辛

我拉起病袍的袖子擦眼睛。折起信，塞在床墊下。

阿米爾，你是社會上認定合法的那一半，代表他所繼承的財富與隨之而來享有免除罪罰特權的另一半。我想，或許就因為這樣，爸爸和我在美國關係好多了。賣破爛賺小錢，我們卑微的工作、髒亂的公寓——美國版的茅舍；或許在美國，爸爸看著我的時候，看見了一部份的哈山。

你父親和你一樣，是個靈魂飽受折磨的人，拉辛汗寫道。或許如此。我們兩個都有罪而且背叛。但爸爸找到了方法，以懺悔締造善行。而我，除了把自己的罪行加諸在我所背叛的人身上，然後試圖全部遺忘之外，我又做了什麼？除了讓自己失眠之外，我又做了什麼？

我又曾經做過什麼對的事呢？

當護士——不是阿伊莎，是個我想不起名字的紅髮女子——拿著注射器走進來，問我需不需要打一針嗎啡時，我說好。

第二天早晨，他們取下肺管，阿曼德告訴護理人員，可以讓我喝些蘋果汁。阿伊莎把一杯果汁放在我床邊的櫃子上時，我向她要一面鏡子。她把雙焦眼鏡推到頭上，拉開窗簾，讓陽光灑滿病房。「記得，」她轉頭說：「過幾天看起來會更好。去年，我女婿騎摩托車出意外，他那張英俊的臉摔在柏油路上，青紫的像根茄子。現在他又恢復俊俏了，像個羅麗塢的電影明星。」

雖然她一再保證，但看著鏡子裡那個堅稱是我的臉的東西，還是讓我有點難以呼吸。看起來像有人在我皮膚下層放進一根抽氣管，把空氣都抽走了。我的眼睛浮腫青紫。最糟的是我的嘴，一團紫紫紅紅的醜怪腫塊，滿是縫線與瘀傷。我試著想微笑，但突然一陣疼痛像要撕裂我的嘴唇。我有段時間不會再這麼做了。我左頰有縫合的傷口，在下頜，還有髮際下邊的額頭上。

腳上打石膏的那個老人用烏爾都語說了幾句話。我對他聳聳肩，搖搖頭。他指指他的臉，拍一拍，嘴張得老大，沒牙的咧嘴笑。「很好。」他用英文說。「阿拉保佑。」

「謝謝你。」我低聲說。

我剛放下鏡子，法里和索拉博就進來了。索拉博在凳子坐下，把頭靠在床邊的欄杆。

「你知道，我們最好盡快把你弄出這裡。」法里說。

「法魯奇醫師說——」

「我不是說醫院，我是說帕夏瓦。」

「為什麼？」

「我覺得你留在這裡太久不安全。」法里說。他壓低聲音：「那個神學士在這裡有朋友。他們會開始找你。」

「我想他們已經在找了。」我喃喃說。我突然想起那個大鬍子男人，走進病房盯著我看的那個男人。

法里靠近我身邊說：「一等你可以走路，我就載你到伊斯蘭馬巴德①。那裡也不全然安全，巴基斯坦沒有什麼地方是安全的，但比這裡好。至少可以幫你爭取到一些時間。」

「法里將，這樣對你也不安全。你被看到和我在一起不太好。你有家人要照顧。」

法里揮揮手。「我兒子們年紀雖小，但很伶俐。他們知道如何照顧母親和姊妹。」他微微一笑：「何況，我也沒說是免費的啊。」

「就算你想免費，我也不答應。」我說。我忘了自己不能微笑，竟然還想嘗試。一小滴血淌下我的下巴。「我可以再請你幫個忙嗎？」

「為你，千千萬萬遍。」法里說。

就這樣，我哭了。我使勁吸氣，淚水源源不絕淌下臉頰，刺痛我皮綻肉開的嘴唇。

「怎麼回事？」法里驚慌不安地說。

我把臉埋在一隻手裡，另一手扶著頭。我知道全病房的人都在看著我。最後，我覺得疲累，無力。「對不起。」我說。索拉博皺起眉頭看著我，額頭全是皺痕。

等我可以再開口時，我告訴法里我要他做什麼。「拉辛汗說他們住在帕夏瓦。」

「也許你該寫下他們的名字。」法里說，謹慎地看著我，彷彿擔心接下來還有什麼事情會讓我情緒崩潰。我在紙巾上草草寫下他們的名字。「湯瑪斯與貝蒂．卡德威」。

法里把紙折起來放進口袋。「我會盡快找到他們。」他說。他轉頭對索拉博說：「至於你，我傍晚來接你。別讓阿米爾大人太累喔。」

但索拉博走近窗邊，窗台上有六七隻鴿子來回盤旋，正在啄著木頭和陳腐的麵包屑。

在我床邊櫃子的中間抽屜，我找到一本舊的國家地理雜誌、一枝損壞的鉛筆、一把沒有齒梳的梳子，和我汗流滿面努力找尋的東西：一副紙牌。我先前數過了，很意外地發現這副牌一張也沒少。我問索拉博想不想玩。我不期望他回答，更別說是要玩了。我們離開喀布爾之後，他就一直很沉默。但他從窗邊回頭說：「我只會玩『帕將』。」

「那可真的對不起囉，因為我是玩『帕將』的高手，世界知名的喔。」

他在我旁邊的凳子坐下。我發給他五張牌。「你父親和我在你這個年紀的時候，常玩這種牌。特別是在冬天下雪，我們不能出去玩的時候。我們常常玩到天黑。」

他吃我一張牌，又從一堆牌裡摸了一張。他在思索手上的牌時，我偷偷望著他。他和他父親在很多方面都很像：他用雙手把牌攤成扇形的樣子，他瞇著眼看牌的樣子，他很少直視其他人眼睛的樣子。

我們靜靜地玩。我贏了第一局，讓他贏了第二局，再下來五局則輸得心服口服。「你玩得和你父親一樣好，甚至還更棒。」我輸最後一局時說：「我偶爾可以贏他，但我想他是故意讓我的。」我頓了一下說：「你父親和我是同一個奶媽帶大的。」

「我知道。」

「他……他是怎麼跟你說到我們的？」

「說你是他最要好的朋友。」他說。

我指間夾著方塊傑克，前後晃動。「恐怕我這個朋友沒那麼好。」我說：「但我想當你的朋友。我想我可以當你的好朋友。可以嗎？你願意嗎？」我把手搭在他手臂上，小心翼翼的，但他畏縮了。他丟下牌，推開凳子。他走回窗邊。帕夏瓦的落日把天空染得一條紅一條紫。底下的街道傳來連續不斷的喇叭聲、驢子嘶鳴聲、警察的吹哨聲。索拉博站在猩紅的夕照裡，前額抵著玻璃，拳頭夾在腋窩下。

那天晚上，阿伊莎和一位男性助理幫我跨出我的第一步。我只繞著病房走了一圈，一手抓緊有輪子的點滴架，一手扶住那個助理的前臂。我花了十分鐘才走回床上，然後，我胃部的傷口抽痛，渾身汗流浹背。我躺在床上，氣喘不已，耳裡盡是心臟怦怦直跳的聲音。我想著自己有多麼思念妻子。

第二天，索拉博和我多半的時間都在玩牌，默不作聲。再接著一天亦復如此。我們幾乎一句話都沒說，就只是玩牌。我坐臥在床上，他坐在三腳凳上，只有我起來繞病房走路或到走廊那頭上廁所，才稍有改變。那天夜裡我作了一個夢。我夢見阿塞夫站在我病房門口，銅球還嵌在他的眼窩裡。「我們都一樣，你和我。」他說。「你和他同一個奶媽，但你卻是我的雙胞胎兄弟。」

隔天一早，我告訴阿曼德，我要離開。

「現在出院還太早。」阿曼德抗議。他這天沒穿手術袍，身上穿著深藍西裝打黃領帶。頭上又抹了髮膠。「你還在打抗生素，而且……」

「我必須離開。」我說：「我很感激你為我做的一切，你們每一位。真的。但我必須離開。」

「你要去哪裡？」阿曼德說。

「我還是不說的好。」

「你幾乎無法走路。」

「我可以走到大廳盡頭再回來。」我說。「我不會有事的。」計畫是這樣，離開醫院，從保險箱領出錢，付清醫藥費。開車到孤兒院，留下索拉博與湯瑪斯和貝蒂．卡德威在一起。然後開車到伊斯蘭馬巴德，並改變旅行計畫。給我自己多幾天時間復原。然後飛回家。

計畫原本是這樣的，直到法里和索拉博在那天早上抵達才生變。「你的朋友，湯瑪斯和貝蒂．卡德威，他們不在帕夏瓦。」法里說。

光是套進棉袍就花了我十分鐘。我的胸口，他們插進肺管的地方，只要一抬起手臂就痛。我只要一前傾，胃就抽痛。我把僅有的幾件東西裝進棕色紙袋裡，就上氣不接下氣。但法里進來宣布這個消息時，我還是已經設法準備好，坐在床邊。索拉博在我身旁坐下。

「他們去哪裡了？」我問。

法里搖搖頭。「你不瞭解——」

「因為拉辛汗說——」

「我去了美國領事館，」法里拎起我的袋子說：「帕夏瓦從來就沒有湯瑪斯與貝蒂．卡德威這兩個人。據領事館裡的人說，他們根本不存在。不論怎麼說，就是不在帕夏瓦。」

索拉博在我身邊，翻著那本舊的國家地理雜誌。

我們從銀行領到錢。銀行經理，一個大肚子、腋窩下都是汗跡的男人，不停微笑著告訴我，銀行裡沒人碰過這筆錢。「絕對沒有。」他嚴肅地說，食指左右搖晃，和阿曼德一樣。

用紙袋裝著這麼一大筆錢，開車穿越帕夏瓦，還真是有點恐怖的經驗。況且，我還懷疑每一個盯著我看的大鬍子男人，都是阿塞夫派來的塔利班殺手。有兩件事更加深了我的恐懼：帕夏瓦有很多大鬍子，而且每一個都瞪著我看。

「我們該拿他怎麼辦？」法里攙著我從醫院會計室緩緩走回車上時說。索拉博在越野車的後座，車窗搖下，下巴抵著手掌，望著人車往來。

「他不能留在帕夏瓦。」我喘著氣說。

「是的，阿米爾大人，他不能。」法里說。他在我的話裡讀出詢問的口吻。「對不起，我希望我……」

「沒關係，法里。」我說。設法擠出一個疲憊的微笑。「你有很多人要養。」一隻狗站在車旁，挺直後腿，前腳靠在車門，搖著尾巴。索拉博拍拍狗。「我想他也得去伊斯蘭馬巴德。」我說。

到伊斯蘭馬巴德的四小時車程裡，我幾乎全在睡覺。我作了很多夢，但我大多只記得雜亂的影像和片段的鮮明記憶，像旋轉架上的名信片在我腦海閃現：爸爸為我的十三歲生日派對醃滷羊肉。莎拉雅和我第一次作愛，朝陽在東方升起，婚禮音樂還在我們耳際迴旋，她染著指甲花的手與我十指緊扣。爸爸帶我和哈山到賈拉拉巴德的草莓園——園主告訴我們，如果我們買四公斤以上，就可以在園子裡愛吃多少就吃多少——我們兩個最後都肚子痛。哈山的血，在雪地上看起來那麼暗沉，幾近黑色，從他的褲子臀部滴下。**血緣是最重要的，**我的孩子。嘉蜜拉卡哈拉拍著莎拉雅的膝蓋說，**真主自有旨意，或許不是註定如此。**睡在我父親家的屋頂。爸爸說唯一的罪行是偷竊。**你說謊，就是偷走一個人知道真相的權利。**拉辛汗在電話上，告訴我總會好轉的。**總會好轉的……**

①Islamabad，巴基斯坦首都，氣候宜人，風景秀麗。

第二十四章

如果說帕夏瓦是讓我回想起昔日喀布爾的城市，那麼，伊斯蘭馬巴德就是喀布爾未來曾有可能的樣貌。這裡的街道比帕夏瓦更寬更乾淨，種著一排排木槿與鳳凰木。市集更有條理，也沒有那麼多人力車與行人擋道。建築更為雅緻，更現代化，我還看見公園裡有玫瑰與茉莉在樹蔭下怒放。

法里在馬加拉丘山腳的蜿蜒小街找到一家小旅館。我們駛經著名的費瑟清真寺①。這座全球最大的清真寺以巨大的混凝土樑柱與高聳入雲的禮拜塔著稱。索拉博仰望清真寺，探出車窗看著，直到法里開車轉過街角。

旅館房間比起我和法里在喀布爾住過的那間，真是好得太多了，床單是乾淨的，地毯吸過了，浴室非常潔淨，有洗髮精、肥皂、剃鬍刀、浴缸，還有聞起來帶檸檬味的毛巾。而且牆上沒有血跡。此外，兩張單人床對面的櫃子上，還有一台電視。

「看！」我對索拉博說。我打開電視開關——沒有遙控器——轉動旋鈕。我找到一個兒童節目，兩隻毛絨絨的小羊玩偶唱著烏爾都語的歌曲。索拉博坐在床上，膝蓋頂著胸口。電視的影像映在他綠色的眼睛裡，他看得入迷，前後搖擺。我記起當年，我答應哈山，等我們長大之後要給他家人買一台電視。

「我要走了，阿米爾大人。」法里說。

「留下來過夜。」我說：「路途很遠。明天再走。」

「謝謝。」他說：「但我想今晚回去，我想念我的孩子。」他往外走，在門口停下腳步。「再見，索拉博將。」他說。他等待回應，但索拉博根本沒注意他，仍然前後搖擺，螢幕飛快閃現的影像在他臉上亮出一道道銀光。

在門外，我給他一個信封。他一打開，嘴巴張得老大。

「我不知道該怎麼謝謝你。」我說：「你為我做得太多了。」

「這裡有多少？」法里說，有些惶惑。

「兩千多美元。」

「兩千——」他開口說，下唇微微顫抖。後來，他開離路邊時按了兩下喇叭，揮揮手。我也向他揮手。我沒再見過他。

我回到旅館房間，發現索拉博躺在床上，蜷縮成一個大C形。他眼睛閉上，但我無法判定他是否睡著了。他已經關掉電視。我坐在我的床上，痛得臉部扭曲，擦著額頭冒出的冷汗。我不知道這樣起床、坐下、翻身都會痛的情形，還要維持多久。我不知道我是否能吃固體食物。我不知道該拿這個躺在床上的受創男孩怎麼辦，儘管有一部份的我已瞭然於胸。

櫃子上有一個裝水的玻璃瓶。我倒了一杯，吞下兩顆阿曼德的止痛藥。水溫溫的，苦苦的。我拉上窗簾，輕輕靠在床上，躺下。我覺得胸口快裂開了。等疼痛稍緩，我就能再呼吸。我把毯子拉到胸前，等待阿曼德的藥丸發揮作用。

等我醒來，房裡顯得更暗。從窗簾縫隙露出來的一小片天空是即將變成黑夜的紫色暮光。床單濕透了，我的頭昏沉沉。我又作夢了，但我記不得我夢見什麼。

我看向索拉博的床，發現是空的，心不禁一沉。我叫他的名字。我的聲音讓我自己吃驚。迷亂彷徨，我坐在陰暗的旅館房間裡，離家數萬哩，遍體鱗傷，呼喚著幾天前才見到面的小男孩。我又叫了他的名字，沒聽到任何回答。我掙扎著起身，查看浴室，看看房間外面的狹窄走廊。他走了。

我鎖上門，一手扶著走道的欄杆，蹣跚走到大廳的經理辦公室。大廳角落裡有棵積滿塵埃的假棕櫚樹，壁紙上粉紅的火鶴飛舞。我在塑膠檯面的登記櫃台後面，找到正在看報紙的經理。我形容索拉博的模樣，問他有沒有看見。他放下報紙，摘掉老花眼鏡。他頭髮油膩膩的，整整齊齊的小鬍子已有些灰白。他身上隱約有種熱帶水果的味道，但我說不上來是什麼水果。

「男孩子哦，他們喜歡亂跑。」他嘆口氣說：「我有三個男孩。他們整天亂跑，給他們母親惹麻煩。」他用報紙搧臉，瞪著我的下巴。

「我不認為他是出去亂跑。」我說：「而且我們不是本地人。我怕他會迷路。」

他的頭輕輕搖晃。「那你就該把他看緊一點，先生。」

「我知道。」我說：「可是我睡著了。等我醒來，他就不見了。」

「男孩子要特別加以注意，你知道。」

「是。」我的脈搏加速。他對我的擔憂怎可如此不在意？他把報紙換到另一手，繼續搧著。

「他們現在想要腳踏車。」

「誰？」

「我兒子。」他說：「他們說：『爹地，爹地，拜託買腳踏車給我們，我們就不再煩你。拜託，爹地。』」他從鼻子裡發出短促的笑聲。「腳踏車。他們母親會殺了我，我保證。」

我想像索拉博躺在水溝裡。或在某部車的行李廂裡，被捆綁著，嘴巴被塞住。我不要他死在我手裡，不要連他也因我而死。「拜託……」我說。我瞇起眼睛，看見他藍色短袖棉襯衫上的名牌。「法亞茲先生，你看到過他嗎？」

「那個男孩？」

我咬牙忍耐。「沒錯，那個男孩！那個和我一起來的男孩！你到底看到他沒，看在老天的份上？」

他不扁了，眼睛瞇起來。「別對我發火，我的朋友。搞丟他的又不是我。」

他的辯駁並沒有讓我不繼續火冒三丈。「你說的對，是我錯了。我的錯。好，你到底看見他沒？」

「抱歉。」他簡略地說。他又戴上眼鏡，翻開報紙。「我沒看過那個男孩。」

我在櫃台站了足足一分鐘，忍住不大叫。我走出大廳的時候，他說：「你知不知道他可能跑去哪裡？」

「我不知道。」我說。我覺得疲倦。疲倦且恐懼。

「他對什麼感興趣嗎？」他說。我看見他折起報紙。「我的兒子，比方說，他們無論如何都要看美國動作片，特別是那個阿諾什麼辛格……」

「清真寺！」我說：「那座大清真寺！」我記起我們開車經過時，那座清真寺如何讓索拉博目眩神迷，探出車窗凝望。

「費瑟清真寺？」

「對，你能帶我去嗎？」

「你知道那是全世界最大的清真寺嗎？」他問。

「不知道，可是——」

「光是中庭就可以容納四萬人。」

「你能載我去嗎？」

「離這裡只有一公里。」他說。他已從櫃台走出來。

「我會付你車錢。」我說。

他嘆口氣，搖搖頭。「等一下。」他消失在後面的房間裡，再回來的時候戴了另一副眼鏡，手裡拎一串鑰匙，背後跟了一個穿橙色紗麗的矮胖婦人。她坐在櫃台後他的位子上。「我不會收你的錢。」他喘著氣說。「我會載你去，因為我和你一樣是個父親。」

我以為我們會開車繞著城裡轉到夜深。我看見自己去找警察，在法亞茲責難的眼光注視下對他們描述索拉博的長相。我聽見那個警官用疲憊不關心的聲音問著例行的問題。而在這些正式問題底下，另有一個非正式的問題：誰見鬼的在乎另一個死阿富汗小孩的事啊？

但是，我們在距清真寺一百碼處找到他，在半滿的停車場裡，他坐在安全島的草地上。法亞茲把車停在安全島旁，讓我下車。「我得回去了。」他說。

「沒關係。我們可以走回去。」我說：「謝謝你，法亞茲先生。真的。」

我下車的時候，他從駕駛座探過頭來。「我可以跟你說句話嗎？」

「當然可以。」

在昏暗的暮色中，只看得見他臉上一副閃射著黯淡夜光的眼鏡。「你們阿富汗人……嗯，你們有點魯莽，不顧後果。」

我很累，而且渾身疼痛。我的下巴抽痛。胸口和胃部該死的傷口好像倒刺鐵鉤刺進我皮膚底下。但我開始大笑。

「我……我怎麼……」法亞茲說，但我開始笑，敞開喉嚨，讓迸發的笑聲從縫合的嘴巴宣洩出來。

「真是瘋了。」他說。他逕自離去，輪胎吱軋響，車尾燈在幽微的夜光中閃著紅色光芒。

「你把我嚇壞了。」我說。我在他身邊坐下，一彎腰就痛得身體一縮。

他望著清真寺。費瑟清真寺的形狀像個巨大的帳篷。車子來來去去；穿白衣的朝聖者川流不息。我們默默坐著，我背靠著樹，索拉博在我旁邊，膝蓋抵著胸口。我們傾聽召喚禮拜的聲音，看著日光隱遁時，寺裡千百盞燈亮起。這座清真寺像顆鑽石在黑夜裡熠熠生輝。它照亮了天空，還有索拉博的臉。

「你去過馬札爾-伊-沙利夫嗎？」索拉博說，下巴靠在膝蓋上。

「很久以前。我記不太清楚了。」

「我很小的時候，父親帶我去過。母親和紗紗也一起去。爸爸在市集裡買了一隻猴子給我。不是真的，是要吹氣的那種。那是咖啡色的，還打著領結。」

「我小時候好像也有一隻。」

「爸爸帶我去藍色清真寺。」索拉博說：「我記得在禮拜堂外面有好多鴿子，牠們一點都不怕人，還靠近我們。紗紗給我一小片南餅，讓我餵鳥。一下子就有一大堆鴿子圍在我身邊。真好玩。」

「你一定很想念父母親。」我說。我不知道他有沒有看見神學士把他父母親拖到街上。我希望他沒目睹。

「你想念你的父母親嗎？」他問，臉頰貼著膝蓋，望著我。

「我想念我的父母親嗎？嗯，我沒見過我母親。我父親幾年前過世了，是的，我很想念他。有時候非常想念。」

「你記得他的長相嗎？」

我想起爸爸粗壯的脖子，他烏黑的眼睛、他桀驁不馴的棕髮。坐在他膝上，就像坐在兩根大樹幹上。「我記得他的長相。」我說：「也記得他的味道。」

「我開始忘記他們的臉。」索拉博說：「很糟糕嗎？」

「不。」我說：「是時間的關係。」我想起一樣東西。我看看外套前襟的口袋，找出那張哈山與索拉博合照的拍立得照片。「拿去。」我說。

他把那張照片湊近眼前，微微轉動讓清真寺的燈光能照在上面。他看了很久。我以為他會哭，但沒有。他用兩手拿著照片，拇指輕撫著表面。我想起我在什麼地方讀到的一句話，也或許是聽什麼人講的：阿富汗有很多小孩，但很少有童年。他把照片遞還給我。

「留著吧。」我說：「這是你的。」

「謝謝你。」他又看看照片，收進他背心的口袋。一輛馬拉的貨車嗒嗒走進停車場。馬脖子上掛了一串鈴鐺。每走一步就叮叮噹噹響。

「我最近常想到清真寺。」索拉博說。

「真的？想到什麼？」

他聳聳肩。「只是想到而已。」他抬起臉，直直看著我。他這時哭了，靜靜的，輕輕的。「我能問你一件事嗎，阿米爾大人？」

「當然可以。」

「真主……」他開口，有些哽咽。「我對那個人做的事，會讓真主把我丟進地獄嗎？」

我想再靠近他，但他縮起身子。我後退。「不，當然不會。」我說。我想把他拉近一些，抱住他，告訴他說是世界對他不仁，而不是他不義。

他的臉紐曲緊繃，努力想保持平靜。「父親常告訴我，傷害別人是不對的，就算傷害的是壞人也一樣。因為他們不知道什麼是好的，也因為壞人有時候會變好。」

「不一定，索拉博。」

他狐疑地看著我。

「傷害你的那個人，我很多年以前就認識他了。」我說：「我猜，你從我和他的對話裡已經聽出來了。他……我和你一樣大的時候，他有一次想傷害我，但你父親救了我。你父親非常勇敢，他每次都把我從危難中拯救出來，保護我。所以有一天，那個壞人就傷害你父親。他用很惡劣的方法傷害他……我不能救你父親，不能像他救我一樣。」

「為什麼有人要傷害我父親？」索拉博用喘氣、稚氣的聲音說：「他對人一向很好。」

「你說的沒錯。你父親是個很好的人。但我想告訴你的是，索拉博將，世界上就是有壞人，有些壞人永遠不會改過。有時候你必須和他們對抗。你對那個人做的，就是我很多年以前就該對他做的。你讓他得到報應，他甚至還應該有更悲慘的下場。」

「你覺得父親會對我失望嗎？」

「我知道他不會的。」我說：「你在喀布爾救了我一命。我知道他會非常以你為榮的。」

他用襯衫的袖子擦擦臉。嘴唇上突然冒出一個唾沫。他把臉埋在手裡，哭泣了許久才再開口說話。「我想念父親，還有母親。」他哽咽地說：「我也想念紗紗和拉辛汗。可是有時候，我很慶幸他們……他們不在這裡。」

「為什麼？」我碰碰他的手臂。他縮回去。

「因為——」他說，邊啜泣邊大口喘氣。「因為我不想讓他們看見我……我這麼髒。」他深深吸一口氣，長長吐出，喘著氣哭。「我這麼髒，我滿身罪惡。」

「你不髒，索拉博。」我說。

「那些人——」

「你一點都不髒。」

「……他們……那個壞人和另外兩個人……他們……對我做了……」

「你不髒，你也沒有罪。」我再次碰碰他手臂，他還是退縮。我又靠近，輕輕地，把他拉近我身邊。「我不會傷害你。」我耳語說：「我保證。」他略微抗拒。然後緩緩放鬆。他讓我把他拉近前來，讓他的頭靠在我的胸前。他小小的身軀在我懷裡，每次啜泣就全身發抖。

同一個胸脯餵大的人之間會有親情。而此時，當這孩子的痛苦滲透過我的襯衫時，我看見親情在我倆之間生根。在阿塞夫房間裡發生的事，已讓我倆牢不可分。

我一直在等待正確的時機，正確的時刻，提出這個縈迴腦海、讓我夜不成眠的問題。我下定決心，現在正是時候，就在此時，此地，在真主宅邸明亮光芒的照耀下。

「你願意到美國，和我以及我太太一起生活嗎？」

他沒回答。他躲在我襯衫裡嗚咽，我任他盡情地哭。

一整個星期，我們沒再提到我問過的那個問題，彷彿從來沒問過似的。然後，有一天，索拉博和我搭計程車去看「山崖景點」。那個地方突出在馬加拉丘半山腰，是一處伊斯蘭馬巴德的美景，一條條綠樹夾道的乾淨街道和白色房舍盡收眼底。司機告訴我們，從上面可以看到總統宮殿。「如果下過雨，空氣乾淨的話，甚至可以望到拉瓦爾品第②呢。」他說。從他的後照鏡裡，我看見他的目光在我和索拉博身上來回盤旋。我也看見我自己的臉。不像之前那麼腫脹，但各種逐漸消退的瘀青，仍然留下黃色的斑跡。

我們坐在野餐區的長椅上，一棵橡膠樹的樹蔭下。天氣很暖和，太陽高掛在寶石藍的天空上。附近的長椅上，幾個家庭在吃馬鈴薯餅和炸蔬菜餅當點心。不知哪裡有台收音機在播放印度歌曲，我記得是某部老電影的主題曲，可能是《純潔之心》吧。孩子們大多是索拉博的年紀，追著足球跑，咯咯笑，大聲叫。我想起卡帖-斯希的孤兒院，想起薩曼辦公室那隻在我腳邊奔跑的老鼠。我的胸口頓然一緊，未曾預料到的怒火熊熊燃起，因為我的同胞正蹧踏他們自己的土地。

「怎麼了？」索拉博問。我擠出微笑，告訴他沒什麼。

我們把旅館的毛巾鋪在野餐桌上，在上面玩牌。感覺真好，與我同父異母弟弟的兒子玩著牌，陽光暖暖地照在我頸背。那首歌播完了，又播起另一首，一首我沒聽過的歌。

「看！」索拉博說。他用牌指著天空。我抬頭望，看見一隻老鷹在廣袤無際的穹蒼翱翔。「沒想到伊斯蘭馬巴德也有老鷹。」我說。

「我也沒想到。」他說，他的眼睛緊跟著老鷹盤旋。「你住的地方有老鷹嗎？」

「舊金山？我猜有吧。雖然我不敢說我看到過很多。」

「喔。」他說。我希望他再多問一些，但他用另一手丟牌，問我們可不可以吃東西了。我打開紙袋，給他一個肉丸三明治。我的午餐又是一杯香蕉與柳丁果汁——法亞茲太太的果汁機租給我一個星期。我用吸管吸，嘴裡滿是甜甜的綜合果汁。有些還從我的嘴角滴出來。索拉博遞給我一張紙巾，看著我輕拍嘴唇。我微微一笑，他也對我笑。

「你父親和我是兄弟。」我說。就這樣脫口而出。我們坐在清真寺旁邊那天，我原本打算告訴他，但我沒說。可是他有權利知道；我不想再隱瞞任何事。「同父異母，真的。我們是同一位父親的兒子。」

索拉博不嚼了。放下三明治。「父親從來沒告訴我說他有兄弟。」

「因為他不知道。」

「他為什麼不知道？」

「沒人告訴他。」我說：「也沒人告訴我。我最近才知道的。」

索拉博眨眨眼。彷彿是第一次看到我，第一次真正看著我。「可是為什麼大家要瞞著你和父親呢？」

「你知道，我那天也問過相同的問題。是有個答案，但不太好。只能說他們不想告訴我們，是因為你父親和我……我們不該是兄弟。」

「因為他是哈札拉人？」

我強迫自己的目光停留在他身上。「是的。」

「你的父親，」他瞪著食物開口說：「你父親愛你和愛我父親是一樣的嗎？」

我想起很久以前在喀爾喀湖，爸爸容許自己去拍拍哈山的背，因為他的水漂兒打得比我遠。我想起爸爸在病房裡，看著哈山嘴唇的繃帶解開，那種高興的神情。「我認為他對我們的愛是一樣的，但方式不同。」

「他覺得我父親很可恥嗎？」

「不，」我說：「他覺得他自己很可恥。」

他拿起三明治，默默地吃著。

那天下午我們很晚才離開，天氣熱得讓人疲累，但卻疲累得很快樂。回程中，我感覺索拉博望著我。我要司機在一家賣電話卡的商店停車。我給他錢和小費，要他去幫我買一張。

那天晚上，我們躺在床上，看電視上的談話節目。兩個留著胡椒灰長大鬍子、裹白頭巾的教士，接聽來自世界各地的信徒電話。有人從芬蘭打來，一個叫阿育勃的人，問說他十幾歲的兒子會不會下地獄，因為他穿褲腰低得露出內褲頭的垮褲。

「我有一次看到舊金山的照片。」索拉博說。

「真的？」

「有一座紅色的橋，還有一棟屋頂尖尖的房子。」

「你應該看看那裡的街道。」我說。

「什麼樣子？」這會兒他看著我。在電視上，兩個教士在互相交換心得。

「街道很陡，你往上開的時候，只看得到車子的引擎蓋和天空。」我說。

「聽起來很嚇人。」他說。他轉過身，面對我，背對著電視。

「剛開始是很嚇人。」我說：「但是後來就習慣了。」

「那裡會下雪嗎？」

「不會，但常常有霧。你知道你看到的那座紅色的橋？」

「嗯。」

「有時候早上霧很濃，你只看得到上面兩個塔的頂端穿霧而出。」

他微笑裡有著驚奇。「哇。」

「索拉博。」

「嗯。」

「我上次問你的問題，你想過了嗎？」

他的微笑退去。他背對我，兩手在腦後交握。兩個教士最後決定，阿育勃的兒子該下地獄，因為他把褲子穿成這樣。他們說在聖訓裡就有指示。「我想過了。」索拉博說。

「結果呢？」

「我很害怕。」

「我知道這有點可怕。」我說，緊緊抓住這一渺茫的希望。「但是你很快會學會英文，你會習慣——」

「我不是這個意思。那也讓我害怕，但是……」

「但是怎樣？」

他又轉身面對我。弓起膝蓋。「如果你厭倦我了呢？如果你太太不喜歡我呢？」

我掙扎著起床，越過我們之間的距離。我坐在他身邊。「我絕對絕對不會厭倦你，索拉博。」我說：「永遠不會。這是承諾。你是我的姪兒，記得嗎？莎拉雅將，她是很親切的人。相信我，她一定會愛你的。我敢保證。」我冒險一試。往下拉起他的手。他有點緊張，但讓我握著。

「我不想再到另一間孤兒院。」他說。

「我不會讓這種事發生的。我向你保證。」我用雙手握住他的手。「和我一起回家。」

他的淚沾濕枕頭。他好長一段時間沒說話。然後他的手捏著我的手。點點頭。他點點頭。

試了四次，電話才接通。鈴響了三聲，她才接起來。「哈囉？」時間是伊斯蘭馬巴德晚上七點三十分，約莫是加州早上的相同時間。也就是說莎拉雅已經起床一個小時，準備到學校了。

「是我。」我說。我坐在床上，看著索拉博睡覺。

「阿米爾！」她幾乎尖叫。「你還好嗎？你在哪裡？」

「我在巴基斯坦。」

「你為什麼沒早點打回來？我擔心得都生病了。我母親每天祈禱，還宰羊獻祭。」

「對不起，我沒打電話。我現在很好。」我原本告訴她，我只去一個星期，最多兩個星期。但我已經走了將近一個月。我微笑。「告訴嘉蜜拉卡哈拉，別再宰羊了。」

「你說現在很好是什麼意思？還有你的聲音怎麼回事？」

「現在別擔心了。我沒事。真的。莎拉雅，我要告訴妳一個故事，一個我早該告訴你的故事。但我要先告訴妳另一件事。」

「什麼事？」她說，她壓低聲音，顯得更為謹慎。

「我不是自己一個人回來，我會帶一個小男孩回來。」我略頓一下。「我想要收養他。」

「什麼？」

我看了一下手錶。「這個爛電話卡上還有五十七分鐘，我有很多話要對妳說。先找個地方坐下。」我聽見椅腳疾劃過木頭地板的聲音。

「說吧。」她說。

於是，我做了十五年婚姻生活裡從沒做過的事：我把所有事情告訴我的妻子。所有的一切。我曾經無數次勾勒這個時刻，害怕這個時刻，但我說了，我感覺到胸口湧起某些東西。我想像莎拉雅在我們提親那天晚上也有相似的經驗，就在她告訴我她的過去時。

我說完故事的時候，她在哭。

「妳想呢？」我說。

「我不知道該怎麼想，阿米爾。你一口氣告訴我太多事了。」

「我瞭解。」

我聽見她擤鼻涕。「可是我知道，你必須帶他回來。我要你帶他回來。」

「你確定？」我說，微笑著閉上眼睛。

「我確定嗎？」她說：「阿米爾，他是你的家人，所以他也是我的家人。我當然確定。你不能讓他流落街頭。」一陣短暫停頓。「他是個什麼樣子的孩子？」

我看著睡在床上的索拉博。「他很貼心，很嚴肅的那種。」

「誰能怪他呢？」她說：「我想見他，阿米爾。我真的想。」

「莎拉雅？」

「嗯。」

「我愛妳。」

「我也愛你。」她說。我在她的話裡聽見微笑。「小心一點。」

「我會的。還有一件事。別告訴妳父母親他是誰。如果他們需要知道，也該由我來說。」

「好。」

我們掛掉電話。

伊斯蘭馬巴德美國大使館外面的草坪修剪得整整齊齊，點綴著一簇簇圓形的花叢，周圍有挺拔筆直的樹籬環繞。這棟建築物跟伊斯蘭馬巴德的許多其他建築一樣：潔白單調。我們經過好幾個路障才到那裡，而我下巴的縫線驚動金屬檢測器後，有三個保安人員對我搜身檢查。等我們終於從暑熱中走進裡面，冷氣像飛濺的冰水迎面襲來。大廳裡的秘書，是個約莫五十多歲、臉龐削瘦的金髮婦人，聽我報上名字時露出微笑。她穿著米色襯衫配黑長褲——是這幾個星期以來，我第一次看到不穿布卡或棉袍的女人。她從約見名單上抬頭看我。用鉛筆帶橡皮擦的那端敲著辦公桌。她找到我的名字，請我先坐下。

「你想來些檸檬水嗎？」她問。

「不用，謝謝。」我說。

「你兒子呢？」

「對不起？」

「這位英俊的小紳士。」她說，對著索拉博微笑。

「哦。好的，謝謝。」

索拉博和我在接待桌對面的黑色皮沙發坐下，旁邊是一面很大的美國國旗。索拉博從玻璃桌面的咖啡桌上拿起一本雜誌，飛快翻著，並沒真正看裡面的圖片。

「怎麼了？」索拉博說。

「什麼？」

「你在笑。」

「我在想你的事。」我說。

他露出緊張的微笑。又拿起另一本雜誌，翻了不到三十秒。

「別害怕。」我說，碰碰他的手臂。「這些人很和氣的。放輕鬆。」這個建議也該用在我自己身上。我不停地在座位上動來動去，解開又繫上鞋帶。那位秘書放了一大杯加冰塊的檸檬水在咖啡桌上。「請用。」

索拉博羞澀地微笑。「非常謝謝你。」他用英文說。聽起來像「灰常謝謝你」。他只會這句英文，他告訴過我，他還會說「祝你愉快」。

她笑起來。「不客氣。」她走回辦公桌，高跟鞋在地板上喀喀響。

「祝妳愉快。」索拉博說。

雷蒙・安德魯是個矮小的傢伙，手小小的，指甲修剪得十分整齊，結婚戒指戴在無名指上。他草草和我握手，感覺像捏了一隻麻雀。**那是掌握我們命運的手**，我和索拉博在他辦公桌前坐下時，我這麼想。一張《悲慘世界》的海報釘在安德魯背後的牆上，緊挨著一張美國地形圖。窗台上一盆蕃茄沐浴在陽光下。

「來根煙？」他問。他的聲音是低沉的男中音，和他瘦小的身形很不搭調。

「不，謝謝。」我說。安德魯幾乎沒有看索拉博一眼，說話的時候也不看著我，但我一點都不在意。他拉開辦公桌抽屜，從半包煙裡抽出一根點著。他又從同一個抽屜裡拿出一瓶乳液。他一面用乳液擦手，一面看著那盆蕃茄，煙叼在嘴角。然後他關上抽屜，手肘放在桌上，吐一口煙。「好啦，」他說，灰色的眼睛因為煙而瞇起來。「告訴我你的故事吧。」

我覺得自己像是坐在賈維③面前的尚華強④。我提醒自己，我現在是在美國領土上，這個人站在我這邊，他領薪水就是要幫助像我這樣的人。「我想收養這個孩子，帶他一起回美國。」我說。

「告訴我你的故事。」他重述一遍，在他擺設整齊的桌上用食指碾碎一小片煙灰，輕輕拂進煙灰缸裡。

我把我編的故事告訴他，那是我跟莎拉雅講完電話後苦思出來的。我到阿富汗去帶回我同父異母弟弟的兒子。我找到他的時候，他狀況很糟，被丟在孤兒院裡。我付給孤兒院長一筆錢，帶走這個孩子。然後我帶他到巴基斯坦來。

「你是這孩子的伯父？」

「是的。」

他看看手錶。傾身轉向窗台上的蕃茄。「有人可以作證嗎？」

「有，但是我不知道他現在人在哪裡。」

他轉向我，點點頭。我想從他臉上讀出他的想法，但沒辦法。我不知道他這雙小手有沒有打過牌。

「我想，下巴縫成這個樣子，不該是最近流行的證詞吧。」他說。我們有麻煩了，索拉博和我，我此時突然領悟。我告訴他，我在帕夏瓦被搶了。

「當然。」他說。清清喉嚨。「你是穆斯林嗎？」

「是的。」

「虔誠嗎？」

「是的。」事實上，我根本想不起來上一次磕頭跪拜是什麼時候。但我突然記起：是阿曼尼醫師診斷爸爸那天。我跪在祈禱毯上，只記起幾段在學校學到的經文。

「對你的案子有幫助，但不大。」他說，一邊在他那頭梳整得無瑕的沙色頭髮上搔著癢。

「什麼意思？」我問。我去拉索拉博的手，緊緊握著他的手。索拉博疑惑地看看我，又看看安德魯。

「說來話長，我想我最後再告訴你。你想先聽簡短的答案嗎？」

「我想是。」我說。

安德魯按熄香煙。抿著嘴。「放棄。」

「什麼？」

「你想收養這個小傢伙的請求。放棄吧，這是我給你的建議。」

「知道了。」我說：「那麼，或許你可以告訴我為什麼。」

「意思是你想要長的答案囉。」他說，他的聲音冷淡，對我粗魯的語調完全沒反應。他合起手掌，彷彿要在聖母瑪利亞面前下跪似的。「假設你告訴我的故事是真的，雖然我可以拿我的退休金來打賭，要嘛是你編的，要不就是有所隱瞞。我不在乎，你知道的。你在這裡，他在這裡，這才是重點。就算是這樣，你的請願也窒礙難行，更何況這個孩子不是孤兒。」

「他當然是孤兒。」

「在法律上不是。」

「他父母被當街槍殺。鄰居都看到了。」我說，很慶幸我們是用英文交談。

「你有死亡證明嗎？」

「死亡證明？我們談的是阿富汗耶。那裡大部份人連出生證明都沒有。」

他黯淡的眼睛眨也不眨。「先生，法律不是我訂的。你就算生氣，還是得要證明他父母雙亡。這孩子必須取得法定的孤兒身份。」

「但是——」

「你想要長的答案，我正在說給你聽。你的下一個問題是你需要這孩子母國的合作。所以，在最好的情況下還是困難重重，引用你的話，我們談的是阿富汗。我們在喀布爾沒有美國大使館，這讓事情極度複雜。幾乎不可能。」

「你的意思是，我應該把他丟回街上？」我說。

「我沒這麼說。」

「他受過性侵害。」我說，想起索拉博腳踝上的鈴鐺，眼睛上的睫毛膏。

「很遺憾聽到這樣的事。」安德魯的嘴巴說。但看他望著我的樣子，我們還不如來談談天氣算了。「但是移民局不會因為這樣就發簽證給這個小傢伙。」

「你說什麼？」

「我說，如果你想幫忙，就送錢給有信譽的救援組織。到難民營當志工。但在這個時間點上，我們強烈建議美國公民不要收養阿富汗兒童。」

我站起來。「走吧，索拉博。」我用法爾西語說。索拉博溜到我身邊，頭靠著我的臀部。我記起在那張拍立得照片上，他和哈山也是這樣站著。「我能問你一件事嗎，安德魯先生？」

「可以。」

「你有孩子嗎？」

第一次，他眨眼睛。

「有嗎？這是個簡單的問題。」

他默不作聲。

「我想有。」我說，拉起索拉博的手。「他們應該找個知道想要小孩是什麼滋味的人來坐你這個位子。」我轉身離去，索拉博跟著我。

「我能問你一個問題嗎？」安德魯叫住我。

「問啊。」

「你答應過這個孩子要帶他回去嗎？」

「如果我答應過呢？」

他搖搖頭。「允諾孩子是危險的事。」他嘆口氣，再次拉開抽屜。「你真的要做？」他說，翻找文件。

「我真的要做。」

他抽出一張名片。「那麼我建議你找個能幹的移民律師。奧瑪・費瑟在伊斯蘭馬巴德執業。你可以告訴他，是我介紹你去的。」

我接過名片。「謝謝。」我喃喃說。

「祝你好運。」他說。走出房間時，我回頭望。安德魯站在陽光斜照裡，失神地望著窗外，雙手把那盆蕃茄轉向陽光，充滿愛憐地輕撫著。

「保重。」我們經過秘書桌前，她說。

「你老闆應該學學禮貌。」我說，期望她轉著眼珠，或許點點頭露出「大家都這麼說」的表情。但是沒有，她壓低聲音說：「可憐的雷，他自從女兒死了以後就變了個樣。」

我揚起眉毛。

「自殺。」她說。

搭計程車回旅館途中，索拉博頭靠車窗，望著窗外飛逝而過的建築和一排排橡膠樹。他的呼吸讓玻璃蒙上一層霧，消散了，又起霧。我等他問我會面的結果，但他沒問。

浴室門關上，門裡有嘩嘩的水流聲。自從我們住進旅館之後，索拉博每天上床前都要花很長的時間洗澡。在喀布爾，熱的自來水像父親一樣，是稀有物資。現在，索拉博夜裡幾乎要在浴室裡耗上一個小時，泡在肥皂水裡，洗洗刷刷。坐在床邊，我打電話給莎拉雅。我瞥見浴室門縫下的狹長燈影。你覺得乾淨了嗎，索拉博？

我把雷蒙・安德魯告訴我的話轉述給莎拉雅聽。「妳認為呢？」我說。

「我們當然要認為他說的不對。」她告訴我，她已經打電話給幾家安排跨國收養的收養機構。還沒有找到一家願意處理阿富汗孩子的收養事宜，但她繼續在找。

「妳父母親對這個消息有什麼反應？」

「媽媽很替我們高興。你知道她對你的觀感，阿米爾，在她眼裡你做的都對。爸爸……嗯，和平常一樣，他有點難以了解。他沒說什麼。」

「妳呢？妳快樂嗎？」

我聽見她把聽筒換到另一手。「我想，我們對你的姪子有幫助，但是或許那個小男孩也對我們有幫助。」

「我的想法和妳一樣。」

「我知道聽起來很瘋狂，但我發現自己已經在想，他最喜歡的菜餚是什麼，或他最喜歡的學校科目。我想像我陪他一起作功課……」她笑起來。浴室裡，水已經不流了。我聽見索拉博在裡面，在浴缸裡變換姿勢，水滿溢出來。

「妳真是太好了。」我說。

「噢，我差點忘了！我打電話給夏利夫卡卡。」

我記起他在我們婚禮上唸了一首詩，寫在旅館信紙上的詩。他的兒子手捧可蘭經舉在莎拉雅和我的頭頂上，我們正走向舞台，在鎂光燈中微笑。「他怎麼說？」

「嗯，他準備替我們奔走。他會打電話給他在移民局的一些好友。」她說。

「真是好消息。」我說：「我迫不及待想讓妳見見索拉博。」

「我迫不及待想見你。」她說。

我微笑著掛掉電話。

幾分鐘之後，索拉博從浴室出來。從見過雷蒙・安德魯之後，他只說了不到十幾個字，我想和他交談，也只換來一個點頭或一句單音節的回答。他爬上床，拉起毯子抵住下巴。不到幾分鐘，已打呼起來。

我在蒙上霧氣的浴室鏡子上擦出一塊圓圈，用旅館的老式剃刀刮鬍子，要打開裝進刀片的那種。然後我也泡澡，躺在浴缸裡直到熱騰騰的水變涼，皮膚起雞皮疙瘩。我躺在那裡漂著，猜測，想像……

奧瑪・費瑟身材圓滾，皮膚黝黑，兩頰有酒渦，黑色的小眼睛，溫煦的笑容，一笑就露出間隙過大的牙齒。日益稀疏的灰髮往後紮成馬尾。他穿著一套肘部縫貼皮片的棕色棉布西裝，提著塞滿過多東西的陳舊公事包。缺了提把，所以他把公事包抱在胸前。他是那種一開口就是連珠炮，帶著笑聲，夾著不必要的道歉的人，諸如「對不起，我五點會到」之類的。我打電話給他的時候，他堅持要過來看我們。「對不起，城裡的計程車簡直像鯊魚。」他的英文很標準，沒有任何腔調。「他們一聞到外國人，就要收費三倍。」

他推門進來，堆滿笑容與歉意，微微喘氣和流汗。他用手帕擦額頭，打開公事包，翻找出一本便條箋，又道歉連連地把文件鋪得一床。索拉博盤腿坐在他床上，一眼望著靜音的電視，另一眼瞄著長驅直入的律師。那天早上我告訴他費瑟會過來，他點點頭，幾乎要開口問什麼，但就只是繼續看電視上關於動物的節目。

「找到啦。」費瑟說，翻開那本黃色的法律用便條箋。「希望我的孩子遺傳到他們母親有條有理的個性。對不起，你們或許不想聽到你們未來的律師這樣說吧，哦？」他笑起來。

「嗯，雷蒙．安德魯很推崇你。」

「安德魯先生。對，對。事實上，他打過電話給我，告訴我你的事。」

「真的？」

「喔，是啊。」

「所以你很清楚我的情況。」

費瑟輕拍掉嘴唇上的汗珠。「我清楚的是你告訴安德魯的情況。」他說。他靦腆一笑，露出臉頰上的一對酒渦。他轉頭對索拉博說：「這位一定是引起所有麻煩的年輕人囉。」他用法爾西語說。

「這是索拉博。」我說：「索拉博，這是費瑟先生，我提到過的律師。」

索拉博坐到床邊，與奧瑪．費瑟握手。「你好。」他低聲說。

「你好，索拉博。」費瑟說：「你知道你的名字是個偉大戰士的名字嗎？」

索拉博點點頭。爬回床上，側躺著看電視。

「我不知道你的法爾西語說得這麼好。」我用英文說：「你在喀布爾長大的嗎？」

「不是，我在喀拉蚩出生。但我在喀布爾住了好幾年。新城區，靠近哈吉亞霍伯清真寺。」費瑟說：「事實上，我在柏克萊長大。六〇年代末期，我父親在那裡開一家唱片行。自由之愛，頭巾，蠟染襯衫，你想的出來的花樣都有。」他傾身靠前。「我去過烏茲塔克⑥音樂節。」

「帥啊！」我說，費瑟笑得好大聲，又流得滿身大汗。「反正，」我繼續說：「我差不多全告訴安德魯先生了，只保留了一兩件事。或者也許三件。我會給你一刀未剪的版本。」

他舔舔指頭，翻到空白的一頁，打開筆蓋。「感激不盡，阿米爾。我們何不用英文交談，免得外人聽到。」

「好啊。」

我告訴他所有經過。告訴他我與拉辛汗的會面，到喀布爾的旅程、孤兒院、加齊體育場的石刑。

「天哪。」他低聲說：「對不起，我在喀布爾有很美好的回憶。很難相信你剛才告訴我的就在那個地方。」

「你最近去過嗎？」

「還好沒有。」

「那裡不是柏克萊，我可以告訴你。」我說。

「繼續吧。」

我把其餘的部份也告訴他：和阿塞夫的會面，打鬥，索拉博和他的彈弓，我們逃回巴基斯坦。我講完時，他做了一些筆記，深深吐一口氣，冷靜地看我一眼。「嗯，阿米爾，你眼前有一場艱苦的仗要打。」

「我贏得了嗎？」

他套回筆蓋。「就像雷蒙・安德魯說的，不太可能。不是完全不可能，但是希望渺茫。」溫煦的笑容和他眼中戲謔的神情不見了。

「但是像索拉博這樣的孩子，最需要的是一個家。」我說：「這些法律和規定，對我來說一點意義都沒有。」

「我同意，但是你對我說也沒用，阿米爾。」他說。「事實是，必須考量現行的移民法、收養機關的規定和阿富汗的政治情勢，而且你的情況很不利。」

「我真不明白。」我說，想打東西出氣。「我是說，我知道，但我不明白。」

費瑟點點頭，額頭皺起。「嗯，就是這樣。在災難之後，不管是天災還是人禍——塔利班絕對是一場大災難，相信我，阿米爾——總是很難斷定某個孩子是孤兒。孩子們被送進難民營，或因為父母無法照顧而被遺棄，這是常有的事。所以除非一個孩子很清楚符合孤兒身份的定義，否則移民局不會發給簽證。對不起，我知道聽起來很荒謬，但是你需要父母的死亡證明。」

「你在阿富汗住過。」我說：「你知道這根本就不可能。」

「我知道。」他說：「但是，假設情況很清楚，這孩子的確父母已不在世，就算如此，移民局也認為最好的收養方式是讓他留在本國，這樣才能保存他的文化傳統。」

「什麼文化傳統？」我說：「塔利班已經摧毀阿富汗所有的文化傳統了。你看到他們對巴米揚大佛做了什麼？」

「對不起，我告訴你的是移民局的作法，阿米爾。」費瑟說，拍拍我的手臂。他看索拉博一眼，露出微笑，又轉頭面對我。「而且，一個孩子要被合法收養，必須遵照他本國的法律和規定。但是如果你碰到的是個動亂的國家，比方說像阿富汗，政府官員忙著應付危機，處理收養不會是優先事項。」

我嘆口氣，揉揉眼睛。眼窩處引發一陣猛烈的頭痛。

「但是，假設阿富汗配合採取行動，」費瑟說，手臂抱在圓滾滾的肚子前。「也可能不會批准收養。事實上，就算是比較溫和的穆斯林國家，對收養也還有疑慮，因為在許多這些國家裡，伊斯蘭律法不認可收養。」

「你是叫我放棄？」我問，手掌壓著前額。

「我在美國長大，阿米爾。如果美國教會我什麼事，那一定是：認輸簡直就是不可原諒。但是，身為你的律師，我必須告訴你事實。」他說：「最後一點，認養機關會定期派工作人員評估孩子的環境，可是沒有哪一個保有理性的機關會派人到阿富汗去。」

「我是他伯父，難道不算數嗎？」

「只有你能證明才算數。對不起，你有任何文件或任何人可以支持你的說法嗎？」

「沒有文件。」我疲累地說：「沒有人知道。索拉博也是我告訴他才知道的，連我自己都是最近才發現的。另一個知情的人離開了，或許也死了。」

「唔。」

「我還有什麼選擇，費瑟？」

「老實說，你的選擇並不多。」

「好啦，老天哪，我能怎麼做？」

費瑟吸一口氣，用筆輕敲著臉頰，吐出氣來。「你還是可以提出孤兒請願書，期待會有最好的結果。你也可以做獨立收養，意思就是，你必須和索拉博一起住在巴基斯坦，日復一日，整整兩年。你可以替他申請庇護。那是漫長的過程，你必須證明他受到政治迫害。你可以申請人道簽證。那要交由檢察總長裁量，不輕易發給。」他停頓一下。「還有另一個選擇，或許是你的最佳機會。」

「是什麼？」我說，靠向前去。

「你可以把他交給本地的孤兒院，然後提出孤兒請願。孩子待在安全的地方，同時開始你的I-600申請和你的家庭評估。」

「那是什麼？」

「對不起，I-600 是移民局的一種正式手續。家庭評估是由你選定的收養機關負責，確定你和你太太不是精神失常的瘋子。」

「我不想這樣做。」我說，又看看索拉博。「我答應過他，絕對不會把他送回孤兒院。」

「就像我剛剛說的，這或許是你最好的機會。」

我們又談了一會兒，然後我送他走回車上，一輛舊的福斯金龜車。那時，伊斯蘭馬巴德的太陽正漸漸西沈，西邊有紅色的夕照餘暉。我看著費瑟努力把自己塞進車裡，他的重量讓車子斜一邊。他搖下車窗。「阿米爾？」

「嗯。」

「我剛才沒告訴你吧？我覺得你現在做的事很了不起！」

他揮揮手開車離去。我站在旅館外面揮著手，希望莎拉雅在我身邊。

我回到房間時，索拉博已經關掉電視。我坐在床邊，要他坐在我身旁。「費瑟先生認為我有辦法帶你回美國。」我說。

「真的？」索拉博說，淡淡浮現這些天來的第一個微笑。「我們什麼時候走？」

「可是還有一件事。可能需要花一點時間。可是他說可以辦到，而且他會幫我們。」我的手搭在他的頸背。外面街道傳來召喚禮拜的聲音。

「要多久？」索拉博問。

「我不知道。一陣子。」

索拉博聳肩微笑，這次笑意更濃一些。「我不在乎。我可以等，就像酸蘋果。」

「酸蘋果？」

「有一次，我還小很小的時候，我爬到樹上吃那些青青的酸蘋果。我的胃脹起來，硬得像鼓一樣，而且很痛。母親說我如果肯等到蘋果成熟，就不會生病了。所以，不管我有多想要一件東西，我都會回想她說的關於蘋果的事。」

「酸蘋果。」我說：「天啊，你真是我見過最聰明的小傢伙。」他的耳朵漲得通紅。

「你會帶我去看紅色的橋嗎？有霧的那座？」他說。

「絕對會。」我說：「絕對會。」

「我們也會開車上那些街道，那些你說只看得到引擎蓋和天空的街道？」

「每一條街。」我說。淚水刺痛，我輕輕眨掉。

「英文很難學嗎？」

「我敢說，不到一年，你就能說得和法爾西語一樣好。」

「真的？」

「真的。」我用一根手指支起他的下巴，把他的臉轉向我。「還有另一件事，索拉博。」

「什麼事？」

「嗯，費瑟先生認為，這真的會有幫助，如果我們……我們要求讓你在兒童之家待一陣子。」

「兒童之家？」他說，笑容隱退。「你是說孤兒院？」

「只待很短一段時間。」

「不。」他說：「不要，拜託。」

「索拉博，只是一小段時間。我保證。」

「你答應過我，你絕對不會送我到那種地方去的，阿米爾大人。」他說。他的聲音變了，淚水泉湧。我心如錐刺痛。

「這不一樣。是在這裡，在伊斯蘭馬巴德，不是在喀布爾。我會常常去看你，一直到我們能帶你離開，帶你回美國。」

「拜託！拜託，不要！」他哽咽說：「我怕死那種地方了。他們會傷害我！我不要去。」

「沒有人會傷害你的。絕對不會再有。」

「會，他們會！他們總是說不會，可是他們騙人。他們騙人！拜託！主啊！」

我用拇指抹去他臉頰上一道道淚水。「酸蘋果，記得嗎？就像酸蘋果一樣。」我輕聲說。

「不，不一樣。那個地方不行。主啊，噢，主啊，拜託，不要。」他渾身顫抖，臉上涕淚縱橫。

「噓，」我把他拉近身邊，手臂摟住他不住哆嗦的小小身軀。「噓。沒事的。我們會一起回家。你會明白，一切沒事的。」

因為靠在我的胸口，他的聲音悶住了，但我還是聽得出來他的驚慌。「拜託，保證你不會！

噢，主啊，阿米爾大人！拜託，保證你不會！」

我如何能保證呢？我抱著他，緊緊抱住，前後搖著。他貼在我襯衫上哭泣，直到淚水乾涸，直到他不再顫抖，直到他狂烈的懇求慢慢變成無法辨識的喃喃低語。我等著，輕搖著他，直到他呼吸變緩，身體放鬆。我想起很久以前不知在什麼地方讀到的一段話：孩子們沉睡，以此對抗驚恐。

我把他抱到床上，放他躺下。然後我躺在自己床上，望著窗外伊斯蘭馬巴德紫色的天空。

電話聲把我從睡夢中驚醒時，天空已沉沉漆黑。我揉著眼睛，打開床頭燈。剛過十點半，我睡了將近三個小時。我拿起電話：「哈囉？」

「美國來的電話。」法亞茲先生單調乏味的聲音說。

「謝謝你。」我說。浴室的燈亮著；索拉博在洗他的睡前澡。幾聲喀嗒之後，莎拉雅的聲音響起：「你好！」她聽起來很興奮。

「嗨。」

「你和律師談得怎麼樣？」

我把奧瑪．費瑟的建議告訴她。「嗯，把他的建議給忘了吧！」她說：「我們不必這麼做。」

我坐起來。「為什麼？怎麼回事？」

「夏利夫卡卡回消息了。他說關鍵在於把索拉博帶進美國。只要他進來了，就有辦法可以留下來。所以他打了一些電話給他在移民局的朋友。他今天晚上回電話給我，說他幾乎可以確定能幫索拉博弄到人道簽證。」

「沒開玩笑吧？」我說：「感謝真主！夏利夫卡卡真是太棒了！」

「我知道。反正，我們可以當贊助人。應該不必花太多時間。他說簽證是一年有效期，時間足夠提出收養申請了。」

「這是真的吧，莎拉雅，哦？」

「看起來是。」她說。她聽起來很快樂。我告訴她我愛她，她說她也愛我。我掛掉電話。

「索拉博！」我從床上起身叫他：「我有好消息。」我敲敲浴室門。「索拉博！莎拉雅將剛從加州打電話來。我們不必送你到孤兒院了，索拉博。我們就要去美國了，你和我。你聽見了嗎？我們要去美國了！」

我推開門。走進浴室。

我猛然跪倒在地，尖叫。尖叫聲從我咬緊的牙關迸出。尖叫到我覺得喉嚨撕裂，胸膛爆開。

後來，他們說，直到救護車抵達，我還在尖叫。

---

①Shah Faisal Mosque，由沙烏地阿拉伯前國王費瑟捐資興建，於一九八八年落成，佔地近十九公頃，四座禮拜塔樓高八十公尺，祈禱廳穹頂高達四十公尺，可容納十萬人禮拜，為全球最大清真寺。

②Rawalpindi，距伊斯蘭馬巴德不遠之大城，為巴基斯坦舊都。

③Javert，《悲慘世界》裡的探長，窮一生之力追捕主角尚華強。

④Jean Valjean，《悲慘世界》的主角，因偷麵包而入獄，出獄後虔心贖罪。

⑤Woodstock，一九六八年八月舉行為期三天的搖滾音樂節，吸引五十萬人參與，成為美國青年流行文化表徵。

第二十五章

他們不讓我進去。

我看見他們推著他穿過一道雙扉門，我緊跟在後。我衝過門，碘酒和消毒水的氣味撲鼻而來，但我只來得及看見兩個戴手術帽的男人和穿綠衣的女人擠在輪床上方。一條白色床單蓋過輪床側邊，拂著髒污的花格磁磚。除了床單底下伸出一雙纖細血淋淋的腳，我還看見左腳拇指的指甲被削掉了。此時，一個穿藍衣的結實矮男子用手掌抵住我胸口，把我推到那道雙扉門之外，他的婚戒在我皮膚上冰冰涼涼。我向前擠，咒罵他，但他說你不能待在這裡，他講英文，聲音有禮但堅定。「你必須等。」他說，帶我走回等候區。雙扉門在他背後迴旋關上，我只能從門上長方形的狹窄窗戶裡看見那兩個男人手術帽的頂端。

他把我留在沒有窗戶的寬闊迴廊，一大堆人擠在那裡，有的坐在牆邊的金屬折疊椅上，有的坐在磨得破舊的薄地毯上。我又想放聲尖叫，我記起最後一次有這種感覺，是和爸爸一起搭那輛油罐車，與其他難民藏匿在漆黑之中。我想讓自己抽離這個地方，抽離這個現實，像一朵雲騰空升起，隨風飄走，沒入這濕熱的夏夜，越過山巒，在遠處消散。可是我在這裡，雙腳有如水泥塊般沉重，肺裡沒有空氣，喉嚨如火焚燒，無法隨風飄走。今夜再無其他真實之物。我閉上眼睛，鼻孔充滿迴廊的氣味，汗水與阿摩尼亞，藥用酒精與咖哩。在天花板上，飛蛾撲向迴廊成排晦暗灰沉的燈管，我聽見牠們翅膀如紙般拍動的聲音。我聽見談話聲、無聲啜泣、擤鼻聲，有些人在呻吟，有些人在嘆氣，電梯門砰一聲打開，操作員用烏爾都語喊某個人。

我又張開眼睛，我知道該怎麼做了。我環顧四周，心臟在胸口怦怦跳，血液在耳裡轟轟地響。我左邊有一間小小暗暗的物品供應室。在裡面，我找到我需要的東西，很合用。我從一堆疊好的布品裡抓起一條白色床單，帶回迴廊。我看到一位護士在洗手間附近與警察交談。我拉拉護士的手肘，想知道哪一邊是西方。她聽不懂，皺起眉頭時加深了臉上的皺紋。我喉嚨發疼，眼睛被汗水刺痛，每吸一口氣都像吞下烈火一樣，我想我在哭。我又問了一遍。我懇求。幫我指引方向的是那個警察。

我把臨時應急的祈禱毯鋪在地板上，然後曲膝跪下，額頭碰地，我的淚水濡濕了床單。我向西方磕頭。此時我才想起，我已經超過十五年沒祈禱了。我早就忘了那些禱辭。不過沒關係，我會唸出一些我仍然記得的字句：唯阿拉是真主，穆罕默德是祂的使者。我現在知道爸爸錯了，是有真主存在，一直都有。我在這裡看見祂，在迴廊那些絕望的人眼裡看見。這裡才是真主真正的宅邸，這裡是曾失去真主的人重新尋回祂的地方，而不是那座燈光閃耀如鑽石、有高聳禮拜塔的白色清真寺。真主在此，必須在，而我將祈禱，祈求祂寬恕我這麼多年來忽視祂的存在，寬恕我曾背叛、欺騙，行惡未遭到懲罰，直到我需要祂的這一刻才回頭。我祈禱祂如聖書所言那般慈悲、仁愛、和藹。我向西方磕頭，親吻地上，承諾我會做天課，我會做禮拜，我會在齋月齋戒，等齋月過了我也還會繼續齋戒，我承諾記住祂聖書裡的每一個字，也會到沙漠裡那座襖熱難當的城市朝聖，還會在天房①前磕頭。我每一樣都會做，而且從這天開始每天都會想到祂，只要祂成全我一個心願：我雙手沾滿哈山的血；我祈求真主不要讓我這雙手也沾上他兒子的血。

我聽到抽噎的聲音，意會到那是我自己的聲音，淌下臉頰的淚讓我嘴唇鹹鹹的。我感覺到迴廊裡每個人都盯著我看，而我仍向西方朝拜。我祈禱。我祈禱我的罪惡不會以我一向害怕的方式追上我。

暗無星光的黑夜籠罩伊斯蘭馬巴德。已經過了幾小時，我此時坐在迴廊外通往急診處的一個小休息室地板上。我面前是一張不起眼的棕色咖啡桌，散放著報紙和翻得爛爛的雜誌——一本一九九六年四月份的時代周刊；一份巴基斯坦報紙，刊載了上星期被火車撞死的男孩照片；一本娛樂雜誌，油膩膩的封面上是寶麗塢演員的微笑。在我對面是一個穿碧玉色棉袍、圍著針織披肩的老婦人，坐在輪椅上點頭打盹。每隔一會兒，她就會驚醒，用阿拉伯文唸一句禱辭。我疲累地想，今晚是誰的祈禱會被聽見，是她的，還是我的。我在心中描繪索拉博的臉，那肉乎乎突出的下巴，貝殼形的小耳朵，飛斜如竹葉的眼睛與他父親如此相像。深沉如屋外黑夜的悲傷向我襲來，我覺得喉嚨卡住。

我需要空氣。

我站起來，打開窗戶。穿過紗窗吹進來的風炎熱霉臭——有過熟的椰棗與糞便的味道。我強迫自己大口吸進肺裡，但仍無法消除我胸口緊緊勒住的感覺。我坐回地板上。拿起時代周刊，飛快翻著。但我無法讀，無法專注在任何事情上。所以我把周刊丟回桌上，回頭繼續盯著水泥地板上鋸齒狀的裂痕，盯著牆角天花板上的蜘蛛網，盯著窗台上的蒼蠅死屍。但大部時間，我都盯著牆上的鐘。凌晨四點剛過，我被趕出那個有道雙扉門的房間，已經超過五個小時。我仍然沒聽到任何消息。

我已經開始感覺屁股下面的地板像我身體的一部份，我的呼吸越來越沉重、緩慢。我想睡，想閉上眼睛，把頭靠在這滿是塵埃的冰冷地板上，漂流而去。等我醒來，或許會發現我在旅館浴室裡見到的一切都只是一個夢：水龍頭的水一滴一滴滑落，「滴答」一聲落進血紅的洗澡水裡；左臂垂在浴缸外邊，沾滿血的剃刀丟在浴室水槽上——那是我前一天用來刮鬍子的剃刀——他的眼睛，還半張著，但黯淡無光。那比什麼都難以忍受。我想忘記那雙眼睛。

不久，睡意襲來，我不再抗拒。我作夢，但事後全想不起來。

有人拍拍我的肩膀。我張開眼睛。有個人蹲在我旁邊。他和雙扉門後那兩名男子一樣，戴著帽子和外科紙口罩——我看見口罩上有滴血，心不禁一沉。他的呼叫器上貼了一張小女孩的照片，眼睛天真無邪。他取下口罩，我很感激不必再看見索拉博的血。他黝黑的膚色很像哈山和我以前常在新城區市集買的瑞士進口巧克力；他的頭髮稀疏，淺褐色的眼睛有捲翹的睫毛。他說話帶英國腔，告訴我說他是納瓦茲醫師。我頓時想遠離這個人，因為我不認為自己能承受他即將告訴我的事。他說那孩子把自己割得很深，大量流血，我的嘴巴又開始喃喃唸出禱辭：

唯阿拉是真主，穆罕默德是祂的使者。

他們必須注射好幾單位的紅血球……

我該怎麼告訴莎拉雅？

兩次，他們必須讓他醒過來——

我會做禮拜，我會做天課。

如果他的心臟不是這麼年輕強壯，他們就救不了他——

我會齋戒。

他還活著。

納瓦茲醫師微笑。我花了一會兒功夫才了解他剛才說了什麼。他接著又說了些話，但我根本沒聽見。因為我已經握著他的手，我已經把他的手貼著我的臉。我在這個陌生男子肉肉的小手裡流下寬慰之淚，他沒再說話。他等待我平復。

加護病房呈L形，燈光幽微，有一大堆嗶嗶叫的監視器和呼呼響的機器。納瓦茲醫師領著我從白色塑膠窗簾分隔的兩排病床中間走過。索拉博的床是角落裡的最後一張，也最靠近護士站。兩個穿綠色手術袍的護士在夾紙板上記東西，一面低聲聊天。我一路沉默地跟著納瓦茲醫師搭電梯上來，我想我看到索拉博時一定又會哭。但等我坐在他病床邊的椅子上，透過一大堆微微閃光的塑膠管與點滴線，看著他蒼白的臉，我竟然沒掉一滴淚。望著他的胸膛隨著呼吸器嘶嘶作響的節奏起伏，一陣奇怪的麻木感覺襲向我，就像千鈞一髮之際轉開車子避開迎面對撞之後，會有的那種麻木感覺。

我打起瞌睡，等我醒來，從護士站旁邊的窗戶看見太陽正爬上奶油色的天空。光線斜斜照進房內，朝索拉博投下我的影子。他一動也不動。

「你最好睡一會兒。」一位護士對我說。我不認得她——我打盹的時候一定換過班了。她帶我到另一間休息室，就在加護病房外。空盪盪的。她給我一個枕頭和醫院發的毯子。我謝謝她，在休息室角落的塑膠皮沙發躺下。我幾乎馬上就睡著了。

我夢見自己回到樓下的休息室。納瓦茲醫師走進來，我起身迎接。他脫下紙口罩，雙手變得比我記憶中還白，指甲修剪整潔，頭髮分線清楚，我發現他不是納瓦茲醫師，而是雷蒙・安德魯，大使館裡那個盆裡種著蕃茄的矮個子。安德魯歪著頭，瞇著眼。

白天裡，醫院是眾多相互交錯的走廊所組成的迷宮，頭頂上白燦燦的日光燈照得迷離模糊。我慢慢知道醫院內部的配置，知道東翼電梯四樓的按鈕不會亮，知道四樓男廁的門卡住了，必須用肩膀頂開。我慢慢知道醫院的生活自有節奏，清晨換班前一陣快如疾風的騷動，白天裡馬不停蹄的忙亂，深夜一片靜止寂寥，只有醫生和護士趕去急救某人的聲音偶爾劃破沉寂。白天，我守在索拉博床邊，夜裡，在醫院彎彎曲曲的走廊踱步，聽著自己的鞋跟踩在磁磚上的聲音，思索著等索拉博醒來，我該對他說什麼。最後我回到加護病房，在他床邊咻咻作響的呼吸器旁，仍然一無所知。

在加護病房待了三天之後，他們拔掉呼吸管，把他轉到普通病房。他們幫他轉病房的時候我不在。我那天晚上回旅館房間想睡一會兒，卻徹夜輾轉。到了早晨，我努力不去看浴缸。其實已經清乾淨了，有人擦掉血跡，換上新的地板踏墊，刷洗過牆壁。但我無法克制自己不坐在浴缸冰冷的搪瓷邊緣。我想像著索拉博在裡面放滿溫水，看見他脫掉衣服，看見他旋轉剃刀握柄，打開前端的雙安全門，退出刀片，用拇指與食指捏著。我想像他泡進水裡，躺了一會兒，閉上眼睛。我不禁想知道，他拿起刀片劃下的那一剎那，腦海裡的最後一個念頭是什麼。

我正要離開大廳，旅館經理法亞茲先生叫住我。「真的很抱歉，」他說：「但我必須請你離開我的旅館。這對我的生意不好，非常不好。」

我告訴他我瞭解，結帳退房。我待在醫院的那三天，他沒收我房錢。站在旅館外面等計程車的時候，我想起法亞茲先生載我去找索拉博那天晚上對我說的話：**你們阿富汗人……嗯，你們有點魯莽，不顧後果**。我對著他大笑不已，但現在我卻覺得很詫異。在告訴索拉博那個他最害怕的消息之後，我真的去睡了嗎？

我上車之後，問司機知不知道哪裡有波斯文書店。他說往南幾公里處有一家。我們往醫院的途中在那裡暫停。

索拉博的新病房有奶油色的牆，缺損的深灰色嵌條，和以前可能是白色的釉面磁磚。和他同一個病房的是位十幾歲的旁遮普族男孩，我後來從護士那裡得知，這個男孩從開動的巴士車頂跌下來，摔斷了腿。他的腿打上石膏，被抬高，用一個捆綁在重物上的夾具吊著。

索拉博的病床靠窗，近中午的陽光穿透長方形的窗玻璃，照亮了床的下半部。一個穿制服的警衛站在窗邊，用力嚼著煮過的西瓜籽兒——索拉博二十四小時受戒護，以防自殺。納瓦茲醫師告訴我說，這是醫院的規定。警衛看到我時，稍稍舉帽致意，離開房間。

索拉博穿著醫院的短袖睡衣，仰臥著，毯子拉到胸前，臉轉向窗戶。我以為他在睡，但我輕輕拉一把椅子到他床邊時，他的眼簾忽然拍動張開。他看看我，把目光轉開。他好蒼白，儘管他們為他輸了那麼多血。在他右臂肘彎處有一大片紫色的瘀青。

「你還好嗎？」我說。

他沒回答。他望向窗外，看著醫院花園裡圍著柵欄的沙箱和鞦韆。遊戲場附近有一座弧形的格子棚，在一排木槿樹蔭下，幾株翠綠的藤蔓爬上木格架。幾個孩子拿著大大小小的桶子在沙箱裡玩。這天的天空澄藍無雲，我看見一架渺小的噴射機留下兩條白色尾巴。我轉回頭面對索拉博。

「我剛才和納瓦茲醫師談過，他認為你過幾天就可以出院了。好消息，不是嗎？」

再一次，他沉默以對。病房另一端的那個旁遮普男孩睡不安穩，喃喃呻吟。「我喜歡你的房間。」我說，努力不看索拉博纏著繃帶的手腕。「很明亮，而且視野很好。」還是沉默。又過了不知所措的幾分鐘，我的額頭和上唇微微冒汗。我指指他床頭櫃上一碗沒碰過的豌豆麵和一根沒用過的塑膠湯匙，「你應該吃點東西的。才能恢復元氣。你要我幫你嗎？」

他看著我，又轉開。他的臉僵硬如石頭。我看見他的眼睛依舊沒有光彩、空洞，和我把他拖出浴缸時一樣。我拿起放在腳邊的紙袋，掏出我在波斯文書店買的那本二手《雪納瑪》。我把封面朝向索拉博。「小時候，我常唸這本書給你父親聽。我們會爬到家旁邊的山丘上，坐在石榴樹下……」我的聲音越來越小。他又望著窗外。我擠出微笑。「你父親最喜歡的是羅斯坦和索拉博的故事。你的名字就是這麼來的，我曉得你知道。」我略頓一頓，覺得有點像白癡。「反正，他在他的信裡說，這也是你最喜歡的故事，所以我想我來唸幾段給你聽。你想聽嗎？」

索拉博閉上眼睛，用手臂遮著眼。有瘀青的那條手臂。

我翻開我在計程車上折起的那一頁。「開始囉。」我說，第一次想到，當哈山終於靠自己讀《雪納瑪》而發現我一直在騙他時，他腦中會有什麼樣的想法？我清清喉嚨，開始唸。「傾耳聆聽索拉博奮戰羅斯坦，這是感人熱淚的故事。」我開始唸：「故事緣起某一日，羅斯坦自躺椅起身，心中湧起不祥預兆。他思量他……」我唸了第一章的大部份，唸到年輕的戰士索拉博去找母親，薩曼爾的公主塔敏妮，要求知道他父親的身份。「你要我繼續唸嗎？再來有幾場戰鬥，記得嗎？索拉博率領他的軍隊到伊朗的白堡？我應該繼續唸嗎？」

他緩緩搖頭。我把書放回紙袋。「好吧。」我說，他總算有反應，讓我頗感欣慰。「或許我們明天再繼續。你覺得呢？」

索拉博的嘴張開，發出粗嘎的聲音。納瓦茲醫師告訴過我，會有這種情形發生，因為之前呼吸管是經由聲帶插進的。他舔舔嘴唇，再試一次。「倦了。」

「我知道，納瓦茲醫師說這是正常的——」

他搖搖頭。

「什麼，索拉博？」

一開口又是嘶啞的聲音，讓他有些畏卻，聲音小得幾近耳語。「對所有的事都倦了。」

我嘆氣，跌坐在椅子上。一道陽光照在床上，隔開我們，在那一瞬間，從彼端看著我的那張灰白的臉像極了哈山，不是和我鎮日玩彈珠玩到穆拉呼唱昏禮、阿里叫喚我們回家的那個哈山，不是那個夕陽隱沒在西邊的泥磚屋頂後面時，我追著跑下山丘的那個哈山，而是我最後一次見到的那個哈山，在溫熱的夏季暴雨裡，拖著行囊走在阿里後面，把家當塞進爸爸車子的行李廂裡，那個我站在房間被雨打濕的窗後望見的哈山。

他緩緩搖頭。「對所有的事都倦了。」他又說一遍。

「我能做什麼，索拉博？請告訴我？」

「我要——」他開口。他又有些畏縮，一手按著喉嚨，彷彿想清掉卡住他聲音的東西。我再次垂下眼睛，看著他緊緊纏著白色紗布的手腕。「我要回到以前的生活。」他低聲說。

「哦，索拉博。」

「我要父親和母親。我要紗紗。我要和拉辛汗老爺在花園裡玩。我要住在我們的房子裡。」他用前臂遮住眼睛。「我要我以前的生活。」

我不知道該說什麼，該看哪裡，所以我低頭瞪著我自己的手。你以前的生活，我想。也是我以前的生活。我在同一個院子裡玩耍，索拉博。我住在同一幢房子裡。但是綠草枯死了，陌生人的吉普車停在我們房子的車道上，油漏得柏油地上到處都是。我們以前的生活已經消失了，索拉博，所有的人不是已經死了，就是快死了。現在只剩下你和我。只有你和我。

「我沒辦法給你。」我說。

「我希望你沒——」

「拜託不要這樣說。」

「——希望你沒……我希望你就讓我留在水裡。」

「不准再這樣說，索拉博。」我說，傾身向前。「我受不了聽到你這樣說，索拉博。」我摸摸他的肩膀，但他縮起來。躲開。我垂下手，悔恨交加地憶起在我毀棄承諾之前的最後那幾天，他終於安然接受我的撫觸。「索拉博，我沒有辦法讓你回到以前的生活，我祈願主讓我辦得到。但是我可以帶你一起走。我到浴室裡就是想告訴你這個消息。你有美國簽證了，你可以和我們夫妻一起生活。是真的。我保證。」

他從鼻子嘆了一口氣，閉上眼睛。我真希望我沒講出最後的那三個字。「你知道，我這一輩子做過許多後悔的事。」我說：「但我最後悔的是，背棄我對你的承諾。但這不會再發生了，我真的非常非常抱歉。我懇求你的原諒。可以嗎？你能原諒我嗎？你能相信我嗎？」我放低聲音說：「你會和我一起走嗎？」

等待著他回答的同時，我的心飛回遙遠以前的那個冬日，哈山和我在光禿禿的酸櫻桃樹下，坐在雪地上。那天我對哈山玩了個殘忍的把戲，戲弄他，問他願不願意吃泥巴來證明對我的忠心。現在，在顯微鏡下的人是我，我是那個必須證明自己值得的人。我自作自受。

索拉博轉身側臥，背對我。良久沒說一句話。然而，就在我想他或許已經睡著時，他卻哽咽說：「我好疲倦。」

我坐在他床邊，直到他睡著。索拉博和我之間有某些東西不見了。在我去見律師歐瑪•費瑟之前，索拉博那雙拘謹如客人的眼睛裡，開始出現一絲希望的光芒。而今光芒消逝，客人離去，我不知那光芒何時才敢再出現。我不知還要多久，索拉博才會再微笑。還要多久，他才會信任我。倘若還有可能的話。

於是我離開病房，去找另一家旅館，渾然不知我要再等上一年，才會再次聽到索拉博說出一個字。

最後，索拉博還是沒接受我的請求。他也沒拒絕。但他知道，等拆掉繃帶、脫掉醫院的睡衣，他就是另一個無家可歸的哈札拉孤兒。他能有什麼選擇呢？他能去哪裡呢？所以我從他身上得到的同意，實際上更近似於沉默的投降，與其說是接受，不如說是太疲憊而無法決定、太倦怠而無法相信的人心冷放棄。他渴求的是他以往的生活。但他得到的是我和美國。從各方面看起來，這也不算是太糟的命運，但我不能這樣對他說。惡魔仍在腦海揮之不去之際，何能奢談前瞻遠景。

就這樣，大約一個星期之後，穿過一條溫暖、黑色的碎石柏油路，我帶著哈山的兒子從阿富汗到美國，帶他離開騷動的已知環境，讓他置身於惶然未知的騷動之中。

有一天，或許在一九八三或一九八四年吧，在佛利蒙的一家錄影帶店裡，我站在西部片區，旁邊有個傢伙啜飲裝在便利超商杯子裡的可樂，指著《豪勇七蛟龍》，問我有沒有看過。「有，看了十三遍。」我說：「最後查理布朗遜死了，詹姆斯科本和勞伯沃恩也死了。」他狠狠瞪我一眼，彷彿我在他的可樂裡吐了口水。「感激不盡啦，老兄。」他說，搖著頭喃喃自語地走開。我後來才知道，在美國，你不可以揭露電影的結局，如果你揭露了，就要被譴責，還要為犯了糟蹋結局的罪行而道歉連連。

在阿富汗，結局才是最重要的。每回哈山和我從薩依納電影院看完印度電影回家，阿里、拉辛汗、爸爸或爸爸那些形形色色的朋友——在家裡川流不息的那些遠房表親——總想知道，電影裡的那個女孩找到幸福了嗎？電影裡的那個傢伙勝利，實現夢想了嗎？或是失敗，註定要沉淪嗎？

結局是不是美滿，他們想知道。

如果今天有人問我，哈山、索拉博和我的故事是不是有美滿的結局，我不知道該怎麼說。有人可以回答嗎？

畢竟，生命又不是印度電影。阿富汗人總愛說：日子總要過下去，不管開始或結束，勝利或失敗，危機或轉機，生命永遠像步履緩慢、風塵僕僕往山區去的遊牧商旅不斷前進。

我不知道該怎麼回答這個問題。除了上個星期天的那個小小奇蹟。

我們大約在七個月前回到家，二〇〇一年八月一個暖和的日子。莎拉雅到機場接我們。我從沒和莎拉雅分開這麼長的時間，當她的手臂緊勾住我的脖子，當我聞到她頭髮上的蘋果香，我頓時明白自己有多麼想念她。「妳仍然是我夜達的朝陽。」我在她耳邊悄悄說。

「什麼？」

「沒什麼。」我親吻她的耳朵。

之後，她蹲下來看著索拉博。她拉著他的手微笑。「你好，索拉博將。我是你的莎拉雅卡哈拉。我們都在等你。」

看到她微笑看著索拉博、淚水奪眶而出的樣子，讓我得以想見她原本可以是一位什麼樣的母親，倘若她自己的子宮沒背叛她。

索拉博邁開步伐走開。

莎拉雅把樓上的書房改成索拉博的臥房。她帶他進去，他坐在床邊。床單的圖案是彩色繽紛的風箏在靛藍天空翱翔。她在衣櫃旁的牆上作了度量標記，用來量兒童的身高。床腳邊，我看見一只柳條籃，裡面裝著書本、火車頭和一盒水彩。

索拉博身上穿著素面的白色T恤和新的棉布褲，是我們離開伊斯蘭馬巴德前一天我買給他的——T恤鬆垮垮地掛在他瘦骨嶙峋下垂的肩膀上。他的血色仍未恢復，眼睛的黑眼圈仍舊。他面無表情看著我們，如同在醫院裡看著整齊擺放在他面前盤子上的米飯一樣。

莎拉雅問他喜不喜歡他的房間，我注意到她極力避免去看他的手腕，但目光卻總回到那條粉紅色的鋸齒傷痕。索拉博低下頭。他把手藏在大腿間，沒說半句話。然後他就頭靠到枕頭上。不到五分鐘，莎拉雅和我站在門口，望著他打呼。

我們上床睡覺，莎拉雅頭靠著我的胸膛入睡。在臥房的一片漆黑裡，我清醒的躺著，再度失眠。清醒。獨自面對我自己的惡魔。

那天半夜，我溜下床，到索拉博的房間。我站在床邊，俯望著他，看見他枕頭底下有個東西凸出來。我抽起來。是拉辛汗的拍立得照片，那晚我在費瑟清真寺旁給索拉博的那張，哈山和索拉博站在一起，在陽光下瞇著眼，微笑得彷彿這世界既公平又美好的那照片。我不知道索拉博躺在床上，看著這張照片看了多久，看得不忍釋手。

我看著這張照片。**你父親是在兩半之間被拉扯的人**，拉辛汗在他的信裡說。我是有名份的那一半，是受到社會接受、法律認可的那一半，也是爸爸罪孽無意識的化身。我看著哈山，他露出缺了兩顆門牙的笑容，陽光斜斜照在他臉上。爸爸的另一半。沒有名份、沒有特權的那一半。繼承了爸爸的單純與高貴的那一半。或許也是爸爸在他心中最隱密的深處，認為是他真正兒子的那一半。

我把照片塞回我先前發現的地方。此時我頓然體認：這最終的體認並沒有帶來錐心刺痛。關上索拉博的門，我在想，是否寬恕，並不是隨著虛張浮誇的神跡顯現而誕生，卻是隨著痛苦整理、收拾起行囊，在半夜裡悄悄溜走而萌生。

將軍和嘉蜜拉卡哈拉第二天晚上來吃晚飯。嘉蜜拉卡哈拉的頭髮剪短了，染成比以前暗的紅色。她交給莎拉雅一盤買來當甜點的杏仁糕。她看看索拉博，非常開心。「太好了！莎拉雅將告訴我說你有多麼好看，可是你本人看起來更英俊呢，索拉博將。」她拿給他一件藍色的套頭毛衣。「我替你織的。」她說：「到冬天可以穿。阿拉保佑，應該會適合你。」

索拉博接過毛衣。

「哈囉，年輕人。」將軍只說了這句話。他雙手拄著楞杖傾身端詳索拉博，就像仔細端詳某人家裡的奇異裝飾品。

我回答，再次回答，嘉蜜拉卡哈拉對我旅途的垂詢——我要莎拉雅告訴他們說我被搶了——向她保證，我的傷不會造成永久性的問題，再過幾個星期就可以拆線，到時候我就可以再吃她煮的菜，而且是的，我會在傷疤上塗大黃汁和糖，讓疤痕快些消掉。

莎拉雅和她母親擺菜上桌的時候，將軍和我坐在客廳啜著酒。我告訴他喀布爾和塔利班的情況。他聽著，點點頭，手杖放在膝上，聽到我提起看見有人在街上賣義腿的情景，他咋舌。我沒告訴他加齊體育場行刑的事，也沒提到阿塞夫。他問到拉辛汗，他說他以前在喀布爾碰到過他幾次。我告訴他拉辛汗的病情，他神色凝重地搖搖頭。但我們談話的時候，我發現他不時偷覷著睡在長沙發椅上的索拉博。彷彿我們在兜圈子，在他真正想問的問題邊打轉。

晚餐時，我們終於不再兜圈子。將軍放下叉子說：「那麼，阿米爾將，你是不是要告訴我們，你為什麼要帶這個孩子一起回來？」

「伊格伯將！這是什麼問題啊？」嘉蜜拉卡哈拉說。

「妳忙著打毛衣的時候，親愛的，我可得應付全社區對我們家的觀感耶。大家會問。他們會想知道，為什麼會有個哈札拉小孩跟我女兒一起住。我該怎麼告訴他們？」

莎拉雅放下湯匙。轉頭對她父親說：「你可以告訴他們——」

「沒關係，莎拉雅。」我握著她的手說：「沒關係。將軍閣下說的沒錯，大家會問。」

「阿米爾——」她開口說。

「沒關係。」我轉頭對將軍說：「將軍閣下，我父親睡了他僕人的老婆。她幫他生了個兒子叫哈山。哈山已經死了。睡在沙發上的那個孩子就是哈山的兒子。他是我姪兒。如果大家問你，你就這麼說。」

他們全瞪著我看。

「還有一件事，將軍閣下，」我說：「在我面前，你永遠不能再叫他『那個哈札拉小孩』。他有名字，他叫索拉博。」

那頓飯，沒人再說一句話。

說索拉博安靜，其實並不正確。安靜是平和，寧靜。安靜是轉低生命的音量。

沉默是按掉開關。關掉。完全關掉。

索拉博的沉默不是那種秉持堅定信念而加諸自我的沉默，不是那種以完全不說話來表達訴求的抗議者的沉默。而是那種隱匿於黑暗之中，捲收所有稜角，深藏起來的沉默。

他在我們生活裡佔據的空間並不多。甚至是少得可憐。有時候，在市場，或在公園，我注意到其他人似乎連看他一眼都沒有，就像他完全不存在一樣。有時我從書裡抬起頭，發現索拉博已經進了房間，坐在我對面，而我完全沒注意到。他走路彷彿害怕留下足跡。他移動彷彿不會攪動周圍的空氣。而大部份時間，他都在睡。

索拉博的沉默也讓莎拉雅很難受。在打到巴基斯坦的越洋電話裡，莎拉雅告訴過我她為索拉博所作的計畫，游泳課、足球、保齡球隊。現在，她行經索拉博房間，瞥見柳條籃裡的書仍未打開，身高表上猶無標記，拼圖也沒拼，每一樣都提醒著一種原該擁有的生活。每一樣都提醒著一個還來不及打造就已枯萎的夢。但她並不孤單。我自己對索拉博也懷有過夢想。

索拉博沉默，但世界並未隨之沉默。二〇〇一年九月，一個星期二的早晨，雙子星大樓崩塌，一夜之間，世界風雲變色。美國國旗突然到處出現，在大街小巷穿梭的黃色計程車天線上，在人行道川流不息的行人衣襟上，甚至在舊金山蹲坐小藝廊與面街商店布篷下的乞丐的骯髒帽子上。有一天我走過依迪絲面前。她是個無家可歸的婦人，每天在蘇特街與史托克頓街口拉手風琴。我瞥見她放在腳邊的手風琴盒上，也貼了一張國旗貼紙。

在紐約遭受攻擊後不久，美國轟炸阿富汗，北方聯盟進軍，塔利班抱頭鼠竄。一時之間，在雜貨店排隊的人們開始談論我童年的城市：坎達哈、赫拉特、馬札爾-伊-沙利夫。我還很小的時候，爸爸曾經帶我和哈山到坎杜茲去。我對那趟旅程印象並不深，只記得和爸爸與哈山坐在洋槐樹蔭下，輪流啜飲一個陶罐裡的新鮮西瓜汁，比看誰把籽兒吐得最遠。而今，丹・拉瑟②、湯姆・布洛考③和在星巴克喝拿鐵的人們都在談論昆都茲之戰，那是塔利班在北方最後一個據點。那年十二月，帕什圖、塔吉克、烏茲別克和哈札拉族人齊集波昂，在聯合國的見證下，展開或許某一天能終結他們國家二十年苦難的計畫。哈米德・卡爾札伊④的羊皮帽與綠色罩袍頓時舉世聞名。

在這段期間，索拉博依然如夢遊般地生活著。

莎拉雅和我投入阿富汗人的計畫，一方面為了善盡公民義務，一方面也是為了做些事情——任何事都好——來彌補樓上的沉默，像黑洞一樣吸進所有東西的沉默。我以前從來就不是很活躍的人，但有個前阿富汗駐索非亞⑤大使、名叫卡比爾的人來找我，問我願不願意協助他進行一個醫院重設的計畫，我一口答應。那家小醫院靠近阿富汗與巴基斯坦邊界，有個規模很小的外科小組，治療被地雷炸傷的阿富汗難民，但因缺乏經費而關閉。我擔任計畫的經理，莎拉雅是我的副手。我整天大半的時間都在書房，發電子郵件到世界各地、申請補助、籌劃募款活動。同時我也告訴自己，帶索拉博到這裡來，是對的。

那一年結束時，莎拉雅和我坐在沙發上，腳上蓋著毯子，看電視上的狄克・克拉克⑥。銀球從天而降，彩紙把整個螢幕變成白的，所有的人都歡呼親吻。在我們家裡，新年的開始與舊的一年結束一樣。一片沉默。

然而，四天前，二〇〇二年三月的一個雨天，一件不可思議的小事發生了。

我帶莎拉雅、嘉蜜拉卡哈拉和索拉博到佛利蒙的伊莉莎白湖公園參加阿富汗人聚會。一個月之前，將軍終於被召回阿富汗接掌一個部會職務，他提早兩個星期啟程——他留下他的灰色西裝與懷錶。嘉蜜拉卡哈拉計畫等他安頓好之後幾個月再去會合。她想他想得厲害——也很擔心他的健康——所以我們堅持要她來和我們住一陣子。

前一個星期二，春季的第一天，也是阿富汗的新年，灣區的阿富汗人籌劃了一個涵蓋東灣與半島地區的慶祝活動。卡比爾、莎拉雅和我有特別的理由要慶祝：我們在盧瓦平狄的小醫院一星期前開張了，不是外科，而是小兒科診所。但我們都同意，這是個好的開始。

那幾天一直很晴朗，但到了星期天早晨，我抬腿下床的時候，就聽見雨滴打在窗戶上的聲音。阿富汗運道，我想，自己在竊笑。莎拉雅還在睡，我做了晨禮——現在，我不必再查閱從清真寺拿回來的祈禱小冊，經文自然而然湧現，不費吹灰之力。

我們在中午時分抵達，看到長方形的塑膠篷架在釘在地面的六根竿子上，有一些人在裡面。有人已經在炸麵餅，茶杯和花椰菜麵鍋裡冒著蒸汽。錄音機裡播放哈曼•查西爾老歌的錄音帶。我們四個快步穿過潮濕的草地：莎拉雅和我領頭，嘉蜜拉卡哈拉走在中間，索拉博在後面，黃色雨衣的帽子在他的背上晃動著。我不禁微微一笑。

「什麼事這麼好玩？」莎拉雅說，折起來的報紙遮在頭上。

「你可以把阿富汗人帶離帕格曼，但卻不能讓帕格曼脫離阿富汗人。」我說。

我們弓著身子站在臨時搭建的帳篷裡。莎拉雅和嘉蜜拉卡哈拉走向一個在炸菠菜麵餅的胖婦人。索拉博在帳篷裡站了一會兒，又走回雨中，手插在雨衣口袋裡，頭髮——現在像哈山一樣是棕色的直髮——貼著頭顱。他停在一個褐色的水坑附近，瞪著看。似乎沒有人注意到他。沒有人叫他進來。隨著時間過去，大家終於大發慈悲地不再追問我們收養這個——絕對怪異的——小男孩的問題。要知道，阿富汗人問問題有時簡直毫無技巧可言，因此這不啻為一大解脫。大家也不再問他為什麼不講話，為什麼不和其他孩子一起玩。最好的是，他們不再用他們誇張的同情、他們的緩緩搖頭、他們的咋舌和「噢，可憐的小啞巴」，來讓我們窒息。新鮮感已經消失了。就像黯淡的壁紙，索拉博已經和背景融合為一了。

我和卡比爾握手，他是個頭髮銀白的小個子。他把我介紹給十幾個人，有退休的老師、工程師、以前的建築師，和現在在海沃擺熱狗攤的外科醫生。他們都說在喀布爾的時候就認識爸爸，談起他都充滿敬意。他或多或少都與他們的生活有過接觸。他們說我很幸運，有位這麼偉大的父親。

我們聊起卡爾札伊所面對的艱鉅甚至是吃力不討好的工作、即將召開的大國民會議⑦，以及國王在流亡二十八年之後將返回國土。我還記得一九七三年的那個晚上，察希爾國王被表親推翻的那個晚上；我記得槍砲聲和銀光閃閃的天空——阿里把哈山和我緊緊抱在懷裡，要我們別害怕，說他們只是在獵鴨子。

接著有人說了一個納斯魯汀穆拉的笑話，我們全笑起來。「你知道，你父親也是個很有趣的人。」卡比爾說。

「的確是，對吧？」我說，微笑著，記起我們抵達美國不久之後，爸爸開始抱怨美國的蒼蠅。他坐在廚房的桌子旁，拿著蒼蠅拍，看著蒼蠅從這面牆飛到那面牆，忽而東，忽而西，飛得又快又急。「在這個國家，連蒼蠅都趕時間。」他咆哮說。我那時笑得好開心。此時我因這段回憶而微笑起來。

到了三點鐘，雨停了，天空灰沉沉的，壓著厚重的雲。一陣清涼的微風吹過公園。更多阿富汗家庭出現了，大家相互打招呼，擁抱，親吻，交換食物。有人點燃了烤爐裡的煤，一會兒，大蒜和烤肉串的香味充溢著我所有的感官。還有音樂，某個我不知道的新歌手唱著歌。小孩咯咯笑。我看見索拉博，仍然穿著黃色雨衣，靠著一個垃圾桶，凝望公園另一端空無一人的揮棒練習區。

一會兒之後，我和那位以前當外科醫生的人在聊天。他告訴我，他和爸爸在八年級的時候同班。此時，莎拉雅拉拉我的袖子。「阿米爾，看！」

她指著天空。五六個風箏飛得高高的，黃色、紅色、綠色，襯在灰色的天空上格外鮮亮。

「去看看吧！」莎拉雅說，這次她指著附近一個賣風箏的攤子。

「替我拿著，」我說。我把杯子交給莎拉雅，跟剛剛聊天的人告退，往風箏攤子走去。我的皮鞋踩在濕漉漉的草地上吱吱響。我指著一只黃色的中型風箏。「新年快樂。」賣風箏的小販說，接過二十元，遞給我風箏和一個捲著玻璃絲線的木軸。我謝謝他，也祝他新年快樂。我用哈山和我以前常用的方法試試線，用食指和拇指捏住線，拉拉看。線染上鮮血，風箏小販微微一笑。我也對他微笑。

我拿著風箏走向索拉博。他還靠在垃圾桶旁邊，手臂抱在胸前，仰望著天空。

「你喜歡風箏嗎？」我說，抓著風箏橫軸的兩端。他的目光從風箏轉向我，又轉向風箏，再回到我身上。幾滴雨水從他頭髮滴落，流到他的臉上。

「我在書上讀到過，在馬來西亞，他們用風箏捕魚。」我說：「我敢打賭你不知道。他們在風箏上綁魚線，飛過淺水區，這樣就不會有影子，也就不會嚇到魚。而在古代中國，將軍會在戰場上放風箏，給自己人捎消息。是真的。我不蓋你。」我給他看我流血的拇指。「線也沒有問題。」

我從眼角瞥見莎拉雅在帳篷裡望著我們。兩手緊張的埋在腋窩裡。不像我，她已經慢慢放棄和他相處的努力。沒有回答的問題，茫然無神的凝視，還有沉默，都太痛苦了。她已經轉為「暫停狀態」，等待索拉博亮起綠燈。等待著。

我舔舔食指，豎起來。「我記得你父親測風向的方法是用涼鞋踢起沙土，看風往哪個方向吹。他知道很多這類的小技巧。」我說。放下手指，「西方，我想。」

索拉博擦掉他耳垂上的一滴雨珠，動了一下。沒說話。我想起莎拉雅幾個月前問過我，他講話的聲音聽起來如何。我告訴她，我不記得了。

「我告訴過你嗎？你父親是瓦吉‧阿卡巴汗最棒的追風箏的人。或許是全喀布爾最棒的。」我說，把鬆開的線緊緊捲回線軸中央。「附近的小孩好嫉妒他。他追風箏時從來不看天空，大家都說他追的是風箏的影子。但他們不像我這麼了解他。你父親不追影子的。他就是……知道。」

又有六七個風箏飛上天。大家開始三三兩兩聚在一起，手裡端著茶杯，凝望著天空。

「你要幫我放風箏嗎？」我說。

索拉博的目光在風箏和我之間游移。又回到天空上。

「好吧。」我聳聳肩。「看來我得自己放了。」

我抓穩左手的線軸，放了大約三呎長的線。黃色的風箏飄盪在線的尾端，就在濕草地上方。「最後的機會囉。」我說。但索拉博只望著高高掠過樹梢的一對風箏。

「好，我走囉。」我開始跑，我的運動鞋踏濺起泥坑裡的雨水，手裡抓著線端的風箏高舉過頭。已經好久，過了好多年，我沒這麼做了，我懷疑我是不是在丟人現眼。我一面跑，一面轉動左手的線軸，感覺到放線的時候又割傷了右手。風箏已經飛到我肩膀的高度，飛起，旋轉，我更用力地跑。線軸轉得更快，玻璃線在我右掌又割出一道傷口。我停下腳步，轉身，仰望，微笑。高高的天空上，我的風箏左搖右擺，宛如鐘擺，發出紙鳶輕拍翅膀的悠遠聲音，那個總是令我懷想起喀布爾冬日清晨的聲音。我已經四分之一個世紀沒放風箏了，但我突然又回到十二歲，過去所有的本能又都湧現了。

我感覺到有人出現在我身邊，往下一看。是索拉博，雙手深深插在雨衣口袋裡。他跟著我。

「你想試試嗎？」我問。他沒說話。但我把線遞給他，他的手伸出口袋，遲疑著。他接過線。我心跳加快，把鬆脫的線捲回線軸。我們靜靜地站在一起。伸長脖子仰望。

在我們周圍，孩子們彼此追逐，在草地上滑跤。有人播放一部印度老電影的音樂。一塊塑膠布鋪在地上，年長的男人排成一列作下午的禮拜。空氣有濕草的味道，還有香煙與烤肉味。我希望時間能靜止。

此時，我看見我們添了夥伴。一只綠色的風箏飛近。我順著線，看見一個男孩站在離我們約三十碼的地方。他理平頭，身上的T恤用粗黑體印著「搖滾法則」。他望見我在看他，微微一笑。揮揮手。我也對他揮手。

索拉博把線交還給我。

「你確定？」我說，接過來。

他從我手上拿走線軸。

「好吧。」我說：「我們給他一個教訓，哦？」我瞄著他。他眼中茫然空洞的神情已經不見了。他的目光在我們的風箏與綠色風箏之間來回游移。他的臉微微泛紅，眼睛頓時充滿警覺，驚醒、甦活。我在想，我什麼時候遺忘了，他畢竟還只是個孩子。

綠色的風箏移動不休。「等著。」我說：「我們等他再靠近一點。」綠色風箏兩度俯衝，悄悄潛近我們。「來啊。再靠過來啊。」我說。

綠色的風箏又更靠近了，略微升高到我們的上方，對我所設下的陷阱渾然不覺。「看著，索拉博。我讓你看看你父親最愛玩的把戲，古老的上升下潛技巧。」

索拉博站在我身邊，鼻息加速。他手掌中的線軸轉動，傷痕累累的手腕上的肌腱宛如雷布巴琴的琴弦。此時我眨眨眼，在那一瞬間，握著線軸的是那個兔唇男孩長著厚繭、指甲缺裂的雙手。我聽到遠處有一頭牛哞哞叫。我抬頭望。公園鋪滿新雪，閃閃銀亮，白潔眩目，灼傷我的眼睛。雪花悄悄灑落在白色的樹枝上。我聞到蕪菁醬拌飯的味道。桑葚乾、酸橘子、鋸屑和胡桃。萬物俱寂的寧靜，雪的寧靜，掩蓋了所有的聲音。然後，遠遠的，在山丘的那一邊，有個聲音呼喚我們回家，瘸了右腿的那個男人的聲音。

綠色風箏在我們正上方盤旋。「他就要衝過來了。隨時。」我說。我很快瞥了索拉博一眼，又回頭看著我們的風箏。

綠色風箏遲疑不決。停留在原來的位置上。然後快速衝下。「他來了！」我說。

我做得無懈可擊。在這麼多年之後。古老的上升下潛陷阱。我放鬆手中抓緊的線，讓風箏下滑，避開綠色風箏。一連串側身急拉，我們的風箏逆時針快速揚起，繞了半圈。剎那間，我已高居頂端。綠色風箏開始爬升，驚慌失措。但已太遲。我已經使出哈山的絕招了。我更用力拉，我們的風箏垂直衝下。我幾乎可以感覺到我們的線在割他的線。幾乎可以聽到線縷縷寸斷的聲音。

此時，一如預期，綠色風箏旋轉盤繞，失去控制。

在我們背後，大家都在喝采。口哨和掌聲響起。我喘著氣。我最後一次有這麼激動的快感，是在一九七五年的冬季，在我割斷最後一個風箏，在我瞥見爸爸在屋頂上鼓掌、雀躍的那天。我低頭看索拉博。他一邊的嘴角正微微向上揚起。

一個微笑。

斜斜的。

幾乎不存在。

但確實存在。

在我們背後，孩子們追來跑去，一群追風箏的人尖叫著追逐高高掠過樹梢墜落的風箏。我眨眨眼，微笑不見了。但它確實出現過。我看見了。

「你要我追風箏給你嗎？」

他嚥了一下口水，喉結上下滑動。風拂起他的頭髮。我想我看見他點頭了。

「為你，千千萬萬遍。」我聽見自己說。

我轉身，開始追。

只是一個微笑，其他什麼都沒有。沒讓所有的事情好轉。沒讓任何事情好轉。只是一個微笑。一件小事。是樹林裡的一片樹葉，被一隻受驚的鳥兒振翅顫動。

但我會掌握住，會張開雙手擁抱。因為春天的來臨，總是從一片雪花的融化開始。或許，我剛才正目睹了第一片雪花的融化。

我追。一個大男人和一群尖叫的孩子一起追。但我不在乎。我追，風吹過我的臉龐，一個寬闊如潘吉夏谷的微笑在我唇邊綻開。

我追。

---

①Ka'bah，天房位於麥加，據傳為亞伯拉罕奉真主之命所建，朝覲天房為伊斯蘭教義五功之「朝功」。

②Dan Rather，美國哥倫比亞廣播公司（CBS）的知名主播。

③Tom Brokaw，美國國家廣播公司（NBC）的知名主播。

④Hamid Karzai，阿富汗臨時政府領導人，於二〇〇四年十月當選阿富汗首任民選總統。

⑤Sofia，保加利亞首都。

⑥Dick Clark，美國著名電視音樂節目主持人，每年於紐約時代廣場主持除夕跨年活動。

⑦為阿富汗傳統的部族長老會議，二〇〇三年阿富汗各族代表依據波昂協議召開大國民會議，決定制憲程序，並建立選舉制度。